春日みかげ
illustration ainezu
JN013966
ハズレ武将
『慎重家康』と、エルフの王女による
異世界天下統一
2

ファウストゥス・デ・キリコ
守銭奴で陰謀好きなダークエルフ。家康に能力をかわれ、中抜きと引き換えに戦費調達と兵站を担当する。
徳川家康
何故か20歳の肉体に若返り、異世界に転生した元徳川幕府の将軍。慎重すぎる性格はそのままに、エルフの国の大将軍として戦うことに。

ヴォルフガング一世
平民出身で国王まで成り上がった、アンガーミュラー王国の暴君。人間軍を率い、エルフの国に攻め入ろうとしている。
バウティスタ・フォン・キルヒアイス
モンドラゴン皇国の、ヘルマン騎士団・騎士団長。家康と剣を合わせ人柄と能力を認めるが、人間軍側として参戦する。
セラフィナ・ユリ
若干ポンコツなエルフの国の王女。家康をエルフの国を救う勇者と信じ、人間や魔王との戦いに協力させる。

ハズレ武将『慎重家康』と、
エルフの王女による
異世界天下統一2

目次

ハズレ武将『慎重家康』と、エルフの王女による異世界天下統一 2

春日みかげ
illustration ainezu

World Map
旧クドゥク王都：ハミナ
『アンガーミュラー王国』
草原の都市：
王都ヴォルフガングリオン
ダーナウ河
レイン河
ローレライ山脈
ザス河
エッダの森
ブロンケン山
温泉都市：オウル
『モンドラゴン皇国』
聖地：ハイドロイ
『スラの島』
黄金都市：
帝都エレンスゲ
トパ山
砂漠地帯
砂漠都市：ノイス

『魔物の世界　暗黒大陸』
『大厄災戦』
ザキモリ砦
氷雪地域
氷の都市：キール
アラベルキ山脈
水上都市：ザーレ
湖の都市：ウルム
ガルト海
森林地帯
森の都市：ハグリ
イエヤスが
転生してきた
私たちの世界の
地図よ～！

第一話

「ねぇねぇイエヤスぅ？　人間軍はもう目と鼻の先に布陣してるんですけどっ？　いつまで薬を調合してるのよ〜う？」

「狼狽《うろた》えるな、世良鮒《セラフィナ》。ここは『見』の一手だと言っているだろう」

「それを言い続けて、もう何日経《た》ってるのかな〜っ!?　いくらなんでも落ち着きすぎぃ！」

「……うっ……は、腹が痛い……世良鮒、万病円《まんびょうえん》を頼む……」

「もしかして、敵の大軍に怯《おび》えて身動き取れなくなってるだけですかーっ？」

処《ところ》は異世界。魔王軍と異種族連合軍による大厄災戦争が終結してから十年。

今、魔王軍なきジュドー大陸では、かつて連合軍として共に戦ってきた異種族同士が相争っていた。人間族の宗主国モンドラゴン皇国が「人間主義」を掲げて、人間による大陸統一路線を推し進めていたためである。

この異世界に「勇者」として召喚され、エルフ族からエッダの森を守る大将軍職に叙任された徳川家康《とくがわいえやす》は、実に小心……いや、慎重な男。

皇国からの勅令を受けてエッダの森攻略のために進軍し、エッダの森を見下ろす要地ゲイラインゲル丘陵に布陣した人間軍――アンガーミュラー王国軍三万とヘルマン騎士団五千の大軍勢を前にしても、宮殿に増築させた天守閣に籠もる家康は「ここは『見』の一手、まずは籠城」と言い張って、エッダの森から一兵も出そうとしない。

この日も、天守閣の大広間では、元老院議員たちが侃々諤々《かんかんがくがく》の議論を続けていた。

「イエヤス様はまだ、異世界に召喚されて以来軍を率いて戦ったことがない。一度は野戦に応じて実力を見せつけなければ、森に籠城するエルフたちの士気が落ちてしまう」

「だがイエヤス様はこの半年間、籠城策を準備してこられた。確かに士気も大事だが、土壇場で戦略方針を変えるのは如何《いかが》なものか」

「ですが、エッダの森攻防戦の要となるゲイラインゲル丘陵をあっさりと明け渡してしまったことに、平民たちは不安を覚えておりますぞ。せめて人間軍がレイン河を渡河する際に奇襲の一撃でも加えておけば……」

「いや、ヴォルフガング一世の行軍には隙がなかった。奇襲しても無駄死にだったろう」

「大将軍イエヤス様、如何なされますか!?」

勇者徳川家康はしかし、なおも愛用している薬研《やげん》を用いて汗水を垂らしながらゴリゴリと生薬を砕いている。Vの字型にくぼんだ薬研にセットした生薬の原材料を、手動の円盤で擂《す》って粉砕するというこの作業こそ、薬マニアの家康にとっての日課なのだ。

生まれつき胃が弱い家康の持病・腹痛に特に効く万病円と、スライム肉という新生薬を得て超万能な常備薬となった家康謹製八味地黄丸《はちみじおうがん》。この二種類の常備薬を大量に生産しておかなければ、心配性の家康は戦どころではない。三方ヶ原《みかたがはら》焼き味噌《みそ》事件の悪夢が頭をよぎるのだ。

「ちょっとちょっとイエヤスぅ〜!? マンビョウエンとハチミジオウガンは、もう十分に量産してあるでしょ〜? エルフ薬学部隊がぁ、毎日精魂込めていっぱい造ってるじゃん?」

まだ幼いながらも「特例」としてエルフ族の女王に即位したセラフィナ・ユリは、いつの間にかすっかり相方と化している家康の薬マニアぶりに呆《あき》れていた。

エルフの治癒の魔術と家康謹製の漢方薬は、実に相性がいい。エの世界では入手困難な不老長寿の生薬だった妖怪ぬっへっほうが、異世界ではスライムと呼ばれて普通に繁殖しているし、朝鮮人参《ちょうせんにんじん》の超強化版と言えるマンドラゴラをはじめ、植物動物鉱物の全てで効能あらたかな生薬の原材料が多種多様に存在する。治癒の魔術を専門とするセラフィナの助けもあり、家康は漫遊旅行によって様々な生薬を大量に手に入れ、薬の改良に成功した。

なにしろ、治癒の魔術でも助けられないレベルの致死量の猛毒を飲んだ家康自身が、死の淵《ふち》から生還することに成功したほどである。

しかし、この「解毒成功」体験が、家康をさらなる薬マニアの道へと誘ってしまった——「異世界の薬学はまだまだ発展させられる。俺はもはや死者を蘇生《そせい》す

る薬すら調合できるのではないか」という見果てぬ夢を家康は密《ひそ》かに抱き、目の前に人間軍が展開しているというのに日々せっせと薬を調合している。エルフ貴族たちが不安になるのも当然だろう。

「世良鮒。それらは、森の住民に飲ませるための量産品だ。俺が飲む薬は俺自身の手で造ったものに限る。なにしろ経験が違う。優れた漢方薬を造るには、熟練の技が必要なのだ」

「まーだ毒殺を警戒してるわけー？　私がいるから問題ないじゃーん？　イエヤスって、エの世界では侍医や息子さんが持って来た薬すら飲まなかったってホント〜？」

「一部誇張があるが、まあ、だいたいそうだ。息子の秀忠《ひでただ》を警戒していたわけではないが、俺以上に俺に効く薬を処方できる医者など、えの世界にはいなかったのでな」

エルフ貴族筆頭。大陸一の美女と名高く、全権外交官に就任したエレオノーラ・アフォカスが、

「まあまあ。黒魔術に落ちていたとはいえ、妾《わらわ》がイエヤス様に毒を飲ませてしまったばかりに、薬の調合をやめられなくなってしまったのですね！　申し訳ありませんイエヤス様！　妾の荘園《しょうえん》を全て薬園に改造させて頂きますので、どうか軍議を開いて下さいませ！」

と、薬研を手放さない家康にしがみついて懇願した。

エレオノーラは王党派プッチの件を許されて以来、すっかり家康の崇拝者になっている。

「別にお前のせいではない阿呆淬《アフォカス》。俺は合戦が苦手でな、敵軍が迫ってくるといつも胃が痛むのだ。当分、万病円と八味地黄丸はいくらあっても足りん。戦闘がはじまれば薬を造る暇などなくなるからな。ほら、お前たちも持っておけ」

「まあ、妾にお手製の薬を？　なんとお優しいお方！　このエレオノーラ、感謝感激ですわ。有り難く御神体として祀《まつ》らせて頂きますわね！」

「イエヤスぅ、これからどうするのぉ〜？　とりあえずエレオノーラが解放の魔術を使って、吊り橋《つりばし》の正面に足止め用の森を急造しておいたけれどさ〜。あれって円状にぐるっと木を生やしただけで中身空っぽだし、火を付けられたら終わりじゃん？」

「ヴォルフガング一世は、小舟を続々と丘陵へ引き上

げていますわ。どうやら、機を見てザス河に船団で乗り入れてくるつもりですわよ」

「捨て置け。房婦玩具《ヴォルフガング》の手の内はおおむね読めている、既にあの男の戦歴は調べ尽くした。こちらが打って出ようが出まいが、どのみち籠城戦になる。時を稼げば、房婦玩具は暗黒大陸の魔王軍の動きが心配になって、和睦を考えはじめる」

「ホントにぃ〜？」

「うむ。かつて太閤秀吉《たいこうひでよし》殿下と小牧長久手《こまきながくて》で戦った時と同じよ。あの時の殿下も、九州平定戦が気になって、巣籠もりして容易に動かない俺との長期戦を断念し、和睦に舵《かじ》を切った。背後に敵を抱えている将はな、長期戦を嫌うものなのだ。将が有能であればあるほどにな」


ジュドー大陸を代表する大河・レイン河を渡河した王国軍と騎士団は、ザス河上に浮かぶ「水上城塞」エッダの森を一望できるゲイラインゲル丘陵に布陣して、家康側の動きを逐一観察していた。

「なんという臆病者だ、勇者イエヤスとは？　なんの手も打たずに、余にゲイラインゲル丘陵をむざむざ明け渡すとは？　まさか、エッダの森にずっと籠もり続けるつもりなのか？」

ヴォルフガング一世は平民の傭兵《ようへい》出身。大厄災戦争で大功を収め、魔王軍を大陸から撤退させた戦争の英雄である。戦士としては小柄だが、その知略軍略は大陸随一。騎士道を重んじて「突撃による堂々の決着」を望む騎士階級出身の武人とは違い、兵の損耗を避けて理詰めで敵軍を封じていく頭脳戦を得意としている。

丘陵に構えた本陣で、小姓たちが提供してきた、ヴォルフガング一世自身が考案した戦場飯――ジュドー麦に様々な野菜と果実を練り込んで焼き上げた完全栄養食「アンガーミュラーゼンメル」を囓《かじ》りながらエッダの森を眺めていた若き気鋭の王は、

「エッダの森は、ザス河に浮かぶ中州島。背後は峻険《しゅんけん》なブロンケン山とローレライ山脈に塞がれている上、河を船で降《くだ》れば地獄の滝壺《たきつぼ》が待ち受けている。唯一逃走路に使えるゲイラインゲル丘陵をわれらに押さえられた今、文字通り袋の鼠《ねずみ》ではないか。愚かなり、イエヤスよ！　フハハハハハ！」

とイエヤスの無策ぶりに失望していた。

「ヴォルフガング。丘陵を取ってしまった以上は、森まで一直線に駆け下り、野戦で決着をつけるしかない。丘陵からなだらかな下り坂を降っていけば、谷底のような平地に出る。そこが、ちょうどエッダの森唯一の『門』の正面だ」

ヘルマン騎士団団長バウティスタ・フォン・キルヒアイスは、大厄災戦争で異種族連合軍を束ねていた英雄ワールシュタット団長の忘れ形見の女騎士。まだ少女とも言える年齢だが、生真面目で律儀な「騎士の中の騎士」だ。

かつてワールシュタットに雇われて傭兵部隊を率いていたヴォルフガング一世とは兄妹《きょうだい》のような関係だが、尊敬する父ワールシュタットの「異種族連合主義」をヴォルフガング一世が捨て去って「人間主義」に奔《はし》って以来、二人の仲は緊張状態にあった。

だが、エッダの森接収は教皇の勅命で、バウティスタとて逆らえない。もっとも教皇はまだ幼く、実際には皇国を実質的に統治しているグナイゼナウ枢機卿《すうききょう》の命令なのだが――。

「バウティスタよ。エッダの森の宮廷に奇妙な高層建築物が増築されていることと、門に連なる吊り橋の正面に小さな森が育っていることが気になる。あの急造の森はなんだ？　あんなもので吊り橋を塞いだつもりなのか？　あの程度の規模の森など、焼き払えば済むことではないか。イエヤスがこの程度の武将だったとはな。つまらんぞ、フハハハハ！」

「樹木を育てる魔術を用いて森を促成したのでは？　国防長官から外交官に配置換えされたエレオノーラ・アフォカス殿は、植物系統の魔術の使い手だと聞いている。外交能力に長《た》けた名門の令嬢だが、戦争は不得手な方だそうだ」

「フン。王党派プッチを蜂起させながら、あっさりとイエヤスに懐柔された女か。プッチさえ成功していれば、この戦も必要なかったものを――イエヤスは呆れるほどの小心者だ。そうそう森から出てこないだろう。持久戦術を採るぞ、バウティスタ。自軍の被害を最小限に抑えて勝つ、それが余の戦争よ」

「いや、野戦決戦で堂々と決着をつけるべきだ。ヴォルフガング、お前はエルフ族を兵糧攻めにして飢餓地獄へ落とすつもりか？　相手は大陸を侵略しに海を越えてきた魔王軍のオークたちとは違うのだぞ、彼らは共に戦ってきた仲間のはず」

「野戦では、問答無用の大勝利を得られねば、兵士が大勢死ぬ。陰謀と調略で内部から城を落とすのが最善手だ。兵を動かさずにじわじわと相手を締め上げる持久戦術が二番手。大会戦などは下策よ」

「……干し殺し戦術を使うのか？　かつての仲間だったエルフを相手に？　それは彼らから誇りを奪うやり方だ、ヴォルフガング。せめて戦場で戦う名誉を、彼らに！」

「フン！　名誉などで腹は膨れん。貴族のお前にはわからんのだ。生き物は食わねば死ぬ。それが自然の摂理よ。連中を餓《う》えさせれば、エルフ族特有の高いプライドなど簡単にへし折れる。気位と飯のどちらが大事か身体《からだ》で理解すれば、連中は目を覚ましてエッダの森からの退去を自ら乞い願ってくる。フフフ」

　エルフ軍を率いた責任者のイエヤスに死を賜るだけで戦が終わるのだから、実に人道的な解決方法ではないかバウティスタよ、とヴォルフガング一世は愉快そうに高笑いしていた。「名誉よりも食欲」――やはり騎士とはまるで考え方が違う。

　バウティスタは（強大な武力を誇り、かつ大義名分なき侵略者だった魔王軍相手だったからこそ、私も彼のこういう戦い方を支持してきた。だが、今は違う。エルフは仲間であり同胞であったはず。これほどの大軍を擁しながら、名誉を奪い心を折って勝とうなどと。なぜヴォルフガングはこれほどに変わってしまったのか。やはり、王の座を手に入れたためだろうか？）と哀《かな》しげに首を振っていた――。


「陛下～。暗黒大陸を調査中だった宣教師たちが、ことごとく連絡を絶っちゃいましたぁ」


　男性とも女性ともつかぬ中性的な容貌のグナイゼナウ枢機卿が、ヴォルフガング一世とバウティスタのもとを訪れたのは、二人が「持久戦を」「いや、速戦を」と戦術を巡って激しく対立していた時だった。

　グナイゼナウ枢機卿は、ワールシュタットがヘルマン騎士団団長だった頃から皇国の監察役として騎士団に従軍してきた二十代の童顔美青年。かつてのヴォルフガングの監察役で、終戦後にはヴォルフガングの戦功によって異例の若さで枢機卿団のトップに立ち、モンドラゴン皇国を実質的に統治している最高権力者だ。

気弱な枢機卿は、自分を出世させてくれたヴォルフガング一世に頭が上がらず、今回も王のご機嫌を取るためにわざわざ戦場まで追いかけてきたのだ、と兵士たちは噂《うわさ》しあっていた。いつもヴォルフガングに阿諛《あゆ》追従《ついしょう》するおべっか使い。愛らしい顔や温和な態度とは裏腹に、教団の教義をねじ曲げて解釈するほどに極端な人間主義者。ワールシュタットの「異種族連合」路線に何度も抗議してきた男でもある。

「ほう？　それでは、暗黒大陸でなにかが起きているということか？」

「はい。これは、過去十年間に一度もなかったことですよ。彼らは暗黒大陸で生きられるまでに黒魔力耐性をつけ、正体を隠してうまく埋伏していましたからねえ～。人間にはプネウマは扱えませんが、修行すれば多少黒魔力を操れるようになる者もいるんですよ～」

「フン。暗黒大陸でなにかが動いている……ならば、あまり悠長に持久戦をやっている余裕はないな。やむを得ん、今回はバウティスタの意見を採用する。エッダの森に巣籠もりしているイエヤスを引っ張り出し、野戦で決着をつける」

「陛下。ボクが直接報告に来たのは、あくまでも陛下へのご挨拶を兼ねてのことですよ。そこまで暗黒大陸の動きを警戒しなくともいいんじゃないでしょうか？」

「余は慎重な男なのでな。常に最悪の状況を想定しなければ戦場では生き残れんぞ。バウティスタも異論はあるまい？」

バウティスタは「暗黒大陸が怪しい動きをしているのならば、異種族同士で争っていること自体が愚かしいと思うが……」と呟《つぶや》きながらも「承知」と頷《うなず》くしかなかった。

だが同時に（なぜ枢機卿が暗黒大陸で情報収集を行っている？　それは武人であるヴォルフガングの領分ではないのか？　しかも黒魔力耐性持ちの聖職者とは？）とささやかな疑念を抱いた。なにかが腑《ふ》に落ちない。

「なに、一日で片を付ければ被害も最低限で済む。戦場でエルフの誇りとやらを存分に発揮させてやればよかろう。フハハハハハ！」

「……胸が痛むが、暗黒大陸でもしも魔王が目覚めているのだとすれば、いずれかの軍が圧勝しなければ魔王軍が喜ぶだけだな……消耗戦に陥れば共倒れになってしまう……」

「だがな、バウティスタ。イエヤスは慎重どころか小心者だ。われらが有利な丘陵を早々と接収してしまった以上、どうやってイエヤスを野戦に釣り出す？　意外と難しいぞ」

「確かに。低所から高所へ攻め上るのは不利だから、イエヤス殿は軽々しく動けない。だが、こちらが大軍を丘陵から下ろして早々と前進させれば、エルフが軍勢を展開できる空間が失われてしまって、やはり籠城戦になってしまう。絶妙の采配が必要だな」

「フン。余が三万五千の大軍を率いて来たのは、籠城戦に持ち込むためだったからな。だが、今から慌てて兵の半数を国に戻しても、イエヤスはこちらの意図を読んで動くまいなぁ」

ヴォルフガング一世とバウティスタは、エッダの森周辺の地図を机一面に広げながら呻《うな》った。もしや、家康がまったく動かないことによって、うまうまと丘陵へと釣り出され、こちらの兵力を把握されてしまったのではあるまいか？　あるいは家康は慎重なる名将なのか？

「そうですねえ。陛下。騎士団長。ここは異教徒イエヤスを挑発してみては？　彼は小心で慎重ですが、存外に根は短気者と聞いています。ボクの古美術品コレクションの中に、あの者を激昂《げきこう》させられそうな宝物があるんです。これを送りつけてみれば――」

グナイゼナウ枢機卿が、おずおずと「打開策」を提案してきた。

その策を耳にしたヴォルフガング一世は即座に「面白い。やってみるか」と決断した。

第二話

泰然自若とした家康と賑《にぎ》やかなセラフィナが和ませていた大広間の空気が、一変した。

ヴォルフガング一世からの新たな使者――王国軍の武官が、「イエヤス殿にわが王からの贈り物をお届けに参りました」と乗り込んできたのである。既に宣戦布告ならばバウティスタから受けている。今さら贈り物とは？　と家康はいぶかしんだ。

その贈り物は意外なものだった――「黄金造りの豪《ごう》華絢爛《かけんらん》たる便器」だったのだ。

『イエヤス殿は胃弱で、戦場で焼きミソと称するなにかを漏らすことがあると耳にした。伝説の勇者たる者としては恥ずかしかろう。余との戦争に敗れた際には、是非ともこの黄金の便器を使って頂きたい。これを用いれば、勇者としての格は落ちまい。無論、森から一歩も出なければ使うこともないだろうがな！』

という、ヴォルフガング一世自らがしたためた実に憎々しい挑発状とともに。


衝撃！　家康は（なぜ三方ヶ原の話を知っている……イヴァンには『どうでもいい情報だけを流しておけ』と言ってあるし、イヴァンがこんな話を漏らすはずがない）と立ちくらみを覚えた。と同時に、ほとんど病的ともいえる生来の吝嗇《りんしょく》さが爆発した。

エの世界でも、商人から豪華な便器を送りつけられて「こんなものに銭を注《つ》ぎ込むとはなんという無駄、なんという贅沢《ぜいたく》！」と破壊したことがある家康である。黄金の便器など許されるものではなかった。もっと他に黄金の使い道があるだろうに、もったいない！

「あーっ。ごめんねーイエヤスぅ～。焼きミソ疑惑事件の話って、王のもとにまで伝わっちゃったんだと思うよー？　私があちこちでぺらぺら喋《しゃべ》ってたから、こんな子供騙《こどもだま》しのミエミエの挑発に乗るようなイエヤスじゃないよねー？」

「お前かぁ世良鮒～！　よいか、忍耐にも限度というものがあるのだ！　人には決して越えてはならん一線というものがあるのだ！　黄金造りの便器など、あの贅沢三昧《ざんまい》だった太閤殿下ですら造らせなんだわーっ！　許せぬ房婦玩具！　黄金の値打ちも知らぬ贅沢者めが！　直ちにこの便器を溶かして純金に戻すのだ！　そして有効に再利用する！」

「怒ってるのか、黄金を手に入れられて喜んでるのか、どっちなのよう？」

「怒っているに決まっている世良鮒！　この黄金は、毒消しの秘薬・紫雪《しせつ》の精製に用いる！」

「いやいやいやいや。便器を溶かして、薬の原料にするのぉ～？　なんかばっちくない？」

溶かしてしまえば問題ない！　と家康は言うことを聞かない。

さらに、家康以上に激怒した者たちがいた。エレオノーラを筆頭とするエルフ貴族たちだ。エルフは皆気位が高い。中でも家康を崇拝するエレオノーラは烈火の如《ごと》く怒った。

「ヴォルフガング一世はなんという無礼者ですの？　妾はこれほどの無礼を受けた経験がありませんわ！　平和を愛する妾ですが、かかる侮辱を受けながら黙っていることなど……イエヤス様、どうかご出陣を！　ヴォルフガング一世軍にその勇姿を見せつけて、イエヤス様が臆病者ではないことを証明して下さいまし！」

「エレオノーラ様の仰《おっしゃ》る通りですぞ、イエヤス様！　エルフ族は誇り高き種族ですから！」

「この話が森に広まれば、森中のエルフたちが激怒しましょう！　ここで立たねば、イエヤス様の求心力が一気に落ちてしまいます！」

いや～ちょっと待ってみんな～エレオノーラも落ち着いて～たかが便器の話じゃ～んとセラフィナが慌ててフォローに回るが、家康も「……そ、そなたたちの言う通りである」とエルフ貴族たちの懇願に渋々応じた。もはや断りきれる空気ではなかった。

「俺は直ちに出陣する、金陀美仏胴具足《きんだみぶつどう》を持て。これよりわが手勢を率いて強行偵察を行う。丘陵に陣取っている房婦玩具の目の前まで突き進んで、挑発し返すのだ」

「承知致しましたわイエヤス様！　黄金の甲冑《かっちゅう》を着てスレイプニルに跨《また》がり、戦場を駆けるイエヤス様の勇姿――妾はこの瞼《まぶた》に焼き付けて決して忘れませんわ！」

「エレオノーラまでなに言ってんのさぁ？　ちょっと待ってってば～！　こんなの、罠《わな》に決まってるじゃーん！」

「……直接戦闘することはない、世良鮒。武士の大将は面子《めんつ》が重要なのだ。とりわけ、えるふ族たちを率いている立場ではな。面子を潰されて黙っていては、鼎《かなえ》の軽重を問われる」

「ほえ〜。そういうものかぁ〜。よーし！　だったら、行くしかないねっ！　応援しているから、がんばってーっ！」

「……いや、ほんとうは女王の権限をもって俺の出陣を止めてもらいたいのだが……はあ、相変わらず腹芸の通じぬ娘よ……」

家康がもしも三河《みかわ》武士を率いていれば、このような挑発に乗ることはなかっただろう。だが、三河武士の頑固さに加えて朝廷の貴族たち以上のプライドを抱いているエルフ族をこのまま「耐えよ」と捨て置けば、士気も家康の求心力もどんどん下がる。プッチを鎮めてやっと政権を安定させたばかりの家康としては、ヴォルフガング一世の挑発に乗って野戦場まで引っ張り出されるしかない。

「かつて太閤殿下と小牧長久手で長対陣した際、太閤殿下は単身わが陣に向かってきて生尻を叩《たた》いて挑発してきた。慎重な俺はその手に乗るものかと挑発を無視して激怒する三河武士たちを抑え込んだが、えるふ貴族たちを抑えるのは難しい。それに——黄金の便器など二度と作らせん！　この大陸でも金銀は貴重なもの。なんという無駄な真似《まね》を！」

異世界に召喚された家康の肉体年齢は、二十歳。七十を過ぎて慎重さを極め「完成」の域に到達した天下人時代の家康と比べると、若すぎる分、どうにも血の気が多すぎた。


家康は派手な金陀美仏胴具足を身に帯びて白い一角馬スレイプニルに跨がると、神剣ソハヤノツルキを掲げて慎重に吊り橋を渡り、千の手勢を連れてザス河を渡河。「境界」を踏み出しての強行偵察に及んだ。

イヴァンがこちらに通じたことをまだヴォルフガング一世に気取らせてはならない。虎の子の「護衛役」イヴァンを帯同できないことに家康は一抹の不安を覚えたが、一度「出る」と言ってしまった以上は出るしかない。

（スレイプニルの脚力は大陸屈指の速さを誇る。千の手勢も、皆選《え》りすぐりのダーラヘストに乗ったエルフ騎兵。ヴォルフガング一世にわが勇姿を見せつけた後、なにか一言言い返してすぐに逃げだせばよかろう）

絶対的な主君ならば、このような真似をせずとも済んだ。外様《とざま》軍団を無理矢理に束ねていた太閤殿下も、今の俺と同じ思いでわが陣の正面まで飛び出してきて命懸けの挑発をやらねばならなかったのだろう。これが外様勇者故の悲哀か。

馬上の人となった家康は、

「大坂《おおさか》の陣でも、真田幸村《さなだゆきむら》は外様浪人故にその献策を大坂城を仕切る戦素人どもにことごとく蹴られて苦心していた。もしも真田幸村が大坂の陣で全権を握り思うがままに戦をしていれば、間違いなく俺は真田に首を落とされていただろうな」

と呟きながら、ヴォルフガング一世との心理戦に挑んだ。

果たして生還できるか、家康。

「イエヤス様。前方がゲイラインゲル丘陵でございます。三万を超える人間軍が高地に布陣していますが、如何しますか」

「危険だがもう少しだけ近づいてみなければ、わが声が届かぬ。伏兵を隠しているかと思ったが、今のところそんな気配はないな」

「ご覧のようにザス河とゲイラインゲル丘陵の間はなだらかな傾斜がついた草原地帯で、大軍を伏せられる場所がほとんどありませぬ故」

「……だがこちらは低地、あちらは高地。一挙に逆落としを決められれば三方ヶ原の時のように壊滅するな。深入りはならぬぞ。俺が短気を起こして突進しはじめたら、全員で止めるのだ」

「「御意！」」

家康の行軍、実に慎重！

既に森から橋を渡り平原へと出てから三時間近くが経過しているというのに、細かく斥候を動かしてからじわりじわりと前進し、家康自身はまだ一キロほどしか進んでいない。

強行偵察と称して出陣してはみたものの、「やはり慎重に行かねば」と兜《かぶと》の緒を締めた家康は、ほとんど盗人《ぬすっと》のようなおぼつかない足取りで恐る恐る一歩ずつ敵が布陣する丘陵へと迫っていた。

　いったいいつまでこんな牛歩戦術を続けるのだイエヤス様は？　なにもしないままに日が暮れてしまうぞとエルフ騎兵たちが首を傾《かし》げる中。

（これはもしかして謀られたか？　この徳川家康、野戦で完敗した経験は三方ヶ原で武田信玄《たけだしんげん》公に敗れた一度のみだが……なにしろ、俺は絶対に勝てると確信しなければ野戦場に出なかったからな。だがヴォルフガング一世との兵力差は、その三方ヶ原を彷彿《ほうふつ》とさせる）

　家康は思わず馬上で爪を噛《か》んでいた。

　これは、家康が焦っている時の癖で、すこぶる女性受けが悪い。セラフィナなどは「勇者のくせにみみっちい～！」とお冠になる。だが今は女性を連れてきていないので、気兼ねなく爪を噛めた。

　その直後、家康はついにヴォルフガング一世軍の偵察部隊と遭遇した。

　その数は約五百。皆、軽騎兵である。家康の位置を捕捉するためにヴォルフガング一世が放った部隊だろう。

「エルフ軍だ！　数はおよそ千！　全て騎馬だ、エルフ族に騎馬隊があったとは？」

「恐らくイエヤスが編成したのだろう。奴も人間だからな」

「あの黄金の甲冑は、間違いなくイエヤス！　矢を放て！　逃がすな！」

　容赦なく矢を撃ってくる。しかしこの世界の人間の射術は、エルフ族には劣る。エルフ族が放つ矢は、人間のそれの二倍から三倍ほどの有効射程と高い精度の命中率を誇る。

　ただし、エルフ族は伝統的に徒歩の戦を好み一角馬に乗って戦わないので「騎射」を苦手としていたが、家康が半年がかりで鍛え上げたこの千のエルフ騎兵たちは違った。

「矢を放て、一息で蹴散らせ」

「はっ！　全軍騎射！　大将軍をお守りせよ！　この半年間の訓練の成果を見せる時だ！」

「了解！　放て！」

　人間軍の矢は家康たちのもとまで届かない。が、エルフ騎兵の放つ矢は人間軍の兵士たちへと届いた。盾で矢を防ぎきる者もあれば、馬を射られて立ち往生する者もいる。矢が甲冑に命中して傷を負った者もいた。

鉄砲の使用を皇国が禁止していなければ、家康は容赦なく銃弾を浴びせられただろう。だが、皇国による火器使用制限が、少ない鉄砲しか持たない家康側に幸いした。鉄砲がない戦ならば、弓矢に長じるエルフ族のほうが局地戦では有利だった。

「信長《のぶなが》公曰《いわ》く、野戦で肝要なものは間合いよ。槍《やり》であれ弓であれ種子島《たねがしま》であれ、間合いが長いほうが勝つ。攻撃されることなく一方的に攻められる故に。ただし油断は禁物。敵兵は接近戦を求めて突進してくるぞ。らんすを構えて密集隊形を取り、跳ね返すのだ」

「ははっ、承知致しました！」

「一角馬に乗っての騎射がこれほど強いとは！　さすがはエの世界の勇者様、卓越した戦術眼でございます！」

エッダの森に暮らす野生の一角馬を飼い慣らすことに難儀したが、鉄砲の轟音《ごうおん》さえなければ通常の馬より少々扱いづらい程度で済む、と家康は頷いた。

「馬がもっとも苦手とするものは鉄砲の音だ。慣れていなければ、戦場で恐慌を来す。長篠《ながしの》の合戦で武田騎馬隊が織田《おだ》軍三千の鉄砲を前に壊滅した一因も、馬があまりの轟音にたじろいで混乱したことにあった。対する織田徳川連合軍の馬は、鉄砲の音に慣れていた」

人間軍側は、慌てた。あまりにも一方的である。

「このままではエルフどもの矢の的です！　突撃しますか、隊長？」

「い、いや、無理だ！　連中は密集陣形を組んで騎兵の突進を防ぐ構えに入りつつある！」

「われらはあくまでも偵察部隊！　退却せよ！　陛下にイエヤス出陣とお知らせする！」

「かつてのエルフ軍とは様変わりしているぞ！　人間の勇者め……厄介な奴が現れた……」

「森の種族」エルフは森の中に潜み、木々の隙間を縫って矢を放つ戦法を得意とする。こういう堂々の野戦場で、騎兵同士でがっぷり四つに組んで戦い、人間軍を完璧に蹴散らした経験は今までにない。

人間軍の偵察部隊がどっと崩れて退却していく様を見て、彼らはつい「追撃したい」という衝動を抑えきれなくなった。

家康にとって計算外の事態が起きた。

まだ若く戦に不慣れな千のエルフ騎兵たちが、深追いをはじめてしまったのである。次は突撃に備えてランスで迎え撃つ！　と意気揚々《いきようよう》だった彼らは、「待て、逃げるな！」「さんざん勇者様を挑発しておいてそのざまはなんだ！　無礼であろう！」と、丘陵へ向かって逃げる人間軍を追撃しはじめたのだ。

「し、しまった!?　待て、者ども！　待つのだ！　敵軍は三万を超える大軍！　安易な深追いは命取りとなる！　すぐに引き返せ！　ここは斥候を再度放って、敵軍の動きを……」

家康は（まずい！　エルフ軍を支えてきた歴戦の戦士たちは大厄災戦争でほとんど倒れ、エッダの森に生きて逃げ込めた者の多くは戦歴のない若者だ！　彼らもそうだ！　これが彼らの初陣なのだ！　それなのに完勝しすぎた！　訓練を重ねたから暴走はしないだろうと考えていた俺が甘かった。まだ慎重さが足りなかった。ぬかった……！）と親指の爪を噛みながら、スレイプニルに「急げ」と声をかけて慌てて彼らを追いかけた。

ヴォルフガング一世の仕掛けた「罠」に、家康と千のエルフ騎兵たちは陥った。

ものの十分足らずのうちに、彼らは上り坂の途上にありながら微妙に窪《くぼ》んでいる「死地」に入り込んでいたのである。そこに伏兵がいた。伏兵部隊は、千のエルフ騎兵などは眼中になかった。ただ勇者家康を捕らえればこの戦はそこで終わるという信念のもとに、三時間以上も気配を殺しながら僅か七騎という少数精鋭の伏兵部隊を率いて家康を待ち続けていた指揮官は、そう、ヘルマン騎士団団長バウティスタ・フォン・キルヒアイスだった。

「行くぞファーヴニル！　竜騎兵、突貫！　イエヤス殿を捕らえよ、この戦をこの一戦で終わらせる！」

七騎とはいえ、ただの騎兵ではない。

龍、あるいは竜。モンドラゴンの教団が「神」と崇《あが》める神聖種族の血を引く「ドラゴン」を乗りこなす、選ばれた竜騎兵たちであった。

ドラゴンは、小型のワイバーンとはまったく異なる。鋼鉄のように堅い鱗《うろこ》で覆われた巨大な体軀《たいく》。凄《すさ》まじい突風を巻き起こす巨大な翼。並の剣などは一撃で打ち砕いてしまえる鋭い爪。そしてなによりも、口から高温の炎を吐く文字通りの怪物だった。

家康はこの時、激しい胃痛に襲われ、馬上でヴォルフガング一世の思惑通りの失態を危うく犯しかけた。恐慌状態に陥ったと言っていい。

「な、なんだ、あれはあああっ!?　これも異世界の龍種かっ？　だ、だが、わいばあんとはまったく別物!?炎を吐いてくるだとおおおっ!?」

「大将軍！　あ、あれは、ドラゴンです！　モンドラゴン教団は、スラの島の火山に巣くう巨大な龍『モンドラゴン』を神として崇める教団！　竜騎兵が騎乗するドラゴンは、そのモンドラゴンが産んだ卵をジュドー大陸に持ち込み、育ててきた希少な種族。いわば神の末裔《まつえい》！」

「ドラゴンは希少種故に、選ばれた修道騎士でなければ竜騎兵に任じられることはありません！　それを七騎も揃《そろ》えてくるとは！」

「もともと竜騎兵は、ひとつの騎士団に一人いるかどうか！　既に全滅したと言われていたのです」

「大将軍を倒すべく、大陸中に隠していた竜騎兵を結集させたのでしょう！」

確かにセラフィナは、ワイバーンの他にもドラゴンがいると言っていた！　だが俺はてっきり、この世界に実在する龍はワイバーン種だけだとばかり！　ドラゴンはあくまでも宗教上の伝説の神獣なのだとばかり！　モンドラゴン教団が神獣を戦で使役していたとは、皇国恐るべし！　こんな怪物と戦って勝てるかっ！

内心で家康はそう毒づきながら、「全軍逃げよ！　四方に散りつつ、森まで逃げるのだ！　命を無駄にするな！」と叫んでいた。

家康が、ドラゴンを非実在の幻想種だと思い込んでいたことも無理はない。

もともとドラゴンは数が非常に少なく、しかも大厄災戦争でほとんどの竜騎兵が倒れてしまったため、エルフたちの記憶から竜騎兵の存在はほぼ消えていた。ことに森に籠もって以後のこの十年、誰もドラゴンなど見たことがなく、大厄災戦争で全滅したと信じられていた。なにしろバウティスタが「竜騎兵」として実戦場でドラゴンに乗ったのは、この日がはじめてなのである。この隠し竜騎兵こそが、もしも家康を野戦に誘い出せた時のために準備していたヴォルフガング一世の「切り札」だった。

不運にも家康は、異世界のモンドラゴン皇国及び教団を、エの世界のカトリックと同一視していた。

南蛮人宣教師たちから聖人のドラゴン退治伝説をさんざん聞かされてきた家康は、「漢方薬の重要な生薬に、竜骨《リュウコツ》すなわち龍の骨がある。しかし日本はもちろん唐国にも龍などおらず、偽物ばかりだ。南蛮に本物のどらごんがいるのならば是非とも竜骨を売ってくれ」と宣教師たちに依頼した。

だが、結局手に入ったものは偽物ばかりだった。ドラゴンの骨と称してはいるが、全て別の動物の骨。医学博士の家康は、少し調べただけでなんの動物の骨か鑑定できる。結局、南蛮にもドラゴンなどいない、東洋の龍同様に神話上だけの存在だ、と現実主義者の家康は結論したのだった。

故に、異世界のモンドラゴン教団が奉じるドラゴンもまた幻想種と信じ込んでいた家康の極端な現実主義と、ドラゴンは全滅したと思わせていたヴォルフガング一世の秘密主義。この二つが重なった結果が、予期せぬ戦場での竜騎兵との遭遇だったのである。

「逃げよ逃げよ」と叫びながら、家康はエッダの森目指して下り坂を逆走した。エルフ騎兵たちも「まさかこんな数の竜騎兵がまだ残っていたなんて」と青ざめながら必死で逃げた。

大陸各地に数多く存在する修道騎士団は、互いに不仲だったり疎遠だったりするために、希少な竜騎兵が複数集まることはなかった。ヴォルフガング一世の武名が、その困難を可能にしたのだ。

「三度《みたび》お目にかかる、イエヤス殿！　戦場で私に会ったら逃げよとは忠告したが、既にこうして互いに出会ってしまった！　もはやエルフ族を守るために降伏するべき時だ！」

「おお、暴痴州《バウティスタ》殿！　そなたが竜騎士を率いておられるとは!?」

と口では丁寧に返事をしつつも、（バウティスタめ、ドラゴンに乗って出撃すると先に言え。さすればどれだけヴォルフガング一世に挑発されても俺は絶対に森から出なかった）と家康は懸命に逃げながらぼやいた。

ドラゴンが吐く炎を避ける呼吸はすぐに摑《つか》んだ。炎を吐いた後、次の炎を吐くまでに一定時間が必要。また、吐く直前に大きく身体を曲げて「溜《た》め」の姿勢に入る。振り向かずとも、影を見ればドラゴンの動作が読める。

だが、一撃でも直撃を食らえば甲冑もろとも熱死することは確実だった。

「大将軍！　竜騎兵の存在に気づいていなかったのはエルフ族の落ち度！　われらが囮《おとり》になります！　どうか落ちのびて下さいませ！」

「そうです、ここであなたが倒れてはエルフは滅びます！　吊り橋まであと僅かです！」

「無駄なことをするな！　お前たちは今日が初陣の若武者！　さんざん戦を経験していながら三方ヶ原と同じ過ちを犯したのはこの俺だ！　かくなる上は一か八かでどらごんを打ち倒し、本物の竜骨を手に入れてくれるわっ！　そうとも。本物の竜骨があれば、これまで製造できなかった強力な漢方薬を完成させることが可能ッ！　俺は慎重な男だが、健康のためならば死んでも構わんッ！」

発想の大転換！

というよりも、家康は絶望的な現実を前にして暴走した！　常日頃押さえつけている蛮勇が、爆発した！

こんな化け物に勝てるか、もうどうにでもなれ！　竜骨！　それは漢方薬の道を究めんとする薬師《くすし》たちにとって永遠の憧れ！　ヱの世界では、現存しない龍の代わりに象や犀《さい》の骨を代用していた！　もっとも有効な竜骨は唐国の山中で取れる「化石」だったが、あれとて真の龍の骨だったかどうかは疑わしい！

だが今、目の前に生きた本物の龍がいる！　ならば万難を排して竜骨を手に入れてこそ、真の薬師！　異世界でなければ決して入手できないのだぞ、命を賭けるは今だ家康よ！

「えっ？　い、イエヤス様？　ちょ、ちょっと待って下さいっ！」

「あれは薬の原料じゃないですから！　神獣ですから！　気合いでは倒せませんから！」

「神剣ソハヤノツルキならば、龍の逆鱗《げきりん》をも貫けるかもしれん！　南無八幡大菩薩《なむはちまんだいぼさつ》！　我に竜骨を与え給《たま》え、究極の漢方薬を我に作らせ給え――！」

「おやめくださいーっ！　一体でも勝ち目がないのに、

七体を相手にするなんて大将軍様でも不可能ですからっ！」

「生薬に用いるならば、一体捕獲できればそれで十分ッ！」

「ですから、薬のことは今はお忘れ下さい！　ダメだ、セラフィナ様の仰っていた通りになってしまった！　薬のためなら死んでも構わんと人変わりされておられる！」

いったいなにをやっている、私と一騎打ちするというのならば応じるが一角馬とドラゴンではあまりにも戦力差が――とバウティスタのほうが戸惑っていた。あの慎重な家康が目を血走らせて「竜骨をよこせええぇ！」とこちらに向き直り、エルフたちに押さえつけられて前進を阻まれているのだから。

「あーもう、イエヤスってば～！　やっぱり健康に目が眩《くら》んで暴走してるぅ～！　エレオノーラ、銀の樺《かば》を！」

「ええ、セラフィナ様。『解放の魔術』――銀の樺よ、ドラゴンの足止めをお願い致しますわ。伸びよ、そしてドラゴンどもの尻尾に絡みつきなさい――」

「その隙にすかさず『盾の魔術』を展開っ！　魔術防衛隊、全員で巨大な壁を張って時間を稼いでっ！　イエヤスたちを森へ収容するまで頑張ろーっ！」

「「はいっ！」」

宇宙トネリコの杖《つえ》を手にした魔術防衛隊を率いるセラフィナ、そして銀の樺の種子を籠に入れて吊り橋を渡り駆けつけてきたエレオノーラが、かろうじて救援に間に合った。

ことの起こりは、家康が出陣した直後だった。エレオノーラが「イエヤス様はワイバーンもスライムも倒した真の勇者様ですが、加えて慎重なお方。万が一ドラゴンが出てきた時の対策も当然済ませておられますよね？」とセラフィナに問いかけた瞬間に、セラフィナは「あーっ？　ドラゴン使いの竜騎兵の存在を、イエヤスは知らないかもーっ？　ワイバーンだけが龍だと思い込んでいる節が……！」と気づいた。

「迂闊《うかつ》！　もう全滅したとは言われているけれど、もしかしたら隠し球として投入されてたりして……そうなったら、『行けるって！』って煽《あお》った私がまーたイエヤスに叱られちゃう！　ううん、それ以前にイエヤスはスライムの時みたく貴重な薬の原料を手に入れると暴走してドラゴンと戦いはじめかねない、なんの準備もなく！　イエヤスが死んじゃう！」

焦ったセラフィナは急遽《きゅうきょ》、魔術防衛隊の面々を集めて家康を救うため、吊り橋を渡って森から平原へと駆けつけてきたのだった。

もちろん、セラフィナと家康の危機をエレオノーラが黙って見ているわけもなく、「妾も共にイエヤス様をお守りしますわ！」と銀の樺の種子をかき集めて同行したのである。

「おお、世良鮒に阿呆滓まで？　危険ではないか、森から出るなっ！　俺は今、竜骨狩りの戦いで忙しいのだっ！　夢の竜骨が今、目の前にいいいいッ！」

「おわ～っ、やっぱり正気を失っている～ぅ！　エレオノーラ、銀の樺の枝をイエヤスの身体に巻き付けてっ！　エッダの森めがけてイエヤスを強制的に射出！」

「そ、そんな雑な扱いをしてだいじょうぶでしょうか、イエヤス様のお身体は？」

「だいじょうぶだいじょうぶ！　神木の枝に引っかかって止まるように狙いを定めて！」

「え、ええ。し、失礼しますわねイエヤス様！」

バウティスタ率いる竜騎兵たちが「女王陛下自身が出てきただと？」「なんだこの木は？　意思を持って襲ってくる！」と急激に成長してドラゴンの自由を奪おうと暴れる銀の樺に戸惑い、「焼き払え！」「溜めの時間が必要だ！」「回避して回り込もうとしたが、半透明の壁に突き当たって進めない！」「魔術防壁だ、ドラゴンの爪で叩き割れ！」と足止めを食っている隙に。

「やめよーっ、邪魔をするなああああっ！　竜骨を、竜骨をわが手に……おわああ～？　おのれ世良鮒！　阿呆滓よ、お前もか！　なぜみんな、俺の生薬採取を邪魔するのだぁ～あ～あ～ぁ～……」

家康の身体は銀の樺の枝に絡まれ、問答無用でエッダの森めがけて射出されていたのだった。

「しまった！　イエヤス殿を逃がされた！　竜騎兵、撤退する！　エルフ軍は、魔術部隊をも強化している！　しかも未知の新式魔術まで用いるとは！」

想定以上に守りが堅い、この七騎だけでエッダの森まで攻め入るのは危険だ、とバウティスタは瞬時に判断を下していた。

「「了解！」」

「イエヤスが吹っ飛んでいったっ！　よっしゃー！　みんな無事だねっ？　こちらも全軍、すかさず撤退～っ！」

「……す、凄まじい勢いで飛んでいきましたが……だ、だいじょうぶでしょうか？」

「へーきへーき！　治癒の魔術をかければ、骨ぐらい折れててもくっつくっしょ！」

「……そ、それはだいじょうぶではないと思いますわよ、セラフィナ様……妾はしばらく懺悔《ざんげ》室で反省致しますわ……イエヤス様を放り投げた罪を……己自身の背中を鞭打《むちう》って」

「へーきへーき！　イエヤスはどーせすぐに正気に戻るから、エレオノーラはすっごく感謝されるって！」

ここに家康は九死に一生を得た。

家康があの強大な神獣ドラゴンを前にしてなお一歩も退かずに果敢に戦おうとした姿は、「薬マニアの家康が竜骨欲しさに私欲で暴走した」という事情を知らないエッダの森の住民たちにとっては、まさしく恐れを知らない万夫不当の英雄にしか見えなかった。

よもや、ドラゴンの群れにたった一人で相対して千のエルフ騎兵たちを下がらせ、自ら殿《しんがり》役を引き受けて剣一本で立ち向かうとは——勇者家康の勇気と胆力そしてエルフの「仲間」たちを想《おも》う心は、まさしく真の英雄！

まさかドラゴンが漢方薬の原料に見えていたなどとは思いもつかないバウティスタ率いる竜騎兵団も「さすがはイエヤス殿。お見事な騎士ぶりだった」と感服し、ヴォルフガング一世に「奇襲には成功しましたがイエヤスからまさかの抵抗を受けて、捕らえ損ねました。しかもエルフ軍は攻守ともに別物に生まれ変わっております。彼は敵ながら古今無双の勇者です」と口々に家康を讃《たた》えたのだった。

この報告を聞いたヴォルフガング一世は、無言のまま手にしていたティーカップを床に叩きつけ唇を噛み破っていた。

（イエヤスはただの小心者ではなかったのか!?　これ

は予想以上に手こずる。ここで苦戦すれば余の戦歴に傷が付き、不安定な王位が危うくなる……！）

神木・宇宙トネリコの枝の上に落下し、「だ、だいじょうぶですかイエヤス様？」と素早く駆けつけたイヴァンに天守閣の一室に担ぎ込まれ、「よくも竜骨採取を邪魔しおったな！」とセラフィナの治療を受けながら爪を噛んでいる家康の実像を知らない者たちにとっては、七騎の竜騎兵に雄々しく立ち向かって家臣団全員を無事に逃がしきった家康は、もはや種族を超越した伝説の英雄そのものとなった。

だが、その当人は今、複数の箇所を骨折して担ぎ込まれた治療室で激怒している。

「世良鮒よ。お前はわかっていないのだ、竜骨がどれほど貴重品かを……！　痛っ……あ痛たたたた……！　どうして治癒の魔術をかけられているのに全身が痛むのだーっ!?」

「ちょ～っとばかり強めの術だからぁ～。ドラゴンの骨ならば、山を探険すればいつかは見つかるからさぁ。生け捕りは無理だから！」

「いや、化石よりも生きた龍の骨のほうがずっと効くはず……いだだだだだ！」

「薬の話は後！　今は、どうやってドラゴンを倒すのかを考えようよ～。数が多いしさ～。あの巨体でしょ？　燃費が悪い獣だから稼働時間は短いしぃ、一体ならばなんとかできそうなんだけどねー」

「一体でもいい、俺の一生分の竜骨が手に入る。どうすれば倒せる、あの怪物を？」

「うーんとね。わかんなーい！」

「怒るぞ」

「いだだ。とんがり耳を引っ張らないで～！　あ、そうそう！　エレオノーラを褒めてあげて～！　エレオノーラってば、イエヤスを放り投げたことをすっごく悔いてるから～」

「……む。わかった。阿呆滓には、恩賞及び謝礼としてすらいむ肉を届けておこう」

「だーかーらー、他にないのっ？　女の子に対してスライム肉以外の贈り物はっ？」

「では、房婦玩具から送りつけられた黄金の便器を阿呆滓にくれてやるか。俺の懐も痛まんしな」

「ドケチがぁ！　お年頃の女の子に便器を贈る勇者がどこの世界にいるんじゃいっ！」

　寝台に寝かされ治癒の魔術をかけられて傷が癒えていく間に、家康もようやく落ち着きを取り戻していた。

「俺はまたしても健康のために暴走してあんな危地に。悪癖すぎる」と自己嫌悪に打ちひしがれて頭を抱えつつ、ヴォルフガング一世の罠に完全に落ちて敗れたことを悔いた。

　家康が「外様将軍」という微妙な立場にいることを見越した王は、家康を挑発すればプライドの高いエルフ貴族が強引に彼を戦場に立たせることになる、家康は断れない、と見切っていたのだ。そして、今までずっと伏せていた竜騎兵を一斉に投入した――家康が助かったのは、千のエルフ騎兵たちが自分に最後まで忠誠を尽くしてくれたため、そしてセラフィナとエレオノーラが救援に来てくれたためだった。

　とりわけセラフィナは、ドラゴンを目にした家康が健康癖を爆発させて暴走することまでよくわかっていて、大急ぎで森から飛び出してくれたのだ。

（……よき家臣、いや、仲間を俺は得られたものだ。だが、ヴォルフガング一世は想定以上に手強《てごわ》い。慎重な俺が野戦で敗れるとは。あの王の戦巧者ぶりは武田信玄公と同等、あるいはそれ以上……絶対にヴォルフガング一世に野戦を挑んではならぬ。さて、あの七体のドラゴンをどう防ぐか……あの王も平民出身の外様王だ。乾坤一擲《けんこんいってき》の奇襲作戦に失敗した今、すぐには籠城戦へは移行できまい。一戦を仕掛けてくるだろうか）

　戦は虚々実々の駆け引き。この時家康とヴォルフガング一世は、互いに互いの思考を先の先まで読みあい続けている。

「世良鮒。房婦玩具は即座に竜騎兵を再び押し立ててくるだろうか？」

「さっきの戦闘でかなりプネウマを消耗したから、すぐには動かせないんじゃないかなぁ？　こちらの魔術防壁が強化されたことも知っただろうしぃ。いくらドラゴンでも、あの壁を強引に破ったらその時点で体内のプネウマをほぼ使い果たしちゃうからねっ！」

「……ふむ。ならば今後は、房婦玩具は俺の予測通りに戦を進めてくるな。唐突な想定外の事態を前に少々動揺したが、ここからは全て手筈《てはず》通りにやるぞ――」

「少々どころじゃないじゃん、イエヤスってば健康に目が眩んで錯乱してたじゃん！　二度とリューコツを求めて暴走しないでよねっ？」

「……人間にはな、命よりも重要な趣味というものがあるのだ。ううむ。なんとしても欲しいな、竜骨……」

「そっちを目的にしなーい！」

第三話

ヴォルフガング一世は、ゲイラインゲル丘陵の本陣で表情をこわばらせていた。

「フン。想像以上に『盾の魔術』の使い手が増えている。しかも術士たちが個々に戦っていたかつてのエルフと異なり、多数の術士が緻密に術を重ねがけすることで防御力が大幅に向上している。エッダの森上空から竜騎兵を強行突入させるのは難しいな。森一面を壁で防がれれば、ドラゴンの炎をもってしても突破は困難だ。無理押しは不可能だな」

エッダの森は、プネウマが非常に強い土地だ。エルフの魔術もまたプネウマを消耗するが、森に籠もる限り、魔術の使い手たるエルフが有利だろう。

緒戦で家康を捕らえて戦争を早期終結させることに失敗したバウティスタは、忸怩《じくじ》たる思いでヴォルフガング一世の隣に侍《はべ》っていた。「竜騎兵急襲」という渾《こん》身《しん》の奇手を躱《かわ》された。しかもエッダの森の対空防御は鉄壁。これからは、ヴォルフガング得意の「物量作戦」が開始されることになる。

「正攻法で吊り橋を確保し、エッダの森の門を破るつもりか、ヴォルフガング」

「そうだな。船団も準備したが、今は雨期だ。水軍で攻めるにはザス河の流れが急すぎる。まずは王国軍の先鋒隊《せんぽうたい》五千を陸路から最前線に投入して、愚直に門を目指す」

「イエヤス殿を侮るなよヴォルフガング。彼は、エの世界で戦慣れしている歴戦の武人だ」

「フン。枢機卿が離席している今は呼び捨てで構わんが、あれが戻って来たら俺のことは陛下と呼べよバウティスタ。騎士団及び竜騎兵は、ドラゴンの回復を待ちながら温存する。先鋒隊が門を破ったら、お前の騎士団を森の中へ突撃させろ」

「承知した。次こそ、汚名を返上する」

ヴォルフガング一世は、歴戦の王国軍の将軍三名を選んで先鋒隊に任じ、「エッダの森を落とした暁にはそれぞれの武功に応じて新たな領地を与える。エルフは接近戦に弱い。功名とせよ」と命じた。

平民あがりで子飼いの郎党がいないヴォルフガング一世にとって、戦争は外様の家臣たちに恩賞として領地を与えるために必要な「仕事」である。

三将軍たちは一斉に出陣し、我先にと吊り橋めがけて兵を進めた。

ヴォルフガング一世のもとで武功を競いあっているこの三将軍は、それぞれ機動力に特化した騎馬兵団、中距離戦での防衛に長けた長槍兵団、近接戦闘に長けた剣士兵団を率いており、戦場では三位一体《さんみいったい》となって敵の砦《とりで》を攻略することを得意とする。三将軍が互いをライバル視して最前線で鎬《しのぎ》を削れば削るほど、かえって軍全体にとってプラスの効果を発揮するのだ——ヴォルフガング一世の家臣統率術と用兵術の巧みさがここにも現れている。

だが、勇躍して出撃した王国軍先鋒隊は、まずはエルフが吊り橋への入り口を塞ぐために新たに築いた森を焼き払わねばならない。前回、王国軍の斥候部隊がこのあたりを調査した時にはなかった、魔術で促成されたらしき森である。それだけに不気味だった。

「ドラゴンに対してエルフどもは奇妙な魔術を用いたが、この森にも術士が潜んでいるのでは？」

「魔術師の気配はないが、かえって怪しい。この森は、イエヤスの罠なのではないか？」

「考えすぎるな！　これはいわゆる『空城の計』、なにかあるように思わせぶりに森を急造しただけのハッタリだ。焼き払え！　陛下が本陣からわれらの槍働きを見ているのだ。陛下は、戦場で将軍が躊躇《ちゅうちょ》することをもっとも嫌われる！　行動あるのみだ！」

ヴォルフガング一世の焦りが、先鋒三将軍にも伝染していたと言っていい。エッダの森侵入を塞いでいる「新たな森」に、三将軍は全軍をもって火攻めを敢行した。

「新たな森」が炎に包まれて焼け落ち、火の勢いが弱まった時にはじめて、彼らは知った。「新たな森」は樹木を円軌道上に並べて「森」に見せかけていただけで、内部には木など立っていないことを。代わりに、円の中心部には難攻不落の「要塞」が建てられていたことを——。

目を疑うような深い二重の堀に覆われた鉄張りの要塞は、王国軍先鋒隊を戸惑わせた。

この世界の砦は基本的に石造りか、あるいは木で建てられている。鉄張りの要塞などは、誰も見たことがなかった。

「な、なんだ、これは!?　漆黒の鉄張り要塞だと!?」

「そうか。周囲に木を張り巡らせて森に偽装し、内部に砦を建てていたのか！　炎を防ぐために鉄張りの砦を築くとは……！」

「いつの間に造った!?　たった半年でこれほどのものを準備できるものか？　そもそも、こんなにも大量の鉄を、いったいどこから？　鉄は貴重品だぞ!?」

要塞の内部から一斉に「厭離穢土欣求浄土《おんりえどごんぐじょうど》」「徳川丸」と書かれた旗印が突き上げられ、鬨《とき》の声《こえ》が上がった。数百の籠城隊が要塞内に籠もっている！　しかもエルフの声ではない。野生味溢《あふ》れる、野武士のような連中の咆吼《ほうこう》だった。

「誰だ。誰が要塞を守っている？　この二重の堀を、馬で突破できるか!?」

「難しいがやってみよう。お前たちも槍兵と剣兵を進めてくれ！　これほどの急斜面だ、恐らく人の脚で上ったほうが早い！」

「承知した！　陛下に先鋒を任じられた以上、ここで退くわけにはいかん！　竜騎兵に続いて二度も攻撃を退けられては、陛下の名折れとなる！」

この最前線に慎重なヴォルフガング一世が出てきていれば、即座に「攻撃は待て、要塞を調査してからにせよ」と命じただろう。現に、丘陵の本陣からこの戦闘を見聞していたヴォルフガング一世は「逸《はや》るな！　あれは明らかにエルフの砦ではない！　エの世界の要塞だ！　焦って仕掛けるな！」と叫び、小姓を呼んで早馬を飛ばしていた。三将軍を諫《いさ》めるためだった。

だがこの早馬は、最前線には間に合わなかった。

「来た来た。みんな逸るなよ。イエヤスの旦那の戦術通りにやるんだ。全力で外堀を越えた敵兵が息を切らしながら内堀へ転がり込んできた瞬間まで待て、引きつけろ――」

「「「合点承知！」」」

鉄張りの要塞「徳川丸」内部には、ゾーイ率いるドワーフ隊が待ち構えていた。鉱山でドワーフギルドが産出する金属は金銀だけではない。鉄鉱脈の発見や鋼鉄の錬成もまた、彼らが得意とする仕事である。ゾーイの部下がブロンケン山中で掘り当てた鉄鉱脈が産出した大量の鉄は、家康の命令によって二種類の用途に用いられていた。

　ひとつは、人間軍の火攻めを防ぐために「徳川丸」に張り巡らせる鋼鉄の壁の素材。

　もうひとつは、そう。「徳川丸」内に運び込む鉄砲と弾丸の材料である。

「うひゃー！　まるで二重の堀の波の中を敵兵たちが必死で泳いでいるように見えるぜ！　よっしゃあ、撃てっ！　訓練通りの『三段撃ち』で弾幕を切らせるな、撃って撃って撃ち続けろー！」

「おう！　三ドワーフ一組で一丁の鉄砲の装填、銃撃、再装填までこなすたあ、イエヤスの旦那は頭の切れるお方だぜまったく！」

「戦といえば一騎打ちしか知らねえ俺たちドワーフとは、頭の造りが違う勇者様よ！」

　凄まじい轟音とともに、「徳川丸」の鋼鉄の壁のあちこちから伸びてきた鉄砲の銃口が火を噴いた。馬ごと堀へ飛び込んだ騎兵は、馬ともども倒れ込んでいた。最初に騎兵が混乱し、続いて槍兵も剣兵もその混乱に巻き込まれた。皆、二重堀の内部深くへと進行しており、さらに後方から来る自軍の兵が邪魔になって容易に退却できない。

「あの弓術に異様なプライドを持つエルフが鉄砲を用いるだとっ!?　馬鹿な？」

「違う、この声はドワーフだ！　ドワーフ隊が鉄砲を撃っている！」

「信じられん。とんでもない数の鉄砲だ、まったく撃ち止《や》まん！　退け、いったん退けっ！　堀の中にいては鉄砲の的にされるだけだ！」

「徳川丸」へと攻めかかった先鋒隊は、一瞬のうちに大混乱に陥っていた。

　このような奇怪な鉄張りの要塞を森の中に隠していたことも想定外だったが、集団戦術を用いないはずのドワーフがこれほどに統制された鉄砲隊を率いて切れ目なく弾幕を張り続けることも彼らは未経験だったのだ。

　しかも、いつものように「一騎打ち上等！」と蛮勇を奮って鉄砲や斧《おの》を担いで飛び出してくるドワーフがいない。皆恐ろしいまでに冷静かつ慎重で、これほど優勢に戦を進めていながら一歩も要塞から出てこない。淡々と弾幕を張り続けている。異様だった。

「……イエヤスだ。あの者が、エの世界の戦術を我の強いドワーフどもに教え込んで、ここまで見事に使いこなしているのだ……恐ろしい男だ……！」

「いったい何丁の鉄砲を準備している？　撃ち止む隙がないとは、どういうからくりなのだ？」

「とにかく全軍撤退だ！　撤退しろ！　われらが敗走する隙を衝《つ》いて必ずドワーフどもは追撃をかけてくる、急げ！」

三将軍率いる先鋒隊は、壊乱しはじめた。銃弾が飛び交う中、馬を捨て、槍や剣を捨てて、皆顔面蒼白《がんめんそうはく》となって「徳川丸」が誇る二重堀を逆方向に突き進んだ。

もしもこの時、「伝令では間に合わん！」とヴォルフガング一世自身が馬に乗って最前線へ急行し、「者ども、混乱するな！　落ち着け！　整然と退却せよ！　混乱する者は余が斬り捨てる！」と後方から指示を飛ばしていなければ、先鋒隊は文字通り全滅していただろう。ゾーイ率いるドワーフたちは既に追撃準備に移りつつあったのだから。

「おおっ、陛下！」

「申し訳ござらぬ！　イエヤスの面妖なる戦術に敗北してございます！」

「兵たちに落ち度はありません、処罰はわれら三将軍が――」

ヴォルフガング一世は泰然自若。壮絶な落ち武者姿となった三将軍に「敵は未知のエの世界の勇者だ。これは余の不明である、誰も罪に問わぬ」と告げると、壊乱しつつあった先鋒隊を強引にまとめ直し、素早く兵を退いた。

敗残兵も皆、ヴォルフガング一世の出馬を知って、冷静さを取り戻した。

（ドワーフどもが調子に乗って追撃してくれれば即座に反転し、返り討ちにしてくれる！）とヴォルフガング一世はドワーフ隊の出撃を誘うように本陣方面へと行軍したが、あの短気で好戦的なドワーフたちがまったく要塞から出てこない。

「やるなイエヤスめ！　余が乗り込んできた際の対応までドワーフどもに指示済みか！　こんな化け物のような要塞を完成させていたとは……余が情報を摑めな

かったということは、建設着手から完成まで一ヶ月も要していまい！　しかも、これほど大量の鉄砲を調達していただと!?　ドワーフどもに製造させたのか？」

教団は、対魔王軍戦以外の戦争での鉄砲の使用を原則的に禁止している。ヴォルフガング一世には教団への信仰心などないが、表向きだけでも教団に服していなければ破門の恐れもある。故に彼は鉄砲隊を採用していないのだが、家康は「教団など知ったことではない」とばかりにこれを無視したのだった。

「……皇国が、エの世界から来た勇者を異教徒と呼んで恐れる理由がわかった気がする。戦争のルール、常識が、エの世界とわれらの世界では違うらしい。余も騎士道精神などは持ち合わせていないが、イエヤスは魔王よりも魔王的な戦い方をする男よ。余はようやく、好敵手に出会ったぞ！」

緒戦の奇襲失敗に続き、先鋒隊を「徳川丸」に粉砕されたヴォルフガング一世は、本陣へと舞い戻るや否や、即座に小姓たちに「大砲」の実戦配備を命じていた。

攻城兵器である大砲は、対人兵器である鉄砲よりも教団による規制が緩く、制限こそ多いが「使用禁止」されてはいない。この世界の大砲は（教団による制限のため）榴弾《りゅうだん》は発明されていないが、王国軍が極秘裏に改良した砲弾の貫通威力と有効射程は、家康が大坂の陣で用いたカルバリン砲にも匹敵する強力なものだった。

平民出身のヴォルフガング一世は、この大砲の運用を得意としていた。レイン河を運ばせてきた大砲は実に百門にも上る。もしも教団が大砲の進化に歯止めをかけていなければ、ヴォルフガング一世は恐らくこの十年の間に榴弾を開発させていたことだろう。

「先鋒隊の救出、お見事でした。ですが、早くも大砲を用いるのですか、陛下？」

「ま、待って下さいよ陛下。皇国の規定で、戦場への大砲の実戦投入と運用には事細かな制限事項が定められているんですよぅ？　ボク、膨大な始末書を書かされちゃいます」

騎士団長バウティスタ、そして慌てて本陣に舞い戻ってきたグナイゼナウ枢機卿がヴォルフガング一世を止めたが、生まれてはじめてとも言える苦戦を強いられているヴォルフガング一世は「フン！　相手はエの世界の勇者だ、従来のエルフ軍とはまったく違う！　トクガワマルの攻略にこだわればイエヤスの思う壺よ！　トクガワマルは無視し、大砲の集中砲火をもって『盾の魔術』が張り巡らせた壁を突き破り、エッダの森のテンシュカクを粉砕する！」と叫んでいた。

「この戦争は、長引けば長引くほどイエヤスが有利になる！　トクガワマルを見てわかった！　奴は本質的に『待ち』の男よ！　奴は、魔王軍蜂起による時間切れを狙って敢《あ》えて余を長期戦に引き込もうとしているのだ。だが、そうはさせぬ！」

「エッダの森へ直接大砲を撃ち込むと？　テンシュカクを狙い撃ちすると言っても、市街地にまで被害が及ぶかもしれません。非戦闘員を大砲の的にすることは許されません」

「バウティスタ、問題ない。命中精度を高めるためにぎりぎりまで大砲を前進させる。あのテンシュカクという馬鹿げた高層塔は、まさしく大砲の的だからな！　あの塔の上層階にイエヤスたちエルフ首脳陣が陣取っていることは、既に間者からの報告によって判明している。エの世界では、巨大城塞には必ずああいう高層塔を建てるそうだ！」

バウティスタは知らないことだが、無論この「間者」とはイヴァンである。

「テンシュカクに籠もるイエヤスを狙い撃ちして倒す。あるいは負傷させる。それで連中の指揮系統は寸断される。イエヤス以外に、ドワーフやエルフたち混成異種族軍をこれほどに使いこなせる指揮官はいない！　よいなグナイゼナウ！　聖下には、よろしく報告しておけ！」

「……うえぇ。しょ、承知しましたよぅ陛下。敵は、禁断の鉄砲を大量に投入してきた文字通りの異教徒ですから、今回だけはしょうがないですねぇ……ああ、膨大な始末書……」

「バウティスタ！　大砲の一点攻撃でエルフ魔術の『壁』を突き破り、テンシュカクに砲弾が着弾したら、すかさず竜騎兵を『壁』の裂け目から突入させよ！　次こそイエヤスを捕らえよ、逃げ足が速くて捕縛できぬのならば討ち取れ！　司令塔のテンシュカクさえ制圧してしまえば、後は一気呵成《いっきかせい》よ！　よいな！」

「……御意」

バウティスタは（長期戦化すれば双方に被害が増え、魔王軍を利するばかり。今度こそイエヤス殿を捕らえねば。だが……ヴォルフガングは珍しく焦っている）と歯がみしていた。

バウティスタにとっても、常に冷静なヴォルフガング一世が戦場でこれほど焦っている姿を見たのは十年ぶり。父ワールシュタットの戦死を彼が知った時以来だった。


ザス河沿岸ぎりぎりまで前進させた百門の大砲による、エッダの森天守閣への一斉砲撃。

夕刻にはじまったこの壮絶な作戦は、「い、一応、聖下へのご報告のために見届けますね？」とヴォルフガング一世の隣に馬を進めて見物していたグナイゼナウ枢機卿が「ひいいいっ!?」と腰を抜かして落馬するほどに壮絶なものとなった。

ヴォルフガング一世は「徳川丸」の周囲に、急造させた付け城を複数配置して籠城中のドワーフ隊の動きを封じつつ、エッダの森へ大砲の照準を合わせて天守閣一点狙いで続々と砲弾を撃たせたのだ。

エッダの森は河に浮かぶ中州城ながらも城壁が高く、今までは内部の建物に狙いを定めて砲撃することは不可能だった。だが、エの世界から来た家康は、彼の世界の常識を異世界に持ち込んで高層塔をわざわざ建てていた――天守閣という奇妙な名前の塔を。しかも、高層階に本陣を置いて幹部を集めているという。

「フン！　イエヤスめ。この世界の大砲を甘く見ていたようだな。エルフが森に十年引きこもっていた間に、余は教団の監視を掻《か》い潜《くぐ》って密かに大砲を改良し、射程を伸ばしたのだ――河岸から、テンシュカクが丸見えだぞ」

エルフ魔術防衛隊が森の上空に展開する「盾の魔術」にも、限界がある。魔術が展開する壁を維持するために、大気及び術士体内のプネウマをおびただしく消耗するためだ。ドラゴンが飛翔《ひしょう》し炎を吐くごとに稼働時間を減らしていくのと原理は同じである。たとえプネウマに満ちたエッダの森という地の利を得ていても、天守閣一点狙いの集中砲火に対して術士たちが展開している壁はいつまでも保《も》たない。

これに対して、物理兵器は「疲れ」を知らない。プネウマを用いないからだ。プネウマも魔術も利用できない劣った人間が、魔術に長けたエルフを退けて大陸の覇権を握った一因が、この物理兵器の発達にあった。

「見よ！　テンシュカクを守る天空の『壁』に亀裂が入ったぞ！　あそこを狙って撃て！　集中して亀裂を一気に切り裂け！　エルフと魔術の時代は今日で終わりだ！　余が、人間の時代を切り開く――魔王を討つ者は伝説の勇者ではなく、この余だ――！」

砲撃すること八時間。深夜に至り、ヴォルフガング一世が馬上で膝を打った。

随行していたバウティスタは（ついに壁が突き破られた！　テンシュカクに被弾した！　このままではイエヤス殿たちが……！）と一瞬声を失ったが、天守閣が炎上すれば彼女は竜騎兵を率いて突入しなければならない。その時は刻一刻と迫っている――。

だが実はこの時、家康とセラフィナたち首脳陣は既に天守閣を捨てていた。


天守閣が被弾するよりも早く、地下大空洞に造営した「地下総合本部」へと移動していたのである。

この広大な地下空間はかつての旧神殿跡で、神木・宇宙トネリコが屹立《きつりつ》する現聖地の真下にある。ターヴェッティが、エッダの森をはじめて訪れた家康を案内した旧聖地だ。

家康は、宮廷に詰めていたエルフ貴族はもちろん、市街地に暮らすエルフ平民やドワーフ、ダークエルフ、クドゥク族ら異種族も皆ことごとくこの地下空間に疎開させていた。

地下総合本部の自室のベッドで「いだだだだ。まだ世良鮒たちに投げられた疵痕《きずあと》が痛む……射番《イヴァン》、すまんが腰を揉《も》んでくれ」と呻《うめ》いていた家康は、上空から響いてくる大砲の轟音に辟易《へきえき》しながらも、イヴァンにかいがいしく面倒を見てもらっていた。

「射番、ここなら王の目も届くまい。俺が天守閣をわざわざ建ててみせたのは、大砲の弾を天守閣に引きつけて無駄撃ちさせるためよ。大坂の陣では主戦派の淀《よど》君《ぎみ》を恐怖させて和睦に持ち込むため、俺も大坂城の天守閣を南蛮渡りの大砲で攻撃したものだ。もっとも、どらごんは想定外だったがな」

「はい、イエヤス様。ドラゴンが出現した時には、イエヤス様をお救いに行けずもどかしかったです」

「お前が二重間者を続けてくれているおかげで、房婦玩具の目を天守閣に引きつけることができた。着々と房婦玩具をこちらの予定通りに誘導できている。礼を言うぞ射番」

「……そ、そんな。僕はイエヤス様のご命令通りに動いているだけで……お褒め頂き、あ、ありがとうございます……」

まーたイヴァンといちゃいちゃしてるー！　やっぱりお稚児趣味だー！　お稚児趣味なんだー！　と拗《す》ねながらセラフィナが部屋に押しかけてきた。家康は「お前は大砲の轟音に怯えるえるふ貴族どもを励ます仕事を捨てるな」と手を振って追い払おうとした。

「エレオノーラが私よりきっちりとその役を務めてくれているので、いいんですぅー！　でもエレオノーラって大砲の音が苦手みたいでねー、すっごく顔色が悪くて心配なんだけどぉ。私も苦手っ！　エルフって自然ほら、聴覚に優れているからねー。大砲の音って自然界に存在する音じゃないから、すっごくイヤ～な気分になっちゃう！　だっからー、イエヤスもみんなの前に顔を出してくんない？」

「……お前たちにやられた腰の痛みが治まればな。少し待て」

「ぶーぶー！　エルフたちは、地下要塞に改造された旧聖地の姿を見てみんな呆然自失《ぼうぜんじしつ》状態なんだからさー！　一言、詫《わ》びを入れてあげてよー！　だいたいなんの意味があるのよぅ、天守閣を撃たせている間に地下に潜ることに？」

「いちいち説明せねばならんのか？　天守閣という囮を用いた第一の目的は、三度までも房婦玩具の戦術をくじいて奴を追い詰め、『最終手段』を強行させる方向に誘導することだ。房婦玩具は切れ者、いずれ天守閣がもぬけの殻だと気づくだろう。壁の裂け目からどらごんをえっだの森へと突入させれば一目瞭然だからな。ふたつめの目的は、時間稼ぎだ」

「ほへ？　時間稼ぎ？　どゆこと？」

「実はまだ、対房婦玩具戦に備えて憎威《ゾーイ》に命じていた大工事が完成していないのでな。徳川丸を建てて先鋒隊を引きつけたのも、俺が陣取っていると言いふらさせた天守閣を砲撃させているのも、全てはどわあふに時間をくれてやるためよ」

　えー？　ゾーイはトクガワマルに籠もって戦ってたじゃんとセラフィナは首を捻《ひね》ったが、家康は「今日あそこで戦っているどわあふはごく一部だ。残りのどわあふは、朝からずっと地中を掘っている」と面倒臭そうに再び手を振ってセラフィナをあしらった。なんで私への態度とイヴァンへの態度が違うのよーっ雑でしょーっ私の扱いが雑でしょーっ！　とセラフィナはますますムキになって家康に突っかかる。

「……身体のあちこちが痛いせいか、そのキンキン声が頭痛を誘発するのだ」

「キンキン声～？　これは地声ですから！　まあトクガワマルが凄《すご》い要塞だということは認めるけどね。でも、ちょっと鉄砲を撃ちすぎじゃない？　人間軍の兵士たちがかわいそうすぎない？」

「で、ですがセラフィナ様。人間軍の数の多さを考えれば、あれくらい堅牢《けんろう》な要塞を築いていなければ今頃は吊り橋を占拠されてエッダの森の門を突破されていたでしょう」

「はっ？　それもそうだねーイヴァンちゃん。うーん、イエヤスってばやっぱり勇者なんだねー。度を越したケチだけどさー、戦争にかけては独創的な天才なんだねー」

「世良鮒。あれは、大坂の陣の折にわが徳川軍をさんざん翻弄した真田幸村が築いた要塞『真田丸』を丸ごと真似して造らせたものよ。真田丸は文字通り難攻不落でな、何千もの徳川兵が真田兵に討たれた……真田幸村こそは恐ろしい日本一《ひのもといち》の兵《つわもの》であった。あと、鉄砲の三段撃ち戦術は織田信長公が長篠で武田騎馬隊を倒すために考案されたものだ」

「全部人真似《ひとまね》だったんかーい！　でもでも、イエヤスはそのサナダマルを攻略したから大坂城を落とせたんでしょ？　どうやったの～？　あんなものを陥落させるなんて無理じゃん？」

「うむ。俺にも攻略できなかった」

「攻略できなかったんかーい！　じゃあ、いったいどうやって戦に勝ったのよう？」

「……真田丸は落とせんと諦めた俺は、大坂城の天守閣に籠もっていた秀頼《ひでより》公の母君・淀君をめがけて大砲を撃ちまくって恐怖させ、強引に和睦に持ち込んで真田丸を破却させたのだ。その直後に、和睦を破って裸城になった大坂城に再び攻め込み落城させた。砦を攻めるよりもまず心を攻めるというやつよ」

「どわーっ？　あんたという男はいったいどこまで狸《たぬき》なんじゃーっ!?　なんて卑劣なっ？　イエヤスってばぁ、ほんとに勇者なんですかっ？」

「なにを言う世良鮒。あんな難攻不落の地獄のような砦を正面から強引に落とそうとすれば、何万何十万と兵が死んでしまうではないか。下手をすれば長篠での武田軍のように全滅していたかもしれん。知略謀略を用い、あたら家臣の命を犠牲にせずに勝ちを収めてこその天下人であり勇者である」

「そうだけどお！　でもー、なんだか納得いかなーい！　絶対に後世で不人気だよイエヤスってば～！」

「俺は現実主義者。自分が死んだ後の世界での評判などどうでもよい。それに死に際して神号をもらっておいたから、表だって俺の悪口を言える者はおらんだろう。徳川幕府が潰れれば滅茶苦茶《めちゃくちゃ》に言われそうだが、そんな未来のことまで考えるのは無駄というものよ」

「ああそう！　で、この先どうするんですかーっ!?　地上に展開している壁がどんどん破られてるんですけどーっ？　魔術防衛部隊もいい加減、活動限界寸前なんですけどーっ？」

ともあれ地下大空洞に疎開しているエッダの森の民に家康とセラフィナが揃って姿を見せ、声をかけて励ます必要があった。とりわけ大砲の轟音が彼らを怯えさせているこの夜は。

家康は「仕方ない。射番、世良鮒。しばし散歩がてらに地下空洞を一周する」と重い腰を上げ、夜を徹しての地下空洞漫遊を開始した。

「ほんとうにエッダの森はだいじょうぶでしょうか、勇者様」

「女王陛下。森をドラゴンの炎に焼き尽くされる恐れはないでしょうか？」

と、地下に避難して仮設住宅に移っていたエルフ平民たちが、家康とセラフィナに不安そうに声をかけてくる。

そのたびにセラフィナは「イエヤスに任せておきな

さいって！　だいじょうぶだいじょうぶ！　エの世界の勇者は生涯無敵無敗だもの！」と彼らに天然の愛《あい》嬌《きょう》を振りまいて、皆の心を落ち着かせるのだった。

内心では（イエヤスの防衛計画の全貌って、私、ぜんぜん教えてもらってないんだよね〜。ほんとにだいじょうぶかなあ？）と冷や冷やしているのだが。

ああ、こんな時にも笑顔を。ご立派になられて女王陛下……あなた様の笑顔を見るだけで安心できます、とエルフたちは感涙にむせんだ。皆、十年前の王都落城の悲劇を経験している。あの時にエレオノーラと抱き合って泣いていた幼かったセラフィナが、今や立派に成長して女王に即位している。そのセラフィナを守るは、エの世界から召喚されし勇者家康と、親友のエレオノーラ。敗れるはずがない！　と彼らは希望を抱いた。

「いや待て世良鮒、嘘《うそ》はいかんぞ。俺は生涯無敵無敗などではない。何度も戦場で絶望して切腹しようとした男だ。三方ヶ原では、武田信玄公に文字通りくそみそに負けて……」

「ここで自ら焼きミソとか食い逃げの話をするんかーいっ!?　みんなをこれ以上不安に陥れてどうするんじゃーい!?　最終的には勝ったじゃん、勝ってんじゃん！　だってさ、ミカタガハラで勝ってなきゃ生き延びて天下人になれてないじゃん!?」

「いや。信玄公は三方ヶ原で俺を完璧に撃破した後、再起不能と化した俺を『捨て置け』と無視して信長公との決戦に取りかかり、その途中でたまたま病に倒れて死んでくれただけだ」

「待って待ってーっ！　どうしてイエヤスってば、必要ない時だけ正直になるのよーう？」

「無敵無敗の将よりも、負けに負けを重ねながらもしぶとく生き延びて最後に勝ち残った武将のほうがずっと強いのだと、俺は声を大にして主張したいのだ」

「誰にじゃい！」

「覚えておけ世良鮒。天下人に必須なものは戦の強さではなく、命を長らえる健康であり効能ある薬である！　だから、お前も竜骨を手に入れる方法を真剣に考えるのだ！」

「まだ言うとるのかーっ！　今はそれどころと違うわーっ！」

なんだか会話の内容が怪しくない？　とエルフたちが眉を顰《ひそ》める中、セラフィナは慌てて家康とのどうでもいい話を打ち切った。

「と、とにかくみんな～？　作戦の内容はまだ明かせないけれど、イエヤスには必勝の策があるんだから！　イエヤスは狸っつーか腹黒っつーか、あのヴォルフガング一世よりも一歩上手を行く旦那だよ～？　エの世界の戦場で戦うこと七十五年だっけ？　長寿のエルフ族にもこれほどの歴戦の戦士はいないじゃん？　任せておきなさいって！」

「ほ、ほ、ほ。左様ですな。エルフ族も古代には千年の寿命を保っておりましたが、今では寿命百年となりましたからのう」

静かに笑いながら、エルフ族最長老ターヴェッティが杖を突きつつ家康とセラフィナの前に現れた。ターヴェッティもまた、家康たちと同様に地下で怯える民たちに励ましの言葉をかけて回っていたのである。

「おお、田淵殿《ターヴェッティ》。えるふは昔、千年の寿命を保っていたのだな。それがなぜ百年に？」

「長い年月とともに、大気と大地のプネウマ濃度が薄まったからですな。プネウマを活用できぬ故にあらゆる種族の中でもっとも劣っているとされていた人間が台頭して大陸の覇権を握ったのも、彼らがプネウマを必要としない人間独自の文明を築いてきた結果でしょう」

「そうか、人間はぷねうまを使えぬのだったな。俺はぷねうまを肺から取り込めるが、それは勇者特典という奴だったな。ぷねうまの濃度をさらに高められれば、俺も千年生きられるのだろうか？　試してみる価値はありそうだが……不老不死の研究か。薬学を極める者の夢だな」

「だからイエヤスぅ～？　健康の追求はぁ、戦争が終わってからにしようねえ～？」

「こら世良鮒、痛い。耳を引っ張るな」

「いつもイエヤスがとんがり耳を引っ張るから、お返しだよっ！」

ターヴェッティを一行に加えて先を進むと、ファウストゥスが独りきりで嫌光性の芝の上に座り込んでいた。

エルフたちは彼を恐れて誰も接近しないため、ファウストゥスは悠々自適の表情で相変わらず多数の水晶球を操って地上の様子を監視している。既に天守閣は半ば倒壊寸前となり、天守閣の上空に張られている「壁」には大きな亀裂が入っていた。明日の明け方まで保つかどうかというところでしょう、とファウストゥスは家康に報告してきた。

「桐子《キリコ》、兵糧の調達のほうはどうだ？　房婦玩具も買い占めに奔っていたはずだが」

「ふ、ふ、ふ。わが主のお言いつけ通り、これまで稼いできた黄金の大半を用いてエッダの森周辺の都市で兵糧を買い漁《かあさ》り、地下空洞に運び込んでおきました。イエヤス様の個人資産やエレオノーラ様からのご寄付も全部使い果たして、ヴォルフガング一世軍の言い値の三倍の価格で片っ端から買い占めましたよ。水は地下湖に豊富にありますので、これにて水と食糧を全住民の三年分、備蓄できました」

「うむ、ならばよし。地上とこの地下空洞を繋《つな》ぐ連絡坑道の安全性は？」

「ドワーフ族が張り巡らせた坑道から住民を地下に退避させた後、全ての出入り口を閉じております。巧妙に自然の中へ隠しておりますので、森を苦手とする人間には容易に発見できますまい。再度地上へ出る際には、わが使い魔が出入り口周囲を監視しますので、敵に目撃されることなく安全に移動可能です」

「よくやった桐子。これで、大砲に怯えて和睦論を唱えはじめる者が出てくる心配はないな。仮に出てきたとしても、田淵殿、阿呆滓、世良鮒の三人がかりでどうにか言いくるめられよう。うむ、全て順調である」

「うーん。ちょっと待って～？　なんだかイエヤスのほうが森の住民を全員地下に押し込めて人質に取ってるみたいなんですけど～？」

「……気のせいだ世良鮒。俺はただ慎重の上にも慎重を期しているだけのこと。ただ、低地に開けている市街地はいったん諦めて、戦後に再建せねばならぬだろう」

「ぐえっ？　そうなのっ？　あと、エルフは耳が弱点だって言ってるでしょ？　私ももう和睦したいんですけどーっ！　この絨毯《じゅうたん》爆撃、いつまで続くの～？　あーっ、大砲の音が五月蝿《うるさ》いから私の声もどんどん大きくなっていくぅ～！」

「……明日の明け方までは砲撃が続くだろうが、陽が昇ればえっだの森がもぬけの殻になっていることに房婦玩具は気づく。次に王が打ってくる手は、壁の裂け目からどらごんを突入させての森の破壊か、あるいは――」

「ふえっ？　イエヤスぅ、こうして地下に籠もっている間にドラゴンがエッダの森を焼き払うかもしれないってこと？　ちょ、ちょっと待って～!?　みんなの家とか七つの丘とか神木とか、全部灰にされちゃうのっ？」

「いえいえセラフィナ様、ご存じのようにドラゴンは強大ですがそれ故に燃費が悪い生き物ですじゃ。もしも豊潤なエッダの森を炎で焼き払えば、この一帯のプネウマは激減し、ドラゴンの再稼働が難しくなりますじゃ」

「うんうん、ほうほう。それでそれで？　長老様～？」

「イエヤス様が姿をくらまして捕獲困難になったことを王が知れば、ドラゴンによる総攻撃は、イエヤス様が地上に姿を現したその瞬間まで延期されるでしょうな」

「そうだな田淵殿。どらごんの出現は予定外だったが、今回の俺は珍しく運が良い《い》。やはり房婦玩具が次に打ってくる手は、従来通り――王の戦歴から予測した、あの手だ」

　この時、地下大空洞の天井部分に突如、小さな穴が開いた。

「やったーっ！　開通ばんざーい！　鉄砲もいいけど、やっぱ穴掘りこそ最高っ！」

　ゾーイ率いるドワーフが地上から掘り進めてきた、新たな坑道が開通したのである。

　ゾーイが新たに切り開いた穴の出口は、地下湖中央部の真上に位置していた。

　徳川丸に籠もって鉄砲隊を指揮したと思えば、再び穴掘り工事に舞い戻る。ゾーイの活躍はまさしく八面《はちめん》六臂《ろっぴ》。人間族はむざむざこれほどの技術力を誇るドワーフ族を遠ざけて惜しいことをしていると家康は思った。家康の死後、徳川幕府も同じ道を辿ったことまでは知らない。

「イエヤスの旦那、ごっめーん！　旦那ってば病的に慎重だからさ！　あれもこれもと追加発注が増えるからよー、ちょっとばかり遅れちまった、悪い悪い！　例の本命工事、やっと終わったぜー！　いや～、ぎりぎりで間に合った～！　あっぶね～！」

「大儀であった、憎威。全ては予定通りだ。だが、ひとつだけ計画に狂いが生じた。そう、どらごん対策を練らねばならん。あれをあのまま自在に飛ばさせていれば、戦局をひっくり返されてしまう」

「はいはーい。ドラゴン対策なら、私とエレオノーラに任せて～！　エレオノーラってドラゴンにけっこう詳しいんだよー！　なにしろ、代々エルフ王国の国防長官を務めてきた武門アフォカス家のご令嬢だからねっ！」

「うむ、わかった世良鮒。ただし、詳しいにもかかわらずどらごん騎士のことを俺に教えなかった罪で、お前にはすらいむ肉食を三日間禁じる」

「ちょっと～っ？　イエヤスってば私への当たりが強くな～い!?　別に黙ってたんじゃないもん、はじめて出会った日に、龍にはワイバーンとドラゴンがあるって教えてあげたよねーっ！　イエヤスが勝手に想像上の生き物だと思い込んでいただけでしょー？」

「俺は現実主義者なのでな。えの世界で何度、偽物の竜骨を大金で摑まされたことか」

「スライム肉を禁止するなら、ドラゴン退治の方法を教えてあげな～いっ！」

　まったくきゃんきゃんとよく騒ぐ娘だ、と家康は思わず耳を押さえていた。聴覚が敏感だとか大砲の音が辛《つら》いとか言っているが、自分の声は平気らしい。

（だがセラフィナがいつもと変わらずに皆とともに地下にいてくれるからこそ、皆地下に潜っても精神の均衡を保っていられるのだ。まったく、女王らしいのか、らしくないのか、よくわからん。妙な娘だ）

　セラフィナに耳を摑まれてがなり立てられ、顔をしかめて辟易している家康の背後では、イヴァンが思わず微笑《ほほえ》んでいた。イヴァンには二人が仲の良い家族に見えている。いつか二重間者の使命を果たし終えて、誰に憚《はばか》ることもなくお二人のもとにお仕えしたい、その時には姉さんを食卓に迎えて――イヴァンは心からそう願っていた。

　だがそのためには、ヴォルフガング一世の怒濤《どとう》の猛攻を凌《しの》ぎきる必要があった。夜が明ければ、家康がヴォルフガング一世の戦歴を調べて想定し、半年をかけて準備してきた「総力戦」がはじまる――。

第四話

レイン河の東岸に朝日が昇り、長い夜が明けた。

ゲイラインゲル丘陵に待機していた七体のドラゴンのうち、四体が再稼働可能となった。

大砲を用いてエッダの森の天守閣を一晩中集中攻撃させてきたヴォルフガング一世は、ついに天守閣が炎に包まれた光景を目視すると同時に、「稼働可能な竜騎兵をエッダの森上空へ。イエヤスの動向を探れ。可能なら捕縛せよ」と命じていた。

バウティスタが操る巨竜ファーヴニルは、先日の家康捕縛作戦の際に何度も炎を吐いたために、まだ再稼働できない。稼働可能となった四体は、ドラゴンの中でも比較的身体が小さい個体だ。エルフが森を覆うように展開している「壁」の裂け目をすり抜けられるだろう。攻撃力はファーヴニルより落ちるが、斥候役には最適と言える。

四騎の竜騎士がドラゴンを駆り、天空を舞ってエッダの森へと急行していく中。


丘陵頂上の本陣では、ヴォルフガング一世とバウティスタが大砲攻撃の戦果報告を待っていた。ヴォルフガング一世は昨夜から一睡もしていない。

「フン！　バウティスタよ。俺は一晩中砲弾を喰《く》らわせた。朝になれば完全に壁は消滅していると思っていたが、やっとテンシュカクの上空に亀裂を入れただけだ。エルフどもめ、意外にやるな。エッダの森はプネウマが濃いとは聞いていたが、これほどとは」

「私のファーヴニルは再稼働までまだ時間がかかる。虎の子のドラゴンを魔王戦の前に失っては元も子もなくなるぞ、ヴォルフガング」

「言われずともわかっている。お前のファーヴニルは皇国が誇る最強のドラゴン。本来は、魔王を仕留めるための切り札だからな。あれへの騎乗訓練をはじめてから何年になる？」

「……ファーヴニルが幼体だった頃からだから、七年になるか。あの子ははじめての戦場に怯えている。とりわけイエヤス殿には。人間とは異なるなんらかの知覚能力があるらしい」

「フン。今回はもうファーヴニルの出番は不要だ。見ての通り、テンシュカクは炎上している。イエヤスたちは宮廷と運命を共にしたか、あるいは丘陵を降りて平地へと逃げ延びたか、七つある丘陵のうちのどこかへ移動したか――どのみちエッダの森防衛のシンボルとなる塔を破壊したのだ、エルフどもの士気もこれで落ちたろう」

「イエヤス殿は、やはり皇国に送られて裁判に？」

「枢機卿自らが監察役として遠征に参加している。あやつは絶対にイエヤスを聖都へ連れて行くつもりだ。イエヤスの居場所が特定され次第、空からの捕獲作戦を決行する」

バウティスタは（半年の猶予をイエヤス殿に与えたことで、かえって戦を長引かせてしまうかと思っていたが、まさかヴォルフガングが切り札の竜騎兵を投入するとは。それほどに皇国もヴォルフガングもイエヤス殿を恐れているのか……）と唇を噛みしめていた。

（魔王軍に竜騎兵の存在を知られれば、緒戦に竜騎兵を投入して魔王を一気に奇襲するという秘策はもう使えなくなる。本末転倒だ）とバウティスタはヴォルフガング一世の強引なやり方に疑念を抱かずにはいられなかった。

なぜ、皇国もヴォルフガング一世も、これほどまでにエの世界から来た勇者を執拗《しつよう》に狙わねばならないのか。エの世界から来た者とはいえ、同じ人間族ではないか。

（待てよ？　ヴォルフガングではなく、枢機卿の意思なのかも？　枢機卿は常にヴォルフガングに平身低頭している温和な男だが、若い頃はわが父上と異種族の扱いを巡って何度も激しく論争していた。一見温厚で小心そうだが、目の奥が笑っていない。どうにもきな臭い気がする……枢機卿が自ら戦場を訪れた理由は、私がヴォルフガングを説得して戦半ばで撤退させることを防ぐためでは？　そもそも、枢機卿がヴォルフガングを差し置いて自ら暗黒大陸の情勢を調査しているのはおかしい……）

だが、そんなバウティスタの疑念は、すぐに目の前の現実に吹き飛ばされてしまうことになった。

エッダの森を強行偵察した竜騎兵たちからの報告が、ヴォルフガング一世を激怒させたのだ。

「な、なにいいいいっ？　テンシュカクどころか、エッダの森そのものが完全にもぬけの殻になっているだとっ!? イエヤスも女王も、いや住民どもまでもが一夜にして姿を消してしまっただとっ!? 馬鹿な!? エッダの森は河と山に囲まれていて、どこにも逃げ場などない! 唯一開けている東の平地は、わが軍が占領している! そうか、イエヤスめ……! 」

「ヴォルフガング? あのテンシュカクはもしかして」

「やられたぞバウティスタ。あれは、余の注意を引くための囮として建てていたのだ! こちらの注意をテンシュカクに引きつけている隙に、最初から地下へ隠れるつもりだったのだ、あの臆病な男は! ドラゴンの存在を知って、急遽退避予定を繰り上げて全住民を一夜のうちに地下に潜らせたのかもしれん! 」

一晩にわたって撃ち続けた膨大な大砲の砲弾は全て無駄撃ちだったのだ、と気づいたバウティスタは愕然《がくぜん》とした。調達してきた砲弾の八割方を、既に撃ってしまっている。

これで、竜騎兵奇襲の空振り、徳川丸攻略失敗に続いてヴォルフガング一世は三度目の失態を演じたことになる。大厄災戦争を終結させた戦争の天才がこれほど苦戦し翻弄されたことは、かつてなかった。

さらに、兵站《へいたん》担当官が「周辺地域から兵糧を買い占める策を遂行してきましたが、こちらも失敗に終わりました。一歩先に、イエヤス陣営がわが軍の三倍の値段であらゆる商人や農村から兵糧を買い上げてしまっていました」と想定外の報告をもたらしてきた。

「なんだと!? 流れ者の異邦人だと思っていたが、余の先手を打っていたのか? 」

遠征軍は三万五千の大軍である。当然、膨大な兵糧が必要になる。今回の遠征には七体のドラゴンまで連れてきているのだから、通常の遠征よりも兵糧の消耗は早い。

長期戦となった際、エッダの森を確実に締め上げるために、ヴォルフガング一世は得意の「干し殺し戦術」を用いる予定だった。エッダの森に籠城しようとした家康が慌てて兵糧をかき集めようとした時にはもう、市場に兵糧が流通していない――そのはずだったのだ。

ヴォルフガング一世は今までこの「干し殺し戦術」を用いる際、相場の十倍の値段を出して強引に兵糧を買い占めてきた。だが、イエヤス陣営の商人はさらにその三倍の値段で兵糧を容赦なくかすめ取っていったという！　しかも手形は用いず、全てが「現金払い」だったという。エルフは自給自足を重んじる種族で、商業を忌み嫌っている。エッダの森のいったいどこに、そのような膨大な金があったのか!?

　ヴォルフガング一世は（俺の得意の戦術を読まれただと？　イエヤスめ！　だが、たとえ俺が兵糧を買い占めるだろうと予測はついても、わが王国の経済力に勝てるはずもないと高を括《くく》っていたが……）と呆然自失となった。

「目つきの悪いダークエルフの商人が、何台もの馬車に黄金を積んで、次々と兵糧と交換していったそうです」

「ああ、あいつか。どこで遠征情報を掴んだのか、余の軍勢に武器兵糧を売りつけて荒稼ぎし、商人仲間に襲撃されて姿を消したダークエルフがいたな。ファウストゥスとか言ったか……奴は根っからの守銭奴だ。間者からも『賄賂や中抜きに夢中で私服を肥やし、エルフ族に忌み嫌われている』と報告があった。まさかあいつがこの大一番でイエヤスに忠実に動くとは!?」

　あるいは、中抜き公認というイエヤスの「雇用条件」こそがあの男に最適だったのかもしれん。俺は吝嗇でも潔癖症でもないが、国王という立場故、そこまでおおっぴらに御用商人の汚職を認められん……それに間者のイヴァンはまだ子供だ、イエヤスとファウストゥスの腹黒い共闘関係の機微を理解できなかったのかもしれん。

「では、イエヤス殿には地下に潜られ、籠城用の兵糧まで蓄えられているということか、ヴォルフガング？　これからどうする？　まさかドラゴンを暴れさせてエッダの森を焼き払うのではあるまいな？　そんな真似をしても、腹いせにしかならないぞ!?」

「やあやあ、おはようございます皆さん。ずいぶんと荒れていらっしゃいますねえ」

　ようやく朝食を終え、聖地の方角に祈りを捧《ささ》げてきた枢機卿が、本陣に加わってきた。

「ボクの意見ですが、地下に逃げた異教徒たちへの見せしめとしてドラゴンの炎で地上ことごとくを焼き払っちゃいましょうよ。どうせ伐採して街道にしちゃう予定なんですから、今燃やしても後から燃やしても同じことですよぅ陛下？」

「いや、それもイエヤスの計算のうちかもしれん。ドラゴンの燃費の悪さは、大厄災戦争を経験してきたエルフ族の長老あたりなら熟知していよう」

豊富なプネウマを産出するエッダの森を今焼き払えば、ドラゴンのプネウマ再充塡率が著しく低下し、作戦中に使い物にならなくなる恐れが、とバウティスタが補足した。

「とりわけあの神木・宇宙トネリコが焼けてしまったら、この一帯のプネウマ濃度は凄まじく低くなります、神木を燃やしてはいけません陛下」

「フン！　神木以外の地域をいくら焼いても、あのイエヤスという狸は屁《へ》とも思わず地上に出てくるまい。むしろ、ますます地下での籠城に固執する……なにしろ兵糧ならば大量にあるのだからな。奴は最初から徹頭徹尾、籠城戦に持ち込むためにあらゆる準備を続けてきたのだ。あれほど忍耐強い武人に、余はかつて遭遇したことがない。余以上の慎重さだ！　奴はほんとうに武人なのか、あれで勇者なのか？」

「それでは陛下、如何なさいますかぁ～？　このまま包囲を続けていても、埒《らち》が明きませんよう。暗黒大陸の動向が怪しいので、数年にわたる長期戦は避けなくては。でも、ここで撤兵したらイエヤスによるエッダの森の実効支配を認めることに。それでは皇国の威信が揺らいじゃいますぅ」

「フン、猊下《げいか》。こうなったらいつもの『例の戦術』を用いるしかない。もう止めるなよバウティスタ。余にも余の立場がある。大厄災戦争の英雄が、エの世界の勇者に後れを取ってはならんのだ！　所詮は平民の王、本物の勇者には及ばない、と王国の保守派貴族どもに見切りを付けられれば、王都でクーデターが起こる！」

「陛下が妻帯なされてお世継ぎを作られれば、王権は安定しますのに。このグナイゼナウ、陛下のお妃《きさき》候補でしたらいくらでも斡旋《あっせん》致しますよう。高貴な貴族の令嬢を何人でも」

「……生憎《あいにく》だが、妹の嫁ぎ先を決めるのが先でな、猊下。妹が嫁がぬ限り、余は妻帯しないと心に決めているのだ」

「はいはい。わかっていますよぅ。妹君にご執心なんですから」

「フン。地図を広げよ、バウティスタ騎士団長殿」

いつもの戦術とは──あのむごい「水攻め」か、とバウティスタは呟いていた。

「船団をザス河へ送り、ザス河の下流に堤防を築きあげて氾濫させる。ブロンケン山とザス河の境界を堤防の西端と定め、そこから河中の中州島に沿って堤防を延ばし、さらにこのゲイラインゲル丘陵から東のレイン河にまで連なる長大な堤防を築きあげる！」

「……レイン河の水までをザス河へ引き入れると？それは、途方もない大工事に」

「余は強運の持ち主よ、フハハハ！　今は雨期で水量は豊富故、三日もあればやりきれる！　ザス河とレイン河、二本の大河の水をことごとくエッダの森へと流し込む！　われらはこの高地で、エッダの森が水没していく光景を眺めていればよい！」

「あ、あのう〜。へ、陛下？　エッダの森は河の中州とはいえ高い丘陵で、しかも強固な城壁を築いて水害に備えていますよね。そう容易《たやす》く水没するでしょうか？」

「確かにエッダの森には古代以来、エルフによる水害対策が施されているが、エルフは水が豊富な自然環境のもとでしか生きられぬ種族。故に、井戸水と溜め池だけを頼りに暮らすことはできず、ザス河から川の水を豊富に引き入れるための運河を通している！　故に、中州北端のニト運河口と南端のキト運河口が弱点よ」

「しかしその運河口も、増水時に備えて幾重にも頑丈な鉄門を備えていますが？　なかなか細緻な構造ですよう」

「堤防を完成させて増水作戦を開始した後、稼働可能な四体のドラゴンを用いる。南北に二体ずつ派遣して、水門を一気に破壊させてしまうのだ。それで、島中に大小の運河を張り巡らせているエッダの森の低地帯は水没する」

「はあ。イエヤスたちが籠もっている地下にも容赦なく浸水するでしょうねえ」

「うむ。地下に溜め込んでいる兵糧も、水に濡《ぬ》れて台無しとなる！　イエヤスたちが音を上げて高地を求め、エッダの森の七つの丘陵へと這《は》い上がってきたその時こそ、バウティスタ、お前がイエヤスの捕縄に向かう時だ。その頃には、お前のファーヴニルも再稼働可能となっているだろう。フハハハハ！」

　グナイゼナウ枢機卿が「どこまでも完璧な作戦ですよう、陛下。これで念願の南北貫通は成りましたよう」と揉《も》み手《で》をしながらヴォルフガング一世をにこやかに讃えた。

　バウティスタも（イエヤス殿は戦巧者だが、不運にもドラゴンが現存することを知らずに戦術を練っていたことが命取りとなった。イエヤス殿の命運はここに極まった。後は、どれほど少ない犠牲でこの戦争を終わらせるかだ――）と家康の敗北を確信せざるを得なかった。

「フン。工事完成に三日。溺れたイエヤスが丘へと這い上がってくるまで三日。捕縄は一日。この戦は、あと一週間で終わる――大枚をはたいて買い占めた兵糧も無駄となるのだ。ご苦労だったな、イエヤスよ！　やはり余こそが戦争の天才なのだ、フハハハハ！」

　ヴォルフガング一世がもっとも得意とする戦術、それが水攻めであった。

　だが、ヴォルフガング一世もバウティスタも知らなかった。

　家康がエの世界で、天才的な水攻めの達人の戦ぶりを調べ上げてきたことを。

　そう、備中高松城《びっちゅうたかまつじょう》を水没させた豊臣《とよとみ》秀吉。もっと正確に言えば、秀吉の軍師を務めていた黒田官兵衛《くろだかんべえ》。この黒田官兵衛こそが、秀吉に「自分なき後天下を奪うは官兵衛ぞ」と恐れられて政権から左遷され、家康をも「関ヶ原《せきがはら》で俺が戦っていた間、官兵衛は九州を席巻《せっけん》して都に攻め上ってくるつもりだった。事実、あの者はあっという間に九州一円を奪い取った。もしも関ヶ原の戦が長引いていれば、天下は官兵衛のものだったろう」と恐れさせた戦争の達人。優秀すぎるあまり秀吉に疎まれ、家康にも距離を置かれ続けた男だった――家康が「水攻め攻城戦術」に詳しくなったのは、この官兵衛の戦術を学んだためである。

　地下空洞に籠もっていた家康は、ヴォルフガング一世による水攻め戦術が開始されたとファウストゥスから報告を受けた。その間、「ううむ、黒田官兵衛を思いだした。全身が神算奇略の如き、恐ろしい男だった……腹が痛い」と脇腹を押さえて呻り、イヴァンに介抱されながら万病円を飲み続けていた。

「だ、だいじょうぶですか、イエヤス様？　人間のイエヤス様には、地下暮らしはお辛いのでは？」

「問題ない、射番。地下に籠もって不安に駆られても、食べ過ぎぬよう節制は続けている」

趣味の鷹《たか》狩《が》りに興じるなどして日夜ストレスを発散する努力を怠らなかった家康だからこそ、胃弱という致命的な弱点を持っていながら七十五歳まで生きたとも言えよう。

エの世界で家康は、生涯に千度も鷹狩りに出たという。

エッダの森でも、（鷹ではないが）鳥を用いての狩猟に家康は興じ、とにかく毎日森や草原で身体を動かしてストレスを溜め込まないことに血道を上げ続けていた。

ところがその鷹狩りも、閉鎖された地下空洞では興じられない。

日光が届かないことも、意外なストレス源だった。

これはエルフも同じだ。地底が快適だと喜んでいる種族は、日の当たらぬ場所を好むダークエルフと、地下に穴を掘るのが趣味のドワーフだけである。流浪の民クドゥク族はストレス耐性が強いので、（暗いのはイヤだな）と思いながらもイヴァンはその感情を表情に出さない。

「ごほ、ごほ。ついに『水攻め』をはじめたな、房婦玩具め。俺の思う壺よと高笑いしたいところだが、地下暮らしが長引けば運動不足と日光不足で病気になってしまいそうだ」

陣中で咳《せ》き込みながら、家康はイヴァンに頼んで肩に「灸《きゅう》」を据えてもらうことにした。

小心……いや慎重な家康は、灸は「熱いではないか。火傷《やけど》をしたらどうするのだ」と大の苦手としていたのだが、四十歳を過ぎた頃に瘧《おこり》（マラリア）にかかり、背中に腫瘍を患って危うく死にかけたことがある。この時、「殿の小心、いえ、慎重ぶりは理解していますが、どうか灸を受けて下され」と家臣団に頼み込まれて渋々灸治療を受けて快癒した経験がある。

エッダの森の地下で「運動できない、鷹狩りできない、日光も浴びられない」という三重苦に陥った家康は、苦手な灸に頼らざるを得ないほど心身ともに追い詰められていたのだ。

「キュウ、ですか。イエヤス様の医術はほんとうに個性的で驚かされます。そ、それでは失礼します……あのう……もしかしてこれって、ものすごく熱いんじゃないでしょうか？」

「モ、モンダイナイ。オレハ、ニンタイヅヨイオトコダ」

ベッドの上で諸肌《もろはだ》を脱いだ家康は、がたがたと震えながらイヴァンにそう答えていた。健康のためならばドラゴンとでも戦う勇者が、灸如きに恐れを成している様は滑稽としか言えない。

「では、艾《もぐさ》に火を付けますね。危険ですのであぐらをかいたまま動かないで下さい」

「……うおあああっ？　熱いっ！　熱いっ！　おおっ、熱いいいいいっ！　ひいいっ？」

「やっぱり熱いんじゃないですかぁ!?　動かないで下さいイエヤス様っ！」

口ほどにもない家康の蛸《たこ》踊りぶりに驚いたイヴァンが、慌てて家康の背中に組み付いて制止する。ぐぬぬぬぬ、と家康は肩を焦がすばかりの灸の熱に必死で耐えた。日頃は涼しい顔をした家康だが、今ばかりは全身汗みどろである。

「おおお、痛みよりも熱さのほうが苦しい！　灸は俺には合わんようだ、恐ろしい……」

「す、すみません！　あの……人間軍が築いている堤防を放置していていいのでしょうかイエヤス様？　クドゥク族の決死隊を率いれば、堤防を破壊することも可能ですが」

「射番、このままやらせておけばよい。堤防を壊せばかえって和睦の機会を逸する。俺が弱っていることは気にするな……運動……ああ、運動がしたい……運動……」

「あ、あのう。やっぱり、だいじょうぶじゃない気がするのですけれど？」

「やっほ～イエヤスぅ～散歩に行かないと気分が鬱々としちゃうよー、って、なにこれーっ？　イヴァンと半裸姿でいちゃいちゃしてるーっ!?　どうして自分の肌を火で炙《あぶ》らせてるのよぅ？　嘘でしょ信じられない、ヘンタイすぎるううう～！　いやあああああああ～っ!?」

家康の部屋にスライム肉おにぎりを詰め込んだ籠を手に入ってきたセラフィナが、またしてもなにか誤解して家康に小言を言いはじめた。

「ひぃいいいい～っ！　イエヤスってば、いったいどこまでヘンタイなのよぅ？」

まったく騒がしい、鬱陶しいと思いつつも（セラフィナにどやされると、どういうわけか安心するな）と家康は我ながら可笑《おか》しくなった。

「ち、違うんですセラフィナ様。僕はただイエヤス様に治療を施していたところで……」

「えーホントにぃ～？　なーんか怪しいんですけどぉ～」

「世良鮒、井伊《いい》万千代《まんちよ》との仲を邪推する三河侍みたいなことを言うな。これはな、灸というえの世界の治療法だ。運動不足で肩が凝ってしまったので、ツボを温めて血流を改善していたのだ」

「ふーん？　なーんだ、そーだったんだー。それはそれで普通すぎてつまんなーい」

「……お前はいったい俺をどんな珍獣だと思っているのだ……」

「肩こりくらい、私が『治癒の魔術』でちょちょいのちょいっと治してあげるのにさ！」

「確か、生きたまんどらごらの根を使うではないか。あれは危ない。俺は御免被る」

「まあいいや！　散歩に行こうってば～！　ドワーフたちは『穴蔵って素晴らしい！』って大喜びなんだけどさー、私はお日様とともに生きるエルフだしぃ。元気がありあまっていて、じっとしていられないのっ！」

「地底でも地上でもお前はいつも変わらんと思うのだが……常に騒がしい」

「地下にもぐらみたいに籠もっていると、あちこちうろうろしたくなって死にそうになっちゃうのっ！　ねえねえイエヤスぅ？　こんな時、うぎゃーっ！　って叫びたくならない？」

「ならんわ」

「イエヤスは鬱々としてきたら塞ぎ込む性格だからだよー！　イヴァンちゃんはー？」

「な、なりません……すみません」

「そっかー。エレオノーラも『ありません』と冷たく否定したし、私だけなのかなー」

「……だがまあ、昨日にも増して不安に陥っている民たちを励まさねばならないだろうな。運動がてらに少し歩いてくるか。留守を頼むぞ射番」

「はい。行ってらっしゃいませ、イエヤス様！」

「あれー、今日はイヴァンを連れて行かないのー？」

「お前があらぬことをぺらぺら喋り回るのでな。民にまで誤解されると面倒だ」

「それじゃ、イヴァンちゃんの分のおにぎりは置いていくからね!?　イヴァンの大好物の香ばしいイェジェヴィーカの葉でケラケラを挟んだ特別製だよー？」

「えっ？　あ、ありがとうございます！　イェジェヴィーカは僕の故郷の特産品なんです！　よく手に入りましたねセラフィナ様？」

「あっはっはー。エレオノーラが前回の旅行の時に、いろんな植物の種子を集めててさー。これってイヴァンちゃんの好物じゃんって気づいて、魔術で促成してもらったの！」

「そ、そうでしたか。エレオノーラ様にも、僕がお礼を言っていたとお伝え下さい」

「射番にもたまには一人の時間が必要だろう。ずっと地下に籠もりきりだしな。半日休みを与えるから、趣味にでも興じておくがいい。くれぐれも気鬱にならぬようにな」

「……は、はい。姉さんからの手紙がこの地下には届かないことがちょっと寂しいですが、今のうちに姉さんへの手紙を書き溜めておきます。それと、ヴォルフガング陛下に内通を疑われないよう、地下からかろうじて密書を届けたという体裁を整えておきますね」

「苦労をかけるな射番。世良鮒たちになにを疑われようが、堂々としておれ」

「私を小姑《こじゅうと》みたいに言わないでよぅイエヤスぅ。お姉さんのことならだいじょうぶだいじょうぶ、イヴァンちゃん！　イエヤスには遠大な作戦があるんだよね？　大がかりな水攻めがはじまったけどぉ、見事に防ぎきってくれるんでしょっ？」

「防ぎきれるとは誰も言っていない。手は尽くしたが、最後は天運を祈るのみよ」

「えーっ？　待って待って、今さらどういうことーっ？　冗談だよねぇイエヤスぅ？」

「この俺が、冗談を言うようなひょうげた人間に見えるか？」

「ぜんぜん見えないっ！　ギャー、どうしようっ！　お腹《なか》痛くなってきたー！　ねえねえイエヤスぅ、私にもマンビョウエンちょーだいっ！」

「お前の腹痛の原因は、おにぎりの食べ過ぎだ。万病円は要らんぞ」


地下空洞に籠もっていたエッダの森の住民たちは、この直後にパニック状態に陥ることとなった。

水！

凄まじい量の水が、天井の岩盤のあちこちから噴出して、地下湖へと滝のような勢いで落ちてきたからである。

木造の仮設住宅で肩を寄せ合って籠城に耐えてきたエルフたちは「まるで竜だ。この世の終わりが来た」「王都に続いてついにエッダの森も……」「今頃、既に地上は水没……ああ、始祖よ。神木よ。どうか女王陛下を守り給え」と一様に祈りはじめていた。

ひ～え～もうダメえええ～と泣きじゃくるセラフィナとともに増水を開始した湖を確認しに来た家康は、

「うむ、計画通りである。皆の者、案ずることはない。房婦玩具が水攻めを行うことは最初から想定していた。これは浸水ではない。どわあふたちが掘った複数の排水口から、地下湖に小分けに水を流して、えっだの森の水没を防いでいるのだ」

と泰然自若。丘陵はもちろん安全だし平地区域の浸水も最低限に抑えきれていると豪語した。慎重な家康は滅多にはっきりとした言葉を告げないので、誰もが安堵《あんど》した。

「ああ。ああ。イエヤス様！　ヴォルフガング一世の戦術を次々と潰していく用意周到ぶりはさすがですわ！　ですが、いずれ地下湖からも水が溢れることになりますけれど……」

「おお、阿呆淳か。無駄飯喰らいの世良鮒の分まで仕事をこなしてくれて感謝しているぞ」

「い、いえ、妾はただ……イエヤス様からお褒め頂けて、感謝するのみですわ……」

「うがーっ！　私だって仕事してますよーだ！　今日だって、おにぎり握ったしっ！」

おにぎりを握るのが女王の仕事なのか？　と家康は

小言を言いたくなったが、今は怯えるエレオノーラを安心させるほうが先だった。エレオノーラはエルフ貴族らしく繊細なので、地下空洞内に凄まじい量の水が落ちてきているこの異様な光景に激しい恐怖を感じている。セラフィナも同じエルフなのに「ひゃー！　まるで大豪雨～！　今にも雷が鳴りそう～！　ひえ～っ！」とずいぶん楽しそうだが、こやつは特別なのかもしれん、これでもたぶん怯えているのだろう、とてもそうは見えんが……あるいは大人物なのかと家康は思った。

「案ずるな阿呆滓。この地下湖の貯水量が限度に達する前に、どわあふが海へ繋がる地下水路を開通させて、海中へと水を排出する。ただし、海へ繋がる水路を開通させればそのまま敵軍の侵入経路にもなってしまうので、土壇場までは耐えねばならん」

「な、成る程！　ですがこの水攻めが続く間は、海側に貫通させた水門は激流となりますから、容易に人間軍は立ち入れませんわね！　イエヤス様の智恵《ちえ》は素晴らしいですわ！」

土木工事の達人・太閤殿下は、かつて水城の大坂城から淀川《よどがわ》を経て摂海《せっかい》上へと脱出するための逃走水路を築かせた。俺は単にあれを模倣しただけなのだがと、家康はむずがゆくなった。

ただし、秀吉が作った脱出用水路と今回の地下水路は、スケールが違う。これほどの大深度での地下河川開通工事が可能となったのは、ドワーフギルドの高度な技術の賜物《たまもの》である。

「これも憎威たち、どわあふの働きあってこそよ。穴掘りこそは命を守るための必須技術だからな。思えば俺はえの世界でも、江戸城や駿府《すんぷ》城《じょう》の地下をどれだけ掘り進めさせたことか」

「ええ、ええ。自然に手を入れることを苦手としてきたエルフにはできない仕事ですわ」

「いや、えるふはこの地下でも日光を必要としない植物を育てたりと、十分に活躍しておる。阿呆滓の植物に特化した魔術は実に助かる。日光が届かぬ地下に潜る際、植物をどう育てるか俺は頭を悩ませたものだが、そなたの植物知識と植物魔術は誠に天晴《あっぱ》れだ」

「そ、それほどでも……い、異種族それぞれがこうして各自の得意分野で活躍できるのは、イエヤス様のご人徳あってこそですわ。人間軍よりも先んじて大量の兵糧を確保できたのも、ダークエルフ商人のファウストゥス殿のご尽力故ですし」

「阿呆滓も私財を提供してくれたと、桐子から聞いている。どれほど感謝しても、し足りないな」

「ひうっ？　い、いえ、妾はただ……こ、これで水攻めの計も失敗に終わったと知れば、ヴォルフガング一世も和睦を考えはじめるでしょうか？」

「いや、どらごんという予定外の強敵を封じねばならん。今頃は運河口の水門破壊作戦でかなり消耗しているだろうから、警戒すべきは暴痴州が騎乗する一体であろう。七体のどらごんの中でも、あれが一番大きくて強い。あれさえ倒せれば、後はどうにかなるはずだ」

「ちょっとちょっとイエヤスぅ～？　私も一応ちょっとだけへそくりを提供したんですけどーっ！　うちは貧乏だから仕方なかったのっ、あれが限界だったの、ケチじゃないっ！　私はイエヤスみたいな吝嗇家じゃないですからーっ！」

「ふふ。セラフィナ様はどんな時でもいつもにこやかで、皆に希望を与えて下さいますわね」

「うえーん。エレオノーラって私のことエルフ族のペットかなにかだと思ってなーいー？」

「いえ、決してそのようなことは……こほん。ドラゴン対策は妾にお任せ下さいイエヤス様。アフォカス家は歴代の国防長官を務めてきた武門の家柄ですもの。妾自身には倒せなくても、イエヤス様の武の技術をもってすれば倒せますわ」

「うむ。頼むぞ」

「ふえっ？　ドラゴン対策をエレオノーラがっ？　それって私との共同作業じゃなかったぁ？」

「そうだったが、いくら待ってもお前から献策が出てこなかったのでな。阿呆滓の智恵を先に借りたのだ」

「そんなあぁ～？　おにぎり握りに夢中になりすぎたぁーっ！　もしかして私って、地下でおにぎりを握る以外の仕事がないっ？　イエヤスの身の回りのお世話はイヴァンちゃんがこなしちゃうし、軍事も政治もエレオノーラがてきぱきと……私ってば、女王失格だわーっ!?　少し旅に出て自分を見つめ直してきますっ！　止めないで下さいっ！」

「ええい、落ち着け騒がしい。地上は水で溢れているというのに、どこへ行くというのだ」

「うーんとねえ。地下湖にドボンと潜るとかぁ～。どれくらい我慢できるかなあ～？」

「……そんなに暇ならば世良鮒よ、魔術防衛部隊の慰問にでも行くぞ。砲撃が止んだ今はいったん壁を解除しているが、すぐにまた彼らの力が必要になる」

「あ～っ、そうだった！　私ってば、これでも魔術防衛部隊の指揮官なんだった！」

「……お前、つい今しがたまで忘れていたのか？」

「いやいや忘れてないよ？　うっかり自分を見失っていただけだからっ！　みんなね～、徹夜の壁展開作業でプネウマを使い果たしちゃってへろへろなの！　元気づけてあげてイエヤス～！　私はみんなにおにぎりを配るからさっ！」

結局おにぎり配り係ではないか、と家康は思った。

だが、陰々滅々とした空気になるはずだった地下籠城戦の日々の中で、地下に籠もる森の住民たちが希望を失わずに耐えていられるのも、このセラフィナの底なしの明るさの賜物かもしれないとも思う。無表情で陰気で口数の少ない俺だけでは、とても彼らを元気づけることなどできないだろうと家康はこっそり内心でセラフィナの天真爛漫《てんしんらんまん》さに感謝した。

「イエヤス様？　魔術防衛隊のみならず、セラフィナ様の治癒の魔術を希望する民に用いるのはどうでしょう？　イエヤス様のカンポウヤクと組み合わせれば効率よく治療を行えますし、苦しい地下籠城に耐えている皆さんも元気が出るのでは？　原料に用いる植物の促成でしたら、妾の魔術でなんとかできますわ」

「おおっ、それだー！　さっすがエレオノーラぁ！　やっと私も女王らしくみんなの役に立てちゃう！　やろうやろうイエヤス！　善は急げだよっ！」

「うむ。だが、お前が魔術の使いすぎで倒れては意味がないので、程々にするぞ」

へーきへーき！　私、体力だけは自信があるから！　とセラフィナは天下を取ったようなどや顔で微笑む。

いや、お前は調子に乗って必ず倒れる、適当なところで切りあげさせると家康は断言した。気がつけばもう、セラフィナの考えていることや行動パターン、体調などがだいたいわかるようになってしまっている。

「阿呆淳よ。数日後、水攻めの失敗を悟った房婦玩具はいよいよ追い詰められ、竜騎兵と俺との直接対決を望むことになろう。次に王が動いてきた時、その試練を乗り越えれば和睦への道が開く。どらごんを倒す策、頼りにしているぞ」

「はい。ですがドラゴンは通常の武具では倒せません。例の武具を用います、イエヤス様」

「うむう、あの武具か……気は進まんが、今回ばかりはやむを得んな」

「うえええ、またしても私だけ話の流れから外れてるぅ？　ねえねえ、ドラゴン討伐戦での私の出番は～？　エレオノーラぁ～？」

「……ございますが、相手は強大ですから文字通り命懸けの任務となります。ですから妾も、女王陛下に危険な任務を割り振った責任者として、セラフィナ様とともに参戦しますわ」

「ぐえっ？　命懸けっ？　姉妹一緒に共倒れはまずいんじゃ？　え、エレオノーラは後方待機していて？　私にもしものことがあったらエレオノーラ、後はお願い！　エルフ族の王位を継いでねっ？」

「そ、そうは行きませんわ！　セラフィナ様が倒れる時には、妾も一緒に……王都陥落の時から、ずっとそう決めていますもの！」

「ダメダメ！　エレオノーラのその気持ちは涙が出るほど嬉《うれ》しいけど、二人一緒に死んじゃったらエルフ王位はどうなるのよーう!?」

「いいえ、これだけはセラフィナ様のお言葉でも聞き入れられませんわ！　わが父も、先の陛下と最後まで運命を共にしました。妾も――」

「え、エレオノーラのお父さんは喜ばないと思うなぁ～？」

大砲の砲弾がひっきりなしに撃ち込まれる大坂城に籠城して追い詰められていた千姫《せんひめ》と淀君も、このような会話を交わしていたのだろうか。

家康は（乱世を終わらせて太平の世を築くためとはいえ、俺は七十を過ぎながらむごいことをしたものだ。秀頼の助命は無理だったとしても、淀君だけでも万難を排して救うべきだった）と胸を痛めた。

だが、今の家康には七十五年を生きた智恵と、二十歳の全盛期の肉体、そして勇者特権とも言えるプネウマを体内に取り込む能力が備わっている。「力不足だった、できなかった」などは有り得ない。

　案ずるな。必ず俺がドラゴンを仕留める、お前たち二人を死なせはせん、と家康は二人のエルフに密かに誓っていた。


「さあさあ、勇者イエヤス様とセラフィナちゃんの臨時魔術病院をはっじめるよー！　肩こり、頭痛、腰痛、歯痛、気鬱、その他どんなお悩みもイエヤスと私のコンビならばお茶の子っ！　薬草だって量産してるしぃ、ストックが切れてもエレオノーラが促成栽培してくれるから心配ご無用！　しかも戦時中限定でぇ、診察費も治療代も無料の大盤振る舞いだよー！　ようこそ、おいでませー！」

　道行く陽気なセラフィナの大号令に釣られて、次々と患者が集まってきた。エルフ族はもちろん、ドワーフやクドゥク族、ダークエルフらも押し寄せてくる。

「あの～、ドワーフの儂《わし》も治療して頂けるんで？　掘削中にうっかり怪我《けが》しちまって」

「拙者はダークエルフ商人。絶対に、絶対に診察費も薬代も払いませんぞ！　スライムバーガー店のチェーン店拡大計画に全財産を注ぎ込み、こたびの水攻めでその事業計画が頓挫したばかりですので！　それでも診察して頂けますか？」

「……く、クドゥク族の私たちも見て頂けるでしょうか、エルフの女王陛下……銭は持っていません……」

「もっちろん！　うちは種族を問わずに誰でも無料で治療しちゃうよー！　エの世界の勇者イエヤス様は医学の大家なんだからー！　そうそう、イエヤスに付け届けは渡さなくていいからねっ！　イエヤスってば隙を見てすぐに小銭を集めようとするから注意してっ！　ちょっとイエヤス！　スライムバーガー店の店長から『地下で店を開きたいなら俺にみかじめ料をよこすのだ』とショバ代を取らないのっ！」

「……むう。えるふは銭を嫌うのが玉に瑕《きず》だな。まあよい、わが漢方薬が人間とえるふ以外の種族にどのように作用するか、種族によって薬の効能にどんな違いが出るのかを調べ尽くすとするか。諸君には絶好の実験材料となって頂こう……ふ、ふ、ふ」

「だからぁ、新薬の実験台を見るよーな目で患者を見ないっ！　医者として振る舞うよーにっ！　んもー！

だいじょうぶ、だいじょうぶだよ～みんな～？　イエヤスってば無愛想でケチでコワモテだけれどぉ、心根は優しいからっ！　たぶんねっ！」

「待て、それは誤解だ世良鮒。信長公のような恐ろしいお方の前では、俺はいくらでもお愛想を振るうぞ。相手のご機嫌を損ねて手打ちにされたくないからな」

「だったら、今も振るわんかーいっ！　っていうか、もしかしてイエヤスってば私にはお愛想するそぶりすら見せたことないよねーっ？」

「……人畜無害の小猫なんぞにお愛想を振るう武士が、どこにいるか」

「みぎゃー、私は猫じゃなーいーー！　エルフ族の女王陛下やと言うとるやないかーい！」

　二人を囲んでいた民たちの間から、どっと笑いが起きた。

　異種族の民たちを前にしても相変わらずの二人を眺めていたエレオノーラは、（セラフィナ様とイエヤス様がおられる限り、妾たちはこの地下で何年でも耐えられますわ）と安堵するのだった。

第五話

ゲイラインゲル丘陵のアンガーミュラー王国軍・ヘルマン騎士団連合軍本陣は、騒然となった。

「ドラゴン四体による水門破壊工作は成功、堤防も完成。エッダの森への浸水を確認。ですが、平地区域が水没しません！」

「どうやら、浸水した水がそのままエッダの森の地下に吸い込まれているようです」

「堤防によって水流をせき止めている河への、水の再放出は不可能です。つまり、河底よりもさらに大深度の地下空間に水が丸ごと流れていると思われます」

「イエヤスが予《あらかじ》め地下に貯水池を建造していたのでしょう。現在、斥候部隊を河底に派遣して調査中です」

「ですが、大深度故に正確な状況把握は困難かと」

「……ほう。一言で言えば、余の水攻めは失敗に終わったということか！」

こうなると、ヴォルフガング一世は大軍の利をまったく活《い》かせない。

増水によって流された吊り橋を再建し、エッダの森に陸兵を突入させても、平地部は既に泥濘《ぬかるみ》と化しているから進軍もままならない。とりわけヴォルフガング一世自慢の騎馬兵は完全に機動力を殺される。対するエルフやドワーフは高所の森林に潜み、いわゆるゲリラ戦を仕掛けてくるだろう。

（さすがにイエヤスたちが地下に潜って以後、イヴァンからの密書も届きづらくなっているし、流れてくる情報も乏しい。エッダの森に強制進軍すれば、泥沼の戦いになりかねん）

まさかこのような事態になるとは予想していなかったバウティスタが「済まない。半年の猶予をイエヤス殿に与えたのは私だ。私の責任だ！」とヴォルフガング一世に詫びた。

「フン。頭など下げるなバウティスタよ。いくらドワーフどもが穴掘りを得意としていても、たかだか半年で巨大な地下貯水池を築けるはずがなかろう。恐らく、もともとエッダの森の地下には巨大空洞があったのだろう。イエヤスはその幸運を戦に利用したにすぎん」

「もともと地下に空洞が？　エルフの宗教上の聖地故

に、秘匿されていた可能性も……」

「そんなところだろう。奴は宗教的権威であろうが聖地であろうが、なんでも利用するからな。それよりも問題は、俺の戦術のことごとくをイエヤスが研究し尽くしていたことだ！　イエヤスの裏をかけたのは、対魔王戦用の切り札としてずっと伏せていた竜騎兵奇襲だけだった。とてもエの世界から来たよそ者とは思えん知識吸収速度だ」

「ヴォルフガング。エルフ側には百歳を超え、大厄災戦争の全てを経験した長老ターヴェッティ殿がいる。かの長老が、イエヤス殿の師となっているのかもしれない。地下空洞の存在をイエヤス殿に教えたのも、あの御仁では？」

「フン。水攻めを用いても森を落とせぬとなれば、俺の立場が本格的に危うくなる。それに、暗黒大陸に再度調査団を送り込むために枢機卿が聖都に戻ったが、既に魔王が目覚め、第三次遠征を準備していると判明するかもしれん。俺にはもう時間がない」

「貯水池に無限に水を溜められるとは思えないが。地下に籠もる森の民たちには厳しい攻めになるが、さらに三日、四日、一週間と水攻めを続けてみては？　和睦の使者は、私が」

「いや、バウティスタ。上流山岳地帯の雨期はまもなく終わる。一週間も経てば、レイン河とザス河の水量は大幅に減ってしまうのだ。イエヤスはそこまで調べ尽くしているはず」

「それでは、打つ手なしということか？　戦争の長期化だけは避けなければ」

「フン、まだ勝機はある。イエヤスは忍耐強い男。物理的に生きられる限り、あやつはいつまでも地下に籠もり続けられるだろう。だがエルフは違う。大砲百門による総攻撃、ドラゴンの襲来、そして水攻めと立て続けに痛撃を加えられての不衛生な地下疎開生活は耐えがたいはず。もはやイエヤスも、彼らを抑えきれなくなりつつあるはずだ」

俺は計略を用いてエルフどもを地上に釣り上げる。エルフの民どもが地上に溢れ出せば、結局はイエヤスも尻を押されて地上に姿を現す羽目になる——その瞬間を狙って稼働可能な竜騎兵を急襲させ、エルフ魔術の壁を突破してイエヤスを討つ、とヴォルフガング一世はバウティスタに告げていた。

「水門破壊工作に四体を用いたが、ドラゴンはあと三体出せる。二体が、エルフが展開する壁を全力で叩き割る。壁の亀裂から、お前が愛龍ファーヴニルとともに突入して、イエヤスを一撃で仕留めるのだ。失敗すれば捕縛、あるいは討ち死にという危険な任務だが……イエヤスは老獪《ろうかい》な戦をする武人。他に手はない。やってくれるか、バウティスタ？」

「……ヴォルフガング。イエヤス殿に半年の猶予を与えて戦争をこれほど長引かせた責任は私にある。イエヤス殿を討つのは心苦しいが、それで戦争が終わるのであれば……魔王軍が不穏な動きを見せている今、ここで両軍が消耗すれば全員が破滅してしまう」

バウティスタは（すまない、イエヤス殿……）と心中で詫びながら、特攻役を受けた。

無論、簡単に家康を討てるとは思っていない。彼ほどの慎重な勇者ならば、対ドラゴン対策も練っているはずだ。こちらが討たれる可能性も高い。いずれにしても、どちらかが戦場に倒れるだろう。

「苦労をかけるなバウティスタ。俺は成り上がりの平民王だ。俺が封建領主どもや王宮の貴族どもを束ねて魔王軍を殲滅《せんめつ》するには、伝説の勇者を超える武名が必要だ。勇者イエヤスを倒すことで、俺の武名は不動のものとなる——イエヤスの命ひとつでそれが達成できるならば、エルフどもには砂漠ではなく新たな森林地域をくれてやっても構わん」

「……私のほうこそ、お前が王に即位して以来、お前に不満ばかり抱いて責めてきた。王という立場の重さを理解してあげられなかったのは、私の落ち度だヴォルフガング。だが、今でもやはり腑に落ちない。なぜ父上の右腕的存在だったお前が、こうも急激に人間主義に傾倒した？　もしかして、聖都に人質として留《とど》めている妹さんに関係があるのでは？」

「フン。急にどうした、バウティスタ？」

「私は今まで、お前はグナイゼナウ枢機卿を従えて皇国内でも絶対的な権力を握っていると思っていた。だが、それは私の思い込みだったのではと気づいたのだ」

「なぜだ？」

「武人のお前ではなく、枢機卿が暗黒大陸の情勢を調査するという重大な任務を担っていると知ったからだ。

もしかしてあの男のほうが、お前を家臣として従えているのではないのか？　だとすれば、なぜ私に相談してくれない？　兄妹同然の仲なのに、水臭いぞ！」

「フン……そうだな、バウティスタ。俺とお前は、長らく互いの間に壁を作っていたかもしれん。だがそれは私事だ。全てはイエヤスを討った後で話そう。今は、イエヤスを討つことのみに集中する」

大砲を再び放つ、残った砲弾をことごとくエッダの森の神木・宇宙トネリコめがけて撃ち続ける、とヴォルフガング一世は水上に聳《そび》える巨大樹を指さしながら告げていた。

「あの神木を？　無理だ、距離が遠すぎて届かない。背後のブロンケン山からなら砲弾が届くかもしれないが、あの峻険な山に重い大砲を運び入れるのは不可能だ」

「構わん。われらが業を煮やして、神木を焼き払おうとしているとエルフたちに知らしめればそれでいいのだバウティスタ。大砲が神木に届かぬと悟れば、余は動かせるドラゴンを全て動員して壁を突破し、神木をドラゴンの炎で燃やしてしまうだろう、そうエルフたちに思わせれば勝ちだ」

「心理作戦か。お前らしいな、ヴォルフガング」

「そうだ。エルフたちは耐えられなくなり、神木を守るために得物を手にして丘陵に這いだしてくる。イエヤスも大将軍という立場上、彼らを捨て置けない。丘陵に出てくるしかあるまい。神木を餌に、イエヤスという大魚を釣り出すのだ」

かつて家康は大坂城を攻めた際、難攻不落の出城・真田丸にあしらわれて大苦戦した。数十万の大軍で攻めても真田丸に籠もった真田幸村を討つのは不可能だと悟った家康は、正面からの攻撃を捨てた。大坂城の天守閣に大砲を撃ち込んで、淀君を恐怖せしめて和睦に持ち込み、二度目の城攻めで大坂城を落城させる布石を打ったのだ。

いわば家康は、城を攻めずに心を攻めたのだ。淀君をはじめとする大坂城の女性たちは、大砲という脅威に屈し、真田幸村や後藤又兵衛《ごとうまたべえ》たち最前線の武将を差し置いて家康と和睦を結んでしまった。

奇《く》しくもヴォルフガング一世もまた、「物理的にエッダの森を落とせぬのならばエルフの民たちの心を折ればよい」とあの時の家康と同じ結論に達していた。物理戦での勝利が困難なら、心理戦で勝てばよく、心理戦に勝つには心弱き者を攻めればよい。家康のような勇者ではなく、エルフの民たちをだ。

　淀君の精神の均衡は、秀吉が築いた難攻不落の大坂城天守閣によって保たれていた。エルフたちの心の支えは、聖なる森に屹立する神木・宇宙トネリコだ。その神木が大砲に、そしてドラゴンに焼き払われる様を、彼らは黙って見ていられまい。家康がどれほど説得しようとも、エルフたちは必ず神木を守るために家康を担ぎ上げて地上に現れる。無論、地上に出てくる家康は襲撃を恐れて例の黄金甲冑を身につけているだろう。
遠目にもすぐに家康だとわかる。

「イエヤスが地上に出てきた時が、決着の時だ。バウティスタとファーヴニルは幼少時より人竜一体。本来は、親父《おやじ》殿の仇《かたき》を取るために俺とバウティスタが魔王を急襲して討ち取るべく隠してきた切り札だったが――イエヤスよ、貴様が強すぎるのがいかんのだ。巨竜ファーヴニルが吐く業火の炎に焼き尽くされるがいい。フハハハハ！」

　これより最終作戦を開始する、とヴォルフガング一世は家臣たちに命じていた。
目標は、エルフたちが守る神木・宇宙トネリコ。
大砲百門が、「残弾のことは考えるな！　全てこの一戦で使い切れ！　有効射程は無視せよ、天守閣の丘のさらに向こうまで――神木まで飛ばせ！　直撃せずとも構わん！」というヴォルフガング一世の命令に従い、一斉に火を噴いた。凄まじい轟音とともに、エッダの森の上空を覆っている半透明の壁に命中させていく。圧倒的な弾数の力が、壁に確実にダメージを蓄積していく。さすがにエルフの防衛魔術もかなり弱っているぞ、とヴォルフガング一世は遠眼鏡を覗《のぞ》きながら身を乗り出していた。

「フハハハハ！　イエヤスよ、貴様はよくやった！　エの世界から来た外様の勇者でありながら、余の大軍を前に一歩も退かず知略の限りを尽くしてよくぞ耐え忍んだ！　だが、もうこれまでだ。援護を望めぬ籠城などは不可能だと貴様も知っていよう！　なぜ人間がエルフを守るために命を賭ける!?　さあ、出てこい！　バウティスタが一撃でお前を倒す！」

止むことのない砲撃を続けること、三時間。

エッダの森を、そして神木を守り続けてきたエルフ魔術の壁が明らかに乱れはじめ、境界線が不安定となったことを目視したヴォルフガング一世は、「ついに出てきたぞ！」と叫んでいた。

神木・宇宙トネリコが屹立する丘陵に、続々とエルフたちが這い上がってきたのだ。

地下貯水池への排水口と、住民たちが移動するための坑道は、それぞれ別途に築かれている。それ故に、浸水が収まっていないにもかかわらずエルフたちは地下から地上へ出られたのだ。これもまた（あの慎重なイエヤスならばそれくらいはやるだろう）というヴォルフガング一世の読み通りだった。

そして――発見した！　黄金の甲冑を着込んだ若い人間の男の姿を！　錯乱して大泣きしている小柄なエルフ娘に尻を押されながら、愚図愚図と丘陵を上っている！　やはり、神木の危機を前にして心折れたエルフどもを奴は止められなかった！

「この勝負、余の勝利だ！　今こそバウティスタよ、騎士としての最大の誉れを――『敵将との一騎打ち』を果たすがよい。イエヤスよ、騎士道を貫くと決断した時のバウティスタはもはや躊躇《ためら》わんぞ！　ジュドー大陸最強の騎士だ――！」

「承知した、ヴォルフガング」

「大砲部隊、撃ち方止めーい！　バウティスタ！　今だ、ファーヴニルを駆れ！　一騎駆けせよ、イエヤスを討て！　残る二騎の竜騎兵は、神木のもとへファーヴニルを突入させるために全力を振り絞れ、壁に亀裂を入れよ！　そのためにドラゴンのプネウマを使い切って構わん！」

「――御意。ファーヴニルのプネウマは満ちている。ヘルマン騎士団団長バウティスタ・フォン・キルヒアイス、出撃する！　イエヤス殿、尋常に勝負――！」

バウティスタと二人の竜騎士が、それぞれドラゴンを駆ってゲイラインゲル丘陵から飛び立っていた。ドラゴンは翼を用いて高度を確保するや否や、天空で一気に加速した。目にも留まらぬ速さで滑空し、丘陵へと隊列を組んで這い上がっていたエルフ魔術防衛部隊がそれぞれの杖を掲げて展開している半透明の天蓋壁へと迫っていく。

「ヘルマン騎士団長殿！　あなたのお父上にはかつて戦場で何度も助けられました！　俺たちはここで捨て石となります、限界まで暴れますぜ！　魔王軍に勝って下さいよ！」

「おうよ！　ドラゴン二体、一点集中で炎を吐き尽くせ！　神木へ直進するルート上の壁を破壊する！　ヘルマン騎士団長の道を切り開け！」

「かたじけない！　イエヤス殿の姿を確認！　魔術防衛部隊が円陣を築いて、神木の麓に立つイエヤス殿を守っている――女王陛下と外交官の二人まで一緒とは!?　だが！　三騎のドラゴンの突進力を阻む余力は残っていまい――！　ここで戦を終わらせる！」

「ドラゴン二体がおびただしい量の炎を放出！　天空の壁を突破されました！」

魔術防衛部隊の副官が、家康を庇《かば》うように丘陵に立ちはだかりながらも小刻みに震えていたセラフィナに報告する。

セラフィナは「全て想定通り！　二体はここでプネウマを使い切って脱落するはず！　倒す目標はファーヴニルただ一体！　魔術防衛部隊第一軍は、引き続きエッダの森上空の壁を可能な限り維持！　第二軍は、イエヤスの周囲に二層目の壁を展開！　お願い。保って、私の杖――！」と彼女の左右に展開する術士たちに指示を飛ばしていた。そんなセラフィナのすぐ隣には、エレオノーラが侍っている。彼女は「盾の魔術」を使えないが、セラフィナと最後まで運命を共にする覚悟だった。

「ファーヴニル、壁第一層の亀裂から侵入！　高速で接近してきます！」

「ダメです！　残る二騎もなお稼働中！　三騎が壁の亀裂から侵入！　壁の強度が予定以上に摩耗していました！　三騎とも、神木が発する高濃度プネウマを補充するつもりです！」

「想定外の事態です！　この防衛陣形では、竜騎兵三騎の炎は防げません！」

「だいじょうぶ！　イエヤスは、なにもかも想定通りに戦が運ぶだなんて一瞬たりとも考えない！　エレオノーラ！　お願い！」

「ええ、セラフィナ様。銀の樺の種、既に配置済みですわ。『解放の魔術』発動――ドラゴンどもの尾を縛りますわ」

　地上に上がりながらエレオノーラが密かに丘陵の麓にまいていた銀の樺の種子が、一斉に成長を開始した。信じがたい速度で銀の樺の幹が伸び上がり、無数の枝がドラゴンへと襲いかかっていた。

　ファーヴニルを補佐する二体のドラゴンはこれを焼き払うべく炎を吐こうとしたが、炎が届かない背後へと枝を伸ばされて尾を捕らえられた。互いに互いの尾を焼き切ろうと空中でもがくが、エレオノーラはその隙をドラゴンに与えない。銀の樺に尾を捕らえられた二体のドラゴンは、水浸しとなっている草原へと叩きつけられていた。この激突の際に、二体は最後のプネウマを振り絞って虚空へと炎を吐いてしまった。ドラゴンは一度炎を吐く体勢に入ると、もう止められないのだ。

「これで神木からの距離は十分に確保できましたわ！　二体はプネウマ切れで、行動不能！　残るは巨竜ファーヴニルのみですわ、セラフィナ様！」

「ありがとうエレオノーラ！　まずはファーヴニルのプネウマを削らせる！　魔術防衛部隊第二軍、詠唱開始！　盾の魔術を一斉に連係展開！　イエヤスを壁で覆って！　ファーヴニルの炎に耐えて！」

　この時にはもうセラフィナたちの目の前まで、ファーヴニルの巨軀が恐るべき速度で迫っていた。ファーヴニルに騎乗するバウティスタが「わが目的はイエヤス殿のみ、陛下！　危険です！　もうこの子が放つ炎を止められない、どいて下さい！」と叫ぶが、セラフィナも防衛隊の術士たちも、そしてエレオノーラも一歩も退かない。

「今よ、術式展開！　みんな、頑張って！　限界ぎりぎりまで壁を維持！」

「炎、来ます！　想定以上の業火です！　途切れません！　持続時間が、長いです……！」

「神木から存分にプネウマを吸収できる距離に入られました！」

「壁に炎が着弾！　壁内空間の気温、上昇！　高熱で足下の芝が焼けていきます！」

「ダメですわ！　銀の樺の枝も、伸びる前に高熱で焼け落ちてしまいますわ！」

「神木からドラゴンが充填するプネウマ量が多すぎます、保ちません！」

「あと少し！　耐えてっ！　イエヤスのもとにプネウマが集まりきるまで！　お願い！」

魔術防衛部隊第二軍が展開する壁の背後には、金陀美仏胴具足を着込んだ家康が屹立していた。その手には、プネウマを濃縮して矢に籠めるあの魔弓「ヨウカハイネン」が握られている。

家康は、ヨウカハイネンの矢をファーヴニルの額へと放つその一瞬をじっと待っていた。目の前でセラフィナたちが業火に襲われて声を上げ苦しむ姿を見せつけられながらも、無言で待ち続けていた。

（ファーヴニルが炎を吐き尽くし、このヨウカハイネンにプネウマが満ちるその時まで、矢を放ってはならぬ。神木から最大限のプネウマを吸いきるまでは――まだだ。まだ耐えるのだ家康よ。武の才も天賦の智恵も独創性もなにもない俺にできることは、ただ「忍」だけだ。セラフィナたちは強い。健気《けなげ》にも俺を守るためにこのドラゴンを前に一歩も退かずに耐えている。ここで歴戦のいくさ人たる俺が音を上げてどうする――！）

ヨウカハイネンは、射手の身体を経由して膨大なプネウマを矢へと集める魔弓。家康の肉体にも当然、凄まじい負荷がかかる。目尻から、耳から、鮮血が流れはじめた。家康の異変に気づいたセラフィナが「イエヤスっ？」と悲鳴を上げたが「振り返るな！　目の前の龍に集中せよ！」と家康はセラフィナを一喝した。

「なんという連帯力！　そしてその巨弓はまさか……そうか！　イエヤス殿は、神木の危機に慌てて地上に出てきたエルフたちに連れ出されたのではなかったのか！　女王陛下ははじめから、自らとエルフの神木を餌にファーヴニルをここまで誘導したのか！」

バウティスタは、この時ようやく家康とセラフィナの「策」に自らが陥っていたことに気づいた。別世界の異種族同士でありながら、なんという連帯感、なんという信頼感！

「まずい！　魔弓が、神木のプネウマを恐るべき速度で吸いはじめた！　ファーヴニルのプネウマが尽きる、炎が止まる！　しまっ……」

魔術防衛部隊第二軍が力を使い果たし、崩壊寸前の壁もろとも焼き切られるよりも一歩先に、ファーヴニルの体内のプネウマが涸《か》れた。バウティスタは（イエヤス殿はヴォルフガングの打つ手を全て読み切っていた！　イエヤス殿を倒す機会は、最初の遭遇戦のあの一度きりだったのだ！　迂闊！）とあの時「鬼」になりきれなかった己の弱さを悔いながら、ファーヴニルの首を抱いてその巨体を反転させようとした。ヨウカハイネンの矢から、自らの家族とも言うべき愛龍ファーヴニルの急所――額を守ろうとしたのである。

ドラゴンの急所もまた、山の「主《ぬし》」と同じく、かつて「第三の目」があった額にある。既に魔術部隊の壁は崩壊している。矢を急所から逸《そ》らすことができれば、まだ爪で、そして牙で、イエヤスを捕らえることは可能だ。それくらいのプネウマならば、まだファーヴニルの体内に残っている。イエヤスが二矢目を弓につがえる前に、彼を捕らえられる！

だが。

「ほっほっほっ。それはやらせませぬぞ、騎士団長殿。『矢留《やどめ》の魔術』――ほんの一時ですが、この老体に鞭打って巨竜の動きを封じさせて頂きましょう」

家康の背後にじっと身を隠していた小柄なターヴェッティが、枯れ木のようにしなびた掌《てのひら》を宙へと掲げて、そして「ぐん」と大地へと叩きつけていた。

ファーヴニルの巨軀が、中空でごく一瞬だったが、完全に停止した。空中に満ちるプネウマとともに固定されたのである。

「これはっ!?　ファーヴニルの巨体を止められたっ？　矢留の魔術を使えるエルフは、先の大厄災戦争で絶えたはず……」

「十ヘレク（三秒）。老いた儂にはこれが限界ですでな。撃ちなされ、イエヤス様」

「お見事、田淵殿。かたじけない！」

ドンッ。

家康は、ヨウカハイネンの矢を、放った。

矢はファーヴニルの額に深々と突き刺さり、ドラゴンは咆吼しながら大地に落ちた。急所を魔矢で撃たれて力尽きたファーヴニルは、最後まで主のバウティスタを庇おうと凄まじい抵抗を続けたが、もはや炎を吐く余力はない。ついに、「まだ手当をすれば助かりますわ。セラフィナ様の治癒の魔術を用いれば」とエレオノーラが操る銀の樺の枝に完全拘束された。

そしてバウティスタは「……この子を救ってくれるのならば……私の首を刎《は》ねよ。敗軍の将にこれ以上恥辱を加えないでくれ……全ては私の甘さ故の敗戦だ」と潔く剣を捨てて投降した。

この時、膨大な魔力を籠めたヨウカハイネンの矢を放った家康は精根尽きて倒れ込んでおり、魔術部隊の術士たちも力尽きて立ち上がれなくなっていた。もしもバウティスタが剣を掲げて「一人でも多く連れて行く！」と暴れていれば、多数の犠牲者が出ていただろう。女王セラフィナや勇者家康をも道連れにできたかもしれない。

しかしバウティスタは、騎士道精神を遵守した。勝負に敗れた者には、そのような見苦しい振る舞いは許されない。勝者に潔く降伏し、静かに斬首されるか、自害を遂行する。それが、彼女が幼い頃から尊敬する父に教わってきたこの異世界の騎士道だったのだ。

「……暴痴州殿、勝敗は時の運。前回もこたびも紙一重の戦いであった。しばし気持ちを落ち着けられよ――生きていればまた再起できる時も来よう。なにより、貴公にここで死なれては、この戦を終えることができなくなるのでな」

「イエヤス殿……そなたこそは、真の勇者だ。わが父上ワールシュタットに匹敵する、いや、あるいは父上以上の騎士だ……完全に、私の負けだ」

家康は、バウティスタに死を賜らなかった。セラフィナとエレオノーラを守れても、女城主として井伊谷《いいのや》を守り抜いた井伊直虎《なおとら》を思い起こさせる健気な姫騎士の首を刎ねては意味がない。それに、彼女を討てばヴォルフガング一世との和睦の可能性が消えてしまう。

だから家康ははじめから、バウティスタは生かして捕虜にすると決めていた。それ故に、「エルフ族は最後まで勇者イエヤス様と運命を共に致しますわ。きっと成功させて下さると信じております、セラフィナ様の運命をあなたに託します」とエレオノーラが震えながら提案してきた際どい策を採用したのだ。

「ところで暴痴州殿よ。どらごんを一体だけでいいから漢方薬の材料に用いたいのだが。俺は、どうしても竜骨が欲しい」

「ま、まだそんなことを言っているのか？　それだけは謹んでお断りする！」

「なんだとーっ？　それでは、俺が命懸けで戦った意味がないではないかーっ！　俺は、夢の竜骨を手に入れるために無理をして魔弓まで放ったのだぞーっ!?」

「イエヤス殿は、そんなどうでもいい動機でドラゴンと戦ったのか？　私のファーヴニルを薬の原料扱いするなっ、失敬ではないか！」

「どうでもいいとはなんだ！　そなたは若く健康だからわからんのだ、竜骨の薬効の素晴らしさを！　健康というかけがえのない財産の価値を！　天下なんぞよりも健康のほうが遥《はる》かに重要なのだぞーっ！」

「ええい、そなたが父上以上の騎士だという前言は撤回する！　なんだったのだ、今の戦いの高揚感は……全てが虚《むな》しくなった……私は、騎士を廃業して出家してしまいたい……」

「まあまあ、イエヤスもバウティスタも落ち着いて落ち着いて〜！　ほらほらバウティスタ〜、スライムバーガーをあげるから元気出してっ！　うちは捕虜待遇がとーってもいいからねー。三食昼寝付きでぇ、お散歩も自由だよ〜！　ねっ？　機嫌直して？」


「じょ、女王陛下まで？　さっきあなたが醸し出していた緊張感と凛々《りり》しさはなんだったのだ……はあ。なんだか……とても……疲れた……」

「わ、妾も、精根尽き果てましたわ。他にドラゴンに勝つ術《すべ》はないとはいえ、セラフィナ様を危地に立たせるなど、我ながら恐ろしい策を……セラフィナ様、スライムバーガーを一口頂きますわね。あむっ」

「あっはっは。イエヤスがしくじるわけないじゃーん、エレオノーラぁ。だってさー。勝算がないなら、慎重なイエヤスが地上に出てくるわけないっしょー」

「それは違うぞ世良鮒。俺が拒否しても、どうせ動揺したエルフの民たちが無理矢理に俺を神木のもとに追い立てるだろうから、この策に乗るしかなかったのだ。勝算は五分五分だった」

「ぐえ〜っ？　そうなの〜っ？　ひいいいいっ、私ってば、絶対にイエヤスが勝つんだと信じていたからドラゴンの前に立ったのにぃ？　下手したら丸焼きにされるところだったの〜っ？　いやあああああ〜っ！　も、も、も、漏れ……小のほうだけどぉ〜！　マンビョウエンをちょうだい、イエヤスぅ！」

「やらんぞ。印籠に入れている万病円は、俺のだ。俺の腹具合も危機的状況なのでな、今から全部飲み干す」

「ドケチーッ！　一粒くらい分けてくれてもいーじゃーんっ！　よこせ、よこせーっ！　生涯『尿漏れの女王』なんて言われたくないわーっ！」

「フッ。俺はそれ以上の屈辱に生涯耐えきった。やればできる、世良鮒。人生もエルフ生も、重い荷物を背負って坂道を上るが如しなのだぞ」

「うら若き乙女とおっさんを一緒にするなーっ！　うがーっ！」

「……貴殿たちは、実に騒がしいな……エルフほど聴覚が発達していない人間の私でも、耳が痛くなる……」

「ええ。イエヤス様とセラフィナ様は父娘《おやこ》のように仲がよろしいのですわ、バウティスタ殿」

「イエヤス殿の外見はお若いですが、どちらかと言えば祖父と孫娘ですのう。ふぉっふぉっふぉっ」

ここに合計三人の竜騎士が、それぞれのドラゴンとともに異種族連合に降った。

とりわけヴォルフガング一世の片腕とも言うべき「騎士の中の騎士」ヘルマン騎士団長バウティスタが捕虜になった衝撃は大きく、ヴォルフガング一世陣営は激しく揺らいだのである。

第六話

ヘルマン騎士団長バウティスタの捕縛は、エルフたち森の籠城組にとって開戦以来最大の吉報だった。

地下の本営に戻った家康のもとに、続々とエルフ貴族たちが詰めかけ、

「大戦果でございます！　かくなる上はこの勢いに乗って、野戦で決戦を！」

「女王陛下と勇者殿に戦わせた以上、今回はわれら貴族も皆武装して参戦致します！」

「是非とも、大将軍に刃向かったプッチ騒動の汚名を雪《すす》ぐ機会を！　先鋒を賜りたい！」

と、鼻息も荒く家康に野戦決戦を迫った。

だが、慎重な家康はもちろん首を縦に振りはしない。

ヴォルフガング一世はなお無傷のまま三万五千の大軍を丘陵に集結させているのだ。

「暴痴州殿との戦いには、女王陛下、阿呆滓、田淵殿、魔術防衛隊の果敢なる勇気によって勝てたが、房婦玩具率いる大軍と直接ぶつかることは相成らん。あの者は、武田信玄公に匹敵するいくさ人。決戦を挑むなど危険すぎる」

「では、イエヤス殿はどうなさるおつもりですか!?」

「水の勢いは一週間で弱り、なお地下貯水池には余裕がある。故に、ここは『見』の一手」

「なんですって!?　これほどの大勝利を収めていながら、まだ籠城を続けるですと!?」

士気が最高潮に達しているというのに、なんという歯がゆさ！　エルフ貴族たちは失望してどよめいた。

さらに、地上に蜥蜴《とかげ》を多数放って監視を続けてきたファウストゥスが、その家康の耳元に容易ならぬ情報を持ち込んできた。

「いやはや。ローレライ山脈の雨期が、予測よりも早く終わりました。明日にも、エッダの森への浸水は完全に停止致しますよ」

「なんだと桐子？　予定よりも早すぎるぞ！　なんたる不運！」

「天候ばかりは、白魔術にも黒魔術にも操りきれません。この世界では、雨期の終結と同時に猛烈に気温が上昇します。もうすぐ強烈な日光がエッダの森を照ら

します」

「……泥濘と化した平地が固まってしまう……騎馬隊に入られれば終わりだ。まずい」

家康は思わず親指の爪を嚙んでいた。人質バウティスタの返還交渉（和睦交渉）を終える前に水が完全に引いてしまえば、家康の作戦は台無しである。

「ヴォルフガング一世の野営陣に蜥蜴を潜入させますか？　なにか摑めるかもしれません。あの王が野戦場に出てきて戦に没頭している今こそが諜報《ちょうほう》の好機なのですがねえ」

「いや、しばし耐えるのだ桐子。焦ってはならん。王があなてまの術をもう用いれぬのと同様、お前の術も相手に存在を気取られてはならぬ類いのもの。まだだ。まだ乾坤一擲の賭けに出る時ではない」

「相変わらず忍耐強いお方ですな。ですがわが主、このままでは」

家康は（人間の心理は読めても、天候までは自在にはならぬ！）と追い詰められた。

エの世界では、家康は絶望的な不運に直面して「もう切腹する！」と音を上げた直後に、常に忍耐力を発揮してかろうじて思いとどまり、万にひとつの幸運を摑み取るという奇蹟《きせき》を繰り返してきた。いつも「慎重さ」こそが家康を活かしてきた。だが、この異世界ではどうか。


グナイゼナウ枢機卿は、暗黒大陸への斥候部隊再潜入策を進めてその結果を手に入れるために聖都へと一《いっ》旦《たん》引き返していたが、予定より早く暗黒大陸の最新情報を摑むことに成功し、ゲイラインゲル丘陵へと急ぎ舞い戻っていた。

本陣に到着した時には既にバウティスタら三名の竜騎士がエルフ軍に捕らえられ捕虜となっており、遠征軍の将兵たちは騒然としていた。とりわけ騎士団長を捕らわれたヘルマン騎士団の修道騎士たちは「陛下と団長とは兄と妹のような関係、どうか団長を見捨てることなかれ――！」とヴォルフガング一世に詰め寄っていた。

ヴォルフガング一世は「慌てるな、バウティスタは取り戻す。追い詰められているのはイエヤスの方なのだ」と修道騎士たちを一蹴してはいるが、家康に対して烈火の如く激怒していた。

ただ、不幸中の幸いにも家康は慎重な現実主義者故に、「和睦のための交渉材料に用いる」とバウティスタを生かしている可能性が高い。

「なんたることだ。巨竜ファーヴニルを操れる騎士は彼女しかいなかったとはいえ、バウティスタを死なせてしまっては、親父殿に顔向けができん！」

枢機卿と二人きりで対面したヴォルフガング一世は、枢機卿から「聖都の妹君より書状を預かって参りましたよ」と愛妹アーデルハイドからの手紙を受け取ってもなお目を血走らせ、唇を噛みしめていた。

「猊下、戦争は継続する。水が引くと同時に陸路からエッダの森へ進軍し、イエヤスを追い詰め、バウティスタの返還を条件に命乞いをさせる」

「うーん、ですが少々問題が。暗黒大陸でなにが起きているのか、ボクは僅かながらに情報を得ることに成功したんですぅ。かの『魔王』グレンデルが、既に目覚めているようですぅ」

「魔王が!? 間違いないのか？」

「はあ、残念ながら。異教徒の勇者が召喚された時から、覚悟はしてましたよぅ。『聖マスカリン預言書』の記述に符合致しますからねぇ」

「あの預言書には、猊下が故意に自己流の解釈を加えているのではなかったのか？」

「それは酷《ひど》いなあ。もちろんそういう部分も多々ありますけど、勇者が現れれば魔王も動き出すことは、ほんとうに預言されているんですよぉ？」

慈悲深い聖下は、直ちにエッダの森と和睦を結び、王都へ帰還して魔王軍の上陸に備えるようにと陛下に命じられました、と告げるグナイゼナウ枢機卿は、なぜか薄い唇の端を釣り上げて引きつったような笑みを浮かべていた。

「ねえ陛下？　ボクも南北縦断街道の開通は諦めますから、騎士団長のことは諦めて下さいませんか？　今すぐ撤退しましょう。地下に潜っているエルフは、追撃などできませんよ」

「断る！　バウティスタは親父殿の忘れ形見、余にとっても妹も同然だ！　バウティスタを返還させるまでは退かん！　イエヤスは慎重な男。バウティスタを交渉材料として和睦による幕引きのタイミングを見計らっているはず！　達人同士の戦の邪魔をするな！」

「はぁ。そう言うと思っておりましたよう。陛下の妹君は、聖都に暮らすアーデルハイド様ただお一人じゃないですかぁ。肉親のアーデルハイド様と血縁関係にない騎士団長、どちらの命が大事なんですか、陛下は？　この言葉の意味がわかりますね？　う、ふ、ふ――」

グナイゼナウ枢機卿が、この王の前以外では決して見せない酷薄な笑みを浮かべ、舌なめずりをはじめていた。

妹アーデルハイドを人質に取られている以上、これ以上の抵抗は難しい。

枢機卿から「即時撤退」を命じられたヴォルフガング一世は、「我、ここに進退窮まれり」と天を仰いでいた。


そのバウティスタは、同時に捕らえられた二人の竜騎士とともに、地下空洞にある捕虜収監施設へと身柄を移されていた。

だが三人が収監された施設は、牢獄《ろうごく》とは名ばかりで、貴族を歓待するための迎賓館そのものと言ってよかった。「騎士団長殿を粗略に扱うな。万が一体調を壊されたり自害されたりしては大変なことになる。心を尽くして歓待せよ」と、家康がエレオノーラに命じたためだ。

監視役もいない。バウティスタは（私はどんな憎しみにも罵倒にも甘んじる。それだけのことをしてきた）と覚悟して、市井のエルフたちが集う地下公園を単身で訪れた。地上の森を追われて薄暗い地下に押し込められている異種族たちが気がかりだったからだ。

だが、意外にも異種族の民たちは活気に満ちていた。家康が整備させたこの地下空間には水も食糧も豊富にあり、日光を必要としない種類の植物が生い茂っている。足りない光は、魔術によって補われていた。あちこちに輝く光球が浮かんでいる。

地下空間の中心街に位置する大公園では、

「はいはい、次の方、どうぞー！　イエヤスが量産させているカンポウヤクとこの私の魔術を組み合わせれば、霊験あらたか！　どんな病気も怪我もぱぱっと治療しちゃう！　ねえねえ、私ってば女王よりもお医者さんが適職かも～エレオノーラぁ～」

「ええ。ですが、くれぐれも魔力を使いすぎませんように。イエヤス様からきつく仰せつかっていますので、一日に診察する患者数は増やせませんわよ？　ドラゴンとの死闘でお疲れでしょうに」

「ぜんっぜんだいじょうぶ！　うわっドラゴン強いこれ焼かれるもうダメだあと震えあがると同時に、脳汁ぶしゃー！　って出たからっ！　しばらくは目が血走っているんじゃないかなー、あははははは。明日あたり、びえええん怖かったようと泣き出して寝込むと思うけど！」

「……我ながらセラフィナ様にあのような危険な任務をお願いするとは、妾も浅慮でしたわ。三体揃って突入してきた時にはもう、失敗したかと……」

「エレオノーラが銀の樺で二体を縛ってくれたから助かったんじゃーん！　長老様もイエヤスもエレオノーラもみんなかっこよかったー！　私にも攻撃系魔術の才能があったらなあ～。まっ、いいか！　壁張りとお医者さんが私の天職だもんねっ！」

「おお、肩の痛みが嘘のように消えた。ありがとうございます、女王陛下」

「ほんとうにご立派になられました。われらはただ嬉し涙を流すのみでございます陛下」

「儂のようなドワーフら異種族のためにドラゴンと戦って頂き、その上病気の治療まで。感謝の言葉もございませんや」

「たはは。みんなー、陛下とかやめてよー、なんだか私には合わないからさ～。今まで通りセラフィナちゃんでいいよ～。イエヤスを見なさいよぅ、あいつは私のことを女王だなんてこれっぽっちも思ってないからっ！　でもね、それでいいのっ！」

セラフィナはあれほどの死地で戦っていながら、相変わらず底抜けの陽気さだった。

バウティスタは「陛下に向けてドラゴンの炎を放ってしまいました。ご無礼をお許し下さい」と思わずセラフィナの前に歩み出て、頭を下げていた。

「あーっ、バウティスタ！　無事でよかったー！　ねえねえエレオノーラぁ、バウティスタにお茶とお菓子を用意して！　ちょっと休憩してお茶会にしようよう！」

「……あ、あのう？　お、怒っていないのですか陛下？」

「陛下とかやめてよぅ、セラフィナって呼んでってば！　これ以上私を陛下とか言ったら、そっちのことも団長って呼ぶよー？」

「……ふふ。なんとも、屈託のない……あなたには負けました。私が生きていることで、エルフたち異種族連合と人間軍との和睦が可能になるのでしたら、どのような恥にも耐えて生き延びます。セラフィナ様との――そうですね、友情のために」

「『様』も要らないって！　イエヤスみたいに呼び捨てでいいよ。エレオノーラはどうしても『様』付けをやめてくれないので、さすがに諦めてるんだけどー、幼なじみの義姉妹なのに水臭いよねー。子供の頃は呼び捨ててくれていたのにぃ。寂しいなあ私は。ぐっすん」

「こほん。義姉妹といえど今や女王と家臣ですから。公私混同はいけませんよセラフィナ様」

　バウティスタは（イエヤス殿がこのエルフの少女に忠実に勇者として仕えてきた気持ちがようやく理解できた気がする。わが父が抱いていた異種族連合の夢を、セラフィナ様とイエヤス殿ならば成し遂げてくれる。今こそ、私が種族間の架け橋になるべき時だ）と決断した。

　セラフィナに対して胸襟を開き、これからは友として歩んでいこう、と。

「実は、セラフィナさ……」

「ちっがーう！　セラフィナ様じゃなくて、『セラフィナ』～っ！」

「こほん、失礼。せ、セラフィナ。ヴォルフガングとエルフたちの和睦の目は、あります」

「ありますじゃなくて、『ある』！」

「あ、ある！」

「そうそう。ため口でいいからねっ！　それでそれで？」

「……ヴォルフガングと私も、歳《とし》は離れているが幼なじみの兄と妹のようなものです……ものだ。私を返還すると伝えれば、必ず和睦話に乗り出してくる。ヴォルフガングが『人間主義』に奔った原因は、皇国に強制されたからだと思う。今回のエッダの森攻めもそうだ。ヴォルフガングはあれこれと理屈を付けて、ずっと先延ばしにしてきた」

「ふええ。あのヴォルフガング一世にあれこれ強制させられるほどの偉い人間って、誰～？　教皇聖下？」

「聖下はまだ幼いお方。皇国の実権を握っているグナイゼナウ枢機卿だろう」

「おおー、枢機卿！　噂では、少年みたいな童顔の聖人だと聞くけど？」

「ヴォルフガングの腰巾着と呼ばれている気弱な男だ。だが今回の遠征で、あの男が暗黒大陸を調査する斥候団を自ら動かしていたと知った。本来、そのような軍務はヴォルフガングが請け負うべき役目なのに、なぜ聖職者の枢機卿が？　なにかが妙だ」

「ですが、ヴォルフガング一世はたかが王位にこだわって枢機卿などに隷属するような小さな人間には見えないのですが。彼の誇り高さは、妾たちエルフ貴族以上ですわ」

「そうなのだエレオノーラ殿。だから私も長らく気づかなかった。個人的な弱みを握られているのではないだろうか？　私は会ったことがないが、聖都に人質として住まわされている妹君アーデルハイドが関係しているのかもしれない。アーデルハイドが暮らしているアンガーミュラー家の聖都別宅は、グナイゼナウ枢機卿の邸宅の隣なのだという」

「まあ、そうなのですか？　偶然とは思えませんわ。でもそれだけでは、王と枢機卿の関係はわかりませんわね。ですが――イエヤス様でしたら、真相を突き止められるかもしれませんわ」

「そうそう、エレオノーラ！　イエヤスは腹黒狸だからぁ、陰謀だの策謀だのを嗅ぎ取る特殊能力があるじゃん？　自分が陰謀ばかり練ってるから、似たよーな相手の思考を読めちゃうんだよねー！」

ええ、それに逃げ足の速いこと。おかげで王党派プッチの時は救われました、とエレオノーラが苦笑する。

「急ぎ、イエヤス殿に謁見したい。和睦のために私を存分に用いて頂こう。同時並行でヴォルフガングがなにに囚《とら》われているのかを解きほぐして頂き、彼を救いたい――それで、エルフたち異種族連合と人間の和睦は成るはずだ」


ここにバウティスタと家康が、地下空洞の家康邸で会見を開いた。

過激なエルフ至上主義者の襲撃に備え、イヴァンが応接間の天井裏に潜んでいる。

「さあ、どんどん味噌料理を食べなされ暴痴州殿。滋養がつきますぞ。代用味噌とはいえ、世良鮒のおかげでかなり大豆味噌に近いものができましてな。いずれは大陸の市場を制覇し、濡れ手《ぬて》で粟《あわ》の商売をしようと目論《もくろ》んでおります」

と家康が手ずから運んでくる謎の臭い料理にはなかなか手をつけられなかったが、バウティスタは先刻セラフィナに告げた話を家康に伝えた。

「ほう。それでは暴痴州殿、実は枢機卿のほうが王よりも立場が上ではないかと?」

「はい。ヴォルフガングは本来、わが父の仇である魔王軍を殲滅するために王位に就いた男。当然、暗黒大陸の調査も自ら入念に行っているはずだと思っていました。即位後のヴォルフガングの人間主義への突然の傾倒といい、なにかが引っかかったのです」

「成る程。俺にはぴんと来ないが、そなたと房婦玩具とは幼なじみでしたな。家族故の勘という奴ですか」

「ヴォルフガングの妹君アーデルハイドも、エッダの森遠征には反対していたそうです」

「確か、終戦後に突然発見された生き別れの妹でしたな。そのお方が、王と昵懇《じっこん》の暴痴州殿とまだ会っていないというのも、どうにも奇妙な話……しかもその王の妹が、枢機卿の邸宅の隣に住んでいるとは」

なかなかに怪しい話だと家康は頷いていた。王の忠実な子分を演じてきた枢機卿は、実はとてつもない食わせ者かもしれない。

「枢機卿は、若い頃から高名な『聖マスカリン預言書』の研究者で、預言書の意図的解釈を行って人間主義を推し進めてきた張本人です。伝説の勇者が皇国に仇《あだ》を為《な》すという『勇者異教徒説』も、枢機卿が広めた説です」

「もともとの預言書の原典では、勇者は人間族の敵ではなかったと?」

「はい。他にも疑わしい点が。イエヤス殿をエッダの森から追い落とすためにヴォルフガングが用いた例の偽書は、明らかにわが父のもとで工作部隊を率いて戦っていたクドゥク族を追放せしめた偽書をもとに作成されたものです」

「ふむ、やはりそうでありましたか」

「あの偽書は、高度な宗教学者でなければ作成できないレベルのものでした。あれが各地に配布されていなければ、クドゥク族が異種族連合から外されることはなかった――」

「暴痴州殿のお父上が魔王軍の奇襲を受けて討たれることもなく、逆に魔王はエルフ王都にてヘルマン騎士団の奇襲を受け、敗北していたはずですな」

「そうです。それに、たとえクドゥク族の斥候部隊を失ったとしても、父は決して油断しない武人の中の武人。奇襲行軍を敵に気取られて討たれるような失敗は犯さないはずです」

家康はしばし目を閉じて黙考し、そしてひとつの推論を導き出していた。

「前団長殿が異種族連合軍を導いて魔王を討ち取ることを阻止しようとした者が、味方の軍の中に潜んでいた。その者が、前団長殿の奇襲作戦を魔王軍に事前に漏らした可能性がありますな」

「ああ……そうです、イエヤス殿！　クドゥク族の陰謀を暴くと称した偽書を捏造《ねつぞう》できる高い学識を持ち、ヘルマン騎士団に随軍してその動きを全て知っていた者は、ただ一人！」

「枢機卿しかおりますまい、暴痴州殿」

「動機は十二分にあります！　強い信仰心に憑《つ》かれた彼は、常に戦場での勝敗を度外視した人間主義を掲げ、異種族連合に舵を切った父と対立していました！」

「うむ。枢機卿こそが、一連の異種族間闘争の黒幕でありましょう」

「しかし、物証がありません。それに教団に生涯を捧げている枢機卿が、父の異種族連合策が気に入らないからといって仇敵《きゅうてき》の魔王軍と繋がるというのは、あまりに不自然です」

確かに、それでは枢機卿は教団と皇国を裏切っていることになる。

「ふうむ。『あなてまの黒魔術』はご存じかな、暴痴州殿」

「……名前だけは。人間には白魔術は使えませんが、黒魔術ならば修行すれば身につけられます。ですがこの大陸では黒魔術はご禁制。黒魔術師は見つかれば即、皇国の異端審問官に逮捕されますし、希少なアナテマの術士はジュドー大陸にはもういないはずですが？」

「ところが房婦玩具殿は、二度もえっだの森にあなてまの使い魔を送り込んできましてな。房婦玩具殿ご自身が黒魔術師なのか、あるいは黒魔術師を配下に飼っているのか。そのいずれかだと俺は考えていたのですが」

「まさか？　ヴォルフガングが黒魔術師であるはずがない。私は幼なじみですから、誰よりも彼をよく知っています。ヴォルフガングは騎馬隊、大砲隊、工作隊等を駆使して知略を用いて戦争に勝つことに一種の美を感じている生粋の武人です。イエヤス殿を追い落とすための偽書を作成するにあたっても、彼のもとに完成度の高い偽書を捏造できる技術者がいたかどうかは疑問です。まして、アナテマの黒魔術師との繋がりなど有り得ません」

「では、結論はひとつですな暴痴州殿。かつてくどく族を追い落とすために作成した偽書を作成した者も、その偽書をもとにこの俺を塡《は》める偽書を作った者も、そしてあなてまの使い魔を育成して送り込んできた者も同一人物。その者は、異端審問官から追求を受ける心配のない立場の人物。えっだの森攻略を命じられた房婦玩具殿は、えるふたちとの直接戦闘に及ぶよりも俺一人を退場させれば済むのならと渋々その者の献策を容《い》れて、次々と謀略の手を打った。そういうことでありましょう」

　バウティスタは絶句していた。

「……では、まさか……枢機卿が、黒魔術師を飼っていると!?　そんな馬鹿な？　異種族を忌み嫌う枢機卿の、人間主義への傾倒度は常軌を逸していますが、教団に忠誠を誓い生涯不犯《ふぼん》を貫くあの男の信仰心だけは確かなものです。枢機卿には、古代以来の美術品や骨《こっ》董《とう》品を蒐集《しゅうしゅう》する以外の私欲はない。なぜその彼が、禁断の黒魔術師を匿《かくま》って用いるのです!?」

「枢機卿自身が黒魔術師なのではないでしょうかな？　いつ何時機密を漏洩《ろうえい》させるやもしれぬ流れの術士を飼うよりも、自らが黒魔術に手を染めるほうが確実にして安全。異端審問官といえども枢機卿は決して捜査しませんからな。肌の黒化は魔術で抑えているかと」

「グナイゼナウ枢機卿が黒魔術師!?　皇国を統治する最高実力者が？　教団と聖下を守護する枢機卿団の頂点に君臨する者が？　皇国では、教皇聖下が元来は人にまつろわぬドラゴンを調練するために用いる術以外は、魔術は全面的に禁止されているのです！」

家康は（ほう。人間はプネウマを利用する白魔術を使えぬはずだが、教皇だけは別なのか？　確かに、野生のドラゴンを飼い慣らすなど並の人間には不可能であろう）と意表を衝かれたが、今はそのことを考えている段階ではなかった。

「暴痴州殿、人間というものは複雑な性格を持っています。枢機卿が前団長殿を魔王軍に始末させた動機さえ摑めれば、彼の有罪を証明する道筋も立ちましょう」

「騎士道一筋に生きてきた私には、見当も付きません。イエヤス殿。あなたがエの世界を統一した勇者であり賢者であることは身をもって理解しましたが、物証がなければ枢機卿黒幕説はこの世界の誰も信じません。それほどに有り得ない話なのです！」

「どうにかして物証を得ねばなりますまい。ともあれ、急ぎ房婦玩具殿との和睦交渉に臨みますぞ。暴痴州殿の返還を条件に持ち出せば、房婦玩具殿は和睦に応じましょう」

「はい！　それは間違いありません！」

「枢機卿の正体を探り物証を手にするためには、まずは和睦。頼みますぞ暴痴州殿。あと、一体だけでいいから竜骨を取り出させてはくれませぬか？　謝礼として、一生分のすらいむ肉を贈りますぞ？」

「……それだけはお断りします。頭から竜骨を抜いたら、ドラゴンが死んでしまいます！」

「医学の発展には貴重な犠牲が付きものなのですぞ、暴痴州殿。全ては、この俺が長生きするため」

「謹んで、お・断・り・す・る！」


家康とヴォルフガング一世の和平交渉会見は、エッダの森から水が引きはじめたその日の朝に、神木・宇宙トネリコを擁する聖地の丘で実現した。

両者が直接顔を合わせたのはこれがはじめてだが、互いに相手の戦術・思考を調査し尽くして虚々実々の駆け引きを続けてきた積年の好敵手。僅か半年の間に二人がどれほど熾烈《しれつ》に戦ってきたかを思うと、会見を見守る王国の近衛兵《このえへい》たちもエルフたちも緊張と興奮のあまりどよめいていた。

「よくぞ、えっだの森に乗り込まれてこられましたな国王陛下。万が一の際には、この家康が至高の毒消し『紫雪』を用いますので、毒殺の恐れはありませぬぞ」

家康は自らが「エの世界から来た異邦人」だということを敢えて強調するために、野外会見場を和式にしつらえさせた。神木に生い茂る葉の下で風に吹かれ、丘陵からエッダの森を見下ろしながらの茶会である。

「フン。自分で毒を盛って解毒してみせるつもりか、狸め。余の要求はバウティスタの即時返還だ。バウティスタを大人しく返還すれば、休戦を認めてやろう!」

「ほう、休戦? これは俺も耳が遠くなったか、異世界の言葉故に聞き間違えたかな。こちらの望みはあくまでも人間陣営との恒久的な和睦。休戦ではありませぬぞ、陛下」

「休戦で十分だろう。王国と皇国間の移動を容易にするために、エッダの森を接収して南北縦断街道を敷かねばならんのだ。来たるべき魔王軍との再戦のためにもな!」

ヴォルフガング一世は虚勢を張り続けていた。バウティスタを奪回するためならば和睦しても構わぬとヴォルフガング一世は本心では考えている。だが、王の妹を聖都に「人質」として取っているグナイゼナウ枢機卿が今なおエルフとの全面的な和睦を認めないのだ。

貴公ほどの武人が妹一人奪還できぬのか、俺は自らの妻子を駿府に置き去りにして今川《いまがわ》家からの独立を果たし、後に手練手管を駆使して妻子を奪還したのだぞ、それで一国の王かと、王の立場をもし家康が知れば思わず苦情を漏らすかもしれなかった。

「狸勇者よ。バウティスタをここで見放すほど俺は冷酷ではない。最大限に譲歩してやろう。エッダの森を退去したエルフの移住先は、砂漠の都市ノイス周辺の広大な砂漠地帯となるはずだった。これは皇国側が指定してきたことだ——だがノイス移住が不可能ならば、森の都市ハグリ周辺を提供しよう。聖都から遠く離れた僻地《へきち》だが、水も森も豊潤にある」

「俺はあくまでも、えるふ族から大将軍職に叙任された雇われ武士なのでな。俺の口から即答はできかねますな。えるふ全権外交官の阿呆淬殿は、如何お考えですかな?」

家康とヴォルフガング一世のティーカップに茶を注いでいたエレオノーラが、薔薇《ばら》のような優雅な笑みを浮かべながら、やんわりと答えていた。

「神木・宇宙トネリコを伐採されては、エルフ族は心のよりどころを失います。エッダの森からの退去には応じかねますわ」

「これは困った。ううむ、森の外交権は阿呆淳殿が握っておりましてな。陛下の小細工のおかげで王党派一揆《いっき》が起きました故、俺の権限は大幅に削られておるのです。いや、残念ながらこの森からの退去は不可能ですな」

この狸め……！　とヴォルフガング一世は歯がみしていた。

「陛下。暗黒大陸の動向が怪しいという噂はこちらにも届いております。今は争っている場合ではないのでは？　なにも森を丸ごと潰さずとも、街道を通す手段はありましょう。人間には不可能でも、どわあふたちならば必ずやってくれるはずですぞ」

「フン。ならば、こういう工事案はどうだ？　貴殿も知っての通り、レイン河とザス河という二本の大河が、南北縦断街道を敷く際の最大の障害となっている。この大河を二本とも消し去ることは不可能だが、一本にまとめることは可能だ」

「ほう……俺も江戸を新たな本拠地と定めた時には、氾濫を繰り返す利根川《とねがわ》の付け替え工事を行って治水事業に専念したものです。為政者にとって、治水は最重要の仕事ですからな」

「うむ。ザス河上流の流れを変えて、レイン河に合流させてしまうのだ。それでエッダの森を取り巻くザス河の水は涸れ、エッダの森は土に囲まれた丘陵となり、エッダの森の南に陸路を通すことができる――この停戦条件を呑《の》めば、和睦も考えよう」

エッダの森からエルフが退去しないのであれば、ザス河の流れを付け替えて水の手を断ってしまう。その工事を認めるならばエルフとの和睦に応じると、ヴォルフガング一世は「罠」を仕掛けてきた。

エレオノーラはしかし、予め家康から「王は恐らくザス河の付け替え工事を要求してくる」と前もって伝えられていた。イエヤス様の知略はいったいどうなっているのか、とエレオノーラは驚嘆していた。

だが家康にしてみれば、別に知略を働かせているわけではない。難攻不落の水城を落とすには、和睦条件を呑ませて水の手を断ってしまえばいい。それで、水城は土の上に這い上がった単なる裸城となる。これは、太閤秀吉が「大坂城を落とす方法」としてうっかり家康に漏らした戦術であり、家康自身が大坂城を落とす際に実行した手法と同じなのだ。

（やはりヴォルフガングは、太閤殿下に匹敵する天才的な武人だ。敵に回してはならん）

家康は思わずヴォルフガング一世の知略に舌を巻いたが、同時にエレオノーラに素早く目配せしていた。

エレオノーラはかねてからの家康との打ち合わせ通りに、

「それではエッダの森が裸城になってしまいますわ。決して認められません」

と即答していた。

「ザス河の付け替え工事を提案されたなら即座に拒絶すべし」という家康の進言を受け入れたエレオノーラには、かつて大坂城に籠もっていた淀君には足りなかった胆力が備わっている。

エレオノーラは、天守閣に大砲の砲弾を浴びせられようとも森を浸水させられようとも弱音を吐かなかったし、「こうなったら急ぎ和睦を」と戦意をくじかれることもなかった。

もしも淀君にこの娘のような強さがあれば俺は大坂城を落とせずに寿命で死んでいただろうと家康は痛感したが、幼い頃に小谷城《おだにじょう》落城と北《きた》ノ庄城《しょうじょう》落城という二度の落城を経験し、二人の父と一人の母を失っている淀君にそれを求めるのは酷だろうとも思い直した。

むしろ、王都落城を経験していながらこの籠城戦を耐え凌いでいるセラフィナとエレオノーラが強すぎるのだ。いや、互いに互いを支えあっているからこそ強いのか。

（淀君を大坂城から退去させるために、俺は淀君の妹のお初《はつ》——常高院《じょうこういん》に頼み込んで淀君と交渉を重ねたが、ついに淀君を翻心させられなかった。しかしこたびは、同じ轍《てつ》を踏まずに済みそうだ）

考え抜いて準備してきた「提案」をエレオノーラに一蹴されたヴォルフガング一世は、（釣られないだと？　おのれ、イエヤスの入れ智恵か！）とまたしても敗北感を味わっていた。

家康が王の提案を蹴る理由は、もうひとつあった。

「河川工事に人間の手助けはご無用ですわ。イエヤス様は、レイン河の決壊を半永久的に防ぎ、かつ異種族の居住地域を広げるために、大規模な治水工事が必要だと旅行中に痛感し、レイン河本流の付け替え工事を計画致しましたの。これこそが、ドワーフギルドをもってしても千年かかるという破格の規模を誇る『千年工事計画事業』ですわ」

「千年だと？　人間の寿命は五、六十年だぞ？　長寿のエルフすら百歳……正気なのか？」

それは、ヴォルフガング一世が呆れるほどに遠大な治水工事計画だった。

「うむ。俺が生きている間には完成は致しませぬな。ですが、治水こそが千年先の未来の民たちのために必要な事業なのです、陛下。俺は、治水の重要さを武田信玄公より学びました」

「……呆れる辛抱強さだ。内政にかけては、余はイエヤス殿、貴殿にとても及ばぬ」

家康は（これ以上に王を追い詰めては破談となってしまう。ここいらで妥協せねばなるまい）とヴォルフガング一世の顔色を読みながら決めた。人間の顔色を窺《うかが》い思考や感情を読むことにかけては、家康は達人だった。幼少時から十年以上にわたる人質生活をしてきた経験から、特技になってしまっている。

「それでは、和睦交渉はまた次の機会にということで、ひとまず休戦条約を締結する代わりにザス河の付け替え工事は行わないで頂けますかな陛下。もちろん暴痴州殿は直ちにお返し致しましょう」

「なんだと。休戦でよいのか？」

「休戦中に互いによしみを通じていけば、信頼関係も築けましょう。俺はえの世界から来た異教徒ですが、決してこの世界の人間に害意を抱いているわけではないことをいずれ陛下にご理解頂けるはず」

「……律儀者顔をしおって、胡散臭《うさんくさ》い奴だ。よかろう。余はそれで構わん！　だが、皇国から通達されている条件がひとつだけある。バウティスタの返還先は、皇国の聖都！　エの世界の勇者自らが聖都に入り、教皇聖下に直接バウティスタを返還するべしと。その時こそ、勇者が皇国に害を及ぼす異教徒ではないと証明される——バウティスタは余の家臣ではなく、皇国に仕える騎士団長なのでな。この危険な条件を呑めるのか、イエヤス殿よ？」

聖都に入ればお前は暗殺されるだろう、一応忠告しておいてやるがこれは皇国の罠だとヴォルフガング一世は視線で訴えてくる。

無論、家康も承知している。これでいよいよグナイゼナウ枢機卿こそが王を操っている「黒幕」だという確信を得られた。枢機卿が黒魔術に手を染め、さらには魔王軍と裏で連携しているという「物証」を得るためにも、枢機卿の真の目的を突き止めるためにも、この機に乗じて家康自らが聖都に飛び込まねばならない。

（虎穴に入るか。太閤殿下に何度も上洛《じょうらく》を要請されながら、執拗に断り続けたこの俺が――）

家康は「承知致しました、陛下。暴痴州殿をお連れして聖都に入りましょう。この家康、寛大にも休戦を認めて頂いた上は、これより陛下のお力となりますぞ」と頷いていた。

ヴォルフガング一世は（この男、俺の事情をどこまで察している？　まさかアーデルハイドのことを調べているのではあるまいな？）と家康の内心がわからなくなり思わず警戒したが、異様なまでに慎重な家康が「聖都入り」を即断したことにも驚かされていた。

「そうそう。俺には郎党も家族もおりませぬが、くど く族の王子射番がなにかと面倒を見てくれておりましてな。地下からではなかなか家族に手紙も出せないと射番は嘆いております。あの者を、わが護衛役として聖都に連れて行きたいのですが。わが身にどのような危機があっても、射番ならば守り抜いてくれるでしょうからな」

「……フン、好きにせよ。ただし、僅かな人数しか聖都入りは許されんぞ。近衛兵をずらりと連れて入ることは不可能だ。しかも、聖下に謁見する際には武具の所持は一切認められん。よいな、イエヤス殿？」

「無論、承知しております」

ここに休戦は成った。エルフ族たち異種族連合はヴォルフガング一世軍の猛攻を凌ぎきり、エッダの森を死守したのである。さらに、ザス河の付け替え工事をも阻止できた。

だがしかし、家康は自ら死地とも言うべき聖都に赴かねばならなくなった。

ヴォルフガング一世との会見を終えた家康は、地下空洞の仮設邸宅に大急ぎで舞い戻った。

大坂の陣で豊臣家を滅ぼして名実ともに天下の覇王となったその直後、家臣の誰にも告げずに戦場から血相を変えて逃げだした家康らしい小心……いや慎重な行動だった。

「ご無事でなによりです、イエヤス様。休戦が実現したとのこと、おめでとうございます。あのヴォルフガング一世の大軍勢を相手に、異種族連合を率いてよくここまで……」

イヴァンに出迎えられて自室に籠もった家康は、

「いや、まだ王と信頼関係を築くには至っていない。むしろ王は俺を好敵手に認定し、個人的にも再戦を望んでいる。戦で勝ちすぎたのがまずかった。しかも、俺自身の手で聖都に暴痴州殿を送り届けねばならなくなった。あまりにも危険すぎる」

とソファーに倒れ込むと同時に思わず本音をこぼしていた。

「やれやれ。あの王と相対しているだけで寿命が縮んだ……済まぬが万病円を、射番」

「は、はい。あのう……聖都入りは危険すぎますイエヤス様。異教徒としてイエヤス様を捕らえるか、あるいは暗殺するための罠です」

「承知している。これは枢機卿の罠だ。だが理屈を捏《こ》ねて上洛を先延ばしにすれば、せっかく王と結んだ休戦の約束を反故《ほご》にされてしまう」

ゾーイに命じて掘らせた地下河川を、今回は海側へと開通させずに済んだ。その前に雨期が終わり、地下湖がかろうじて耐えきったからだ。だが、次の雨期に合わせて再び水攻めを喰らえば、今度は耐えきれずに地下河を開通させることになり、河口を発見され、ヴォルフガング一世軍の侵入経路に利用される――。

「あの王に二度も同じ手は使えん、射番。援軍を望めぬ限り、落ちない城はないのだ」

「それではバウティスタ様に相談してみましょう。バウティスタ様の助力を得れば、聖都からイエヤス様が生還できる確率は高くなります」

「いや、暴痴州殿に助力を頼めば引き受けてもらえるだろうが、暴痴州殿はわれらと皇国の間で板挟みとなり、内心で激しく葛藤しよう。その葛藤が表情や仕草に出れば、枢機卿にあれこれと気取られてしまう。腹芸の使えぬ正直な御仁だからな」

「あ……そうですね。それに、バウティスタ様は既にこちらの捕虜となっているお立場です。もしも枢機卿に内通を疑われれば、あのお方まで謀叛《むほん》の容疑をかけられてしまいますね……」

「そういうことだ。優柔不断で済まんな、射番」

小牧長久手の合戦の後、太閤秀吉が盛んに和睦を乞うてきた際、家康は（上洛すれば暗殺されるに違いない）と太閤を警戒し、頑として動かなかった。

秀吉の妹・朝日姫《あさひひめ》を正妻としてよこされても家康は上洛せず、ついには秀吉が自らの生母を人質として三河に送ってきたことで、家康もとうとう観念して上洛せざるを得なくなった。秀吉は、外交にかけては家康を遥かに上回る切れ者だったのだ。

だが今回は、秀吉に仕えるために上洛した時よりも危険だった。枢機卿は、家康を聖都におびき寄せて逮捕あるいは暗殺するつもりだ。文字通りの死地だった。

「射番よ。聖都には枢機卿の邸宅があり、あの者を調査できる。使節団を率いて聖都に入り込む機会は二度とない。これは枢機卿の尻尾を摑む乾坤一擲の好機でもある――」

「はい。僕は、命懸けでイエヤス様をお守りします」

「おくつろぎのところを失礼。わが主よ。あなた様の忠実な家臣、ファウストゥスにございます。使節団の聖都入りが許可された今こそ、逆転反撃の好機。使節団それぞれにわが使い魔を預ければ、各自が離れていてもわたくしを経由して互いに意思を通じ合わせられましょう」

ファウストゥスが、「聖都に使い魔を持ち込める機会はまたとありませんよ」と喜々として家康の自宅へと押しかけてきた。

「桐子か。どうせお前は、聖都で新たな商談の種を仕込んで荒稼ぎするつもりだろう？」

「その通りでございます。こたびの合戦は領土も増えず賠償金も取れず、ひたすらに兵糧代と工事費用とで蓄財を消し飛ばしただけの大赤字ですので。聖都にもやり手の商人はおりますが、わたくしのような野良ダークエルフが堂々と聖都入りできる機会は滅多にありません。聖都の商人たちも、内心ではわたくしとの貿易を望んでおりましょう」

「好きにせよ。だが枢機卿の陰謀に敗れれば、俺だけでなくお前の首も飛ぶぞ」

「いえいえ。万一の際には、わたくし一人だけは生き延びて逃げ果《おお》せる算段を既につけておりますれば」

　ほんとうにイエヤス様の家臣なのですかこの方は、と若いイヴァンが呆れた。家康は「こやつは煮ても焼いても食えぬ奴なのだ」と笑っている。

「イヴァン殿。グナイゼナウ枢機卿には複数の疑惑がございます。黒魔術師であるという疑惑。自らの邸宅の隣にアンガーミュラー家の別邸を建てさせてヴォルフガング一世の妹君を事実上監禁しているという疑惑。物理的に妹君の身柄を拘束しているのみならず、なんらかの王の弱みを握っている可能性も。さらには、魔王軍と裏で繋がっているという疑惑まで。まさに疑惑の総合商社と言ってもいいほどです。しかも、ヴォルフガング一世は枢機卿を調査できない。わかりますね？」

「……僕はまだ、イエヤス様にお仕えしていることをヴォルフガング一世に知られていません。いまだ二重間者として動いています。この機に乗じてイエヤス様に随行して聖都に入り、枢機卿の疑惑を証明する物証を入手しろと……そう言われるのですね？」

「その通りです。これほどの間者働きが可能な逸材は、クドゥク族のあなたしかおりますまい。あなたならば、使い魔ですら容易に入り込めぬ枢機卿の邸宅にさえ侵入可能でしょう」

「わかりました。やります。イエヤス様が命を賭して聖都入りされるのです。今こそ、イエヤス様への御恩に報いる時です――」

　家康は（この男はやはり徳川家の「憎まれ役」を務め続けてくれた本多正信《ほんだまさのぶ》を思いだす）とファウストゥスに感謝するとともに、イヴァンにかける言葉を探した。だが、「俺のために死んでくれ」とはどうしても言えない。

　関ヶ原の合戦勃発直前。かつて人質として流浪した幼少時代から守り役として苦楽を共にしてきた鳥居元忠《とりいもとただ》を、天下取りのために伏見城《ふしみじょう》に置き捨てていく時、家康は「もしもこの城に石田三成《いしだみつなり》が攻め寄せてきた時には、徳川のために死んでくれ」と元忠に告げねばならなかった。元忠は「拙者は既に老いました。この老骨の命を捧げることで殿が天下人になられるのであれば、喜んで」と家康を爽やかに送り出したが、イヴァンはまだ幼い。外見よりは年齢を重ねているとはいえ、まだ十代である。とてもではないが「命を捨てよ」などとは言えなかった。

「だいじょうぶですイエヤス様。枢機卿を追い詰めるための物証を手に入れ、生きて帰還します。僕は、姉さんに再会するまでは決して死にません」

「……射番よ、苦労をかけるな。死ぬなよ。無理をするな。物証を手に入れられずともよい、危険を察知すれば即座に逃げよ。生きていてこそ、姉上と再会する時を待てるのだ。死ねば、もう会えぬ」

「はい。ありがとうございます！　でも、少し複雑な気分です。僕から姉さんを奪い僕を間者として使役してきたヴォルフガング一世もまた、ご自身の妹君を枢機卿に捕らわれて従わされていただなんて……」

「それが乱世の定めだ。家族とは、どれほどの英雄豪傑にとっても致命的な弱点だからな。それ故に、人質政策は有効なのだ」

「あの王も、僕と同じ境遇だったのですね。僕はこれから誰を憎めばいいのでしょうか？」

「射番よ。お前は気性が優しい。誰も憎まずともよい。生きとし生ける者に苦しみを与え続ける乱世を『穢土』として憎め。その怒りと哀しみを糧に、戦なき世、『浄土』を築くと肝に銘じて生きるのだ」

「……は、はい。イエヤス様の旗印、『オンリエドゴングジョウド』ですね。イエヤス様はその思いを生涯抱いて、エの世界に平和をもたらしたのでしたね」

「俺はただ、死にたくなくて生き延びる算段を続けてきただけだ。天下も平和も、結果的に手許《てもと》に転がり込んできただけにすぎん。ただ、死ねばそこで夢は終わるのだ、射番。姉上と再会を果たすまでは絶対に生きろ、よいな」

「は、はい！　そのお言葉、生涯決して忘れません！」

「……そうお前に命じながら、俺は射番を死地へ飛び込ませようとしている。済まないな」

どうやらヴォルフガング一世は、公の場では傲岸不遜な王として振る舞っているが、家族への情が強すぎる男だと家康は確信していた。恐らく、枢機卿はそのような王の弱点を的確に突いている——。

「どおおおおん！　話は全部立ち聞きしたわ！　待って、待ってイヴァン！　もう止めても無駄だろうけどさ、イヴァンちゃんがイエヤスの護衛官役を外れたら、聖都で誰がイエヤスを守るの〜？　私も聖都についていくっ！　イエヤスとともに聖都入りして、イエヤスを護衛しちゃうっ！　ねえねえ、いいでしょイエヤスぅ〜？」

「……セラフィナ様をお止めしようと説得してきたのですが、やはり無理でしたわ。妾も同行致します。なんとしてもセラフィナ様をお守りせねばなりませんので。はぁ……」

今度はセラフィナとエレオノーラが、「同行」を訴えに来た。

エルフの女王と外交官が俺に同行して聖都入りなど危険すぎると家康はぼやきながら二人を退室させようとしたが、セラフィナもエレオノーラもテコでも動かない。セラフィナが「私は、なにがなんでもイエヤスを守るっ！　もう、お飾りの女王とかへっぽこ術士だなんてイエヤスには言わせませんっ！」と盛り上がっている以上、彼女と生死を共にすると誓っているエレオノーラもまた聖都入りを選択するしかない。

「……お前たち二人をどらごん戦で死地に立たせたことを、俺は後悔しているのだぞ？　そもそも俺が生きてきたえの世界では、戦とは本多平八郎《ほんだへいはちろう》のような武張った男がやるもので……」

「は〜ん？　それはエの世界の常識でしょ〜？　魔術が使えるこの世界では、事情はぜんぜん違うからっ！　イエヤスは盾の魔術を使える？　使えないよねーっ？　ドラゴンに単独で勝てた？　炎を防ぐ壁がなくちゃ勝てないっしょ？　ほーら、私がいなくちゃダメじゃん！　このセラフィナ様に任せておきなさいって！」

「ええ。妾たちは、剣術や弓術ではイエヤス様には遠く及びませんが、妾の解放の魔術も、イエヤス様とセラフィナ様をお守りするために必ずお役に立てられますわ」

「ふ、ふ、ふ。聖都は、プネウマの濃度が高いことで知られております。白魔術の力も倍増致しましょう。強力な白魔術を操るお二人が同行してくれれば、万が一の際にわたくしもそそくさと逃げやすいというもの」

「ちょっと〜ファウストゥス。あんたって、やっぱそーゆー奴よねーっ!? 普通はそーゆーこと、思っていても口にしないでしょ〜?」

「おっと失礼。わたくしは嘘がつけない正直者でしてねぇ、ふ、ふ、ふ」

「嘘つけー!」

さらに、床下に突然穴が開き、ゾーイが首を伸ばしてきた。さすがに地下の屋敷《やしき》にまでは抜け道は要らんぞと家康はまたぼやいたが、穴掘りはゾーイの趣味なのだろう。

「小難しい話はさっぱりわかんねーけどさ、枢機卿って奴に皇国を牛耳らせていたらジュドー大陸は今のままなんだろ? 人間と異種族が戦っている限り、魔王軍にゃ勝てねえ! だったら、オレもイエヤスの旦那についていくまでさ!」

家康はゾーイの屈託のない笑顔を見るなり、新たな策を閃《ひらめ》いていた。医学薬学の分野以外で「創意工夫」というものを自ら発揮することが少ない経験主義者の家康にとっては、実に珍しいことだった。それほどにイヴァンの身を案じていたとも言える。


「おお、憎威。そうだ。お前が射番に協力してくれれば、枢機卿の邸宅に確実に侵入できる! しかも、脱出も容易になる! 命懸けの任務となるが、頼まれてくれるか!?」

「へえ、聖都でも穴を掘らせてくれんのか? やったぜ! ま、聖都の地盤の固さ次第だけどなー! やってやるよ! 天下に、穴を掘らせりゃオレに敵《かな》う者はいねー!」

これで枢機卿の正体を暴く道筋はついた。後は家康自身とセラフィナ、そしてエレオノーラの三人がいかに暗殺者から身を守るかだ。家康はファウストゥスに、「聖都入りした際には使い魔を用い、われら全員の行動と情報を逐一把握しつつ現地で総指揮を取れ」と命じていた。

ファウストゥスは「特別恩賞手当を出して頂ければ」とほくそ笑みながら承諾していた。

「ぐえ〜。全員の命をファウストゥスに託すとか、イエヤスってば慎重なんだか八方破れなんだか。いい? 聖都では絶対に『健康のためなら死んでも構わん』って言いださないでよねー?」

「……うむ。竜骨以外には決して釣られんと約束するぞ、世良鮒」

「竜骨にも釣られるなーっ！」

家康率いる使節団の聖都入りが、ここに決定した。

旅の仲間たち全員が聖都へと乗り込み、教皇聖下へのバウティスタ返還を行うと同時に、秘密裏に枢機卿の邸宅を捜索する。枢機卿自身がバウティスタ返還の儀式に出席せざるを得ない立場だからこそ可能となる、同時作戦展開だ。

（ヴォルフガング一世の協力を得られれば心強いが、それは無理だろう。俺が失敗すれば妹君の身も危うくなるからな。われらの人質となったことで枢機卿に目を付けられているだろうバウティスタにも、今はまだ打ち明けられん。時期を見ねば。恐らくはわれらだけで決行することになりそうだ）

枢機卿による家康暗殺が成功するか、それとも枢機卿の正体を摑むのが先か。

兵力にも頼れず、敵を調略することもできない。関ヶ原の合戦以上に危険な賭けになる、と家康は腹を押さえながら呟いていた。


「さてと、イエヤス様。このファウストゥスに少しばかりお時間を頂けませんか。余人のいない場所でお伝えしたいことが。聖都にて今回の計画を遂行する上で、是非ともお耳に入れておいたほうがよさそうな情報がございまして――」

この男の腹のうちにはやはりなにか策があったか。俺が引くに引けなくなってから切りだすとは、また高額の恩賞を払わせるつもりだな。腹案があるのならば先に言えと内心でぼやきながら、家康は無愛想に頷いた。

好奇心に溢れたセラフィナが「なになに、楽しそうっ！　私も混ぜてー！」と食い下がったが、ファウストゥスは断固として拒否した。

しかも、この家康とファウストゥスの密談に途中からなぜかエレオノーラが加わったことで、いよいよセラフィナは「なんでよーっ？　なんで私だけハブられるのよーう？」と涙目になったが、家康たち三人は以後、この密談の内容について一言も語らなかったのである。

第七話

モンドラゴン皇国の聖都エレンスゲは、大陸南部最大の宗教都市。潤沢な水資源、周辺の森から得られる材木資源や鉄鋼資源、そして東の海に開けた貿易港をも持つ「神に祝福された都市」だ。

家康が天海《てんかい》僧正とともに開発した江戸のような「四神相応」の地とは地形条件が少し異なるが、周囲を河・湖・海・街道・山に覆われたエレンスゲは、王城の地に相応《ふさわ》しい。

神聖なる血統を受け継ぐ教皇が住まうは、聖都最大の丘陵に屹立する巨大なエレンスゲ大聖堂。皇国の政治を司《つかさど》る枢機卿団の会議場も、この大聖堂に設けられている。

大聖堂の近くには、王侯貴族の別邸や高位聖職者の邸宅が建ち並ぶ「上級市民エリア」が配置されていて、アンガーミュラー国王ヴォルフガング一世の慎《つつ》ましい別邸とグナイゼナウ枢機卿の広大な邸宅はこのエリア内で隣接している。


「俺も江戸城の周囲に大名屋敷を建てさせたが、思えば信長公が安土城《あづちじょう》の城下に家臣団の屋敷を集めさせたのが最初であったな。天主へと上る険しい石段の左右に、太閤殿下や前田《まえだ》殿の屋敷が並び立っていたものよ。なにもかも懐かしい」

休戦の証《あか》しとして「バウティスタ返還」を行うために、エッダの森からおよそ十数名の限られた随行者だけを連れて三台の馬車で出立した家康一行は、ついに聖都エレンスゲに到着した。

馬車内で揺られる家康の隣には、騎士団長バウティスタが付き従っている。バウティスタは枢機卿ら皇国の人間主義者による家康暗殺を危惧し、移動中はできる限り家康のもとを離れないようにと心を配っている。

「うぎゃーっ、大聖堂が金ピカだーっ！　眩《まぶ》しいーっ！」と、向かいの席にエレオノーラと一緒に座っていたセラフィナは窓の外に首を出して騒いでいた。

「皇国の経済力は恐るべきものがあるな、暴痴州殿。豪華な装飾を施された門といい、丘陵に立つ大聖堂といい、どこか南蛮風であるな。だが、目映《まばゆ》いばかりの黄金造りの大聖堂とは恐れ入る。太閤殿下の大坂城ですら全面金張りではなかった。まるで金閣寺《きんかくじ》だ」

「お見苦しいものをお見せして申し訳ないイエヤス殿。大聖堂は、かつては質素な石造りの建物だった。大厄災戦争が終結した後、枢機卿団が黄金造りに改装してしまった……長く厳しい戦争に耐えてきた市民に重税をかけて。おかげで聖都では貴族や聖職者と平民の貧富の格差が広がる一方で、丘の下の平民居住区は今では貧民街になってしまった」

「ふむ。聖都の北側の山の手が支配階級が住まう区域で、南側の河岸側が貧民街か。いっそ潔いまでの悪政だな。よくも一揆が起きないものだ」

「いやイエヤス殿、近頃では過激派が支配階級区域を襲撃することも増えている」

「当然だろう。民をまるく統治するどころか、殺しにかかっているのだからな」

「枢機卿団は、グナイゼナウがトップに立ってから急激に堕落した。聖都の職人ギルドのリーダー、ランプレヒトという男が結成した『平民派』を名乗る改革派集団は、当初は穏健な改革を目指していたが、今では度重なる皇国の弾圧を受けてやむを得ず武装し、過激化している」

「愚かな。銭は天下の回り物であり、銭は一極集中させてはならぬもの。俺以外の為政者が銭を独占するなど、道義的にあってはならぬことだ。許せぬな、枢機卿め」

イエヤスが銭を溜め込むのはいいんかーい！　とセラフィナがすかさず突っ込むが、家康は「俺は民を困窮させずに統治する術を心得ておるので例外よ」と馬耳東風。

「イエヤス殿。私の愛龍ファーヴニルは今、一緒に捕らわれていた二体の龍とともに一時的に皇国の龍放牧地に戻されている。聖都の北側に開けている広大な森林地帯に。龍使いたちが、全身の検査と体内のプネウマの再調整を行っている。まだしばらくは会えない」

「それでは、暴痴州殿は聖都で龍と合流してから騎士団領へ戻られるのか？」

「そういうことになる。ファーヴニルを治療して頂いたイエヤス殿と女王陛下にはいくら礼を言っても言い足りない。イエヤス殿には是非とも、教皇聖下とエルフ族の融和を実現してほしい」

「うむ。俺は人間だが、ぷねうまを体内に取り入れて戦うことができる。そういう意味では、今の俺は人間というよりはえるふに近いのかもしれんな」

「ぷっ。エルフは美男美女揃いの美しい種族なんですけどー。イエヤスみたいな微妙な見た目のエルフ族とかいないんですけどー」とセラフィナが思わず吹いて、エレオノーラに「確かにイエヤス様は顔が平べったくて足が短めで決して美男子ではありませんが、高潔な英雄ですわ！」とたしなめられた。

家康は（死地に入ったというのに、まったくお気楽な娘だ）と少々セラフィナに腹を立てたが、いつもと変わらないセラフィナを見ていると妙に安堵させられる。どちらかというと、自分を熱烈に崇拝しているエレオノーラの家康への外見評価が意外に低い、というかやけに客観的なことが繊細な家康の心を傷つけた。

これが、乗り越えられぬ種族の壁なのか!?

「イエヤス殿。グナイゼナウ枢機卿が極端な『人間主義』を掲げている理由のひとつは、重税を絞り取られている平民階級の人々の不満を異種族に向けるためだと思う」

「房婦玩具殿を王に封じて、大陸北部を盛んに侵食させている理由のひとつもそれだな。既に階級が固定された南部で食えない平民は、北部に移住して異種族から土地を奪い一旗あげよということだろう」

「イエヤス様。皇国がエッダの森にこだわり南北縦断街道の建設を急いでいた一因も、人間の平民たちを北部に大量に移住させるためだったのでしょうね。もしも枢機卿の圧政下に置かれている種族が、エルフでしたら……」

「大々的にプッチしているよねーエレオノーラ！　人間って我慢強いなあー。イエヤスってば忍耐力ありすぎて苦しむのが好きなんじゃないの～とか疑っていたけれど、もしかして人間族の典型なのかもね～？」

「ふふ。皆気位が高くて口論ばかりのエルフ族がよく治まっているのは、歴代の国王が質素な生活を続けていたからですわ、セラフィナ様。そしてユリ家の功績ですわよ」

「まーたまーた。褒めてもなにもでないよ～エレオノーラってばぁ～♪」

「思えば太閤殿下も、天下を統一した結果、家臣団や足軽たちを食わせていけなくなり、大陸進出を図って新たな土地を海外に求めたものよ。その結果、朝鮮を通り明《みん》を支配せんと欲して二度の戦争を起こした。日本国内にはもう家臣に与える土地が残っていなかったのでな」

「ふええ〜。ちょっぴり大厄災戦争みたーい！　ねえねえ、イエヤスも参戦したの〜？」

「まさか。俺は絶対に海を渡らず、新たに転封された関東の経営に専念してひたすらに銭を貯《た》めた。そもそも異国の空気や水や食べ物が俺の体質に合わず、毒になったらなんとする？」

「……イエヤスってケチな上に潔癖症だもんねー……黄色い下着はつける癖にぃ〜」

「異国との戦争に倫理的に反対したわけではないところが、イエヤス様らしいですわね」

「いや、明との交易が断絶したことは大損失だったぞ阿呆淬よ。それに、異国に乗り込んだ遠征軍内に未知の病が蔓延《まんえん》するという事例は、歴史上多いのだぞ？　事実、唐入《からい》りでは多くの将兵が病に倒れ、名だたる名将が病で命を落とし、あるいは寿命を削った」

もしも小早川隆景《こばやかわたかかげ》殿がご存命なら、慎重すぎる俺などに天下は転がり込まず、毛利《もうり》が天下人になっていた、と家康は震えながら頷いていた。

「しかも、土地を手に入れることなく太閤殿下が病没して撤兵したから、遠征軍に参加した諸大名の財政は大赤字よ。結果的に関東引きこもり策が、戦争を回避して銭を蓄えていた俺に天下人の座を与えることになったのだ」

「ほえ〜。ケチと臆病は身を助けるってやつだねー！黄色い下着を笑えないねー！」

「そこは『人間万事塞翁が馬』と言わんか、世良鮒」

「サイオウってなーにー？　馬の名前？　ねえねえ。イエヤスなら、聖都問題の解決くらいお茶の子だよね？　天下を統治させたらイエヤスの右に出る逸材はないんだから！」

「ふむ。世良鮒よ、たまにはいいことを言うではないか」

「たまにじゃないでしょー。私は口を開けば名言しか残しませーん！」

「俺は、どの種族からも距離を置いてこの世界を観《み》られるのでな。いくつか腹案はある。たとえば、信仰と政治・軍事の分離だ」

分離とは？　とバウティスタが奇異な言葉に驚いて目を見開いた。

「教団は教団、国家は国家として切り離してしまうのだ暴痴州殿。えの世界の日本では、本願寺《ほんがんじ》率いる一向宗《いっこうしゅう》門徒と武家の対立が長らく続いて乱世が収まらなかったため、われら武家はずいぶんと苦労して寺社を武装解除させた。信仰を巡る長い争いは、それで終わった」

「成る程！　それができれば、父が抱いていた異種族連合の夢に大きく近づける！　実現は難しいが、イエヤス殿はよくもそんな解決法を思いつくものだ」

「三河一向一揆では家臣団と戦う羽目になったのでな。もっとも、教団を潰すことなく教団から兵力だけを分離するという策は、信長公が考えられたもので、俺はそれを真似ただけだ」

やっぱり真似てんじゃん！　とセラフィナ。俺は良いものはなんでも真似るのだと家康。

「俺は融通無碍《ゆうずうむげ》。原理原則など持たず、良きものは全て真似る。それが天下を取れた秘訣《ひけつ》よ。まずは、暴痴州殿を介して房婦玩具殿との関係を深めたい」

「それが……実はイエヤス殿。聖都で私を待っていたヴォルフガングは今朝、突然の勅命を受けて、ノイスに起きた反乱を鎮圧するために兵を率いて出陣してしまったそうだ」

バウティスタが残念そうに告げた。

「これはグナイゼナウ枢機卿の差し金に違いない。枢機卿は、イエヤス殿とヴォルフガングが結託することを警戒しているのだと思う」

「そうか――ある程度予想はしていたが、やはりな」

枢機卿は聖都で俺を殺すつもりだ、と家康は確信していた。いよいよバウティスタに自らの「策」を打ち明けづらくなってもいた。彼女をこの危険な計画に巻き込んで失敗すれば、バウティスタも枢機卿に殺される。ヴォルフガングか、せめてファーヴニルがバウティスタの隣にいてくれれば、事情は大幅に変わってくるのだが。

（慌てるな。ここは忍耐だ。好機をじっと待つのだ――）

聖都に到着した家康一行が「この旅館に泊まり、身体の穢《けが》れを落とすように。騎士団長返還の儀式は、大聖堂にて十日後の朝に行う。それまで無断の外出は禁ずる」と衛兵たちに通された先は、大聖堂から離れた聖都南部の貧民街に建つ、老朽化著しい安宿だった。

しかも、バウティスタはまだ正式に人質から解放された身ではないというのに、家康一行と別れて、大聖堂近くにあるヘルマン騎士団の施設に泊まるように命じられた。

「まあまあ？　まさか、この宿に泊まりますの？　妾たち誇り高きエルフ貴族や、勇者イエヤス様もですの？　め、目眩《めまい》が……」

「こ、これは、なんという無礼な……！　イエヤス殿、女王陛下、申し訳ない！　どうか我慢を。ここで短気を起こせば枢機卿の思う壺。休戦の話を反故にされてしまう」

「うげ～、こんな牢獄みたいな建物に十日も押し込められるの～？　攻められる以前に、この宿屋って見るからにボロボロじゃんっ？　営業しちゃいけないレベルじゃん？　もしも地震が来たら私たちはぺちゃんこだよぉ～イエヤスぅ～！　南部ってね、火山島が近いから地震が多いんだよ～？」

「騒ぐな世良鮒。俺は質素な暮らしには慣れておる、黄金造りの悪趣味な大聖堂で寝泊まりするよりはこちらのほうが気楽でいい。かねてからの部屋割り通りにするぞ、阿呆滓」

「え、ええ。承知致しましたわ……こんな時にも不動のイエヤス様は、さすがですわ」

「ほんとうに申し訳ない。なにか不自由なことがあれば、遠慮なく申しつけて頂きたい」

誇り高きエルフの王族と貴族を貶《おとし》めることで、家康側が失態を犯すことを期待しての処遇なのだろう。それどころか、治安レベルが低い地域の安宿に家康たちを押し込めることで、「平民派」による襲撃すら期待できる。

しかし、家康にとっては貧民街の安宿に押し込められたことこそがむしろ好都合であり、「想定通り」なのだった。

バウティスタと別れた家康は、旅の仲間を連れて一階の応接間に陣取った。

「寝室の割り振りは、二階に俺と射番。一階に世良鮒と阿呆滓。地下に憎威と桐子。それぞれが連れてきた仲間たちは、同じ階の部屋に固まるように。皆、無事に十日間をやり過ごすのだ――しかし腹が空いたな。さっそく、焼き味噌弁当を食うとしよう」

「待った〜！　イエヤスがイヴァンちゃんと隣部屋同士の怪しい関係なのはいつも通りとしてぇ！　ゾーイとファウストゥスがどーして地下に〜？　若い男女を地下に押し込めたら、なにがあるかわかんないよう？」

「おやおやセラフィナ様。わたくしはもう四十ですから、老いてもおりませんが若くもありませんよ。それに、ゾーイ殿のような彫刻像の如き大女は、わたくしの審美眼にはかないません」

「うっせーぞ、オッサン。夜這いかけてきたらハンマーで頭カチ割ってやんよ！　そもそもドワーフ仲間は全員相部屋が基本だかんな！　オッサンが迷い込んできたら、格好の狩りの餌だあ！」

「これでよいのだ、世良鮒。どわあふは習性的に地下を好むし、桐子は地の底に隠れたがる癖がある。仲良くやるがよい」

「わたくしの嗜好《しこう》をよくご存じで。それではわたくしは、さっそくジメジメとした日の当たらない地下部屋でくつろがせて頂きます。まだ腹は減っておりませんのでね」

「オレもさっそく地下潜りだーっ！　いやー、エッダの森での地下ダンジョン籠城生活は毎日が楽しかったなー！　夕飯には誘ってくれよなーっ！　あ、そうそう。旦那の発注通りに、例のブツ、造っておいたぜ！　ほら、小袋を受け取れ！」

「これはかたじけない。割引にならんか、憎威？」

「ならねーよ！　逆に特急料金分を割り増しだー！　ったく、出立直前に発注かけやがってー！　なんに使うんだよ、それ？」

「うむ。使う場面はあまりなさそうだが、俺は念には念を入れる男なのでな」

「だったら支払いをケチんなよなー！」

ゾーイとファウストゥスは、喜々として地下へと駆け込んでいった。

ほえ〜二人とも地下送りを喜んでるぅ。イエヤスってばずいぶんと異種族の風習とか癖に慣れてうまく切り回せるようになったねー、とセラフィナは感心した。

「うむ。籠城生活で異種族の民たちと交流を深めたからな。なにを喋っているのかすら聞き取れなかった薩《さつ》摩人《まじん》よりも、ずっとわかりやすい。えるふは、部屋に日光が入らねば苦しかろうから日当たりの良い一階で寝泊まりするがよい。さっそく茶会とするぞ世良鮒、阿呆滓」

「おーっ！　ケラケラミソも改良を重ねて、どんどん本家に近づいてきたよーっ！　でも……だんだん色合いがウン●そっくりになってきたんですけどー！　ホントにこれがイエヤスの世界のごちそうなの〜？　うえええ〜……」

「こほん。妾が魔術で植物を促成交配した結果、イエヤス様がお望みのダイズにかなり近づいてきましたわ。これは従来のケラケラミソのような『代用ミソ』とはレベルが違いますわよイエヤス様？　あと一歩で本物のダイズが完成ですわ。イヴァン、味見してみます？」

「は、はい。ぺろ……うっ。これって風味は最高ですけれど、しょっぱいですね？　塩分が多すぎるかもしれません」

「射番、それでよいのだ。焼き味噌はいくさ飯だからな。甲冑を着込んで暴れる戦場では、人間は汗を大量に流す。故に味噌は塩辛いほうがよい。だが！」

「だ、だが？　なんでしょうイエヤス様？　もしかして国家の政に関する重大な知識をお教え頂けるのでしょうか？」

「来客に出す料理では、断じて塩を減らさねばならん！　塩が多いと食欲が湧き、減塩すれば食欲を抑えられるのだ。つまり、塩をケチることで接待費が浮く！　えるふの女王と外交官として、このことをよく心得ておくように。世良鮒、阿呆滓」

「確かに国家の政に関する重大な知識ですねーっ！　さすがだねーっ！　一度天下を統一した英雄はなにもかもスケールが違うねー！　器が……ちっちゃすぎるぅーっ！　イエヤスってば、エの世界でも家臣や領民に心から尊敬されたことがないでしょー？　ケチすぎぃ！」

「フ。若いな世良鮒。蒲生氏郷《がもううじさと》も同じことを言っておったものよ。太閤殿下なき後、天下人になる者は前田利家《としいえ》公だと。家康は吝嗇すぎて誰もついてこないと。だが、結果は逆になった。前田利家公は誠実で仁徳溢れるお方だったが、若い頃から命の炎を燃やして幼女や少女を孕《はら》ませ続けたツケが老年にどっと来て、早々と病死されてしまわれた。対する俺は、知っての通り閨《ねや》で体力を消耗せぬよう、常に節制と自重を心がけていたからな」

「ああ、そーですかー！　生きてて楽しくなさそーうー！　きっとイエヤスが天下を取ったエの世界のニッポンって、まるっとケチ臭い国に改造されたんでしょーねー！」

「うむ。信長公の新奇好きな南蛮好みや太閤殿下の華麗な黄金好みのような浪費癖は俺にはない。玄米麦飯と味噌を主食とする質素倹約の勧めを、家臣にも領民にも説いたものよ」

「自ら質素に暮らしながら、ちゃっかり銭は稼いで使いもしないのに無駄に溜め込むとかさぁ。イエヤスってば、本物のケチだよね～。っていうか、貧乏性？」

「……ま、まあ、幼女好きのマエダ殿が天下人になっていても、それはそれで困ったことになったと思いますわよ？　もしもマエダ殿がこの世界に召喚されていたら、今頃幼いセラフィナ様はきっとマエダ殿の餌食に。もっと幼いイヴァンも、どうなっていたことか」

「エレオノーラぁ？　私は幼くないもんっ！　もうオトナだよー！　ぶうぶう！」

ぜんぜん大人ではない、と家康は内心で突っ込んでいた。

「い、イエヤス様。伝説の勇者様に一度ご挨拶したいと、来客が……聖都の平民層の方々だそうです」

「まあ？　イエヤス様、刺客が紛れているかもしれませんわ！　ご用心下さいまし！」

「射番がついておる、問題ない。主要な食事はこちらで出すのだしな——俺は聖都の現状を知りたい、客に会おう。万が一の時には紫雪を俺の口に入れて治癒の魔術をかけてくれ、世良鮒」

「まっかせてー！　セラフィナ様の治癒の魔術はぁ、地下でのお医者さん巡業でますます磨きがかかってるよー！」

「では来客を通すように。もちろん謝礼はもらっておくのだぞ、射番」

「は、はあ……あのう、どちらかというとこちらが黄金を施す側なのでは……」

「いかん！　そんなことをしたら、黄金目当てに平民たちが宿に殺到してなにも手に付かなくなる！　何事も案配が重要なのだ射番。たとえ世良鮒にケチと罵られようともだ！」

「ケチじゃんっ！　客から面会料を取るんかーい！　イエヤスって、単に小銭が欲しくて客に会うつもりじゃあ……ってか、それしか考えられないよねーっ!?」

「信長公も、新たに建てた安土城を見物に来た民たちから、直接自分の手で見物料を奪い取っておったぞ？」

「それはぁ、サービス精神ですよねーっ？　本質がぜんぜん違う気がするんですけどー！」

うぅむ。同じことをしても、これほど印象が違うとは。万事派手な信長公が「当たりの勇者」だとすれば、なにをやらせても地味な俺はやはり「ハズレの勇者」だな、と家康は頭を掻いた。

ともあれ、家康は聖都の平民たちとはじめて会食し、彼らの訴えを直接聞いた。

もちろん食事の塩分を減らして少しでも食費を浮かせようと密かに努力したことは言うまでもない。

「うへへへへ。噂のイエヤス様にお会いできて大感激でさぁ。あのドラゴンを弓で倒すたぁ、人間業じゃありませんや」

長いぼさぼさの髪で顔を覆った来客集団を率いるリーダー格の男が、揉み手をしながら家康のグラスに聖都特産品の葡萄酒《ぶどうしゅ》を注いだ。毒なし、とセラフィナ。

意外にも平民たちは、家康を救世主のように崇めていた。聖都の「平民派」グループが、伝説の勇者家康こそが聖都を救済してくれる英雄だという噂を広めているのだという。

（あれ？　噂と見た目が違う？　ちょっと顔が平べったくないか？）

（なんか、肌の色も変わってるよな？　蜜柑《みかん》の食べ過ぎだろうか）

（どうしてせかせかと爪を嚙んでるんだろう……とても英雄のご器量とは思えないが）

と彼らは本物の家康を前に戸惑いながらも、（異世界のお方だからな）と無理矢理に納得し、家康に胸襟を開いた。なにしろ大陸随一の美女エレオノーラと美童のイヴァンが手ずから茶を淹《い》れてくれるのだから、家康への些細《ささい》な違和感など一発で吹き飛ぶというものだ。

「聖都は、昔は住みやすい平和な都でした。グナイゼナウ枢機卿が聖都を支配しはじめてから、完全におかしくなったんです。枢機卿は熱烈な教団の信仰者ですが、神を愛すれど民を慈しむ心がありません。民などは皆、神に奉仕する奴隷だと言わんばかりの扱いで……」

「長い戦争が終わり、枢機卿団の面々の気が抜けたこともあって、宮殿を黄金造りに改装するためにわれらから重税を絞り取り……」

「……さらには人間主義を掲げてダークエルフギルドとの関係が悪化したために、聖都の経済は今や死んだも同然となっております」

「ドワーフとも不仲なので、黄金や銀も不足気味で、貨幣はどんどん粗悪になる一方です」

「盛んに北部への移住を勧められるのですが、誰も住み慣れたこの都から動きたくないのです」

「ヴォルフガング一世が治める北の王都は、治安が良く暮らしやすいと聞いていますが、魔王軍が襲来すれば戦場になるでしょうし、冬の厳しい寒さにはわれらは耐えられません」

「『平民派』は、蜂起して枢機卿を失脚させる機会を窺っています。イエヤス様が立ち上がって下されば、彼らは即座に応じるでしょう！」

家康は（枢機卿が放った間者が来客の中に混じっているかもしれん）と警戒しつつも、

「諸君のご意見はこの家康、胸に刻んだ。ただし今回の俺は、あくまでも和平のために暴痴州殿をお返しに来ただけだ。聖都の政に干渉するつもりはない」

と、律儀者を演じつつ慎重に答えていた。うへぇ相変わらず狸なんだからぁとセラフィナ。絶対に内心しめしめと思ってるよねーと言いたげである。

「いずれ房婦玩具陛下と異種族との和平が成れば、必ずや聖都の政もよき方向に向かうだろう。しばしの辛抱だぞ。隠忍自重し、天の時が来るのを待つのだ。俺は、えの世界で天下を取るまでに、七十四年も待った。俺は恐ろしい強敵が皆寿命で死ぬまでじっと耐えたのだ」

「ひぃっ？　七十四年っ!?」

「に、人間業じゃない……途中で死んだらどうするつもりだったんです？」

「そうならぬよう、日々の粗食、鷹狩り、薬の開発調合にいそしみ続けた。そうだ、諸君にもお土産をやろう。八味地黄丸と言ってな、俺が調合した貴重な薬だ。わが親友・本多正信が病に倒れた時にも処方したものだ――しかも、えるふとの共同開発によって大幅に効力が高まっている。これを少量の酒とともに毎日飲めば、長寿は間違いなしである」

「おおっ、勇者様手ずから造って頂いた薬を、われらに？　ありがとうございます！」

「勇者というイメージとはだいぶ違う変わったお方だが、武辺一辺倒ではない仁者であられる！」

「内政や治水を得意としておられるとの噂は、ほんとうらしい。寂れていたエッダの森の街も半年ですっかり生き返ったという。このお方が聖都を治めて下されば……」

「なんだか料理の味が薄い気がするけれど、まあいいや。ははーっ、有り難き幸せ！」

「ただし！　初回はお試しということで無料で提供するが、今後毎月定期購入する際には、正規の代金を支払って頂く！　無償提供は、一度きりである！　ご存念あるまいな？」

「「ひいっ？　突然、野獣の目つきに変わったぁ!?」」

こらーっ圧政に絞り取られている民から薬代で稼ごうとするなー！　とセラフィナが家康の頭を宇宙トネリコの杖でぽんと叩くまで、来客たちは震えが止まらなかった。

無表情で感情を表さない家康が一瞬見せた、恐ろしいまでの凄み！　まさしく天下を統一した大英雄の素顔！　来客たちは（このお方こそ聖都を救って下さる御仁）と確信したのである。

まさか家康が内心（いくら聖都の民の心を摑むためとはいえ、貴重な薬をタダでくれてやるとはあまりに惜しすぎる……苦しい……辛い……腹が痛い……！）と吝嗇の炎に悶《もだ》えていたなどとは、初対面の彼らにわかるはずもなかった。

一階の応接間でセラフィナとエレオノーラが来客とともにお茶会に興じる中、「御客人に酒を振る舞って大騒ぎせよ。後は頼むぞ」と言い残した家康は、しばらく物置に用いられている屋根裏部屋に姿を消した。狭い屋根裏でなにをするつもりなのかは、セラフィナには定かではない。どーせ銭でも隠してるんでしょー、の一言で片付けた。

その後、家康はイヴァン一人を伴って、地下室に割り当てられたゾーイの部屋へと顔を出した。今回の計画を指揮するファウストゥスも、地下室内に待機している。

「ざっと下準備は終わったぞ桐子。これからも毎日、平民たちが訪問に来るだろう。世良鮒に音頭を取らせて彼らにさんざんどんちゃん騒ぎをしてもらえば、地下での作業音も漏れ聞こえまい。実に好都合だ」

「おお、わが主。わたくしも、聖都を一望できるちょうどいい塔を既に見つけております。十日後、大聖堂にわが主が乗り込んだ際には、わたくしはその塔に身を潜めます。使い魔経由で皆さまと連絡を取り合いましょう」

「イエヤスの旦那！　枢機卿邸に侵入するための地下坑道を掘る計画って難しいよなーって思ってたけどよ。こんなうまい具合に寂れた建物の地下室を提供してくれるなんてよー！　このあたりの貧民街は、河が運んだ土砂が堆積してできた平地なんだ。河が氾濫したらすぐに水没する脆弱《ぜいじゃく》地盤だぜ。ここから枢機卿の邸宅の地下まで穴を掘るのには、十日あれば足りる！」

むしろ一等地の丘陵地帯に建てられた豪華絢爛な宿に案内されたら、いったいどこから掘りはじめていいのか四苦八苦だったぜ、とゾーイ。

「今回の来客者の中にはいませんでしたが、今後はこの宿に僕たちを監視している間者も入り込むでしょう。さすがに聖都内ではアナテマの術は用いないと思いますが、イエヤス様には明日からも連日来客とお茶会を開いて頂き、間者の目を引きつけてもらいます」

「承知した射番。大聖堂に俺が入り込んで騎士団長返還の儀式を行う日と、射番が枢機卿の邸宅に潜入する日をうまく合わせられそうだ。十日の禊《みそ》ぎの期間を設けるなど、平安貴族のような無駄な慣習よ。有無を言わせず大聖堂に俺を招いて殺せばよいものを」

「油断はなりませんイエヤス様。枢機卿は、この安宿でイエヤス様を暗殺しようと目論んでいる可能性もあります。ここならば、教団と無関係な『平民派』の仕業ということで処理できますから。ゾーイさんとドワーフたちが坑道を掘っている間、僕は宿内で間者の動向を見張り、イエヤス様をお守りします」

イヴァンは、数名のクドゥク族の手練《てだ》れを引き連れている。宿屋に「刺客」が現れた時には、有無を言わせずに刺客を倒す覚悟をイヴァンは固めていた。

「しかし宿に到着するなり逃げ道ともなる穴を掘りはじめるとは、誠に慎重な勇者殿もいたものですねえ。わたくしは、毎日イエヤス様の用心深さに驚かされるばかりでございます」

「うむ、桐子。これは枢機卿を調査して首根っこを押さえるための穴だが、俺たちが逃げるための脱出路にも使える。これぞ一石二鳥よ。俺はな、敵地で宿泊する時にはなにを置いてもまず脱出経路を作るのだ。なければ、穴を掘る。逃げ場のない宿には絶対に泊まってはならぬ――これこそ、俺が本能寺《ほんのうじ》の変から学んだことよ」

「あなた様は、珍しく兵を率いて野戦場に出たと思ったら即座に逃げ帰ってくるお方ですからね。常に逃げる準備を最優先とは、実に素晴らしい。武人にしておくのが惜しいくらいです。あなた様は本来、商人向きのお人でございます」

家康を大聖堂から遠く離れた安宿で横死させられれば最上と目論んでいる枢機卿の思惑と、寂れた街の周縁部の安宿をあてがわれることを先読みしていた家康の予測とが、ここに見事に合致していた。

「皆さま方。十日後の朝、イエヤス様は女王陛下とエレオノーラ様とともに、バウティスタ様をお連れして黄金の大聖堂に入り、騎士団長返還の儀式に出席します。グナイゼナウ枢機卿も当然この儀式に参加致します。枢機卿団を束ねる皇国の統治者ですからねえ。つまりこの時間帯、枢機卿の邸宅には主が不在となるわけです」

「その隙を狙ってイヴァンが邸宅に侵入し、あの男が黒魔術だの魔王軍との裏関係だのに手を染めている物証を見つけだせば、攻守逆転ってわけだなダークエルフの旦那！　ゾーイ様ご自慢のサイレント突貫工事を十日ぶっ続けでやり通して、間に合わせてやんよ！」

「あのう……大聖堂の儀式に、教皇聖下は参加するのですか？」

「無論ですともイヴァン殿。教皇コンスタンツェ五世は滅多なことでは人前に顔を出しませんが、ヘルマン騎士団の団長を返還する儀式ともなれば、欠席はできませんよ」

「どういうお方なんでしょう？」

「なに、九歳の幼い少女ですよ。人間は繁殖力の旺盛さで知られますが、教皇家は不思議となかなか子供が生まれないのです。ですから教皇といえども名ばかりの立場で、皇国の実権は全て枢機卿が握っているわけです」

「きゅ、九歳？　僕よりもずっと年下なんですか？　それは……きっと、計り知れないご苦労をされているんでしょうね……」

「ええ。まさに籠の鳥ですよ。コンスタンツェ五世になにかあれば、教皇家にはもう皇位継承者は残っていないのです。権勢欲の強い枢機卿ならずとも、公の場に教皇を出したがらないわけです。イエヤス様が教皇を暗殺すれば、皇国は一大事ですからね。ふ、ふ、ふ」

秀頼のことをふと思いだして、家康は不愉快げに顔をしかめた。秀頼が成人するまで十年以上も待ち続けて大坂城攻めを行わなかったのも、年端もいかない子供の秀頼を大坂城ごと攻め殺すことに気が咎《とが》めてならなかったからかもしれない。

「桐子、嫌な話をするな。九歳の娘子を俺が殺したりするか。えの世界で大坂城を落とした時にも、秀頼公の女児だけは手を尽くして救ったのだぞ」

ファウストゥスは「おや。エの世界の嫌な記憶を思いだされましたか。そういう表情は実に人間らしくて素敵でございますよ」とむしろ家康に不興を買ったことを喜んでいる。

「イエヤス様はこの世界で僕たちクドゥク族を守って下さっています。前世のことはもうお気になさらず……僕も、姉さんを奪ったヴォルフガング一世をずっと憎んでいましたが、王もまた実の妹を枢機卿に捕らわれていたと知った今は複雑な気分です……マンビョウエンを飲まれますか？」

「問題ない射番。枢機卿の首根っこを押さえれば、直ちに房婦玩具殿と交渉し、そなたの姉君を必ず返還させてみせる。暴痴州殿から事情を聞き、王自身と直接対面して確信したが、あの王は俺と同様に現実主義者で、信仰心に取り憑かれる人間ではない。皇国を取り巻く諸事情から大陸北部への進出を余儀なくされている枢機卿に、いろいろと強制されているだけだ」

「はい。ですが、枢機卿ほどに信仰心が篤《あつ》い聖職者が、ほんとうに黒魔術に手を染めたり魔王軍と裏で繋がったりできるものなのでしょうか?」

「他人の目から見れば矛盾していようが、当人の頭の中でだけは整合性が保たれているということもある。人間とはそういう複雑なものよ」

ゾーイは仲間たちとともに、早くも掘削に取りかかっていた。極限まで掘削音を立てずに静かに岩を割り土を掘っていくその精緻な技術は、何度見ても家康を感心させる。

家康も、かつて合戦中の大坂城へ地下坑道を掘り進めさせたことがあるが、あれは「地下を掘っている音」を城内の淀君たちに聞かせて怯えさせるための心理作戦にすぎなかった。だが、ゾーイが率いるドワーフギルドがエの世界にいたら、ほんとうに大坂城へと繋がる地下坑道を開通させていただろう。


「ふ、ふ、ふ。わたくしとしては人間が覇者になろうが異種族が勝とうが、懐が潤えばそれで満足でございます。覇者が魔王軍と戦う軍団を統率できる英雄であれば、種族などは問いますまい。その英雄こそがイエヤス様だと、わたくしは賭けている次第」

「頼むぞ桐子。お前の黒魔術に成否がかかっている。俺たちの命もな――」

「お任せ下さい。十日後には魔王軍に打ち勝てる真の英雄であることを証明して頂きますよ、わが主。証明できなければ、その時はそうですね、わたくしは潔く単身で聖都から脱出させて頂きます」

「……ぜんぜん潔くないですけれど……いや、いっそ一周回って潔いのでしょうか?」

家康は(全員が聖都から生還できればよいのだが。まさしく死地だな)と思わず瞼を閉じていた。

安宿に押し込められた家康が、自室に籠もって黙々と漢方薬を調合しつつ、「こんな扱いを受けるとは恥辱だ。えっだの森に早く帰りたい」とセラフィナや宿を訪れた来客たちを相手にねちねちと愚痴る狸芝居を続け、監視の目を逃れているうちに無事に十日が過ぎた。イヴァンが、枢機卿が送り込んでくる間者に、襲撃する隙を一切与えなかったのである。

ついに、大聖堂で「騎士団長返還の儀式」が行われる当日の朝を無事に迎えた。

イヴァンとゾーイのチームは、枢機卿邸の庭園に侵入するための地下坑道を不休状態で九割方まで掘り進めている。家康が大聖堂に到着する頃には開通し、侵入作戦を開始する手筈になっていた。

大聖堂へ向かう家康たちと、枢機卿邸に潜り込むイヴァンたちはそれぞれ、ファウストゥスから使い魔を預かっている。全ての使い魔から得られる視覚情報と音声情報は、深夜のうちに安宿から「司令塔」へと密かに移動したファウストゥスが一元管理する。

『莫大《ばくだい》な予算を投入できたおかげで、この半年の研究期間を経てわが使い魔の品種改良が進みましてね。わたくしの声を、使い魔の蜥蜴の声帯を通じてイエヤス様たちに届けることが可能となりました。ただし接続できる時間は短く、詳細を長々と報告することは無理ですのであしからず』

簡易ながらファウストゥスとの間で、使い魔の蜥蜴を通じての対話が可能となったわけだ。これで家康側とイヴァン側の同時連携が可能になる。

ファウストゥスが「ドワーフとクドゥクを二人ずつお借りします」と四名の仲間を連れて移った尖塔《せんとう》、通称幽霊塔は、スラム街を出て北の山の手エリアに入った丘陵地帯の片隅に建っている。大聖堂に比較的近く、聖都を一望できる好立地だが、戦乱の中で所有者不在となり打ち捨てられた廃屋だ。ファウストゥスはその廃屋を、聖都の裏市場を牛耳っている闇商人からとてつもない高額で購入したという。

『丘陵地帯は地盤が固いので、イエヤス様得意の穴掘り脱出は不可能です。大聖堂でしくじった時、この塔に逃げ込んだらもうどこにも逃げ場はございませんよ。よろしいですね』

まるで「あなたはこの塔に逃げ込む羽目になるでしょう」とファウストゥスに予言されているようで、皇国から送迎に来た馬車に乗り込んで安宿を出発した家康は朝から胃が痛くてたまらなかった。

だが家康は「もはやここで死ぬると覚悟する他はな

し」と腹を括った。

（ヴォルフガングをこちら側の味方につけるためにも、枢機卿の陰謀の証拠を摑まねばならぬのだ）

安土城の天主もかくやという高さを誇り、荘厳なステンドグラスと数々の龍の彫刻に彩られた石造り黄金張りの大聖堂に迎え入れられた使節団は、エルフ女王セラフィナ、全権外交官エレオノーラ、大将軍職に就く家康、そして捕虜である騎士団長バウティスタの僅か四人。

バウティスタを除く三人は、武具を帯びていない。セラフィナが「馬車での旅の途中で足を痛めちゃって、なかなか良くならないんだよね〜」という理由でかろうじて杖を持ち込めただけであった。家康に至っては、薬を入れる勇者の印籠すら「預かり置く」と取り上げられた。

バウティスタは「捕虜」という立場故に帯剣を許可されているが、大聖堂内で剣を抜けば重大な教義違反。その時点で彼女は破門となる。

「ほえ〜龍の彫刻まで黄金造りだね〜すっごい」と、大聖堂に通されたセラフィナは純粋に感嘆している。

エレオノーラは、ファウストゥスから渡された使い魔の蜥蜴を胸元に入れていた。衛兵たちも、うら若い女性の胸元はさすがに検査しなかったのだ。身体検査をすり抜けるための苦肉の策だった。エレオノーラは（うう。ざらざらして気持ちが悪いですわ）と頰を赤らめている。

大聖堂に持ち込めた使い魔は、この一匹だけだ。本来は三人が一匹ずつ所持する予定だったが、あまりにも警戒が厳重なので慎重な家康は早々に諦めて、自分の蜥蜴を馬車の窓から市街地へと逃がし、セラフィナも「けっこうかわいかったのに〜帰巣本能とかあるのかなぁ」と渋りながらも家康に続いた。阿呆淬の胸元には隠せるがお前の慎ましい胸元にはなにも隠せん、諦めてさっさと逃がせ、と家康に急かされてのことだった。屈辱に身を震わせながら、「……まさに正論……」とセラフィナは言うことを聞かざるを得なかったのだった。

大聖堂を警備するは、多数の衛兵たち。彼らに守られながら、グナイゼナウ枢機卿団長を筆頭とする複数の枢機卿たち、そして御年九歳の教皇コンスタンツェ五世が、家康たちの前に歩み出てきた。

「ようこそお越し下さいました。女王陛下、外交官殿、勇者殿、そして騎士団長殿。ヴォルフガング一世陛下は反乱の平定のために不在となりましたが、ボクが陛下の役割を代行致します。さあ、騎士団長返還の儀式をはじめましょう——合唱団の少年たち、モンドラゴンの龍神を讃える賛美歌を」

グナイゼナウ枢機卿が、少年合唱団に歌わせることから、荘厳な儀式がはじまった。

安土に建てさせたセミナリオで信長公も切支丹《きりしたん》の少年合唱団の歌声に聞《き》き惚《ほ》れていたものよ、と家康はエの世界を思い起こしていた。家康は南蛮の眼鏡や望遠鏡、大砲、時計、アマルガム法といった最新の技術や道具を熱心に蒐集する「蘭癖《らんぺき》」家だったが、現実主義者故に南蛮の信仰には興味を持たなかった。

だがさしもの家康も、エの世界では有り得なかった異形を誇る異世界の教会に佇《たたず》み賛美歌に包まれると、一瞬ながらつい耳を傾けて（成る程。これは能にも匹敵する幽玄の世界であるな。千年にわたり信仰を保ってきた教団だけのことはある）と感心せずにはいられなかった。

賛美歌が終わると同時に、黄金の教皇帽を頭に乗せた九歳の少女教皇コンスタンツェ五世が、拙いながらも毅然《きぜん》とした発音で、家康たちに玉言を伝えてきた。

「よくぞお越し下さった、エの世界の勇者殿。汝《なんじ》が異教徒でないことを、朕はここに認める。これからは同じ人間族として、共に魔王軍と戦ってもらいたい。それが朕の希望である」

教皇家直系の血筋を引くだけあって、美形である。肌の色は白すぎず濃すぎず、瞳の色は燃えるような深紅。禿《かぶろ》に切りそろえた髪の色は、虹の如く七色に分かれていて、髪の毛の一本一本が目映い光を放っていた。この世界で出会ってきたどの人間とも異なる。

おお、これがこの世界における貴種か、京の帝《みかど》や貴族ともまるで異なる。ローマ法王ですら、これほど神秘性を帯びた姿ではなかったろう、と家康は思った。

（それにひきかえ、エルフ女王のセラフィナは……どこで差が付いた……）

「ちょっとイエヤスぅ～？　なにぃ、その目つき？

なにか言いたげなんですけどーっ！」

「せ、セラフィナ様、お静かに……」

「こほん。聖下の慈悲深きお言葉、恐悦至極。この徳川家康、決して教団に楯突《たてつ》こうと企《たくら》む異教徒ではござらぬ。全ては預言書の解釈違いによる誤解が原因。こたびの寛大なご処置、痛み入ります」

「そうか。解釈違いであると申すか」

「龍を信仰する教団というものに、拙者はこの世界ではじめて遭遇致しました。えの世界でも龍は神仏の化身として語られる存在ではありましたが、龍が実在する世界ではありませんでしたので」

「――かつてスラの島に暮らしていた教皇家の始祖は、龍の血を浴びた人間の母から生まれたという。故に朕に流れる教皇家の血は貴重なのだそうだ。古き神話時代の伝説だが」

「ほう、龍の血を浴びた……それは実に興味深い伝説ですな。南蛮にも似たような伝説が……ところで聖下は、大陸を賑わせている『人間主義』なる教義解釈をご存じでしょうか？」

「人間主義？　朕は蒙昧《もうまい》にして知らぬ。グナイゼナウ枢機卿に尋ねて教わっておこう」

「それでは、この聖都にて重税に喘《あえ》ぐ平民たちを解放するべく活動している『平民派』については？」

「それも知らぬ言葉だ。外界とは、それほどに厳しい世界なのか。大厄災戦争が終わって以後の大陸は、平和そのものだと朕は聞いていたが……」

「たとえばこの黄金の大聖堂だけでも、途方もない予算を投入しております。大聖堂は、皇国の象徴故にある程度は豪奢《ごうしゃ》でなければいけませぬが、大陸の民は長い戦争で疲弊しております。これほどの量の黄金を用いることには意味がないかと」

「そうなのかイエヤス殿。皇国の国庫には無尽蔵の黄金があると、朕は聞いているが」

「恐れながらこの大陸の商業はだあくえるふが、鉱業はどわあふが仕切っておりますれば、大厄災戦争に巨額の軍事費を投入した皇国の国庫は恐らく、空っぽに近い状況かと。それ故に、枢機卿団は聖都の民に重税を課して彼らを苦しめております。いくら信仰心で縛っても、人は餓えれば生きていけませぬ。民を絞り取りすぎればその先は――」

「ふむ。さすがはエの世界で天下を統べた御仁、興味深い話だ。朕は、そなたの話をもっと聞きたい」

恐れながら今はそのような世間話をしている時ではありませんよぅ、とグナイゼナウ枢機卿が慌てて家康と教皇の対話を強引に打ちきってしまった。

やはり、この幼い教皇は大聖堂の外の世界をまったく知らされていない。聡明《そうめい》そうなお方だけに惜しいことだ、あたかも大坂城に閉じ込められた秀頼公のようだと家康は思った。

「エッダの森のご使者たちも、大儀。捕虜返還及び休戦協定はここに成った。騎士団長、こちらへ。グナイゼナウ枢機卿のもとへ」

「聖下のお言葉ですよ、騎士団長殿。いやあ、今朝は実にめでたいですねえ。後は勇者殿がザス河の付け替え工事をお認めになれば、恒久的な和睦もなりますのに」

「……はっ。寛大な聖下の御聖断、このバウティスタ・フォン・キルヒアイス、感謝致します。私は拙い者ではありますが、エルフ族たち異種族と皇国の架け橋となることをここに誓い――」

使節団のうちただ一人帯剣しているバウティスタが家康たちのもとを離れ、前へと歩み出て両者の間に距離が生まれたその時だった。

グナイゼナウ枢機卿が、薄い唇を尖《とが》らせて「ひゅう」と音を立てた。

それが、合図だった。

「あれれ？　残念ですぅイエヤス殿。身体検査した際にあなたからお預かりした印籠の中から、猛毒が発見されちゃいました！　あなたは神聖なる聖下との謁見の場に毒薬を持ち込もうと画策されましたね？　これはいけない。この場で誅殺《ちゅうさつ》しなくちゃ」

「げーっ？　小心者のイエヤスの印籠の中に毒なんて入ってるわけないじゃーん！　誤飲したら一大事じゃん！　薬とか塩とか焼きミソしか入ってないってばぁ！」

セラフィナが思わず、印籠を掲げながらほくそ笑むグナイゼナウに猛抗議した。

その直後。

「聖下をたぶらかす異教への転向者よ！　もはや人間としての矜持《きょうじ》すら捨てたか、忌まわしき『転びエルフ』よ！　せめて最後は、人間として死ね――――！」

「皇国万歳！　穢土の世界から召喚されし血塗られた異教徒の魂に、死の救済を――――！」

グナイゼナウが解き放った刺客の数は、実に六名だった。聖都へ家康をおびき寄せる機会はこれが最初で最後、ここで絶対に家康を殺す、という鉄の意志を彼らは抱いている。

さすがの少女教皇も「びくっ」と硬直してその場に立ちすくみ、顔を青ざめさせていた。

まさか自分の目の前で「暗殺」が決行されるなど、幼い彼女には未経験の悪夢なのだろう。

（グナイゼナウめ！　しかし、既に想定内である！　十日間、いかにも危険な宿屋を襲撃されなかったことで、俺が少しでも油断するとでも思っていたか！　するはずがなかろう！　むしろ今日こそ絶対に俺を殺すつもりなのだろうと確信していたわ！）

右手からは、グナイゼナウ枢機卿に仕えている侍従が三人。「転びエルフめ」と家康を激しく罵りながら、それぞれ小さな暗器を手に握り、家康へと小さく細い「毒矢」を放ってきた。形状はイヴァンが暗殺に用いる暗器スヴァントに似ているが、毒針を矢として飛ばせる別タイプらしい。

同時に左手からは、三人の枢機卿たちが、見たこともない奇怪な近接戦闘武具をマントの内側から繰りだし、家康を襲撃してきた。無数の棘《とげ》を生やした鉄鞭《てつべん》、鎖に結びつけられた鉄球、複数の「返し」を生やしている禍々《まがまが》しい短刀。いずれも忍者の武具に似ているが、殺傷能力が高すぎる。脱出のために武具を用いる忍者とは違い、相手を確実に仕留めて殺すための武具だった。どうやら異端者や異教徒を拷問し改宗させるために用いる忌まわしい武具らしいと家康は勘づいた。

すなわち、この三人は、枢機卿となる以前は「異端審問官」として異端者や異教徒を狩っていた「暗殺者」。枢機卿団を統べるグナイゼナウは、自らの子飼いの「暗殺者」を複数、枢機卿団に入れていたのだ！　スヴァントを彷彿とさせる暗器を用いている侍従たちも、恐らく同類！　この六名全てが、高位聖職者でありながら闇の仕事をこなしてきた手練れの暗殺者なのだ！

さすがにこれは、家康にとっても想定外だった。殿上人たちが忍者を兼ねているなど、日本の朝廷ではおよそ考えられぬ異常事態である。やはり異世界ではどれほど慎重を期しても決して足りぬということか！　イヴァンがここにいれば、と家康は思わず爪を噛みたくなった。

「ぐえ～っ？　数が多すぎるよぅ！　防ぎ切れないよぅイエヤスぅ！」

「ここがわれら三人の切所である、弱音を吐くな！　世良鮒、盾の魔術を頼むぞ！　お前には左側を任せる！　阿呆滓は右側の守りを頼む！」

「わ、わかった！　エレオノーラ、銀の樺をお願いっ！」

「はいっ！　銀の樺の種よ、お願いしますわ！　毒矢からイエヤス様をお守り下さいませ――呪文詠唱！『解放の魔術』発動……！」

「いっけー『盾の魔術』！　私の杖を取り上げなかったことを後悔させちゃうんだからあああっ！　壁よ、三人を守って！　先制攻撃さえ防ぎきれば、後は慎重なる勇者イエヤスが楽々と六人の刺客を倒しちゃうんだから！　そうだよね～イエヤスぅ？　今回は剣で無双するの？　それとも弓？　もしかして素手で全員倒しちゃうっ？」

「いや？　神剣は持ち込めなかったし、妙な効果を発揮する印籠も枢機卿の手にある。予備の万病円を数粒持ち込めたくらいで、今の俺は完全に丸腰だ。一対一ならともかく、一対六で勝てるはずがなかろう。こんな剣呑《けんのん》な暗殺者どもには近寄れん」

「ちょっとちょっと～？　じゃあどうすんのよーっ!?　うわぎゃっぐがぐげっ、刺客の三連撃を喰らっていきなり壁に亀裂がああああ～!?　聖都はプネウマが強いのにい～？　ドラゴンの炎よりも強烈じゃん！　なんつー極悪なものを教皇の前で振り回すのよ、こいつら!?」

「ど、毒矢の一撃目は、かろうじて銀の樺の葉で受けましたわ！　ですが二の矢、三の矢を放つために侍従たちが一気に迫って来ます！　枝で足を絡め取ってみますわ――！　いけない、足捌《あしさば》きが速い！　まるでクドゥク族にも匹敵する敏捷《びんしょう》さですわ……！」

家康は脂汗に塗《まみ》れながら（このままではたちまち防御網を突破される。相手は六人。印籠を使えぬ今、どうやってこの刺客たちを沈黙させればよいのか）と考えに考えた。

そもそも、三つ葉葵《あおい》の印籠の効力が刺客に通じるか

どうかは疑問だったので、家康は「一時的に取り上げられても仕方がない。むしろ印籠の力に頼って失敗する恐れがある」と印籠を死守しなかった。だが今となっては、印籠を手放したことを悔いていた。

（エレオノーラとセラフィナが刺客の初撃を防いだ直後に、俺自らが徒手空拳で刺客を倒してグナイゼナウの非礼を教皇に訴える、本来はそういう手筈だったが……これほどの数の手練れどもを相手に、いくら俺でも素手で勝てるはずがない）

このままでは、セラフィナもエレオノーラも倒されてしまう。グナイゼナウは早くも「聖下！　この場で魔術を使ったエルフの女王と外交官も同罪ですよう！　この三名を異教徒に認定する書類に玉印を！」と棒立ちになっていた教皇の手を握りしめ、三人を異教徒として逮捕する「許可」をいち早く取っていた。認定された異教徒たちが抵抗すればその場で殺して構わないという、恐るべき勅諚《ちょくじょう》である。

「ギャー！　もうダメ、無理、こいつらの武具ってなんだかおかしいよう！　プネウマの壁を簡単に壊しちゃう！　有り得ないんですけどーっ！　守れなくてごめんね、イエヤスぅ〜！」

「毒矢を受けた銀の樺が、急激に枯れていきますわ!?　まるで、妾が銀の樺に籠めたプネウマを内部から食い尽くしてしまうかのように……こんな毒の存在など考えられませんわ！　まさか、イエヤス様!?」

まずい！　ほんの僅かな時間のうちに、壁も銀の樺も破壊されていく！　そうか！　これは——黒魔力カタラの力だ！　暗器に籠められた黒魔力が、二人が用いている白魔術のプネウマを汚染しているのだ！

（六人ともに黒魔術師なのだ！　ぬかった！　いくらグナイゼナウでも、教皇の面前で禁断の黒魔術を平然と用いるはずはないとばかり……！）

グナイゼナウは、アナテマの術をこの十日間、いっさい用いなかった。やはり聖都では黒魔術は使えない。さすがに露見すれば異端審問所に収容されて裁かれるからだ。バウティスタも家康もエレオノーラもそう思い込まされていた。だが、違ったのだ。

グナイゼナウが異端審問所を完全に支配していることは、優秀な異端審問官つまり暗殺者を続々と侍従や枢機卿として取り立てていることからも明白。故に、グナイゼナウが聖都で黒魔術を用いようが彼が逮捕されることはなく、仮に逮捕されても有罪にはならない。

　そして、もうひとつの誤算は教皇である。教皇は「枢機卿よ、彼らの禍々しい武具はなんであるか」と無垢《むく》な声でグナイゼナウに尋ねていた。そう。グナイゼナウは幼い教皇に、黒魔術にまつわる知識をなにも与えていない！　故に、教皇は目の前で彼らが黒魔術の武具を用いているという現実を認識できない！

「柳生《やぎゅう》奥義の真剣白刃取りを用いて、武具をひとつ奪取する！　後は乱戦となる、壁と銀の樺による守りを切らせてはならぬぞ！」

「無理ですイエヤス様！　あの術で奪い取れる武具はありません！　毒矢、多数の返しを帯びた短刀、鉄球、鉄鞭！　奪い取ろうとすれば、イエヤス様のお身体に致命傷が……頭はもちろん、手や足を切り落とされれば……」

「身体を欠損したら今の治癒の魔術では治せないよぅ！　身体接続の術は目下開発中！　そもそも黒魔力が籠もっている武具で傷つけられたら、命までが！」

「もはや他に道はない！　俺は慎重だが、追い詰められれば蛮勇を奮うと知っているだろうが、世良鮒よ、阿呆滓よ！　腕の一本くらいならば、くれてやるわっ！　この二人の娘は断じて死なせん！　俺が六人の刺客と戦っている隙に逃げよ！　おおおおお！　南無八幡大菩薩！　鎮西《ちんぜい》八郎《はちろう》為朝《ためとも》公よ、俺に力を——！」

　不思議と、絶望感はなかった。むしろ七十五年の生涯の間ずっと背負ってきた荷物をやっと下ろせたかのように心地よい。

　家康は（成る程。これが俺の本性か。だからこそ、徳川家当主という重荷を背負ってしまったエの世界では異様なまでに慎重に生きねばならなかったのだ。家臣や家族のためにいちいち命を捨てて心のままに蛮勇を奮っていたら、俺は三日と生きられなかっただろう）と苦笑しながら、素手のままで六人の刺客の正面へと躍り出ていた。

　セラフィナが「イエヤスぅ!?」と泣き声を上げていた。泣くな馬鹿者が、逃げよと言っているだろうにと家康は舌打ちした。

　鉄球。毒矢。鉄鞭。短刀。黒魔力を帯びたあらゆる武具が、家康の急所をめがけて一斉に飛んでくる。

(細く小さな毒矢は、避けられるが捕らえきれぬ！　鉄球に触れれば腕を粉砕される！　奪い取れる可能性がある武具は……手首を飛ばされる危険を覚悟して鞭を両手で挟み込むか、あるいは掌に返しを貫かせる覚悟で短刀を……)

ともかく最初に俺の間合いに飛び込んできた武具を奪う！　と家康は瞬時に判断し、蛇のように呻って伸びてきた鉄鞭を捕らえようと両目を見開いていた。しかし。

(なにぃっ、加速しただと？　間に合わん！　手首から先を左右二本とも持って行かれる！)

だがこの時、家康が想定していなかった事態が起きた。

「聖下の前での血塗られた暗殺など、決して許されない！　しかも黒魔力を帯びた武具を、畏れ多くも聖下の前で用いるとは！　ヘルマン騎士団長として見過ごせぬ！　私はこれより、イエヤス殿に加勢する！」

騎士団長バウティスタが、抜剣して六人の刺客へと猛然と斬りかかっていたのだった。


そんなことをすればあなたも破門されてしまいますわ！　とエレオノーラは驚いた。

家康は、今までバウティスタを破門への道に引き込むことを避けてきた。バウティスタ自身、(グナイゼナウはイエヤス殿を暗殺するだろう。なぜイエヤス殿は、私に対策を一緒に練ろうと持ちかけてくれない。もしや私はイエヤス殿に信頼されていないのだろうか？)とこの十日間ずっと逡巡《しゅんじゅん》していた。

だが、ここに至り刺客たちが禁断の黒魔力を用いたことが、そして日頃は吝嗇で小心な家康が最後までセラフィナとエレオノーラを守るために騎士——あるいはエの世界の「武士」として戦い続けようとするその姿に身震いするほど感動を覚えたことが、バウティスタに「皇国から破門されようが私は私自身の正義を貫く！」と最後の決断を下させたのだ。

純白の甲冑を一呼吸で全身から飛ばして身軽になったバウティスタの速度には、たとえ手練れの暗殺者たちといえども対抗できなかった。彼らは、目の前に立ちはだかる家康を殺すことに全神経を集中していた。ましてて、背後に立っていた騎士団長がまさか教皇の面前で公然と剣を抜いて聖職者たちに斬りかかるなど、想像もしていなかったのだ。

最初に倒された三人はいずれも、鉄球、鞭、短刀を家康めがけて突き入れていた近接戦闘者だった。慌ててバウティスタの剣を受けようにも、家康へ向けて放った武具を引き戻さねばならず、そのような時間をバウティスタは与えなかったのだ。

まさに電光石火の速度で、バウティスタは大物の武具を用いる三人を倒していた。

続いて、毒矢を射出する暗器を用いていた三人が、バウティスタと家康に前後から挟撃された。二人を援護するエレオノーラの銀の榫と、セラフィナの壁が、慌てた刺客たちが放つ毒矢から二人を守る。矢が尽きた刺客二人のうち一人はバウティスタの剣に右肩を貫かれ、もう一人は家康に腕を取られ転がされて肩を外され、悶絶《もんぜつ》させられていた。

孤立した最後の一人は（騎士の中の騎士、ワールシュタットの忘れ形見たる騎士団長がなぜ？）と驚愕し、完全に混乱状態に陥っていた。不覚にもセラフィナが「えーい！」と振り下ろした杖の一撃を頭に受けて転倒。銀の榫の枝に絡め取られて、制圧されたのだった。

「……え、えええっ？　騎士団長？　いや、バウティスタ・フォン・キルヒアイス!?　あなたはこれで聖下の前で剣を抜き聖職者を斬ったおぞましき破門者、エルフに寝返った異教徒ですよう？　伝統あるヘルマン騎士団の歴史を終わらせちゃっていいんですかぁ!?」

「異教徒だと？　それはグナイゼナウ、お前のことだ！　修道騎士を舐《な》めるな、エルフ魔術に対する刺客たちの異常な耐性を見れば一目瞭然！　彼らが用いていた武具は、全て黒魔力を帯びている！　アナテマの術をイエヤス殿に用いた黒魔術師は、やはり貴様だったのだな！」

「えー？　武具は彼らが自前で調達したものですよ〜、ボクにはなんのことかさっぱり……ああ、バウティスタは錯乱しているんですね！　エルフに心を操られているんですね！　聖下、バウティスタの名を異教徒逮捕勅旋に書き加えますね。よろしいですね〜？」

家康暗殺に失敗したグナイゼナウ枢機卿は、「いったいなにが起きているのだ枢機卿。すぐに説明せよ」と問い詰めてきた幼い教皇の身体を小脇に抱えるや否

や、衛兵たちに家康たち「異教徒」の逮捕を命じて

「ボクはこれにて失礼しまーす！」と大聖堂から全力で逃走していた。枢機卿の証したる帽子や手にしていた聖なる預言書を全て落としていくほどの慌てぶりだったが、なにがなんでも教皇を確保しなければ破滅してしまうのだ。さすがに判断が速い。

忽然《こつぜん》と消えたグナイゼナウと入れ替わるように、多数の衛兵たちが一斉に四方から大聖堂へと飛び込んできた。

「すまぬ暴痴州殿！　最悪の形でそなたを巻き込んでしまった！　もはやわれらに逃げ道なし、如何する？」

「ファーヴニルがいてくれれば、脱出できるのだが……ここから放牧場は遠すぎて、口笛を吹いてもあの子にまでは届かない。イエヤス殿が私に腹を割って相談してくれなかったからだぞ！　ケチ臭い男だとは思っていたが、ここまで水臭いとは！　ヴォルフガングとい い、どうして私になにも相談してくれないのだ!?」

「フ。男という生き物は複雑なものなのだ、暴痴州殿よ」

「騎士に男も女もあるか！　そもそも、その発音がなんとなく気に入らない！　わが名にろくでもない当て字を使われているような気がしてならないのだが、イエヤス殿？」

「……なぜわかった？　だ、だが、決して悪意があるわけではないぞ。発音をそのままえの世界の漢字に当てただけだ」

「そんなこと今はどうでもいーじゃんっ！　私なんてフナ扱い、魚呼ばわりだっての！　ギャアアアアア、もうダメえええええ！　いくら衛兵が詰めてくるのよぅ、軽く百人を超えてるじゃんっ？　教皇の身柄は枢機卿に奪われちゃったし、私はもう魔力切れ～！　私の本業は治癒の魔術ですからぁ～！　どーしよう、どーしようエレオノーラぁ？」

「……妾はまだ魔力を残していますが、希少な銀の樺の種が尽きましたわ。セラフィナ様」

「ぐえ～っ？　それじゃあ、いっそ黒魔力を帯びた武具を拾って使っちゃう？」

「無理ですわ。いずれの武具も既に溶けて消滅していますわ、セラフィナ様。刺客たちは証拠を隠滅するため、自らが倒れたら即座に消滅する黒魔術をかけた武具を

用いていたようですわ」

「ギャー！　そんなのアリぃ？　最悪ッ！」

万事休すか、と家康は脇腹を押さえて顔をしかめていた。猛烈な腹痛が襲ってきたのだ。懐に数粒だけ忍ばせていた万病円を飲めば……な、ないっ？　戦闘の際に落としてしまったのか!?　こんな時にもしも三方ヶ原のような醜態を演じれば、異世界で俺は永遠に嘲笑され続ける羽目に!?　冗談ではない！

「世良鮒！　床に這いつくばって万病円を探せーっ！　急げっ！　今の俺は迂闊にかがめん、お前が探すのだーっ！」

「ぐぇ～っ？　イエヤスぅ、こんな時にまさかっ？　やめてよーっ！　耐えて忍んで、お願い～っ！」

最後の最後まで騒がしい旅の仲間でしたが、どうやらここで……と呟きながら、エレオノーラは「初代教皇の生母は龍の血を浴びた」という教団の伝説を再現した美麗なステンドグラスを思わず見上げていた。

一斉に、百名を超える衛兵たちが家康たちのもとへと殺到してきた。もはや、逃げ場はない。


「枢機卿の邸宅は丘陵の斜面に建っている。建物は丘の上部に、庭園は斜面に沿った下部に。建物周囲の地盤は固いので、地盤が緩い庭園の端に開けた穴から地上に出て、庭園内の木々に紛れながら建物へと移動。警備は厳重だが、庭園内の移動は容易だろう。問題は邸宅内だ——見張りが大勢いるはずだ。物証を手に入れたら、即座に庭園に開けた穴まで戻ってこい。わかったな、イヴァンの坊ちゃん？　絶対に道草を食うなよ。刻限までに帰還するように」

「あ、ありがとう、ゾーイさん。貧民街からここまでたった十日で掘りきってくれるなんて凄いです。大聖堂へ向かったイエヤス様たちも心配ですし、最速で戻って来ます」

「よーし、行ってこい！」

グナイゼナウ枢機卿の邸宅は厳重な警備が施されている。しかも建物は丘陵の上部に位置しているので地下の岩盤が固い。そこでゾーイは、建物付近への直接の坑道開通を断念し、木々に覆われた広大な庭園エリアの片隅に密かに出口を開いた。

樹木の陰に紛れながら、イヴァン率いるクドゥク族の潜入隊が建物を目指して無音で突っ走っていく。

「みんな、建物内の図面は暗記しているね？　内部ではそれぞれ気配を遮断して単独行動。持ち場を捜索し、終わり次第即座にゾーイさんたちドワーフのもとに撤収。決して合流しようとしないこと。いつものクドゥク族のやり方で行くよ」

「承知しています、王子」

「ですが、本命は王子が潜入される枢機卿の寝室でしょう」

「われらは可能な限り見張り番どもを引きつけ、一人ずつ眠らせていきますよ」

クドゥク族の隠密《おんみつ》部隊は行軍中に分散し、そこから先は各自が計画通りに動きはじめた。

たとえ王子のイヴァンが危地に陥っても、彼らは決して救援には向かわない。淡々と己の任務を遂行し続けるのだ。暗殺と工作の種族・クドゥク族特有の、非情の掟《おきて》である。彼らは小柄なだけでなく、隠形の術とも言える気配遮断の能力に長けている。集まればかえって気配を殺せなくなり、全員が危地に陥る。それ故の単独行動だった。


庭園も呆れるほどに広大だが、建物も広い。一階エリアと二階エリアをそれぞれ南側・北側に分割して、四人の手練れのクドゥク族が各自の持ち場として潜入する。イヴァンが自ら引き受けたエリアが、枢機卿の寝室がある一階南部エリアだ。

（懐の蜥蜴からまだ連絡がない。イエヤス様たちは今頃、大聖堂に到着されている頃合いだけれど。心配で気が逸る……いけない。集中だ。目の前の任務に集中しなければ）

木々の狭間《はざま》を飛びながら、イヴァンが枢機卿の寝室に連なるガラス造りの採光室の正面へ到達した時には早くも、建物の各所でクドゥク族と見張り番たちの暗闘がはじまっていた。誰も声を発することなく、音すら立てずに見張り番たちの背後を奪い、それぞれの家に伝わる独自の武術を用いて見張り番たちを無力化していく。

（みんな、ありがとう。どうか死なないで。警備が厳重だった枢機卿の寝室から、見張り兵たちの気配が薄れていく。みんなが囮となって僕に道を開いてくれたんだ。姉さん。僕は必ずやり遂げるよ。枢機卿の悪事の証拠を握れば、ヴォルフガング王はきっとイエヤス様と手を携えてくれるはず――)

木の枝から芝生の上に飛び降りたイヴァンは、転がりながら採光室のガラス天井へと跳ね上がり、ガラス切断用のナイフを用いて自ら忍び込むための小さな穴を切り開いた。そのまま、多数の鉢植えに覆われた採光室へと音もなく降りていく。扉の向こうは枢機卿の寝室。だが、すぐに扉を開くような失敗は犯さない。

イヴァンが採光室の床にそっと足を降ろすと同時に、寝室側から、ドンッ！　とボウガンに似た弩《いしゆみ》の矢が数発立て続けに射出され、木製の扉を一気に貫いていた。イヴァンは無言で床に伏せて、その矢をことごとく避けた。床に何者かが触れると、寝室に待機している見張り番の兵士たちに合図が送られる仕掛けなのだろう。敢えて床を踏んで相手の出方を窺ったイヴァンだったが、これで終わりだとは思えなかった。まだ敵兵たちは隠し球とも言える罠を準備しているに違いない。

(音を感じろ……気配を探れ……鼻を利かせろ……見張りの一部を他のエリアへ向かわせたとはいえ、寝室内にまだ五人は待機している。恐らく今この建物を守っている連中のうち、もっとも手強い相手たちだ)

やっぱり枢機卿の寝室が「当たり」だ、とイヴァンは伏せながら確信した。例のアナテマの術の使い魔をはじめとするさらなるトラップが仕掛けられていないかを確かめつつ、静かに静かに床の上を這いながら、半壊した扉の側へと接近していく。

(一人ずつこちらの採光室に引き込めればいいのだけれど、そんなに簡単な相手じゃない。僕が隣室に侵入していることを知ってなお、寝室から一歩も動こうとしない……ならば)

イヴァンは伏せたまま、扉に開いた穴を通して煙幕弾を放り投げていた。

その直後に、五挺《ちょう》の鉄砲が火を噴き、宙を飛んできた煙幕弾を貫いていた――枢機卿団長の自宅で、容赦なく発砲して禁忌を破るとは。やはりあの枢機卿はただの清廉潔白な信仰者ではない。裏の顔は、黒魔術や火器の使用を躊躇わない破戒僧だ。

(でも、これで相手の手の内はおおむね読めた。人数は五人。弩は囮で、切り札は鉄砲。弾丸を再充塡するまでの僅かな時間内に、煙幕に紛れて五人を戦闘不能に追い込む――できるか？）

　寝室内は、白い煙に覆い尽くされていた。五人の見張り番たちは誰も声を立てず、無言のまま部屋の四隅へと分散して、ある者は鉄砲の弾を充塡し、ある者は天井部分に手を伸ばして白煙を室内から排出しようと動いている。そして誰も呼吸をしていない。白煙に有毒な成分が入っている可能性を警戒しているのだ。五人の動きは、見事に統制されていた。

　寝室内には窓がなく、日の光は破れた扉から僅かに差し込んでくるのみ。人間の目では、この光が足りず煙が充満している室内にいる五人の動きを完璧に察知することは不可能だ。だが、イヴァンには見える。人間を遥かに超える視力と研ぎ澄まされた感覚によって、五人の敵の位置関係もそれぞれの挙動も全て手に取るようにわかった。

（ヴォルフガングの命令には唯々諾々と従ってきた僕だけれど、暗殺だけはやらなかった。イエヤス様のためならば致死性の毒を用いてもよかったのだけれど、イエヤス様は僕が暗殺を行うことを哀しまれる。殺さずに五人を倒す――できるか？）

　イヴァンは小猫のような敏捷性を発揮して白煙に覆われた室内を縦横に飛び回り、スヴァントを用いた。無言で一人目の背後を奪い、首筋にスヴァントの針を叩き込む。針に塗られている毒は致死毒ではなく、睡魔に襲わせて意識を落とし、かつ筋肉を痺《しび》れさせる薬物である。

　これは、エレオノーラの荘園に薬園を築いた家康が「射番。お前のすばんとは決して暗殺専用の武具ではないぞ。殺さずとも相手を失神させてしまう薬もある。この世界ではあまり有効なものは見かけぬが、俺に任せておけ。正倉院《しょうそういん》の宝物庫を二度までも開いて唐天竺《てんじく》渡りの伝説の秘薬を探しまわったこの俺にな」と研鑽《けんさん》を重ねて調合した強力な薬だった。

（さすがはイエヤス様。効いている！　一瞬で相手の意識が落ちた！　あと四人！）

　スヴァントを自在に使えるようになったイヴァンの工作員としての戦闘能力は、従来の数倍に跳ね上がっていた。二人目が床の上に倒れ伏したと同時に、残る三人の見張り番はついに「集まれ！　連携して倒せ！」「侵入者は一人だ！」「背中を見せるな！」と声を上げて、イヴァンに背後を取らせまいと互いの背中を護《まも》りあった。

だがこの時、まだ白煙は室内から排気され終えていない。イヴァンは彼らの視界に入らぬよう床の上に仰向けに寝転がりながら、右脚を素早く繰り出す。三人のうちの一人が、左脚のふくらはぎを破壊されて思わず呻き声を上げながら膝から崩れ落ちた。これで三人一体の守備陣形は崩れた。倒れ込んだ男の胴に両脚を絡めて組み付きながら、背後を取ったイヴァンはスヴァントをその男の首筋に叩き込んだ。あと二人。文字通り背中を相手に預けながら、一人が装塡を終えた鉄砲を構え、もう一人が毒を塗った短剣を抜き放つ。

「刺客の位置がわかった！　盾に用いている同志ごと撃て！」

「承知！　接近してきたら毒剣で仕留めてくれ！」

味方ごと撃つつもりか!?　容赦ない！　イヴァンはなお声を発することなく、絡みついていた男の身体から離脱すると、驚異的な跳躍力を発揮して天井へと張り付いていた。天井にはイヴァンが摑めるものはなにもなかったが、手の指の握力だけで自重を支えたのである。小柄なクドゥク族だからこそ可能な荒技だった。しかも用いている手は左手一本。右手にはスヴァントを握りしめている。

バンッ！　と鉄砲を発砲する轟音が室内に響いたが、一瞬早くイヴァンが失神させた男を突き放して自らは宙へ逃れていたため、誰にも命中しなかった。

「消えたっ？　馬鹿な、天井だとっ!?」

「剣を投げろ！　肌にかするだけで死ぬ！」

鉄砲を撃ち終えた男が、「もう充塡する時間はない」と即座に鉄砲を投げ捨てて、短剣を抜く。こちらも毒を塗ってあるのだろう。白煙は既に排気されつつあり、彼らの目にもイヴァンの姿が見えた。だが覆面をつけているため、イヴァンの顔まではわからない。

二本の短剣のうち、一本が天井に張り付いたイヴァンへと飛んできた。もう一人は、天井から飛び降りてくるであろうイヴァンを迎撃して剣を刺すために腰を落として待ち構えている。

だがこの時、短剣を天井へと投げた男の姿勢が一瞬、伸び上がった。二人の背中の間に僅かな空間が生じる。迷わずイヴァンは投擲《とうてき》された短剣をからくも避けながらその隙間へと飛び込み、短剣を手放した男の背中に負ぶさって片腕で男の首の頸動脈《けいどうみゃく》を締め、首筋にスヴァントの針を刺した。同時に、男の胴を両脚で締め上げて身体を百八十度回転させ、盾に用いる。

残された最後の一人は「長剣ならば二人まとめて串刺しにできたものを！　天井の低い室内では短剣しか扱えぬ！　貴様、クドゥク族か!?」と叫びながら、相棒の背中に乗っているイヴァンへと短剣を突きつけてきた。しかしイヴァンが乗っている男は長身である。短剣を握った腕を伸ばさなければ、イヴァンには届かない。男はクドゥク族の工作員を相手に直接短剣を刺す動作の危険性を悟り、即座にイヴァンの顔面へと短剣を投げつけていた。至近距離からの正確な高速投擲だったが、動体視力に優れたイヴァンには止まっているかのように見える。首を僅かに傾けただけで避けた。

勝負あり、と思われた次の瞬間。

短剣を投げ終えた男は、胸元に隠し持っていた短筒を素早く取り出し、イヴァンめがけて銃弾を放とうと撃鉄に指をかけていた。短筒は、この世界ではほとんど生産されていない「幻の暗器」である。教皇や枢機卿の暗殺すら容易となる危険な武具故に、教団からは所持どころか製造すら厳禁されている。これが最後の最後の一手、枢機卿邸の警備を託されたリーダーが生き延びるために同僚にもその存在を秘していた隠し武器だった。

だが、イヴァンにもまた最後の奥の手がある。掌を翳《かざ》して、一声を発する。

「『遠当の術』――！」

撃鉄にかけた指を、硬直させていた。

一瞬で十分だった。その一瞬の隙に、イヴァンの身体は「……ゆ、指が動かないだと!?　この奥義は……まさか、王子……」と驚愕していた最後の男の背後へと飛び移り、スヴァントを首に叩き込んで沈黙させていた。

（できればこの術は使いたくなかったが、僕の正体を気取られた。だが、仕方がなかった。最後の一人はほんとうに手強かった……イエヤス様のもとには、さらに手練れの刺客が向かっているに違いない。急がないと）

派手な銃撃音が鳴り響いたにもかかわらず、他の見張り番たちが寝室に駆けつけてくる気配はまだない。仲間たちが彼らを引きつけ、あるいは戦闘不能に追い込んでくれているのだろう。

　しかし、それも時間の問題。銃撃音を聞き付けた見張り番たちが、クドゥク族の工作員に半ば以上を倒されながらもこの寝室にまもなく殺到してくることは確実である。

　室内には無数の「隠し場所」が存在する。天井には煙突へ連なる隠し排気口が取り付けられているし、床下にも隠し倉庫へ連なる扉が仕込まれていた。壁にも同様の細工が成されているだろう。これら全てを捜索していれば、一昼夜を要する。そのような時間はもちろんイヴァンには残されていない。

　だが、イヴァンはこういう場面で第六感とも言うべき勘所が働く。この種の探索仕事は、ヴォルフガング一世からさんざん命じられてきた。イヴァンにとってはお手の物なのである。

　枢機卿は、常に相手の心理の裏をかく男。故に、「物証」は入念にではなく、実に無造作に隠されている。あまりにも無防備故に、最後に捜索されるであろう寝台の真下に——同時に、一日の三分の一の時間を過ごす寝台こそは、様々な陰謀を遂行し続けるが故に他人を信用できないだろう枢機卿にとって、もっとも安心できる場所でもある。

　しかも幾多の忍びを使いこなしてきた家康は予め、イヴァンにこう教えてくれていた。

『射番よ。お宝の隠し場所はたいていは便所、さもなければ寝所。南蛮寝台の下だ』

　そして、二人の経験と直感が当たった。

(あった！　銅造りの匣《はこ》だ。トラップが施されているが、この程度ならゾーイさんに頼まずとも僕にでも解除できる。匣の中には——巻物が一本。アンガーミュラー家の家紋が記されている？　ヴォルフガングの出自にまつわる家系図だ。これが、あの王を押さえ込み従属させるための脅迫の種だ！)

　イヴァンは驚愕した。

(アナテマの使い魔の卵が詰まった瓶まである！　枢機卿が黒魔術師である証拠だ。他には……クドゥク族の陰謀を主張する例の偽書が一冊。やっぱり枢機卿がクドゥク族を異種族連合から切り離したのか！　さらに、黒魔術の封印を施されている書状が一通。これはきっと魔王軍と枢機卿の繋がりを示す確実な物証だ。でも、このトラップは厄介すぎて僕には開けられない！　このまま匣ごと持ち去るしかない！）

多くの見張り番たちが続々と寝室へ迫ってくる足音を、イヴァンの耳が検知した。

みんな、無事に離脱して。僕は目的を遂げた。

「使い魔の蜥蜴、目を覚まして。ファウストゥスに連絡を。こちらイヴァン。物証は手に入れました、直ちに脱出します。イエヤス様はご無事ですか？」

使い魔を通じて、ファウストゥスにはイヴァンの肉声が正確に伝わる。だがファウストゥスからの伝言は、蜥蜴の拙い声帯を通さねばならず、途切れ途切れの短いものとなる。

『――大聖堂に――刺客多数――危険――危険』

通信はそこで途切れた。一刻も早く脱出して枢機卿の正体を暴かなければ、イエヤス様が危ない！　イヴァンは匣を背負うと同時に採光室へと飛び出し、先ほど辿《たど》った潜入ルートを再び引き返してゾーイのもとへと走った。

しかし、この木々の中を突き進む移動ルートは期せずして、枢機卿邸に隣接しているアンガーミュラー王家別邸のすぐ隣を通過するルートでもあった。無論イヴァンもゾーイもそのことについては深く考えていなかった。そもそもイヴァンは覆面を被っていて、顔を隠しているのだ。

故に、イヴァンは何事もなくアンガーミュラー王家別邸に隣接した木々の枝から枝へと跳躍を繰り返しながら、「おーい、まだかよ。残りはイヴァンだけだぞ。おっせーなー！」とやきもきしつつ穴の中から頭を出して待機しているゾーイのもとに帰還する、それだけのはずだった。

だが、運命はイヴァンに二者択一を迫ることになった。

あと少しでゾーイのもとに到着するという段階だった。

一息で一気に長距離を移動して大木の枝に飛び乗り、覆面を外して乱れた呼吸を整えていたイヴァンは、塀の向こう――アンガーミュラー王家別邸の庭園に実る果実を収穫していた、使用人らしき質素な服を着た若い女性とふと目を合わせてしまったのである。

「い、イヴァン？　どうしてこんなところに？　その覆面は？」

「ね、姉さんっ!?」

そう。ヴォルフガング一世が、イヴァンを間者として利用するために奪い取っていったイヴァンの姉、王女アナスタシア・ストリボーグがイヴァンのすぐ目の前にいたのだ。

イヴァンの体術をもってこの壁を跳躍すれば、姉を奪回することは容易い。しかし、追っ手たちがそこまで迫って来ている。ここでイヴァンが躊躇すれば、クドゥク族の仲間たちもゾーイも危地に晒《さら》される。しかも、せっかく手に入れた「物証」を奪回されれば、聖都に乗り込んでいる家康の命運は尽きる。

（そうか。姉さんは王都ではなく、聖都の王の別邸に捕らえられていたんだ！　王都をいくら捜索しても見つけられなかったはずだ！　クドゥク族の王女なのに、もう結婚してもいい適齢期を迎えているのに、ずっとこの別邸に幽閉されて使用人としてこき使われていたのか……）

どうする。素早く壁を越えて姉さんを奪回するのか。僕の夢は、姉さんを取り戻すことだった。王を枢機卿から解放できる物証は、今、僕のもとにある。ここで姉さんを奪い取っていっても、王は……王は……でも、数十人の追っ手がもうそこまで……。

ダメだ。イエヤス様のもとに刺客たちが迫っていると知っているのに、なにを躊躇う!?

「姉さん。姉さん、どうしよう。どうすればいいんだ、僕は？　イエヤス様をお救いしなければいけないのに、足が、足が動かないよ……！　うっ……ううっ……！」

「だいじょうぶ、イヴァン。お姉ちゃんのことはいいから。イヴァンにはイヴァンの使命があるんでしょう？　ヴォルフガング王からの命令ではなく、イヴァン自身が主として選んでお仕えしているお方を守るためのお仕事が。だから、今は立ち止まらないで」

「姉さん……でも。でも……！　今を逃せば、もう二度と会えないかもしれない……！」

「だいじょうぶだって！　今日こうして思いがけず再会できたじゃない。また会えるよ！」

ダメだ。悪い予感がする。もう姉さんとは二度と会えない。そんな予感が。

そのイヴァンの予感は的中した。

「ヴォルフガング一世に謀叛の疑いあり！　アンガーミュラー王家別邸に住まう者全員を逮捕し、直ちに異端審問所へと護送する！」

いきなりアンガーミュラー王家別邸に、多数の衛兵が突入してきたのである。なにしろ狭い屋敷だ。門から程近い庭園にいたアナスタシアは、わけもわからないままにいの一番に衛兵たちに包囲され捕縛されてしまった。イヴァンでさえ、救いに行く時間すらなかった。

イヴァンにも理解しがたい事態だった。ヴォルフガング一世は今、グナイゼナウ枢機卿に命じられて反乱軍の討伐に出払っている。その隙を衝いて、ヴォルフガング一世の別邸に兵を入れ、家人全員を逮捕しようとは？

（いったいなぜ？　誰が首謀者だ？　枢機卿は、彼が王を脅迫する種にしている巻物を僕がたった今盗んだことをまだ知らないはず。今、彼は大聖堂にいるのだから。ならば僕の件とはまったく無関係に、予め王の別邸への突入準備を済ませていたとしか思えない。わからない。どういうことなんだ、これは？）

問答無用で手鎖《てじょう》をかけられたアナスタシアは、

「えっ？　なになに？　えーと、なにが起きているの～？」と戸惑っている。

嘘だ、とイヴァンは悲鳴を上げたくなった。だって姉さんは王に捕らわれている人質じゃないか。なぜ姉さんまでもが王の関係者として異端審問所に送られるんだ!?

どうしてだ。どうして姉さんばかり、いつもこんな辛い目に……この世界はどうして姉さんにこんなにも冷たいんだ！　誰がこんな世界を造ったんだ！　許せない。人間どもが許せない。今まで僕は暗殺だけは避けてきた。姉さんの哀しむ顔を見たくなかったから。でも、もう……！

「……姉さん……！　僕は……僕は！　姉さんを苦しめる衛兵たちを一人残らず……！」

「ダメだよ。早く逃げて！　私はだいじょうぶだよ！　あなたが主に選んだお方は、きっと……きっと、あなたを呪われた運命から解放してくれるから！　私にはわかるの！　だから勇気を出して。前へと進んで！」

イヴァンが懐に入れている使い魔の蜥蜴が、『イエヤス様、刺客に襲われる。刺客に襲われる。四面楚歌《しめんそか》、四面楚歌』と突如として声を上げた。

ほぼ同時に、アナスタシアを捕らえた衛兵たちが、壁ひとつ隔てて枢機卿邸の木の枝に立っているイヴァンの存在に気づいた。「猊下の邸宅に不審者を発見！」「捕らえよ！」と口々に声を上げながら、壁を乗り越えようと——動かなければ。行動しなければ。このまま迷っていては、全てが終わってしまう。目の前が漆黒の闇に包まれていくかのようだった。イヴァンは「動け。動け。足が動かない……！　姉さんを救うか、イエヤス様を救うか……どちらを選べば……僕は……僕は」と涙で濡れた顔を掌で覆いながら、呻いていた。


大聖堂では、衛兵の大軍に包囲された家康たちが窮地に陥っていた。

刺客たちとの激闘のうちにエレオノーラは銀の樺の種を使い切ってしまい、セラフィナの魔力も切れている。

そんな中、急な腹痛に襲われた家康から「万病円を落とした、床から拾え」と頼まれたセラフィナは「どうして私ってば絶体絶命の危機にこんなことさせられてるんですか～っ？」と半泣きになりながら床に這いつくばり、丸薬を探していた。見つからない。だが。

「あ～っ？　印籠だーっ！　没収されたはずのイエヤスの印籠が落ちてるじゃんっ？　枢機卿が落としていったんだ！　これは——起死回生の好機！」

そう。家康がエの世界から持ち込んだ「三つ葉葵の御紋」の印籠である。

セラフィナは印籠を摑み取ると同時に立ち上がって、距離を詰めようと前進してきた衛兵たちへ向けて印籠を高々と掲げていた。

「控え、控え、控えおろう！　ここにおわすお方を誰と心得る！　畏れ多くもエの世界の先のセイイタイショーグン、トクガワイエヤス公にあらせられるぞー！　オオゴショ様の御前である！　頭が高いっ、控えおろーう！」

効く？　効くの？　大聖堂を守っている筋金入りの教団信者たちに、エリート衛兵たちにこの印籠って効くの？　半信半疑だが、もはや他に頼れる武器がない。セラフィナは旅の道中で覚えた決め台詞《ぜりふ》を精一杯の大声で叫びながら、印籠を掲げたままぐるぐると家康の周囲を駆け回っていた。

「……おおっ？　これが、三つ葉葵の勇者の印籠？……凄まじい圧力だ……！」

「ひ、膝が勝手に崩れ落ちていく！　聖下以外には決して屈さぬはずのこの膝が……」

「これが異教徒の勇者の恐るべき力か！　危険すぎる！　捕らえねば、異端審問所へ送らねば……だ、だが、身体が言うことを聞かん！」

「止まるな、屈するなっ！　信仰心を燃やして印籠の魔力に抵抗するのだーっ！」

「嘘っ？　めっちゃ効いてるんですけどっ？　で、でも、あくまでも前進を止めない連中もいるっ！　凄まじい気力だわ！　不意打ちの印籠を喰らって大勢が金縛りにかかっている今のうちに逃げなきゃーっ！　お腹をさすっている場合じゃないっしょイエヤスぅ！」

「ああ。実は衛兵たちに気取られぬようにセラフィナ様に印籠を拾わせようと目論んで、薬を拾えなどと意味不明の命令を発したのですねイエヤス様。ほんとうに智恵深いお方ですわ！」

「いやいやいや！　ただの偶然だから、エレオノーラぁ！　ほら、行くわよイエヤス！」

「……印籠をよこせ世良鮒。中に入っている万病円を飲まねば。ううむ、我ながら胃弱だけはなかなか改善できん。もっともっと薬学を極めねば。やはり切り札は竜骨か……」

「薬学の話より、脱出ッ！　ともかく大聖堂から脱出ッ！　でもでも、大聖堂周辺は敵兵だらけで、どこへどうやって逃げればいいのかさっぱりわかんなーいっ！」

桐子が手を打っているはずだ、慌てるな、と家康は廊下を駆けながらギャン泣きのセラフィナを落ち着かせる。そして、エレオノーラが胸元に潜ませていた蜥蜴の使い魔が『南の扉から大聖堂の外へ』と突如言葉を発した。ファウストゥスが誘導してくれているのだ。

「南？　南ね？　了解っ！　オオゴショ様の御前である、控えおろう〜！　この紋所が目に入らぬかーっ！　うりゃあああああ〜！」

「せ、セラフィナ様。南へ出ても、イエヤス様得意の地下坑道はこの丘陵までは通せませんし、どうやって脱出すれば……まさかとは思いますが、ファウストゥス殿が万が一にも」

「銭に転んで裏切っていたら～？　その時はその時だよエレオノーラ！　ファウストゥスを信用したイエヤスが全責任を負うんだからーっ！」

「こらっ。これ以上俺の胃が痛むことを言うな世良鮒。走っているだけで厳しいのだぞ」

　大聖堂を守る正規の衛兵たちは、さすがに鉄砲を所持していない。皆、セラフィナが掲げる印籠の有効射程に捉えられると同時に、膝を屈して「動けぬ！」と硬直し、家康たちに道を空けていく。

　しかし扉を出て大聖堂から飛び出せば、恐らく弩や弓を構えた衛兵たちが待ち構えているだろう。印籠の有効射程には限りがあり、「三つ葉葵の勇者の印籠」だと視認できない遠距離にいる衛兵には通用しない。つまり、扉を出ればあっという間に蜂の巣……杖よ、杖よ、早く魔力を回復して！　と祈りながらセラフィナは先頭を颯爽《さっそう》と駆けた。さっきまでギャン泣きしていたのに、やはり危地に陥るとこの娘の勇気は百倍となる、と家康は感嘆した。

「イエヤス殿！　ある程度の矢は、私が剣で薙《な》ぎ払《はら》う！　しかし剣一本で守りきれる時間には限界がある。どうにかして弓兵、弩兵の包囲網を突破しなければ……」

　剣を構えたバウティスタがセラフィナの隣に立ち、扉を脚で押して開いた。瞬間、多数の矢が撃ち込まれてくる。バウティスタは速度に特化したキルヒアイス家伝来の剣技を繰り出して、前進しながらこの矢を次々に薙ぎ払った。だが、敵兵の数があまりにも多い。大聖堂の南側の出口は、なだらかな下り坂の草原地帯に連なっていて、周囲に建物がほとんどなく、家康一行は矢の的になるしかない。

「くっ。これでは先へ進めぬ！　退路も塞がれ、完全に手詰まりだ！」

「ぐえ～っ？　もしかしてさぁ、建物が密集している北から逃げたほうがマシだったんじゃ？　身を遮るものがなんにもないじゃんっ!?」

「い、イエヤス様、もしかしてファウストゥス殿に謀られたのでは……？」

そんなはずはない。現実主義者で幼い頃から「信仰よりも銭が大事」と信じて絶対にブレない俺以上に、ファウストゥスを稼がせることのできる主はいないはず。巨利を与え続けられる限り、あの男は決して背かない。家康はこの一点において、自分自身の吝嗇家ぶり・利殖家ぶりに自信を持っていた。必ずや、脱出する機会が与えられるはずだと――。

その家康の読みは、正しかった。

まずはイヴァン率いるクドゥク族工作部隊が、煙幕弾を炸裂《さくれつ》させながら家康たちを包囲する近衛兵たちの中へと突然乱入し、彼らの視界を一瞬にして遮った。

「あーっ、イヴァンちゃんだーっ！　ひぃいいいん、助かったぁ～っ！」

「ちと遅かったな、射番。既に南の扉の前で待ち構えているとばかり」

「す、すみません、イエヤス様！　到着が遅れました！　間に合ってよかったです！」

「イヴァンは速いんだけどよー、オレたちドワーフは足が遅いからさー！　悪い悪い、ダンジョンの中なら素早く動けるんだけど地上はドワーフには辛ぇわ。すっげえ遅れた！」

イヴァンたちの役目は、衛兵たちを倒すことではない。多勢に無勢だ。だが、ほんの数分の間でも彼らを混乱させ、矢の狙いを定めさせぬように視界を奪ってしまえばそれでよかった。

ファウストゥスは、イヴァンたちを大聖堂の南に開ける草原地帯へと急ぎ移動させると同時に、大聖堂の上空にドラゴンを――バウティスタの相棒ファーヴニルを呼び出させるつもりだったのである。

『バウティスタ様、口笛を。お借りしていたクドゥク族の仲間が、ファーヴニルの放牧場に、使い魔を配置済み……わたくしが口笛を、ファーヴニルのもとに侍る使い魔の口から発信させます……直ちに、ファーヴニルにそちらの位置を特定させます……』

「あら、使い魔が長々と言葉を!?　嘘ですわ、無理をしたためか蜥蜴の身体が半ば溶けている？　ひぃぃ？　妾の胸元が、胸元が蜥蜴の溶解液で……」

エレオノーラは思わず青ざめた。バウティスタも（無理をさせる。蜥蜴使いの荒い男だ）と呆れつつも、すかさずエレオノーラの胸元に挟まれたまま半壊した蜥蜴へ向けて口笛を吹いた。

同時にゾーイが、ドワーフギルド謹製の信号弾を天空へと打ち上げた。

「こいつがファーヴニルへの目印だ！　キルヒアイス家の家紋を空に描いてやんよー！　あいつの背中に乗って、全員で脱出するぜ！」

「そうか。ファウストゥス殿はファーヴニルを呼び寄せるために、周囲に建物がない南の草原にわれらを誘導したのか。国外へ脱出してしまえば、枢機卿も容易に動けまい！　しかし、ファウストゥス殿ご自身はどうやって脱出するつもりなのか？」

「いえ、バウティスタ様。ファーヴニルを呼び出せば当然、残る二体の龍も追撃してきます。二体の龍が体調万全なのに対して、先の戦闘で重傷を負ったファーヴニルはまだ回復しきっておらず、一対二の戦いに打ち勝って国境線を越えるのは困難です。故に……」

イヴァンが指し示した方角には、もうひとつの丘陵が見えた。その頂上に、ファウストゥスが待機している司令塔が聳えている。

「僕たち全員で、あそこへ籠もります」

セラフィナが「ぎょえー？　逃げ場がなくなるじゃんっ？」と悲鳴に近い声を上げた。エルフの女王たる者が蛙《かえる》みたいに鳴くなと家康が耳を塞ぐ。

その直後、巨大な翼を羽ばたかせながら、使い魔を放牧場へ運んだクドゥク族工作員を背中に乗せたファーヴニルが、家康たちのもとへ舞い降りてきた。ドラゴン出現に気づいた衛兵たちが慌てて矢を発射するが、恐るべき硬度の鱗で全身を覆っているファーヴニルには通じない。ヨウカハイネンの矢の如き神具でなければ、あるいは魔術でなければ、ファーヴニルを倒すことは困難である。

ただし——同じドラゴンであれば別だ。

「竜騎兵二騎、追って来ました！　イエヤス様、急いで下さい！　全員、ファーヴニルの背中に！」

……

……

……

ファーヴニルの背に乗った家康たちは国境突破なら

ず、ファウストゥスが待機していた幽霊塔へと立て籠もった。塔の上空にはファーヴニル。竜騎兵二騎の突入に備えて、塔を守っている。まだ完全復活してはいないが、人間の衛兵たちが迂闊に塔へと攻めかかれば炎を吐き散らして、母とも姉とも慕う主・バウティスタを守るだろう。枢機卿側とすれば、ファーヴニルが炎を吐き続ければいずれ炎の原料となるプネウマが尽きる。その隙を見計らって竜騎兵二騎を投入すれば、塔は陥落するはずだ。

　だが、ファーヴニルは大陸に現存するドラゴン種の中でも最大にして最強。しかも聖都はプネウマ濃度が高い。体内のプネウマを枯渇させるまでにどれほどの犠牲が出るか、計り知れない。塔が立つ丘陵を包囲した衛兵たちは文字通り攻めあぐね、事態を静観していた。とはいえ、聖都が動員できる兵力のほぼ八割を投入するという完全包囲網だ。塔に籠もった家康たちもまた、身動きできない。

「うひゃ〜。この丘陵の地盤はカッチカチだな。こりゃ一ヶ月かけても脱出用の坑道は掘れねえ。水源もねえし、周囲は草原ばかりで身を隠す場所すらねえから、兵に包囲されちまったら降りるのもままならねえ、と。そりゃ買い手がつかねえはずだ！」

　塔内に入るや否や水源と地盤の調査を開始していたゾーイたちドワーフ組は「最悪の立地条件だぜ！」と匙《さじ》を投げていた。

「おいおいダークエルフの旦那。おめー銭をケチってこんなやっすい塔を買ったんじゃねーのか？　緊急避難用に使うならもうちょっとあったろ、マシな物件がさあ」

「周囲に建物が建っていますとね、ファーヴニルの飛行の邪魔になるのですよ。ドラゴンにしてもファーヴニルはあまりにも大きすぎますのでね。ともあれ大聖堂からは脱出できたのですから、いいではありませんか――衛兵どもも、伏兵を配置しがたいこの地形では、愚直に前進するしか攻め手がありますまい」

　三日もすれば水がなくなるじゃん水が〜うぎゃ〜エルフは毎日水浴びしないと生きていけないのようお肌が汚れちゃうっ匂いがっ髪にも肌にも匂いがっ、いやああ〜！　とセラフィナはしゃがみ込んで騒いでいた。衛兵たちに印籠を翳していた時の勇気はどこへ落とした、と家康は内心でぼやいていた。

「せ、セラフィナ様。数日くらいなら水浴びしなくても匂いませんから。セラフィナ様はもともと質素な食生活を日々されていますし……イエヤス様が来られてからはさらに質素に」

「えー？　最近の私ってば、スライムバーガーばっかり食べてるよー？　ってことはぁ、水浴びしないときっと匂っちゃうんだー、うわーん！」

「はっ？　わ、妾も、菜食メインとはいえエルフ随一の美食家……もしかして三日も経てば妾の身体から、あってはならない匂いが？　アフォカス家当主として恥辱！　もはや生きてはいられませんわ！」

お前たちエルフにはそもそも体臭などない、少なくとも人間の俺の鼻には感知できん、どうでもいいことで悩むなと家康はエレオノーラにも愚痴りたかった。

こういう絶体絶命の状況で水浴びできないことに懊悩《おうのう》するとは、やはり清潔好きのエルフはひと味違うなと呆れるやら感心するやらだ。

「くっくっく。ご安心を。床下をご覧ください。現地の闇商人から、弓矢をはじめとする武具を大量に買い揃えて塔内に運び入れております。もちろん水もございます、かなりの量ですよ」

ひえーこんな大量の武具、聖都のどこにあったのお？　とセラフィナが目を見張った。あるところにはあるものですとファウストゥスは邪悪な笑みを浮かべたが、セラフィナの質問には答えない。あーやーしー！　絶対にヤバい筋から買い入れてるよね！　とセラフィナがさらに突っ込むが、ファウストゥスは多数の水晶球を宙に浮かべながら聞き流す。

「水の運搬が難儀でしたがね。馬車一杯に積み上げた大量の水樽《みずだる》を、ゾーイ殿からお借りしていたドワーフたちに塔へと運んで頂きました、いや、ドワーフは実に腕力が優れている。わたくし一人では半年かかりそうな分量を僅か半日で運び入れてしまいましたよ」

「うむ。ご苦労、桐子。籠城の準備はできているな。しかし時間が経てば経つほど、われらは八方塞がりになる。どうやって国境を越える？」

「さて。わたくしもできる限り手を尽くしていますが、何分こういう性格なので限界がありましてねえ。最後はイエヤス様、あなたのお智恵とご人徳にかかっております。エの世界で天下を統一した無双の英雄ぶりを今こそお見せ下さい」

「俺は城を攻めるのも苦手だったが、籠城はもっと苦手でな。うん？　どうした射番。なぜ泣いている？　どこか怪我でもしたのか。傷口を見せよ、俺が薬を選んでやろう」

「……いいえ。怪我はしていないんです、イエヤス様。僕は……イエヤス様のもとに駆けつけるか否か、迷ってしまいました……申し訳ありません……」

　枢機卿の寝室から数々の「物証」を手に入れて匣ごと運んできたイヴァンは、酷く打ちひしがれていた。

イヴァンを心配した家康とセラフィナは、イヴァンの左右に腰を下ろしてゆっくりとイヴァンの話を聞いた。

イヴァンから枢機卿邸で起きた事態の経緯を聞いた二人は驚き、「なんと!?」「お姉さんが王の別邸に？　しかも、異端審問所へ連行されちゃったって？」と顔を見合わせていた。

「……イエヤス様への忠義を貫いて大聖堂からイエヤス様を脱出させるために急行するか。それとも目の前で捕縛された姉さんを救うために無謀な戦いをはじめるか。僕は……あれほどイエヤス様やセラフィナ様に恩を受けながら、理性を失って貴重な時間を潰してしまいました……もしも姉さんが『行きなさい』と言ってくれなかったら、今頃僕は暴走して……きっと取り返しの付かないことに……」

　ゾーイが「イヴァンも苦しんだんだ。今はそっとしておいてやりなよ旦那。いや、むしろ褒めてやれよ。短気なオレだったら、姉貴を救うために後先考えずに敵兵どもの前に飛び出しておっ死《ち》んでたぜ」と家康に声をかける。

　イヴァンの合流が遅れたために危うかったことは事実だ。それでも、イヴァンは間に合ったのだ。ただ一人の姉アナスタシアが馬車に乗せられて異端審問所へ連行されていく姿を目の当たりにしながら、唇を噛み破って耐えたのだ。

「辛かったろうに。恩だとかそんな水臭いことは言うな射番。われらは家族ではないか」

「……イエヤス様……」

「俺も、三河再独立を果たすために妻子を駿府に置き去りにせねばならなかった。俺と妻との関係はあの時に破綻してしまったが、お前の姉上はそういう御仁ではあるまい。誰もお前を責めはせぬ。お前の決断が皆を救ってくれたのだ、礼を言うぞ」

「……れ、礼だなんて。ぼ、僕はただ……」

イエヤス様お得意のわれ素知らぬ顔をすればって奴ですねえとファウストゥスが苦笑する。家康は（相変わらず一言多い奴だ）と立腹しながらも聞き流した。

「枢機卿は王を信用していない。俺と王が連携することを酷く恐れている。故に、王を遠征に出立させた隙に、家人全員を文字通りの人質に取ったのだ。だが射番、お前の姉上はまだ処刑される恐れはない。これはあくまでも房婦玩具を操るための恫喝《どうかつ》だからな。家人たちを殺すとしても、それは房婦玩具が枢機卿の命令に背いた時だろう」

「……そうはさせないために、イエヤス様は手を打たれるというのですね？」

「そうだ。枢機卿の手抜かりは、王を手駒として操ることばかりに夢中で、自分の邸宅に先んじて衛兵を突入させなかったことだ。どうせ隣接しているからと僅かに油断したために、自宅を後回しにしたのだ。故に、お前は見事に枢機卿の『物証』を手に入れられた」

「そーだよイヴァンちゃん！　黒魔術師である証拠とかぁ、魔王軍に連なっていた証拠だけじゃなくってぇ、ヴォルフガング一世を操るための物証も手に入ったんだよねっ？」

「はい。アンガーミュラー家の家系に関する巻物です。まだ中身は開いていませんが、ヴォルフガング一世の妹アーデルハイドとなんらかの関係がありそうです。そのアーデルハイドも、姉さんたちとともに異端審問所へ連行されたと思われます」

「っていうか、アーデルハイドの捕縛が枢機卿の目的で、イヴァンのお姉さんは完全にとばっちりよね……うーん、かわいそう……ぐすっ……」

「そう嘆くな世良鮒。天晴れな働きだぞ射番。枢機卿の最大の失敗は、お前がこれほどに間者として有能だという事実を知らなかったことだ。知っていれば、これらの物証を己の邸宅から遠くへ、絶対に見つからぬ秘境へでも移していただろう」

「そ、それは、王が僕の能力や働きを枢機卿にも秘し続けていたからでしょう。ぼ、僕の功績ではありません……」

「うげっ？　魔王軍関連の書状のほうは、黒魔術の封印が施されているねー？　エルフ魔術でどうにか解除できそうだけど、すぐには開けられなさそう～」

「では阿呆淳よ、慎重に封印を解除してくれ。決して失敗してはならんぞ、枢機卿を追い込むための貴重な書状だ。俺にはまだ、枢機卿がなぜ魔王陣営と裏で繋がっているのか見当も付かん。この書状さえ開ければ、その理由が判明するはずだ」

「イエヤス様。王の家系図の巻物のほうはすぐに開けられますが、あんな王でも姉さんを約束通りに生かしておいてくれたお方ですから、独断で開くことには抵抗が……」

「そうだな射番。これは、房婦玩具に無断で開いてはならぬものだろう。あれほど気位の高い男だ、これを俺たちが盗み読みしたと知れば激昂するに違いない。決して房婦玩具の許可なく開いてはならぬ。なにが書かれているかわかるか、暴痴州殿？」

「いや、私にもまるでわからない。ヴォルフガングの妹君は、終戦後に突然見つかった。しかも即座に聖都へ入ったので、私も会ったことがない。噂では、清楚《せいそ》で女神のような少女だと聞いているが。ただ……この騒動の中で妹君が処刑されてしまえば、ヴォルフガングはもう誰にも制御不可能になると思う。彼にとって唯一の肉親だからな」

「枢機卿に房婦玩具の妹君を決して処刑させてはならんな。聖都は大混乱に陥るだろう」

「ここから脱出できれば、異端審問所から妹君もイヴァンの姉貴も救出できるんだけどなあー。なんで掘れねえ地盤の上に建ってる塔なんぞ買ってくるんだよ、チキショー！」

イヴァンを慰める家康たちを無視して望遠鏡を覗いていたファウストゥスが「おやおや、グナイゼナウ枢機卿猊下が直々に前線指揮に現れましたよ」と歓声を上げた。

即座にファウストゥスは水晶球のひとつを引き寄せて、小声で何事かを呟いた。その水晶球の中には映像が表示されておらず、誰になにを通信しているのかさっぱりわからない。いつ何時、家康を裏切って味方を売り払うかもしれない。実に剣呑な男だった。

「いやはや。猊下がまさか現場に出てくるとは、ずいぶんと焦っていますねえ。どうやら知ったようですねえ、自宅に隠していた致命的な物証をごっそりと奪われたことを。こちらも人質を取られましたが、代わりに奴の息の根を止める物証を摑みました。完全な膠着《こうちゃく》状態です。これは好機でございますよイエヤス様」

うむ、この機を逃すべからず、と家康は頷いた。

家康はすぐにクドゥク族の工作員に命じて、「枢機卿と交渉したい。まずは使者を塔へよこせ。決して命は取らぬ。エの世界では使者を斬るのは御法度である」と枢機卿側へ通達させた。

案の定、枢機卿は使者を塔へと送り込んできた。使者はただ一人、しかも丸腰である。「死んでこい」と言わんばかりの扱いだったが、家康は、セラフィナに料理を準備させて顔面蒼白となっていた若い使者を歓待した。近衛兵になったばかりの少年兵だった。

「さあ、好きなだけ飲み食いされよ。そう恐れずともよい、ご使者殿。今回の騒動はちょっとした誤解が原因でな、われらは皇国に楯突こうなどとはこれっぽっちも考えておらぬ。あくまでもわれらの敵は魔王軍であり、皇国とは共闘したいと望んでいるのだ。その証拠に、暴痴州殿がわれらに加勢して下さっている。栄光あるへるまん騎士団の団長殿が。彼女はわれらが無実だと知っており、節義を貫いてくれたのだ」

「……は、はい。バウティスタ様のご尊顔を拝し奉り、光栄でございます……じ、自分は衛兵として赴任してまもないので、いったいなにが起きているのかまるで理解できず……げ、げ、猊下には、なんとお伝えすれば？」

「『われら及び房婦玩具殿の家人に手を出せば、猊下が秘匿しておられた書状を開封し、内容を大陸中に公開する。書状はこの塔にはない。塔に籠もるわれらを皆殺しにすれば、直ちに書状の内容を全土へ行き渡らせる手配を済ませている。開封されたくなくば、われら及び房婦玩具殿の家人全員を聖都から安全に脱出させよ。聖下の玉印を押された通行手形を全員に与えよ』。これだけでよい。俺の言葉の意味をそなたが知れば、そなたが猊下に殺されてしまうのでな」

「……わ、わ、わかりました！　一言一句違えずにお伝え致します。言葉の行き違いを防ぐべく、イエヤス様直筆の書状も頂ければ……」

「む。公用紙を使うのがもったいないので、暗唱していけ」

「いえ、是非とも一筆頂ければ！　お、お願いします！」

「公用紙ったって鼻紙なんだから、一枚くらいいいじゃん、どこまでケチなのよぅ～」

「黙っておれ世良鮒。鼻紙を笑う者は鼻紙に泣くのだ！　俺はこの吝嗇さで天下を取った男だぞ！」

　せっかく優雅な食事を振る舞って大人物ぶりを見せようと演出したのに、鼻紙一枚を惜しんで台なしじゃんとセラフィナは呆れた。

　しかも家康は、使者をもてなす食事を作らせる際にまたしても「塩をできるだけ使うな。薄味に仕上げよ」とセラフィナにくどいほど注文していた。今にして思えば、塩分を薄くすることで使者の食欲を抑え、残った飯を自分たちで食べるつもりなのだろう。

　健康マニアの家康は、塩の濃度によって人間（やエルフたち）の食欲を制御できることを知っており、宴会になるといつも調理人に対して減塩を命じる。「食べ過ぎはよくない、俺はみんなの健康のためにしているのだ」と家康は言い張るが、本音は「多く食べられすぎるのが惜しい」というところであろう。

　ともあれ、使者は家康に恐れを抱くよりも（なんというしみったれたケチ臭い人なのだろう。小物すぎる。ほんとうに、言われているような悪人なんだろうか？）と家康に妙な親近感を抱き、かろうじて手に入れた書状を持って枢機卿の本陣へと帰還したのだった。

　その書状を読んだ枢機卿は、顔面蒼白となり、書状を持ち帰った使者を拘束して異端審問所へと即座に送ってしまった。無論、斬るつもりである。使者自身はまったく書状の内容を理解していないが、少しでも黒い噂が立てば、枢機卿は破滅してしまうのだ。

（アナテマの使い魔の卵だけならば言い逃れもできるのに、ボクが魔王軍と繋がっている証拠の書状を奪われただなんて！　しかも、この塔には持ち込んでいないだって!?　発見できないまま時間を費やせば、いずれ開封されてしまうじゃないか！　どこへ隠したのかもまったくわからない！　ドワーフめ、好き放題に聖都の地下に穴を掘りやがって！）

グナイゼナウ枢機卿は、自分以外の人間を一切信用しない。故にあらゆる黒い物証を自宅の寝室に隠していたのだが、それが徒《あだ》となった。多額の現金を銀行に預けずに自宅に保管する奇人タイプの富豪が時折いるが、枢機卿はその種の人間だった。

（せめて屋敷内のあちこちに分散しておくべきだった……でも、ボクの寝室以外に安心して隠せる場所はなかったからね……だってあちこちに分散すれば、どれかが発見されるかもしれないという不安が増すばかりで、夜も眠れなくなっちゃうよ）

グナイゼナウ枢機卿もまた慎重な男。妹を別邸に「人質」として取っていくことで従わせているヴォルフガング一世が、家康と通じて自分に反旗を翻す可能性を潰すために、まず家康が聖都に入る直前にヴォルフガング一世に反乱軍鎮圧を命じて聖都から追いだした。

だが、ヴォルフガング一世は強力な軍を率いている。家康と既に内通しており、きびすを返して軍を率い、聖都へと攻め込んでくる可能性も考えられた。

故に、ヴォルフガング一世が不在の隙を狙って彼の別邸に住まう家人全員を問答無用で逮捕し、異端審問所へと送ったのだ。念には念を入れたのである。

これで、聖都郊外で軍団を率いて行軍しているヴォルフガング一世は絶対に枢機卿に逆らえない。ヴォルフガング一世が聖都へ突入してクーデターを起こす可能性は潰《つい》えた……はずだった。

だが家康がまさか、大聖堂で刺客を相手に戦っているまさにその時、自分の邸宅に間者たちを投入してあの「物証」を奪い取っていようとは。せめてアンガーミュラー王家別邸へ派遣した衛兵の半分でも隣の自宅に送っておけば、阻止できたものを。

驚くべきことは、家康の手足となって動いた張本人が、クドゥク族の王子イヴァンらしいということであった。ヴォルフガング一世は既に家康と手を組んでいたのか？　それともイヴァンが個人的に家康側に寝返ったのか？

考えてみれば大聖堂に、常に家康を警備しているはずのイヴァンの姿がなかった。慎重な家康があのような死地でイヴァンを手放すはずがなく、あの時点でその異常さに気づくべきだったのだ。

結局は、最後の詰めが甘かった。慎重かつ小心と見せてここでこんな途方もない博打《ばくち》を打ってくるとは、家康という男の融通無碍さはボクを越えていると枢機卿は陣幕の中を彷徨《うろつ》きながら一人で狼狽え、時折「うきゃあああっ！」と奇声を発していた。

（聖都に到着した直後に殺すべきだったんだ！　それとも、一年ほど宿に引き留めて油断を待つべきだったのかな。いずれにしても、ボクは十日という絶妙の時間を奴に与えてしまったことになる！）

アナテマの使い魔を用いて事態を打開したくとも、最後のストックとなっていた卵さえも奪われている。

「で、でも、まだボクは敗北したわけじゃない！　ヴォルフガング一世を直ちに聖都へと呼び戻してイエヤスとの交渉役に任じ、イエヤスを捕縛させるんだ！　妹アーデルハイドを異端審問所から釈放し、バウティスタをも無罪とすると条件を出せば、必ず家族想いのあの王は折れる！」

まだだ。まだ、あの魔王軍にまつわる書状は開封されていない。急げ。あれを開封される前に家康の身柄を押さえ、奴らを助命する交換条件として書状の在り《あ》処《か》を吐かせる――そうだとも。あれさえ回収してしまえば、家康などいつでも殺せるんだ！

だが、ヴォルフガング一世を言いなりに動かせるとしても、「イエヤスを討て」という命令は今の状況では出せない。先に書状の在り処を吐かせなければならない。恐らく家康は自らの判断で書状をいずこかへ運ばせており、塔にいる誰にも書状の在り処を告げていないはず。

ああもう。どこまでも腹立たしいまでに狡猾《こうかつ》な奴だ！　と枢機卿は家康を激しく憎悪した。

問題の書状が実は塔に持ち込まれたまま動いていない、動かす余裕が家康にはなかったという可能性は、枢機卿の脳裏には浮かんでこなかった。ボクは寝室に書状を隠して失敗した。そのボクの裏をかいた家康に限ってそのような下手は打たない、絶対に自分自身が助かる「手段」として書状をどこかへ隠しているに決まっていると思い込まされていたのだ。

ヴォルフガング一世が、枢機卿と家康、どちらの側に立つかによって、家康の運命は決まる。

そしてその時は近づいていた。

愛妹アーデルハイドが異端審問所へ送られ、幼なじみのバウティスタが破門されて家康とともに塔に籠もっていると知らされたヴォルフガング一世率いる騎馬隊は、まさしく恐るべき速度で聖都へと引き返してきた。

鬼の形相で馬を駆るヴォルフガング一世自身もまだこの時、自らがどう行動するべきかを決められない。

だが、なんとしてもアーデルハイドとバウティスタを救わねばならなかった。それが、家族運の薄いヴォルフガング一世の性《さが》であり、枢機卿につけ込まれることになった弱点でもあった。

第八話

ヴォルフガング一世が遠征軍を率いて帰還した聖都は、一触即発の空気に包まれていた。

騎士団長バウティスタが家康を庇って破門されたことをきっかけに、これまで皇国政府に血税を絞り取られ続けていた平民たちが暴発寸前となっている。大厄災戦争の英雄ワールシュタットの嫡子バウティスタは、修道騎士団長の名に恥じない清廉潔白さや自領での善政ぶりも評価されていて、平民たちから絶大な人気があったのだ。

「なんと不穏な状況に!?　陛下、暴徒どもを蹴散らしますか？」

「捨て置け。今は、聖下に楯突いた異教徒イエヤスの処理のみに集中するのだ。イエヤスさえ処理すれば、平民どもの動揺も鎮まる！」

「しかし『平民派』の動きも見逃せません。軍がイエヤスと対峙《たいじ》している隙に、群衆を扇動して大規模なプッチを起こす恐れも」

「フン。余の王国も苛烈な税を取り立ててきたが、それは軍事費用を捻出するための必要悪。魔王軍撃破という目的のためには避けられなかった。だが、聖都の重税はそうではない。大聖堂を黄金造りにするための重税など無意味。芸術趣味に耽溺《たんでき》しすぎた枢機卿の責任よ」

ヴォルフガング一世は（グナイゼナウ枢機卿が「人間主義」にこだわったばかりに、皇国も、余の王国も、異種族との貿易や技術交流などを自ら制限せざるを得なくなった。その結果がこの閉塞ぶりなのだ）と、暗鬱たる思いに耽《ふけ》っていた。

そんな王にとって、人間が相手だろうが儲《もう》かれば誰とでも平然と取り引きするダークエルフ商人のファウストゥスは便利な存在だったが、そのファウストゥスもまた家康のもとに付いてしまっている。あの男を寝返らせるには、家康以上に王国が莫大な利を彼にもたらすことを証明しなければならない。

だが、やはりここでも「人間主義」が足枷《あしかせ》となる。家康は、ファウストゥスが持つ商業ネットワークの力と、ドワーフの鉱山開発技術を巧みに融合して、巨利を生み続けるシステムを作り出していたのだ。慧眼《けいがん》故か、単に欲の皮が突っ張っているのか。

「平民王にみんなが期待していたのに、戦争中よりもみんなの暮らしが苦しくなるだなんて！　裏切り者！　そんなに王位が大事なのか！」

　痩せこけた平民の少年が、行軍中のヴォルフガング一世の前に飛び出してきて石を投げてきた。

　ヴォルフガング一世はその石を敢えて眉間に受けた。近衛兵たちが「無礼者！」「首を刎ねよ！」と殺気だったが、ヴォルフガング一世は「よせ」と止めた。

「フン。なかなか勇気があるな、小僧。気に入ったぞ。余の小姓に取り立ててやろう」

「誰が偽りの平民王なんかに！　僕はイエヤス様に仕えると決めたんだ！　イエヤス様は民の苦しい暮らしを思って、自ら『安上がりだから』という理由でおぞましい怪物スライムの肉を食べ、一汁一菜の質素な食事に日々耐えておられるんだ！　鼻紙の一枚すら無駄にせずに、落としても拾って使っているんだぞ！　贅沢者のエルフたちに笑われても『俺はこの吝嗇ぶりでエの世界の天下人になった』とどこ吹く風なんだぞ！　平民時代の暮らしを忘れて贅沢三昧のお前に、そんな立派な振る舞いができるのか！」

　違う違う。あの男は民のために倹約しているのではない、単に心から吝《しわ》い性格なのだ小僧、とヴォルフガング一世は家康をなにか誤解している平民たちに教え諭してやりたくなったが、やめた。英雄とは、民衆の願望から生みだされるものなのだ。

　民心という名の時流に乗った者だけが英雄に選ばれる、と言っていい。

　それに、今のヴォルフガング一世にとってはなによりもまず、枢機卿が異端審問所に収容してしまった妹アーデルハイドを釈放させることが最優先だ。

　枢機卿は相手の弱点を知り尽くし、人間の心理を巧みに操る。あの男にいいように使われていることは承知しているが、それでもアーデルハイドを救う他に道はない。しかも、家康を捕縛すればバウティスタの破門も取り消される。既に枢機卿から教皇の玉印が押された「勅書」が届いているのだ。

『陛下の任務は、塔に籠もるイエヤスと会見すると称して塔に潜入し、イエヤスを捕縛することです。イエヤスは狡猾な男。奴を殺せば聖都にさらなる巨大な災いが降りかかる故に、決して殺してはなりません。イエヤスの身柄を確保すれば、陛下はイエヤスの反乱から聖都を守った最大の功労者。陛下の妹君もバウティスタ殿も、聖下による恩赦によって無罪放免と致しましょう。さらに皇国への忠誠を貫かれた陛下への特例恩赦として、妹君を王都へとお返し致します』

まさか、俺を脅迫する「手品の種」だったアーデルハイドを王都へ返還すると言いだすとは。

枢機卿一人の言葉ならばまったく信用ならない空手形にすぎないが、玉印が押されている以上、この勅書は絶対的に有効だった。家康を殺せばどのような災いが聖都を襲うのかまではヴォルフガング一世には知るよしもないが、枢機卿自身が家康になんらかの弱みを握られて、黒魔術を用いていた物証を押さえられたといったところだろう。その物証を国内外に拡散されれば枢機卿は失脚する。アーデルハイドを手放してでも、家康をここで食い止めたいのだろう。

実は枢機卿が魔王軍と裏で手を結んでいるなどとは、智将《ちしょう》ヴォルフガング一世をもってしても予想すらできなかった。

(イエヤスとの会見場所は塔内。しかもこちらは、俺一人で臨まねばならぬ。塔内には十数名のイエヤスの仲間が籠もっているというのに。枢機卿め、それほどにイエヤスに追い詰められているのか。俺といえども、あの百戦錬磨のイエヤスを殺さずに捕縛するのは難しい。バウティスタが土壇場で余に加勢してくれるか否かだが……)

フン。幼なじみのバウティスタに拒絶されて討たれるのならば、それもまた俺の運命だろう、俺は即位以来バウティスタを失望させ続けてきたとヴォルフガング一世は再び自嘲していた。

だが、ヴォルフガング一世はまだ死ぬわけにはいかない。塔内で彼が倒れれば、妹アーデルハイドの運命もまた定まる。異端審問所を実効支配している枢機卿は、王が死んだと知れば「もはや用済み」とばかりにアーデルハイドを処刑させるだろう。

家康とヴォルフガング一世との会見は、塔の一階の大広間で実現した。

塔を包囲している皇国の軍勢は、ヴォルフガング一世率いる王国軍を加えたことでさらに戦力を増し、今や家康は生きて塔を脱出する術を失っていた。塔の上空を旋回しているファーヴニルだけが「最後の頼み」だが、そのファーヴニルも、二騎の竜騎兵を調達することで枢機卿は無力化していた。

しかし、ヴォルフガング一世を出迎えた家康は「お久しぶりですな陛下」と例の如く泰然自若とした表情を崩さない。無論、恒例の腹痛に耐えている。しかも日頃の吝嗇さはどこへやら、これでもかと言わんばかりの豪華なエルフ料理の数々で食卓を彩り、ヴォルフガング一世を歓待してきた。

ご安心を。毒は入っておりませんぞ陛下、俺自身が毒味を致しましょうと家康はあくまでも下座からヴォルフガング一世を立て続ける。

「このたびの騒動は、全て枢機卿の陰謀によるもの。暴痴州殿が俺に加勢してくれた理由も、俺に皇国や陛下に反旗を翻す意図はなく、枢機卿が無実の俺や世良鮒らに害を及ぼす過ちを阻止せんとしたまで」

「フン！　枢機卿が貴殿を暗殺するために聖都に呼び出したことくらい、最初からわかっていただろうが。なぜ慎重なイエヤス殿ともあろう者が、聖都へ乗り込んだ？」

「どうしても手に入れたいものがありましてな。そう、枢機卿の数々の疑惑を証明する物証を求めて、虎穴に飛び込んだ次第。陛下は枢機卿から『家康を殺すな』と厳命されておりましょう。それはつまり、俺が既に枢機卿を破滅させられる物証を手に入れているということ」

「……やはり、そうか。そうでなければ、枢機卿はさっさとこの塔をドラゴンと衛兵たちに総攻撃させて炎上させていたはず。枢機卿は兵の命などを惜しむ性格ではない。余も、恐らくそうだろうとは思っていた」

「加えて、妹君の身柄を王都へ返還してもよい、と枢機卿は陛下に確約しているはず」

「ほう、その通りだ！　それではイエヤス殿は、それほどの物証を掴んだと？」

「枢機卿がそれほど破格の条件を陛下に提示したということは、そうでしょうな。まだ開封してはおりませんが、その陛下のお言葉でこの家康、わが策なれりと確信致しましたぞ」

　イヴァン。そしてバウティスタ。家康側に加勢した二人が、ヴォルフガング一世の前にばつが悪そうに顔を出して、そして頭を深々と下げていた。

「……陛下。陛下に仕える身でありながら、これまで二重間者としてイエヤス様のために働いていたことをお詫びします。僕はどうしても、姉さんを取り戻したかったんです。陛下もまた妹君を枢機卿に人質に取られていたことを知った時には、僕の心は激しく揺れましたが……」

　イヴァンちゃんはお姉さんが異端審問所へ連行されていく光景を前にしても、イエヤスのために任務を遂行したんだよ、責めないであげて！　とセラフィナがイヴァンを背後から抱きしめて弁護する。

「よい、イヴァン。イエヤス殿はお前の忠義心を手に入れられたのだ。翻って、余は恐怖によってお前を縛ってきた。余も枢機卿と同じ穴の狢《むじな》よ。寝返りをなじる資格など、余にはない。しかしバウティスタ、まさかお前までがイエヤス殿と運命を共にするとはな」

「私も、土壇場までイエヤス殿から計画を知らされずに蚊帳の外だったのだ、ヴォルフガング。イエヤス殿は慎重すぎる。最初から私を介してお前とイエヤス殿が共闘していれば、これほどの騒動を引き起こさずに枢機卿を失脚させられたはずなのだ。お前もイエヤス殿も、私にはずいぶんと水臭い」

「……フン。お前とイエヤス殿との間で、ある程度の情報は互いに共有していたということだな？　やはり、エッダの森で捕虜になっていた時か」

「ああ。エッダの森攻略戦の際に、実は枢機卿がお前を従わせているのではないか、お前の『人間主義』偏向は枢機卿の強制によるものではないか、と私は勘づいたのだ。それらのことをイエヤス殿に相談していた」

　ヴォルフガング一世にも、少しずつ事態の全容が見えてきた。

　家康は、バウティスタとの情報交換を通じて、ヴォルフガング一世が枢機卿を従えているのではなく、実はその逆なのではないかと睨《にら》んだ。ならば、ヴォルフガング一世を従えるための「脅迫の材料」が枢機卿の手許にあるはずと推測し、聖都入りを決断した。

　つまり、バウティスタが家康に加担した最大の理由は、ヴォルフガング一世を解放することにあったのだ。

（そうか、俺はまだバウティスタに見捨てられていなかったのか――）

もうひとつ。枢機卿は黒魔術師ではないかという疑惑が生じていた。この物証をも家康は押さえたかった。ヴォルフガング一世とその妹アーデルハイドを解放し、黒幕の枢機卿が破門されるべき黒魔術師だという物証を得られれば、家康は「人間主義」を進める首謀者の枢機卿を失脚させ、ヴォルフガング一世と堂々と手を結ぶことが可能になる。その時こそはじめて、いずれ上陸してくる魔王軍と戦いこれを倒す可能性が開けてくる。

（それらふたつの目的をもっての、決死の聖都入りであったか）

だが、ヴォルフガング一世が想定していないもうひとつの「目的」が家康にあったことを、彼はこの会見の場で家康自身の口からはじめて告げられたのである。

そう。それは、「枢機卿が魔王軍と裏で繋がっている」という信じがたい疑惑だった。

「まさか!?　あの男は余の妹を自宅の隣に閉じ込めて常に監視し、今は妹を異端審問所に送って余を恫喝している外道な男だが、あれの信仰心だけは本物だ！　あれがというよりも、ほとんど狂信者と言っていい。あれが極度の人間主義に陥った一因も、教団と預言書を神聖視しすぎるあまり暴走したとしか思えん。そのグナイゼナウ枢機卿に、大陸の富を奪い尽くそうとしている魔王と手を組む理由などないぞ!?　奴が黒魔術師ならば、魔王軍の術士にアナテマの術をかけられて操られているという可能性もない！」

「俺も、いまだに枢機卿の本心がわかりませぬ。だが、両者の間で交わされた書状を射番が手に入れましてな。枢機卿には、書状を既に別の場所に移し終えていると思わせていますが、実は今この塔内で黒魔術の封印を解く作業を続けております。開封に成功するまで、俺はあの手この手で時間を稼いでいるのです。この陛下との会見も、時間稼ぎに用いさせて頂いております」

「……なんだと……!?　そうか！　それで枢機卿はあれほどに慌てて……!?　その書状が本物ならば、失脚どころか奴は死罪に値する！　だが枢機卿は、なぜそんな危険なものを破棄せず保管していた？」

「この大陸の者たちとは価値観が根本的に異なるであろう魔王との密約書など、あってもなくても同じことだと俺は思うのですが、枢機卿はそうは思っていないようですな。文人にありがちな過ちでしょう」

ヴォルフガング一世はいよいよ、バウティスタに「お前は水臭い！　なぜこれほどの重大事を余に伝えなかった！」と泣きそうな顔で怒鳴っていた。バウティスタは「……物証がなく確信もないままに、お前の妹君までを政争に巻き込みたくなかったのだ、すまない」と首をすぼめて平謝りするしかなかった。

「うむ。暴痴州殿はずっと、陛下を誰よりも案じておられた。だがもはやその問題は解決しましたぞ陛下。陛下を従わせてきた、アンガーミュラー家の家系図。射番が他の物証とともに入手し、ここに持参致しましたぞ」

「なんだと、イエヤス殿？　アンガーミュラー家の家系図……枢機卿が余を屈服させるために利用してきたあれが、この塔に？　もう開いたのか、バウティスタ!?」

「いや。イエヤス殿が、お前が来るまでは絶対に開いてはならないと皆に厳命して、封を閉じたまま保管している。誰も無断で他人の出生の秘密を暴いてはならないと――私もそう思い、賛同した」

「は、はい。僕も開いていません、陛下。その巻物の内容を知っている者は、恐らく陛下ご自身と枢機卿だけです。その巻物をこの場でこのまま闇へ葬れば、陛下の過去は永遠に消せます」

「房婦玩具殿。誰しも、出生の秘密など知られたくはないもの。人には決して触れてはならない心の領域というものがあります。出生の秘密は、その中でも最たるもの。足軽から天下人に出世された太閤殿下も、出自の件については生涯苦しんでおられた。陛下が望まぬのでしたら、封をしたままお返し致す。われらはなにも見ておらずなにも聞いていない。これで陛下は枢機卿から解放されますぞ」

「……グナイゼナウ枢機卿の文才は恐るべきものがあった。クドゥク族を失脚させた偽書の完成度といい、その偽書を再利用して書き上げたイエヤス殿を追い詰めるための偽書といい……余もまた、奴がその気になれば奴の筆の力で容易に失脚させられる不安定な立ち位置に置かれていた……バウティスタを差し置いて望まぬ王などに即位させられたのも、俺を駒として操りたかった奴の意向……だが、奴が俺を従わせてきた『家系図』を取り戻した今、あとはアーデルハイドを異端審問所から奪回すれば……アーデルハイドを、やっと枢機卿から自由にしてやれる……」

家康たちはヴォルフガング一世に害意がないことを示すため、誰も武具を身につけていない。

ヴォルフガング一世には、この隙を衝いてまずイヴァンを倒し、バウティスタを沈黙させて家康を捕縛するという選択肢も残されている。セラフィナは壁を張ることくらいしか芸がないので、捨て置いても問題はなさそうだったし、そもそも肝心の杖を持っていない。エレオノーラをはじめ、ゾーイやファウストゥスら他の仲間たちは別室にいる。

(制圧できるか。俺とイヴァンが一対一でやり合えば恐らく互角。だが今のイヴァンにはまったく殺気がない。今ならば戦闘能力を奪い取れる。そうなればバウティスタは俺に手向かいしないだろう、いや、できない。後はイエヤスのみだが……だが、しかし……)

ヴォルフガング一世は、家康の言葉を信じていいのか否か、迷いに迷った。

(もしもイエヤスが巻物の内容を既に知っているのならば、ここで捕らえて口を封じねばならぬのではないか？　だが真実イエヤスが内容を知らぬのならば、俺はもしかすると莫逆《ばくぎゃく》の友に出会えたのやもしれぬ。その相手を捕らえてよいのか？　だが……だが、アーデルハイドは異端審問所に捕らわれているままではないか！　そうだ。巻物を奪回しようが処分しようが、妹が処刑されてしまってはなんの意味もない！　俺は俺自身の失脚を恐れていたのではない、妹を失うことのみを恐れてここまで来たのだ……！)

しかし、家康が驚くほどに慎重で、万事細々と準備を整えねば動かない男だということは、エッダの森攻防戦で嫌というほど思い知っている。あるいはアーデルハイドを奪回する策すら、家康は準備しているのではないか。

(如何する。俺は、どうすればいい。イエヤスを信じるか、信じずに枢機卿から命じられた任務を果たすか)

家康は表情に感情を表さない無愛想な男で、いくら観察しても心を読めない。イヴァンも、家康ほど極端ではないが間者の習性として感情を無意識のうちに押し隠してしまう。バウティスタは直情的で嘘がつけない性格だが、この件については真偽を知らないらしく、ただただ緊張して固唾を呑んでいる――。

無理だ。彼らの表情からは真偽を判断しがたい。ならば、「最悪の事態」を想定して動くべきか。それが慎重を旨とする俺の生き方であり、慎重だったからこそこの地獄のような大陸を生き延びてこられたのだ。イエヤスを捕縛するか？

だが、一人だけ、哀しいほどに腹芸がまったくできない者がこの部屋にいた。

セラフィナである。

「ちょ、ちょっと待って～！　別に言いふらそうとか思ってないけどぉ、その秘密の家系図っていったいなにが書かれているのか、すっごく気になっちゃうっ！　ねえねえ陛下～！　全部教えてとは言わないから、ちょっとだけヒントをちょうだいっ！　このまま返しちゃったら、いったい中になにが書かれていたのか、私はこれからの一生寝る前に思いだして気になって、不眠症になりそうな気がするのっ！　エレオノーラにめっちゃくちゃ叱られそうだけれど、女の子ってそういう殿方の秘密に弱いものなんだよーっ！」

「ええい、お前は黙っておれ」と家康が心底困惑してセラフィナを手で追い払おうとするが、セラフィナは

「違うよぅ、悪気とかないからーっ！　夜も眠れなくなるのが困るだけだよー！　いっそ記憶を消す魔術を使って私の記憶を消してーっ！　そんな魔術あったっけ？」と食い下がる。阿呆滓が付いていないとまったくお前は子供丸出しだ、と苛立《いらだ》った家康が親指の爪をぎりりと噛みしめた。

（おおっ、爪を噛んだ！　イエヤス殿の本心が見えた！　ほんとうに苛立って怒っている！　つまり、彼は巻物を開いていない！　イエヤス殿の俺への心配りは、真実だった！）

ならば捕らわれたアーデルハイドの身柄を奪還する計画も、あるいはこの男ならば！

（しかし、俺は人間というもののおぞましさ、醜さを知りすぎている……イエヤス殿を信じられるかどうか、あと一押し。あとひとつだけ、彼を試させてもらわねばならない……俺の命の問題ではない、アーデルハイ

ドの命がかかっているのだ。すまぬイエヤス殿)

ヴォルフガング一世は「最後の賭け」を行う、と決断した。

それは——家康に、彼自身の出生の秘密を知らせること。すなわち、家系図の巻物を彼の前で開いてみせることだった。果たして家康の顔色がどう変わるか。態度がどう変わるか。俺を見る目が「蔑みの目」に変わるか。全てを知った時の家康の顔色や声色、視線の定まり具合によって、ヴォルフガング一世は(彼を莫逆の友として信じるか、この場で捕らえるかを判断する)と決めたのだった。

「よかろう。家系図を今この場で開かれよ、イエヤス殿。どのみち、これほどの隠し事をしたまま手を組むなど不可能よ。バウティスタには、できれば席を外してもらいたいが、そうもいかんな。また水臭いと怒鳴られる羽目になる。イヴァン、これまで済まなかったな。家系図を見た結果、余を殺したくなったならば、いつでも殺しに来るがいい。ただし、殺《や》るのはアーデルハイドの解放を終えてからにしてくれ。お前のためにもだ。頼むぞ」

「……陛下? それは、どういうことですか?」

「ヴォルフガング。私も父上も、お前の過去の経歴は知っていたはずだが、いったいなにが……私は知りたい。お前がなにに悩み、枢機卿になにを種に脅迫されてきたのか。幼なじみとして、妹分として、お前をその苦悩から解放したい……どうか同席させてほしい」

「……わかった、バウティスタ。最後まで、見届けてくれ……」

家康は「それでは世良鮒、お前が開け。見たかったのだろう」とセラフィナに巻物を手渡していた。あまりにも場の空気がシリアスになったことをやっと察したセラフィナは「いやぁ~、なんだか洒落《しゃれ》にならなさそうなので私は二階に退避したほうがいいかも~」と冷や汗を掻いたが、三本の指の爪をまとめて囓り出した家康に「今さら通るかっ!」と血走った目で睨まれたので、諦めて巻物を床の上に置いて「えーいっ!」と一気に開いていた。

アンガーミュラー家という王家は、平民あがりのヴォルフガング一世が王に即位した際に開かれた新しい家で、もともとは存在しない。

しかし、その少々複雑に入り組んだ家系図は、家康さえも予測していない意外なものだった。

「まさか、これは――」とイヴァンは驚愕していた。

公式には、ヴォルフガングは少年時代を田舎村で母コジマと二人で暮らしていたことになっており（これは事実だが）、父親は「不明」とされてきた。

だが問題の家系図には、ヴォルフガングの父親の名がはっきりと記されていた。家系図そのものが、ヴォルフガングの父親が書き記して、コジマに託していたものだったのである。しかも父親は、家系図に自らの「玉印」を押して、家系図が本物であることを保証していた。

ヴォルフガングの父親は――人間ではなかった。

クドゥク族の王族にして、今は亡き「クドゥク族最後の王」。

ストリボーグ家の先代当主。

ミローノヴィチ・ストリボーグだったのである。

彼こそは、イヴァンと彼の姉アナスタシアの、実の父親でもあった。

「これが、余の真実だ。大厄災戦争の折に、クドゥク王は戦場で一人の人間の女性と恋に落ちた。その女性が、わが生母コジマ。つまり余は純血の人間ではない。半分が人間、半分がクドゥク族。それ故のこの小柄な身体というわけよ。当時、王には既に王妃がおり、種族が異なるわが母を妻に迎えることはできなかった。余を産んで故郷の村に戻った母は、余の姿形からクドゥク族の男と通じたことを村人に気取られ、冷遇されてきたのだ。母がいまわの際に俺に伝えてくれた遺言は、余の実父の名、余に妹弟がいること、そして父の玉印が押されたこの家系図の在り処だった――」

セラフィナもバウティスタも、声を失っていた。

「だが、クドゥク族の王家に『自分も家族だ』と名乗り出ることはできなかった。余は半分人間なのだからな……財産目当てのさもしい輩《やから》だと思われたくはなかった。親父殿に拾われていなければ、余は人間どもを憎み、しかしクドゥク族にもなれない半端者の野盗として生涯を終えていただろう。返す返すも、親父殿の戦死は余にとって痛恨の一事だった……余は王位など望んではいなかった。余に人間族以外の種族の血が入っていることを察しながらも、余を息子同様に扱ってくれた親父殿こそが新たな王となるべきだった。余はただ祖国を失い大陸を放浪していた妹弟を捜し出して、共に暮らせればそれでよかったのだ」

「ふえええ〜？　終戦後、ヴォルフガング陛下が直ちに捜し出した妹君アーデルハイドとは、それじゃあ、陛下が与えた仮の名前？　彼女の本名は、イヴァンちゃんのお姉さんアナスタシア・ストリボーグだったの〜？　びっくりだよ〜!?」

と、セラフィナが素っ頓狂な大声を上げていた。

「そうだ。だが、好事魔多し。余は思わぬ落とし穴へと落ちた。親父殿の目付役として皇国から派遣され、そのまま余の軍に留まっていたガキのグナイゼナウ枢機卿に、一瞬の隙を衝かれて家系図を盗まれたのだ！　虫も殺さぬような顔をしていながら、あのようなどす黒いガキだったとは！」

ヴォルフガング一世が唇を噛みしめる。握りこぶしからは血が流れていた。

『バウティスタはまだ小娘ですよぅ、傭兵隊長殿。北の守りの要となる新王国の王には、あなた様に即位して頂かないと、民は納得致しませんよ。亡きワールシュタット殿は、異種族連合などという妄想に憑かれていたから敗れたんです。新国王陛下にはボクの信じる人間主義政策に舵を切って頂きます。魔王が眠っている間に、広大な大陸北部を人間のものにしちゃいましょう。新王都には、旧エルフ王都を流用致しましょうよ。もはやエルフの王国復興はない、と奴らに知らしめるんですよぅ』

ヴォルフガング一世は、忌ま忌ましげにお調子者めいた枢機卿の物真似をしてみせた。

「まさかあの信仰一筋のガキが余を脅迫するのかと、心底驚いたぞ！　余の妹弟は、二人いた。弟はクドゥク族の王位継承権を持つ唯一の者だ。クドゥク族では、女王の即位は認められていないからな。二人とも殺してしまえば、枢機卿は余を支配できなくなる。だが、一人ならば殺せる。王位継承権を持つ弟を聖都に住まわせれば、弟はいずれ枢機卿に暗殺される危険性が高い。クドゥク族王家の血統を絶やし、クドゥク王国再建の芽を摘むためにな」

「故にその時点で、陛下の選択肢はふたつしかなかったのですな」

と、家康。

「そうだ。ひとつめは、枢機卿への人質としてアナスタシアを聖都へ住まわせ、危険に晒されているイヴァンには口実を与えて聖都から引き離すこと。この選択肢を取れば、三兄弟それぞれは枢機卿に暗殺されることなく生き延びられるだろう。ただし、三人が三人とも自由を失い、家族と引き離される塗炭の苦しみを味わわねばならない。それに、枢機卿の手から家系図を奪回する機会も半永久的に失われる。アナスタシアを聖都に奪われた時点で、余は枢機卿に二度と逆らえなくなるのだ」

「ふたつめは、枢機卿に三兄弟揃って翻弄され続ける苦難の人生を歩むよりは、速やかに二人の妹弟に死を賜ることですな——たとえ枢機卿が家系図を握っていても、生きた物証である当の二人が死んでしまえば、もはや家系図などはただの紙切れ。枢機卿はもう陛下を脅迫できない。しかも陛下は、先代の騎士団長が夢見た異種族連合を実現させるために王権を行使できる。暴痴州殿を女王にすることすらも可能に」

家康の厳しい言葉に、セラフィナが声を失った。だが、成り上がりの王が、自らの出自に関わる肉親を密かに始末する。これは古今東西の歴史上、よくある展開である。

「妹弟を切り捨てて名君となるか、妹弟の情に囚われて暗君となるか。余はいずれを選択するか、逡巡し続けた。だが、いざ二人と会ってみると、『俺には家族は殺せぬ』とわが心は揺れた。極寒の地で幼い二人が肌を寄せ合って懸命に耐え忍んでいる仲睦《なかむつ》まじさに、余は『母を失って以来、俺がずっと求めていたものだ』と崇高さすら覚えたのだ」

「成る程。陛下は、故に『二人を殺す』という選択肢を破棄し、『妹君を聖都へ。射番には理由をつけて聖都から引き離す』という選択肢だけが残ったのですな」

「そうだイエヤス殿。まずイヴァンに、自分が兄であると悟らせてはならなかった。ほんとうに対立関係を築かなければ、あの抜け目ない枢機卿の目は誤魔化せん。そこで捻り出した窮余の策が『余がイヴァンの兄だという事実を告げずにアナスタシアを人質に取り、イヴァンに憎まれながら余の間者として雇い、大陸各地を移動させ続ける』という奇策よ」

イヴァンがどれほどアナスタシアを愛しているか、一目見ただけでヴォルフガングには自分のことのように理解できた。母と二人きり、田舎村の片隅で肩を寄せ合って貧困に耐えながら生きてきた少年時代の自分と、アナスタシアと支えあって流民生活に耐えているイヴァンは、まるで生き写しのように似ていた。

ならばこそ――アナスタシアのためならば、イヴァンは暴虐な人間の王の手駒として仕え、過酷な任務を受けて大陸を彷徨《さまよ》う運命にも耐え忍ぶ。自分が、己の妹弟を枢機卿から守るために誰よりも気高い矜持を捨ててまで枢機卿に屈しようとしているのと同じに。

「まだ幼く、純朴なイヴァンには、余の演技は十分すぎるほどに通用した。しかしアナスタシアには通じなかったぞ。アナスタシアには天性、相手の心の動きを感じ取る直感力とも言うべき能力が備わっていた。ストリボーグ王家の女性に時折継承される『他心通』という力が。相手の複雑な思考までは読み取れないが、妹は相手の感情をかなり正確に検知できるのだ」

アナスタシアは、ヴォルフガングが何者であるかを、彼の顔をはじめて見た時から既に察知していた。そしてヴォルフガングがなにに迷い、なにをやろうと逡巡しているのかも、自分たち二人の顔を見た瞬間に「暗い」側の選択肢を迷わず捨て去ったことも。

「自分の血筋を証明する肉親を暗殺するという選択肢を、陛下は家族への愛情と憐憫《れんびん》の情に動かされて、捨てたのですな。それ故に陛下は、長く苦しい戦いに身を投じねばならない運命となった。妹君は、人間とどく族の狭間で苦悩しそれでもなお家族を守ろうと足掻《あが》いている兄のために、できる限りのことをしようと決めたのですな。兄弟三人が、この過酷な大陸で生き延びるために」

「そうだイエヤス殿。余は『はははは！　あっけなく選択したものだな、王女よ！　小僧、そういうことだ！　仮にも王家に生まれてきた男ならば覚悟はできていたと思っていたが、まだ子供だな！』とイヴァンを誤解させ続けるために暴虐の王としての演技を続けながら、『決してイヴァンに暗殺指令だけは出すまい。たとえ相手が枢機卿でも』とアナスタシアに誓ったのだ！　それがわが妹の願いだったからな！」

アナスタシア・ストリボーグが、弟イヴァンと別れてヴォルフガング一世の妹として聖都入りした時には、彼女は「アーデルハイド・アンガーミュラー」と改名していた。

以後、アナスタシア改めアーデルハイドは聖都別邸から一歩も出ることなく人目を避けて過ごし、半年ごとに聖都を訪れるヴォルフガングとの交流とイヴァンとの文通を除いて他者と関わることを避け、正体を隠し続けることになった。

「ですがただひとつ、陛下の武力や知力を持っても解決できない問題が残ったのですな。くどく族は永遠に幼い種族故、肉体は大人にならない」

「そうだ、イエヤス殿。純血のクドゥク族だった妹の肉体の成長は、十二歳で止まってしまった！　本来、アーデルハイドは二十歳。公の場に姿を現すことは困難。余が別邸の使用人たちを短期間で次々と入れ替えたのも、アーデルハイドが歳を取らないことに使用人たちが疑問を抱く前に別邸から遠ざけねばならなかったからだ！」

「それは厄介ですな。せめてえるふであれば、二十歳までは成長してくれたものを」

「アナスタシアは余の妹アーデルハイドとして生きる限り、誰とも友人関係を築けず、結婚もできず、別邸に人質として捕らわれた孤独な生活を過ごさねばならん。だが、妹は天性の明るさと強さを秘めていた。諸国を転々としながら工作活動に従事させられているイヴァンを書状で励まし続け、半年ごとに別邸を訪れる余を癒やし続けてくれた。余が絶対的な強国を築き、魔王を倒した暁には、もう人間主義の仮面は不要となる。皇国がどう出ようが、魔王軍さえ潰してしまえば、余の王国はこの世界で最強！　その時こそ、異種族を隔てるくびきとなっている枢機卿を葬り、われら三兄弟が人目を憚ることなく一緒に生きられる世界が訪れる——そう信じて、余はこの十年を耐え、戦ってきたのだ！」

「えの世界から召喚された勇者の俺に対して並々ならぬ対抗心を燃やしたのも、『魔王を倒す勇者は、余でなければならぬ。余自身が魔王を倒す真の英雄にまで登り詰めねば、余の血筋の問題も兄弟の運命もなにも変えられぬ』と激しく危惧したからだったのですな」

「ああ、そうだ。これが真相だ、イエヤス殿。なによりも重要だった家系図をグナイゼナウに奪われるという余の致命的な失策から、二人の妹弟とクドゥク族を苦境に追いやってしまい、それどころか大陸北部の異種族たちを弾圧する十年を過ごさねばならなくなった。憎め。余を憎め、イヴァン。アーデルハイドは……アナスタシアは今、異端審問所に捕らわれている。余が今ここでイエヤス殿を捕縛するという任務に失敗すれば、妹はどのような責め苦を受けるやもしれん。全ては余の過ち故だ」

イヴァンは、床の上に座り込んで動かなくなったヴォルフガング一世の手を、そっと握りしめていた。無言で涙を流しながら。

(僕は馬鹿だ。どうして今の今まで、気づけなかったんだろう？　自分と姉さんたちだけがこの世界の理不尽を押しつけられていると、ずっと思い込んでいた。でも、違った……イエヤス様が幼い頃から人質としてダイミョウ家の間をたらい回しにされる少年時代を過ごされていたように、陛下もまた……)

バウティスタは「ヴォルフガング。お前は、どこまでも私に水臭い奴だな！　お前と私は兄妹同然の関係だと信じていたのに、なぜ伝えてくれなかった。なぜ勝手に苦しんでいた。この馬鹿が……！」と叫びながら、ヴォルフガング一世の背中にすがりついていた。

「……余が半分クドゥク族の血を引いていることを、お前に知られることを恐れていたのだ。余は、お前だけには去られたくなかった」

「わっ、私がそんな女だと思っているのか、無礼な！　いや……確かに、イエヤス殿にエッダの森で接待されてエルフ族と交流を結ぶまでは、私は信仰心に凝り固まった教条主義的な女だったかもしれないが……私の父の志に反することを、私がすると思うか？」

「……お前の心が変わってしまうことを余は恐れたのだ。故郷の村人たちから受けた蔑みの視線をお前から浴びれば、俺はきっと耐えられなかっただろう」

「勝手に私を恐れるな、馬鹿！　お前は、父上から息子同然に想われていた男ではないか！　父上は、お前の素性を薄々察していたはず。だが、それでもお前を息子同然に愛した。私にとっても、ヴォルフガング、お前はただ一人の家族……」

家康は、(歴々としたいくさ人たる陛下がバウティ

スタ殿の変心をそれほどに恐れた理由は、恋慕の情故よ。あまりにも親しかったが故に、当人同士は気づいておらぬがな）と内心で呟きながら、ヴォルフガング一世の前に膝をついて頭を垂れ、「お顔をお上げ下さい。陛下こそ真の英雄でございます」と声を励ましていた。

「この家康は、えの世界で己の妻に謀叛され、主君信長公の威光を恐れて泣く泣く妻子を斬らねばならなかった男。あの時、あらゆる苦難を引き受けてでも、徳川家を滅ぼすことになろうとも、妻子を救うために自ら信長公と戦って討ち死にする道もあったはず。それなのに、ついに決断できませなんだ。翻って陛下は、妹弟を守るために自ら枢機卿に屈し暴虐の王として振る舞うという、もっとも苦しい道を迷わず選ばれた――」

イエヤスは、だって、ノブナガ公に逆らったら一族滅亡だったんじゃん、誰かが死ななければ一族全員が殺されるという極限状態だったんだよ、他に道はなかったんだよ？　そんなこと言わないで……とセラフィナが家康を慰めた。だが家康は「有り難い言葉だが、今は房婦玩具陛下に語りかけておる」とセラフィナの口をいったんつぐませた。

「信長公亡き後、えの世界の日本を統一した太閤秀吉殿下は、足軽出身。この世界で言えば農民の出。陛下と似た境遇だったのでございます。故に太閤殿下も生涯、己の出自に苦しんでおられた。帝の落とし子であるなどと、ありもしない噂をばらまかれたりもされたが、誰も信じませんでな。そんな太閤殿下の前に、顔も知らない異父兄弟が次々と現れたのです。太閤殿下の母上は、過酷な乱世を生きるために何度も結婚を繰り返してこられた故、太閤と父を違える兄弟は数多かったのです――」

「……そうか。イエヤス殿。タイコウは彼らをどうされた？」

「男であろうが女であろうが、名乗り出てきた者を『わが家族』と認めずにことごとく斬首し、その首を晒しました。名乗り出てくることなく田舎に潜んでいた己の姉妹さえをもわざわざ呼び出し、斬首してしまったのです。太閤殿下は戦争の天才でしたが、己の血筋への劣等感に生涯怯え続けたお方。ある意味、おかわいそうなお方だったのです。ですが妻子を見殺しにしたこの家康には、太閤殿下を責める資格はありませぬ」

　異父兄弟をことごとく斬首って、ひえええっ……とセラフィナは震えあがった。だが、成り上がりの王にはよくある話だ。生まれながらの王侯貴族とは事情が違う。

　もっとも、郎党を持つ「生まれながらの王」故の苦しみというものもある。家康が築山殿《つきやまどの》と信康《のぶやす》を救えなかった最大の理由は、「妻子を殺すくらいならば信長公と一戦交えて見事に砕け散ってやるわ」という自分個人の癇癪《かんしゃく》のために、代々仕えてきてくれた家臣団全員を敗者に貶め塗炭の苦しみを味わわせることはできないという「主君としての責任」だった。

「ですが生まれ持った血筋の苦しみに比べれば、家臣団を背負う重荷などなにほどのこともないと、太閤殿下との長い付き合いによって俺は思い知った次第。むしろ俺にとって、口うるさい頑固者揃いながらも、いざとなれば自分のために迷わず命を投げ出して戦ってくれる三河家臣団ほど頼りになる存在はおりませなんだ。成り上がり王の太閤殿下には、頼れる郎党がいなかったのです。無謀な二度にわたる唐入りも、黄金の茶室も、北野《きたの》の大茶会も、高貴な女性ばかりを集めた止めどもない漁色生活も、全ては天下を平らげながら決して『血筋』からは逃れられない太閤殿下の苦しみが生みだした『足掻き』でした」

「……フ……余が違う選択肢を取っていれば、きっとタイコウのような人生を歩んでいたであろうな……」

「御意。房婦玩具陛下にも、射番とその姉上を暗殺して過去を抹殺するという選択肢はありましたが、陛下は己の内心の恐怖に打《う》ち克《か》ち、その選択肢を選びませなんだ——これが、陛下こそが誠の勇気を抱く英雄であると、この家康を心服せしめた一事。射番にこの家康の暗殺を命じなかったのも……」

「……いろいろ理屈は捏ねてみたものの、要はアーデルハイドとの約束故だ。イヴァンには暗殺だけはやらせないでほしいと頼まれていたのでな」

「やはり。射番にこの家康の暗殺を一言命じていれば、わが命は確実にその時点で消えていたはず。射番が繰り出す初見のすばんとは、誰にも躱せませぬ。陛下こそはこの大陸の軍団を統べて魔王軍を討ち滅ぼす英雄のご器量の持ち主と、この家康、確信致しましたぞ」

「……イエヤス殿。それは本心から言っているのか。それとも狸芝居か？」

「陛下。わが松平《まつだいら》家も、もとを辿れば出自不明の願《がん》人坊主《にんぼうず》と奥三河の山人の娘が結ばれた果ての末裔。およそまともな武士ではござらぬ。太閤殿下や陛下と違って、たまたま武家として数代を経ていた故に武士面できたまでのこと。俺が吉良《きら》家から家系図を召し上げて家系を捏造し、三河とは縁もゆかりもない関東の世良田源氏《せらだげんじ》に強引に己の家系を繋げる口実に用いて徳川家だの源氏だのと名乗ったのは、ただ家格を引き上げて三河守や征夷大将軍に成り果せるための手段。政治的にその必要があったから、そうしたまで」

「では、イエヤス殿の出自も、先祖を辿っていけば平民とさほど変わらないと？」

「さて、それ以下の賤民《せんみん》だったのかもしれませぬな。しかし俺はどこまでも現実主義者。血筋などは人間にとってなんの意味もないと幼い頃より痛いほど知っていた故に、気に病んだ経験は一度もござらぬ。晩年には、俺の出自を証明する隠された家系図を持っていると言い張り、強請《ゆすり》の種に用いてきた者も出てきました」

「やはり余と同じ目に？　口封じのために討たれたのか、それとも言いなりに？」

「なに、幸いにも肉親までを人質に奪われたわけではなし。天下を統一した以上、もはやわが出自をどうのこうのと騒ごうが徳川の天下は揺るぎもせぬ、俺は死後に神として自分を祀らせるのだから勝手に騒いでいよと無視し続けたまで」

「ほう。なんともしぶとく忍耐強いな。やはり余の上手を行く男だ、貴殿は」

家康は、ヴォルフガング一世に誓っていた。

「陛下が魔王軍を討ち滅ぼして天下に安寧をもたらせば、民も貴族も聖職者も、もはやなにも言いませぬぞ陛下。その力が陛下にはございます。この家康も、陛下の片腕として微力を尽くしましょう」

「……イエヤス殿ご自身ではなく、余にこの世界の覇者になれと言うのか？　だが、余は……」

「異種族を十年にわたり弾圧し続けた罪は、陛下のご意思にあらず。枢機卿に押しつけられ、射番と妹君を守るためにやむを得ず行っていたこと。長らく苦悩し続けたことで既に帳消しとなっております――ご覧あれ、暴痴州殿の陛下に向ける視線はいささかも変わっておりませぬ。ご自分を赦《ゆる》しなされ、陛下」

「そうだ、ヴォルフガング。お前は父上の志を捨てたのではなかったと知って、むしろ私は……兄妹同然の関係だった私が、お前の苦悩を誰よりも早く察するべきだったのに、私は人の心の裏を読むことが苦手で、できなかった……済まなかった」

うわ～んイエヤスの罪ももう帳消しだよっ、トクガワ家を守る代償に奥さんとお子さんを守れなかったけれど、私たちエルフを守ってくれたからっ！　とセラフィナがとうとう我慢できなくなったらしく、泣きながら家康にしがみついてきた。（まったくこの娘は距離感がおかしい）と家康は無言のまま背負い投げを決めようと衝動的に投げの動作に入りかけたが、せっかくヴォルフガング一世を宥《なだ》められそうな場の空気が壊れてしまうので耐えた。

「……陛下が……僕の兄さんだったなんて……ずっと、姉さんを奪った仇だと憎んでいました。でも、少し考えてみればわかることでした。僕は、陛下から一度も暗殺を命じられなかった。それは、姉さんの願いだったから……ただの人質のそんな願いなど、陛下が聞き入れる必要などなかったのに……」

「フン。お前に暗殺をやらせれば、必ず成功しただろう。便利すぎて癖になり、すぐにお前を受け入れる都市が絶えてしまう。それ故に禁じ手にしていただけよ、イヴァン」

「いえ。それは後付けの屁理屈《へりくつ》です。イエヤス様を暗殺せよと僕に命じていれば、エッダの森は容易に落ちていました。陛下」

「おいおいイヴァン。陛下じゃなくて、兄貴とか兄者でいいじゃねーかよ。まったくみんな湿っぽいなあ。なんで揃って泣いてんだぁ？　兄と弟の感動の再会なんだから、もっとぱ～っと盛り上げて肉と酒を大盤振る舞いしろっての！　馬鹿馬鹿しい、誰がどこの種族の血をどれだけ引いているとかさ、どうでもいいだろうがよ～。とっとと妹君だか妹ちゃんだかを救出してさ、枢機卿をブチ倒そうぜ！　それで全部片付くだろっ！」

いつの間にか大広間に降りてきて堂々と立ち聞きを

続けていたゾーイが、ヴォルフガング一世の鼻先に酒で満たされたグラスを突きつけてきた。

「あんたは魔王軍を大陸から追い払った、歴《れっき》とした王様なんだ。その時点で、血筋なんざ関係ねえんだよ！　堂々としてろっての！　血なんてものはよ、同じ大陸で長らく一緒に暮らしてたら勝手に混ざるっての！　ま、オレも人様のことは言えねえけどなー。イエヤスの旦那と出会うまでは、人間をずっと憎んでたからよ！」

「フン。そうか。ドワーフの姫も、半分は人間というわけか。それでそんなにも背が高いのか。クドゥク族の体質を受け継いで背が低い余とは、ちょうど逆だな。フハハハ！」

「お、オレは姫なんてガラじゃねーよ、やめろやめろ！　オレはドワーフギルドのボスだ〜っ！　イエヤスの旦那はケチ臭いし守銭奴だしなにかあったらすぐに脱糞《だっぷん》しそうになるヘタレなオッサンだけどよー、この世界の異種族を『全員テングに見える』の一言で片付けてくれる適当な奴だ！　旦那と組んでると、気楽でいいぜー？」

　バウティスタが「こほん。ゾーイ殿、これでも彼は王なのでそれなりの言葉遣いを……あと、ヴォルフガングと距離が近い」と珍しく頰を赤らめながらゾーイとヴォルフガング一世の間に割って入った。「これで雪解けだねーなんだか新たな戦いの予感もあるけれど〜」と、家康から離れないセラフィナがようやく笑顔を見せた。

「いい加減に俺から離れんと、ほんとうに一本背負いを決めるぞ世良鮒。陛下、この家系図は直ちに燃やしてしまいます――世良鮒、火を」

「ほいほい！　着火くらいなら私のへっぽこ魔術でもお茶の子だよっ！　でゅわっ！」

「……これにて灰となりました。残る問題は妹君。艶《アー》留羽土《デルハイド》こと穴捨捨《アナスタシア》殿の奪回でござる。本来ならば、聖都の異端審問所に収容された罪人の奪回は困難極まる難事ですが――」

「僕ならば可能です、陛下。い、いえ、に、兄さん……」

「フ……だがイヴァン、この幽霊塔は皇国の衛兵と余の王国軍に完全包囲されている。いかにお前でも、この包囲網を突破することは不可能。包囲網の要となっている二人の竜騎士を調略したくとも、枢機卿はバウティスタを尊敬するあの二人を軽々しく最前線に出してはくるまい」

「いえ、射番の手を煩わせる必要はありませぬぞ陛下。この家康、考えもなしに逃げ場のない幽霊塔に籠もって敵兵を集結させたりは致しませぬ。全ては慎重の上に慎重を期した計画通り。まもなく、妹君を陛下と射番の前にお届け致します」

正確に言えば「わたくしの計画」なのですがねえ、と二階の一室で水晶球をひたすら操作していたファウストゥスが笑い声を上げていた。

ヴォルフガング一世は、信じがたい光景をまもなく見ることになる。

ヴォルフガング一世を幽霊塔へと送り込み、捕縛された家康が塔から連れ出される瞬間を今か今かと本陣内で待ち構えていたグナイゼナウ枢機卿は、意外な急報を受けて「まさか？」と浮き足だっていた。

ヴォルフガング一世の妹アーデルハイドを収容した異端審問所が、突如として武装蜂起した「平民派」率いる暴徒に襲撃され、アーデルハイドを奪われたのだという。

「しまった!? 聖都を防衛する衛兵の八割をこの幽霊塔の包囲に動員し、王国軍まで合流させたことが裏目に！　でも、どうしてヴォルフガングを『平民たちを見捨てた成り上がりの王』と憎んでいた『平民派』が、王の妹を奪ったのかな？　まさかアーデルハイドを殺したんじゃ？　だとしたら、ボクは破滅だよ!?」

ヴォルフガング一世に平民たちの憎しみが集まるように、枢機卿は様々な情報操作を行っていた。もしかすると、やりすぎて墓穴を掘ったのかもしれない。妹が殺されたとヴォルフガング一世が知れば、この丘陵で皇国の衛兵隊と王国軍とが激突して内戦になってしまう！

「不幸中の幸いにも、王の妹君は殺害されておらず、馬車に乗せられて幽霊塔へと向かってきております！」

「ゆ、幽霊塔へ!?　どういうことなんだい!?　『平民派』と王が連絡を取っていたのかい？」

「いえ。どうやら、幽霊塔はもともと『平民派』のアジトだったようです」

「まさか。そんな都合のいい偶然が、起こるはずがないよ!?」

「ですが現実です。ご覧下さい！　蜂起した平民たちに囲まれながら、件《くだん》の馬車が迫って来ました！　手出しすれば王妹の命はないと告げてきましたが……攻撃しますか？」

「そそそれはダメだよ！　アーデルハイドを殺されたら、王の怒りはボク一人に向けられ、隣に布陣している王国軍が即座に襲いかかってくるんだよ!?」

枢機卿は頭を抱えた。「平民派」は王が幽霊塔に入っていることを既に知っているのだろう。王妹を差し出して、王を味方に引き入れるつもりだ。王妹をなんとしても再奪取しなければ。でも、強引に馬車を襲撃すれば「平民派」は王妹を道連れに討ち死にしてしまい、王とボクの関係を破綻させるだろう。

（まさか、これもイエヤスの計略なのか？　最初から「平民派」を蜂起させるつもりで、敢えて幽霊塔に自らを囮として閉じ込め、しかもヴォルフガング一世を塔におびき寄せたのか？　でも、王妹が異端審問所に送られたことを、「平民派」の連中が知っているはずがない！　完全に包囲されている幽霊塔から「平民派」へは連絡のつけようがないんだ！）

枢機卿は、家康という慎重すぎるほどに慎重な男が丸腰で聖都に来るはずがないという矛盾をいつの間にか失念していた。家康暗殺計画に没頭するあまりに。

グナイゼナウ枢機卿が、エの世界から来てまだ一年にも満たない家康が既にこのような「皇国の政治改革」――枢機卿から言わせれば「クーデター」を計画し、かつ目の前で実行に移していることに素早く気づけていたならば、幽霊塔へとアーデルハイド（アナスタシア）を運んでいる「平民派」の馬車を容赦なく拘束していただろう。

だが（慎重にして腹黒く忍耐強く、煮ても焼いても食えない男だ。しかも戦をやらせてもヴォルフガング一世に匹敵する武人）と家康を高く評価するが故に暗殺を決断した枢機卿といえど、まさか家康が「平民派」と共闘して一気に皇国の政体をひっくり返すために聖都に乗り込んでいたとは、いまだ信じがたかった。

枢機卿が家康の思考を必死で追い、家康の聖都入りの真の目的に辿り着くよりも早く、馬車は幽霊塔の入り口へと到達した——。

(塔内には今、イエヤスとバウティスタ、そしてボクが送り込んだヴォルフガング一世の三人が揃っている。イエヤスとバウティスタは既に「打倒枢機卿」という目的を共有する共犯だ。王は妹をボクに押さえられている限り決して寝返らないはずだったのに、その塔に王の妹アーデルハイドが合流すれば、王がどう出るか？ 言うまでもない。ボクは王に離反され、政治生命を絶たれる！ 待てよ？ まさか、ボクと魔王軍の繋がりの証拠となる書状の在り処は……もしかして？)

家康は塔内に書状を持ち込み、素知らぬ顔でボクを欺いて足止めさせていたのでは？ 切羽詰まったボク自身に、ヴォルフガング一世を塔内に派遣させるために！ そこで王にあの書状を見せれば、王の造反は妹のためという私情ではなく、「正義」になる！

うわああっ、してやられたっ！ と枢機卿は土壇場でようやく家康の思考に追いついた。

「ダメだ、イエヤスが王を取り込んでしまう！ 王と王妹を会わせちゃダメだ！ なんとしても阻止するんだ！」

だが、僅かに一歩遅かった。

どこから見ても王妹には見えない庶民らしい簡素な普段着に身を包んだ王妹アーデルハイド・アンガーミュラーことアナスタシア・ストリボーグはこの時、「平民派」メンバーたちに厳重に守られながら、幽霊塔の内部へと招かれていたのだった。


「宿屋では長髪の鬘《かつら》を被って変装しておりましたが、やっと素顔でお会いできましたなぁ、イエヤスの旦那」

アナスタシアを自ら家康のもとに無事に送り届けた「平民派」リーダーのランプレヒトは、枢機卿の武力弾圧によって息子を失った四十絡みの壮年男性。酒乱気味だが豪快かつ義理堅い性格で、「平民派」のメンバーから父親のように慕われている生粋の指導者だった。

今まで家康の宿屋に何度も潜入して「屋根裏部屋」で密会してきたが、素顔を見せたのは今回がはじめてである。

「おお、洋灯零人殿《ランプレヒト》。存外にお若いのだな。そなたの変装術、まるで伊賀忍《いがにん》であるな」

ランプレヒトは、家康とファウストゥスだけではいつ裏切られるかもわからないと、エレオノーラの保証人としての参加を強く要請し、渋る家康を押し切ってエルフ族を強引に計画に嚙ませた用心深い男である。彼はこの用心深さと鋼の決断力を織り交ぜた「変装の達人」として神出鬼没を誇り、何度も死線を奇跡的に掻い潜ってきた。

「一揆軍と手を組んだのは俺もはじめてだが、鮮やかな手並みであるな。ご苦労である」

「いやあ。王の妹君を異端審問所から奪回せよとダークエルフに命じられた時には冷や汗ものでしたが、なんとか無事に届けましたぜイエヤスの旦那。俺っちたちに資金源に用いよと切った手形、ありゃあ実は空手形ってこたぁねえでしょうねえ？」

「……ふ、ふ、ふ。ま、まさか、そのようなはずがなかろう……」

実は先の戦争で銭を使い果たしたのでぜんぜん支払い能力がないのだ、とは家康は口が裂けても言えなかった。

「うん？　そなたは、ランプレヒトではないか？」

「おおっ、ワールシュタット様のお嬢さん！　いやあ、あなた様が枢機卿に逆らってイエヤスの旦那を護衛していると貧民街中に知れ渡ったおかげで、大勢の平民が続々とプッチに参加してくれましてね！　おかげで、今まで難攻不落と言われてきた異端審問所の解放に成功しましたぜ！　まったく、あなた様には感謝しかありませんや」

「そうだったのか……ところで、手形とか資金源とか、なんの話をしているのだ？　私はなにも聞いていないが？　イエヤス殿、これはいったい？」

「こほん。子細は後でゆっくりと話す、暴痴州殿。ともかく、そなたをこの危険な一揆に巻き込みたくなかったのでな」

「政権を覆す、乾坤一擲のプッチか……はっ？　まさかイエヤス殿、聖下を廃位するとか言いだすのではあるまいな？　そ、それは許されぬぞ!?　あなたを斬らねばならなくなる！」

「慎重なこの俺が、そんな剣呑なことを企むはずがなかろう。俺は枢機卿を失脚させ、あの男が独裁していた聖都を正常な姿に戻す手助けをしたまでのこと。

『平民派』とは、桐子を介して既に共闘関係にある。この上、暴痴州殿と房婦玩具陛下の協力を得られれば、枢機卿追い落としと聖都の改革は成ったも同然」

「『平民派』と共闘関係⁉　聖都入りした初日、イエヤス殿はそんな素振りも見せなかったが？」

「うむ。敵を欺くにはまず味方から。なにしろ聖都内は、枢機卿の監視の目が厳しいのでな。済まなかった暴痴州殿。実はな、こういう経緯があったのだ——」

※

そう——それは、かつてエッダの森で、家康が聖都入りを決断した直後のことだった。

謀臣のファウストゥスが、

「さてと、イエヤス様。このファウストゥスに少しばかりお時間を頂けませんか。余人のいない場所でお伝えしたいことが。聖都にて今回の計画を遂行する上で、是非ともお耳に入れておいたほうがよさそうな情報がございまして——」

と家康に切りだした「情報」とは、聖都の「平民派」との共闘の勧めだったのだ。

「信仰だの思想だのというものは実体がなく、尻尾を切ってもまた再生してくる蜥蜴のようなものです。枢機卿個人を失脚させるだけでは『人間主義』に染められた皇国中枢部は変わりません。実は、聖都の『平民派』から対枢機卿で共闘したいという打診が来ております。危険な賭けですが、この際いっそ『平民派』と共闘して皇国の改革を断行してしまうべきです」

家康はファウストゥスからそう進言され、献策を承諾。以後、聖都入りに先だち、ファウストゥスを通じて「平民派」と裏交渉を重ねていたのだ。

枢機卿による武力弾圧に抵抗するべく武装組織化した「平民派」は、ダークエルフ商人の中でもとびきり危険な、正規のギルドに参加していない闇商人から武具を購入するしかなかった。常に危険な橋を渡ってきたファウストゥスは、長年のツテのある闇商人を仲介人として、「平民派」リーダーのランプレヒトと家康を繋げ、密かに手を結ばせるという策を立てたのだった。

ただ、この策は、エレオノーラの協力があってこそ成立した。エの世界から来た新参者の家康と、悪名高きダークエルフ商人だけでは、「平民派」の信頼は得られない。

「エルフ族最高の名門貴族にして全権外交官の保証」という絶対的な「信用」が必要だと、「平民派」リーダーのランプレヒトは強行に要求してきたのである。

それ故に、「平民派」との共闘について密談していた家康とファウストゥスのもとに、途中からエレオノーラが呼び出されたのだった。

エレオノーラは、渋い表情の家康から話を打ち明けられた時、「決してセラフィナ様たちには気取られませんわ。妾をこれほど信頼頂き、有り難き幸せでございます！」と飛び上がるほどに上気して喜んだが、エレオノーラをこのような危険な策に巻き込んでしまった家康は気が重く、その夜は万病円を大量に飲んで腹痛を治めねばならなかった。

そして家康が聖都入りした直後。貧民街の安宿で、大勢の平民の来客に混じったランプレヒトと家康は、監視の目を掻い潜って初対面を果たした。屋根裏部屋で二人きりで密会を開き、同盟の正式な樹立を互いに約束したのだ。

俺が聖都入りしたために枢機卿が動き、陛下とその軍団が聖都の外へ出された。近いうちに聖都に混乱が生じる。俺自身が聖都の衛兵たちを引きつけておく間に、手薄となっている地域で一揆の火の手を上げよ、その時期が来れば連絡する――と家康は屋根裏部屋でランプレヒトに誓い、花押入りの念書まで渡した。

どこまでも慎重な家康は、セラフィナやゾーイにもランプレヒトとの接触をいっさい気取らせなかった。監視者を安宿の内外に配置した枢機卿が、家康と「平民派」の連携に気づけなかったほどに、徹底した秘密主義を貫いたのだ。

ファウストゥスが、逃げ場のない幽霊塔を籠城拠点として闇商人から高額で買い取った理由はふたつ。

ひとつは、所有者不明のまま放棄されていた幽霊塔が、実は「平民派」が追い詰められた際に逃げ込むための活動拠点だったこと。それ故に、武具や兵糧の運搬も容易かった――実は、武具の半ばは既に塔内に蓄えられていたのだから。

ちなみにファウストゥスが闇商人に切った青天井に

も近い巨額の手形の半ば以上が、「平民派」に手渡されている。家康から「平民派」への軍資金であり仕事料だった。

関ヶ原の合戦の折、開戦前に大量の書状をあらゆる大名へと送り届けて、多くの西軍大名を寝返らせた家康は、今回の聖都入りの際にも「平民派」を調略して自陣に引き入れたのだ。

もうひとつの理由は、幽霊塔が比較的大聖堂に近く、しかも周囲にまったく逃げ場がなく包囲が容易な丘陵地に立っているため、家康抹殺に執念を燃やす枢機卿が迷わず衛兵を動員して包囲したくなる「立地条件」だったこと。

もっとも、王妹アーデルハイドがイヴァンの姉アナスタシアと同一人物だったことと、そのアーデルハイドが逮捕されて異端審問所へ護送されるという事態は、家康とファウストゥスにとっても想定外だった。

だが、ヴォルフガング一世が聖都から出されたと知った時点で、家康には（枢機卿は王の寝返りを警戒して妹を人質に取りかねない）という予感はあった。

（関ヶ原の合戦の折、西軍を率いる石田三成は東軍方の諸将の妻子を人質に取ろうとした。枢機卿も文官。きっと石田三成と同じことをやるだろう）

という、長年の経験に基づく予測である。

故に家康はファウストゥスに命じ、クドゥク族の腕利きの工作員に蜥蜴の使い魔を持たせて「平民派」のもとへ派遣していた。アナスタシアが警備が手薄となった異端審問所へ入れられた瞬間に、ファウストゥスは「平民派」に送っていた蜥蜴へ向かって、水晶球を経由して「今です」と蜂起場所と目的を的確に指示したのだった。

「平民派」に参加していたクドゥク族工作員が最初に審問所へと潜入し、内部から扉を開いた。後は容易だった。「平民派」正規メンバーは少数だが、大聖堂での家康とバウティスタを巡る政変劇への期待と興奮、そして多くの衛兵が家康包囲に動員されて市中警備が手薄になっていたことが、枢機卿の抑圧に苦しめられていた大勢の平民を一斉蜂起させた。

この時点でついに「平民派」リーダーのランプレヒトは民衆の前に姿を現し、「教皇聖下とわれら平民の間を引き裂いて政治を壟断《ろうだん》している枢機卿団制度を打倒し、新たな政権を造る！　新政権は、聖職者から成る第一議会、王侯貴族から成る第二議会、平民からなる第三議会の『三部会』制によって運営する合議制を採用すると約束する！　エの世界の勇者も、そしてヘルマン騎士団長殿もわれらの味方である！」と宣言。異端審問所に押し寄せる平民たちの数はたちまち数万人規模に膨れあがったのだ。

馬車内でバウティスタと「平民派」について語り合った時に、家康が自らの計画を伏せて素知らぬ顔をしたのは、彼女をこのプッチに誘う時期（つまりヴォルフガング一世との和解及びプッチ成功の見通しが立った時）をじっと見計らっていたためだ。ヴォルフガング一世が聖都から出立したと聞いた家康は、「まだ彼女に全てを明かせる時ではない。好機を待つ」と耐えたのである。

エの世界で幼い頃から人目を欺くための「演技」を何十年も続けてきた家康の狸芝居ぶりはまさしく完成されたもので、バウティスタのような若く純朴な相手にはまったく気取られることもなかったのだ。

※

「暴痴州殿。本来そなたにはもっと早く打ち明けるべきだったのだが、大聖堂脱出から幽霊塔への逃走・籠城にかかりきりで、すっかりその機会を失ってしまってな。無断で暴痴州殿を『平民派』の神輿《みこし》に担ぎ上げてしまったことをお詫びする」

「いや、こちらこそイエヤス殿の深謀遠慮ぶりと忍耐強さには言葉もない。さすがはエの世界を統一した勇者殿だ……正直、驚いている。宿屋では、いつもの調子で民の陳情を聞いているのだとばかり。エッダの森でも、イエヤス殿は気さくに民の声を直接聞いておられたので」

「統治者たる者、宮殿の外に出ての民との対話は当然重要だが、実は重要人物との密会にも利用できるという利点があってな。宿屋での密会成功は、射番や桐子の逆監視のおかげだが」

「お待たせいたしましたわ、書状の封印を解除できそうです」と大広間に降りてきて家康の打ち明け話を仲間たちと一緒に聞いていたエレオノーラに、「私も、なにも聞いてなーいー！」とセラフィナが抱きついて愚痴った。

だがエレオノーラは「妾もセラフィナ様には秘していました、申し訳ありません……どうしてもイエヤス様はあなたを危険に晒したくないと」と言いつつも「妾は知っていましたわよ」感をたっぷりと表情に浮かべたため、いよいよセラフィナは「ぐえ〜っ？私って、イエヤスどころかエレオノーラにまでハブられていたんだああ〜!? まさか二人って……それほどの関係っ？」とギャン泣きするしかなかった。

「私を聖都に連れ込んでる時点で、とっくに危険に晒してんじゃん！　宿屋で十日も過ごしてたんだからさぁ、さっさと説明してよーうイエヤスぅ！」

「……お前にいちいち説明していたら日が暮れてしまうわ。ともあれ、艶留羽土殿、いや、穴捨捨殿。どうお呼びすればよろしいのかな？　衛兵に逮捕されたと聞いた時には冷や汗を掻きましたが、桐子がうまく対処してくれたおかげでお救いできました。あの男はまったく、どれほどの修羅場になっても顔色ひとつ変えぬのだから驚かされる。俺などは焦るあまり何度も親指の爪を噛みつぶしてしまって、すっかり深爪に」

家康に恭しくお辞儀をしたアナスタシアは、

「あははっ。イエヤス様だって素知らぬ顔でここまで薄氷を踏んできてるじゃない！　私はねー、兄上の前では憂いの王妹アーデルハイド。イヴァンにとっては気さくなお姉ちゃんアナスタシア。どちらでも構わないよっ！　好きな名前で呼んでねっ！　もうどれほどお礼を言えばいいのかわかんないけど、子細は馬車の中でランプレヒトさんから聞いたよー！　ほんとうにありがとう、イエヤス様っ！」

と元気に答えていた。

「ね、姉さん！　僕はてっきり、姉さんは王の別宅で奴隷働きをさせられているとばかり……姉さんの言葉を信じてよかった……やっと再会できたんだね……！」

「イヴァン〜！　私って謎能力があるから、人の感情を読み取れるだけじゃなくて、たまーに未来がちらちら見えるんだよ〜！　う〜ん、立派に成長したね、イヴァン……と言いたいけれど、まだ未成熟なんだねー。結婚できないじゃん、どうするの〜？」

「ぼ、僕よりも姉さんこそ。これでやっと枢機卿から解放されたんだから、姉さんは結婚相手を探さないと。もう適齢期だよね？　クドゥク族の適齢期は短いんだからさ……」

「あははっ。見た目は十二歳のままだけどねー。いいから抱っこさせろイヴァン〜！　愛《う》い弟めー！　私が男だったら襲ってるわー！　うおおおお〜！」

「ね、姉さん。ちょっと。恥ずかしいから、やめて……」

「……あ、アーデルハイド。イヴァンと再会できて浮かれる気持ちはわかるが、イエヤス殿たちの前ではしたないではないか。今しばらくは、いつものように物静かでいてくれぬか？」

「うふ、兄上。その晴れがましいお顔、その安らいだお心の波……このような兄上のお顔ははじめてです。私の正体をイヴァンに打ち明けて、イヴァンと和解したんですね？　やっと枢機卿の呪縛から自由になれたのですね。私とイヴァンを長年にわたり守って下さり、兄上には感謝の言葉もありません。ほんとうに……よかったです」

「……うむ。なにもかもイエヤス殿と、ここにいる仲間たちの力添えのおかげだ。もう、お前の前で頭を垂れて泣き言を言う機会もないだろう」

「ふふ。それはそれで妹としては寂しいものかもしれません、兄上。いつでも私を頼って下さいね、これからも」

王に向ける顔と弟に向ける顔が違いすぎる。道理で両者が同じ人間だとこの俺をもってしても気づけなかったはずだと家康は半ば呆気《あっけ》にとられていたが、いずれも偽りなくアナスタシア自身らしい。物静かな性格と、陽気な社交性の双方を兼ね備えているのだ。

躁鬱《そううつ》とも少し違うのかもですが、かなり変わったお方ですねとエレオノーラが呟く。

「うーん。私ってほら、クドゥク族の王女だし、他心通の持ち主だから、いろいろと幼い頃から苦労の連続でねー。臨機応変に性格を変えられちゃうっていうかあー。ところで、ランプレヒトさんたちに支払う約束の銭ってほんとうに払えるの、イエヤス様？　眉唾な金額なんだけれど〜？　ランプレヒトさんも半信半疑なんだけど？」

まさか、空手形の話に動揺する俺の感情を読み取っているのか？　しかも今、その話をするのか？　この娘、気が回るのかと思いきやそうでもないのか？　と家康は顔面蒼白になった。悪気はないようだが、どうやら天然という奴らしい。しかも家康得意の腹芸が通じない、実に厄介な相手だった。

「……き、桐子に聞け。俺はその件には関わりない……」

「こらこら。目を逸らしちゃダメでしょ？　どうして、指を囓ってるの〜？」

「うぎゃっ？　イエヤスの耳を引っ張ってるぅ？　馴《な》れ馴《な》れしいよぅ！　幼女体型だからって、なにをしてもいいと思ってるのぅ？」

疎外感いっぱいになっていたセラフィナは思わず本能だけでアナスタシアに飛びかかろうとしたが、エレオノーラに「……はしたないのでおやめ下さい」と抱きつかれて止められてしまった。

「やれやれ、やはり計画というものは変更されるためにあるもの。王の妹とイヴァンの姉上が同一人物だったとは、わたくしにも探知できませんでしたよ。ですが、二人分まとめて身柄を確保できたわけですから、今回の計算違いはわれらにとって吉と出ました。やはりイエヤス様には、理屈では説明できない勝負運がございますよ」

アナスタシアの到着を見届けたファウストゥスも大広間に降りてきて、そして支払い方法について「やっぱ、おめえさんは胡散臭えぜ」と半信半疑になっているランプレヒトを相手に交渉をはじめていた。

「お支払いは致します。致しますが、わたくし個人の資産はびた一文出しませんとも。全額、エッダの森のエルフ政府持ちですよ。なに、今回の聖都プッチ騒動が片付いてゾーイの鉱山事業が軌道に乗れば、どうにか支払えますよ。百年分割でね。ふ、ふ、ふ」

「ぐえーっ、結局エルフに支払わせるんだっ？　そう言うと思ったーっ！　イエヤスぅ、ファウストゥスぅ、酷いと思わないのー？　女王の私は、『平民派』への支援についてなにも聞かされていないんですけどーっ！」

「こちとらエルフじゃねえんだ。百年は長いだろ百年は！　平民階級の人間の平均寿命はだいたい五十年くらいだぜ、俺っちのほうが先に死んじまわぁ！」

「あなたほどの男が、そう早死にするとは思えませんがねえ。宿屋で進呈したイエヤス様謹製の八味地黄丸の効きはどうです？」

「……あ、ああ。まあ、あれはほんとうに滋養に効くな。みんな、こぞって買い求めたがっている」

「ふ、ふ、ふ。分割払いに応じて頂けるなら、特別に永久割引致しますよ？」

「ケッ。まったく主従揃って守銭奴だ！　エレオノーラさんの保証がなきゃあ、絶対にあんたらは信用ならねえぜ！　それじゃあ十年分割で手を打とうじゃねえか、ダークエルフの旦那。利息はこれくらいでどうだ、ああ？」

「利息をその半分に抑えて下されば、十五年分割でいけそうですねえ」

「ならば利息は三分の二！　十二年分割だ！　これ以上は絶対に譲歩できねえぜ？」

「では、それで手を打ちましょう。ただし――貧民救済のために貧民街に銭をばらまくだけでは、その場凌ぎにすぎません。『平民派』が今回得た資金は、『三部会』改革にも注ぎ込んで頂きますよ？」

「わかってるって。俺たちゃ商人じゃねえ。枢機卿の真似をしたくて銭金を蓄えるために戦ってきたわけじゃねえっての。バウティスタ様に加えて、ヴォルフガング陛下までイエヤスの旦那のもとに加わってるってことは、こりゃあ今回の聖都プッチは成功確定じゃねえの。半年前にはエルフの森でプッチに追われていたお方が、自らプッチ返しをやって聖都をひっくり返すたぁねえ。イエヤスの旦那。あんたはたいしたタマだぜ、まったく」

ランプレヒトが「乾杯だ！」とグラスを掲げる隣で、家康はいつもの無愛想な表情のまま「うむ」と頷いていた。バウティスタもヴォルフガング一世も、「そもそも三部会とはなんだ？」「イエヤス殿は、枢機卿を失脚させた後の聖都の収拾方法まで考えていたのか？」と声を上げ、顔を見合わせていた。

「もちろんだ。枢機卿を排除するだけでは、次の枢機卿が現れるだけで、堂々巡りなのでな。『三部会』とは、聖職者議会、王侯貴族議会、平民議会から成る合議制。皇国と聖都の混乱と分断を収拾するために、枢機卿のような独裁者を二度と生ませない政体を聖都に築くのだ。そこまでやらねば異種族連合は成らず、魔王軍には勝てぬ」

もちろん「三部会」構想は家康の独創ではない。ウィリアム・アダムズらヨーロッパ人の重臣たちから学んだフランスの歴史にあった制度を模倣し、この世界に適応できるようにファウストゥスとエレオノーラの意見を大いに取り入れて修正したものである。

家康は原理原則を持たず、常に無理を避けて「調和」を重視する。関ヶ原の合戦の後に行った大名たちへの知行の割り振りも、ほぼ誰も反旗を翻さない完璧なものだったし、安定と秩序維持そして独裁阻止のために構築した幕府機構及び幕藩体制も見事だった。

そんな家康とファウストゥス、さらにエレオノーラが加わった密議によって選択した皇国の新たな政治体制が、「三部会」制度だった。

人間関係調整のバランス感覚に長けたエレオノーラは、三部会のトップ候補に、修道騎士バウティスタを推薦した。バウティスタはなんといっても救国の英雄ワールシュタットの忘れ形見であり、自領では真の聖職者らしい善政を敷き、聖都の民衆からも絶大な支持を得ている。その生真面目で誠実な人柄も、父がかつて共闘していた異種族に寄せる彼女の想いも、エレオノーラはよく知っている。

さらに王侯貴族議会は、大陸で最大の武力を誇るヴォルフガング一世に仕切らせると決めた。枢機卿に服従させられて「人間主義」に縛られてはいたが、バウティスタとは兄妹同然の関係で、互いに信頼しあっている。

ヴォルフガング一世に単独で武力抵抗できる国は大陸には存在しないし、たとえ「対ヴォルフガング一世連合」を結成する抵抗勢力が現れたとしても、家康には関ヶ原同様に、急ごしらえの寄り合い同盟などは書状攻勢と桁外れの空手形を切る大盤振る舞いの狸芝居でどうとでも切り崩せる自信があった。

なお平民議会は他の二大議会よりも権限が抑えられているが、両議会の暴走を止める権利を有する故に、聖都平民のプッチを抑えることができると家康は読んでいる。家康らしい巧妙な平民懐柔政策といえる。

枢機卿が黒魔術と魔王軍との裏同盟に手を染めた異端者だという証拠を握り失脚に追い込み、ヴォルフガング一世と家康の和睦が成れば、この構想は実現する。皇国の国策を「異種族共闘」へと転換できれば、エッダの森の独立も守られ、対魔王戦に「勝ち筋」が生まれる――。

「……とまあ、そういうわけだ。暴痴州殿たちに黙って勝手に話を進めて、申し訳なかった」

マジで？　イエヤスぅ、マジ策士!?　とセラフィナは開いた口が塞がらない。

バウティスタとヴォルフガング一世も、同じ思いだった。

「皇国の頂点には、引き続き聖下に君臨して頂く。もんどらごん教団に手はつけないが、枢機卿団の権限は宗教関係に絞り、三部会を新たに設立することで政教を半ば分離する。聖職者議会の議長職は暴痴州殿。王侯貴族議会の議長職は房婦玩具陛下。平民議会の議長職は、洋灯零人殿。この聖都一揆に失敗すれば、関係者全員を巻き込んでしまう恐れがあったのでな。世良鮒や暴痴州殿には敢えて秘していたのだ」

「み、水臭いぞイエヤス殿。もっと早く私に打ち明けてくれれば……い、いや、私は腹芸ができない女だ。知らされていたら、無駄に緊張して枢機卿に勘づかれていただろうな……しかし、よくできた人事案だ。各階級の勢力を絶妙に均衡させられる」

「暴痴州殿。新政体についての具体的な人事案を考え抜いてくれた者は、阿呆淬だ。俺には、このような精妙な智恵はない」

「い、いえ、妾はなにも。イエヤス様が、エの世界のフランスという国の政体について教えて下さったからこそ……」

「ぐぇ～っ？　私、わかっちゃったっ！　エレオノーラこそがイエヤスの運命の相棒だったんだーっ!?　そうだよね、エレオノーラは頭いいし口は堅いし性格は冷静沈着だしイエヤスへの忠義心は誰よりも篤いし……なにより大陸随一の美人さんだもんねーっ！　私は出家して流浪の旅に出ますっ！　聖者として悟りを開くまでエッダの森には戻りません、止めないでーっ！」

「止めるわっ！　えるふの女王が出家してどうする！　というか、この世界には出家して俗世を捨てる風習があったのか……」

「は、はい、イエヤス様。大厄災戦争がはじまってからは廃れてしまいましたが、かつては種族や信仰を問わず盛んでした。俗世を捨てて放浪し、徳を積み修行を重ねればいずれは世界のプネウマに祝福されて聖者になれる、そして人々を平和で正しい生き方へと導けるのだと」

「そうなのか阿呆滓。えの世界でも、天竺にはそのような風習があったと聞いているが、そうかそうか。そこまで言うのならば、世良鮒を密林なり砂漠なりに身ひとつで送り出すか。さあ世良鮒よ、干しすらいむ肉を餞別《せんべつ》にくれてやろう」

「いいえ、ダメですわよイエヤス様。また思いついたことを考えなしに口にして騒いでいるだけでしょうが、出家はいけませんよセラフィナ様？」

「なに、なんなのこの私の雑な扱われ方？　どうしてなの？　脳が～っ！　脳が破壊される気分～っ!?」

「こほん。イエヤス様は、セラフィナ様を『平民派』プッチの件に一切関わらせないことで、万一こと破れた時にはセラフィナ様を庇われようとしておられたのです。それ故に、聖都入り前後から敢えてセラフィナ様につれないそぶりを続けていたのですわよ」

「ほんとー？　ほんとにー？　今もまだイエヤスから雑な扱いを受けてるんですけどー？」

「ず、ずっと続けていた演技をそう容易くは止められませんわ。そ、それだけのことですわよ？」

「エレオノーラの彷徨う視線が、すっごく嘘臭いっ！」

ヴォルフガング一世が家康陣営に付いたことを察知したグナイゼナウ枢機卿から「直接会見したい」と最後の使者が到着したのは、セラフィナがまたもや頭を抱えて床の上を転がっていたその時だった。ぎゃーこんな姿を使者に見られたっエルフ族の恥だわっ！　とセラフィナはそのまま顔を隠して蹲《うずくま》り、ダンゴムシのように丸まった。

「なにも隠せておらんぞ世良鮒。己の敗北を悟った枢機卿がこの塔へ直接乗り込んでくるか。射番よ。奴が破れかぶれとなって再び俺を暗殺しようとした時には、頼むぞ」

「はい、イエヤス様！　枢機卿にはなにか策があると思われます、ご注意を——！」

「あの男は、完全に詰み状態に陥っている。文字通り、最後の策を準備してくるだろうな」

問題ない。この余が、イエヤス殿の莫逆の友として必ずや枢機卿からお守りする、とヴォルフガング一世が断言した。

「『莫逆の友』などに俺を選ぶのはまずいですぞ、房婦玩具陛下。俺は太閤殿下にもそう呼ばれていましたが、殿下亡き後平然と豊臣家を裏切った男。えの世界では、天下人でありながら民たちから『狸親父』と罵られておりました」

「いや、イエヤス殿は決して余を裏切らぬ！　余こそは、魔王を討ち滅ぼす真の英雄だからな！　余が倒れれば、十中八九イエヤス殿も死ぬ羽目になる。故に慎重なイエヤス殿は余を裏切れん。そうだろう？　イエヤス殿はノブナガやタイコウの生前には一度も裏切っていない律儀者だ。主君の死後、苛烈な後継者争いに巻き込まれ、結果的に旧主を裏切らねば生き延びられぬ羽目になってしまっただけだ。いつ失脚するかもわからぬ成り上がりの王である余には、その苦しいお立場は痛いほどにわかるぞ！」

「……まあ、その通りです。早く結婚されて世継ぎを儲けなされよ陛下。立派に成長したお世継ぎが天下の座にいてくれぬと、俺のような健康と長寿のみに固執する者が『長く生きているから』という理由で周囲から天下人に担ぎ上げられる羽目になりますぞ」

「フハハハハ！　確かにな！　余は成り上がり故、一族郎党が脆弱でな！　イヴァンが余の実弟だと世間に公表できる日は、まだ先になるだろうしな――だがな、余は妹が無事に結婚するまでは独身を貫くと決めている。アーデルハイドの婿選びのほうが先だ！」

「こうして妹君が解放されました以上は、婿候補はいくらでもおりましょう、陛下」

「そうでもない。まず、妹がクドゥク族だということに偏見を持たぬ男でなければならん！　当面その秘密を厳守できるほどに用心深く口の堅い男である必要もある！　なにより、余が『英雄』と認めた男でなければ、大事な妹とは結婚させられん！」

「ふうむ。さて、そんな厳しい条件を満たせる候補者が大陸におりますかな？」

「フン！　一人だけ、いる。鈍いのか、知らぬ顔を通しているのかは知らんがな――フハハハハ！　イヴァン、利口なお前なら察しはついていような！」

「はい――お一人だけ、該当者を知っています。に、兄さん」

「フ。外見は子供だが大人になったな、弟よ……」

うわあああ、すっごく嫌な予感がするんですけどーっ！　とセラフィナは床の上を転がりながらまた悲鳴を上げていた。

ついに訪れたグナイゼナウ枢機卿との最後の直接会見を前にしているというのに、相変わらず緊張感のない娘だと家康は思わず苦笑していた。

そしてこの時、大番狂わせのための策を、追い詰められたグナイゼナウ枢機卿は準備し終えていた。

第九話

今やグナイゼナウ枢機卿は、失脚の危機に陥っていた。

家康を取り逃がしてバウティスタとともに幽霊塔に籠城されたばかりか、ヴォルフガング一世の妹を「平民派」と組んでいた家康に奪回され、その結果、塔へ派遣したヴォルフガング一世をむざむざ家康陣営に寝返らせてしまったのだ。

魔王軍と枢機卿の密約関係を証明する書状の開封作業がいつ終わるか。もしかして塔外に隠したという家康の言葉は嘘で、実は塔内で開封作業を続けているのではないか。あるいは「平民派」が王妹ともども書状を塔に運び込んだのか。

いずれにせよグナイゼナウ枢機卿の政治生命は、あの書状が開封された瞬間に終わる。

そうはさせない。まだ枢機卿には最後の「奥の手」が残されていた。

「よくもボクをここまで追い詰めてくれたね。だが、このお方を前にしてもボクに逆らい続けられるかな、イエヤス殿？」

ついにグナイゼナウ枢機卿が、家康たちとの最終交渉を自ら行うべく塔の大広間に乗り込んできた――その彼の隣には、教皇帽を被った少女教皇コンスタンツェ五世が同席していた。

教皇が現れるとともに、ヴォルフガング一世とバウティスタが「聖下？」「これは……」と慌てて拝跪《はいき》したことから、

(成る程。教皇を擁する枢機卿が一気に優位に立ったということか。かつて明智光秀《あけちみつひで》を討った太閤殿下が、信長公の嫡孫・三法師《さんぼうし》君を抱いて織田家臣団の前に現れた瞬間に、家臣団は皆太閤殿下に頭を下げねばならなくなり、太閤殿下は事実上織田家の後継者となった。枢機卿が今やっていることも同じか)

と察した家康は、やむを得ず教皇に頭を下げた。

家康の左右に侍って彼を護衛していたセラフィナとイヴァンは、モンドラゴン教団の信徒ではないが、人間族の頂点に立つ教皇相手に非礼は許されない。家康

に倣って教皇に拝跪する。

「なにこれっ？　まるで枢機卿に頭を下げているみたいなんですけどーっ！」

「落ち着くのだ世良鮒。頭を下げるのはタダだ。タダならば、なんでもできる」

「イエヤスってばいつも銭勘定ばっかりしてるんだからぁ！　エルフの誇りがあぁ～！」

教皇を連れてきたグナイゼナウ枢機卿が、この会見の主導権をいち早く握った。皇国に忠誠を誓うヴォルフガング一世とバウティスタは、初手で動きを封じられたと言っていい。

枢機卿が家康に降伏して赦しを乞うどころか、事態は真逆の方向に進んでいる。

無論、家康たちに頭を下げさせることが枢機卿の目的ではない。

彼の目的は、家康の捕縛である。どうやら問題の書状はまだ開封されていない。今ならば間一髪で間に合う。枢機卿は「『平民派』プッチを扇動して聖都の簒《さん》奪《だつ》を図った罪」「王妹を捕縛させて王を脅迫し、その任務を妨害した罪」など、さらに増えた家康の罪状をくどくどと述べ、

「いやあ。これで、聖マスカリン預言書に預言されていた『人間と皇国に災いを成す異教徒の勇者』がイエヤス殿だと確定しましたねえ。神聖な聖都で皇国への敵意を剝《む》き出《だ》しにして暴れた異教徒に相応しい刑は、死刑だけですよ。あなたには裁判すら不必要でしょう」

と、イエヤスの即時処刑を主張してきた。

しかも枢機卿は「ボクは単身で乗り込みました。彼らはあくまでも聖下の護衛役ですよ」と称して多数の衛兵を引き連れてきている。もはや大広間は、枢機卿によって制圧されていると言っていい。

「エレオノーラぁ～。急いでぇ～枢機卿を止められないよう！」とセラフィナが奥歯をがちがちと鳴らしながら怯えていると。

「預言書は、枢機卿殿が意図的に解釈をねじ曲げていると聞いている。俺も豊臣家の文言に因縁を付けて強引に戦を仕掛けた過去がある故、そのことは責めぬ。だが、何度でも繰り返す。断じて俺は、皇国に仇為すつもりはない。そのような度胸が俺にあるものか」

家康は堂々と顔を上げると、断固として枢機卿の言

葉を否定した。

「しつこいなあ、もう！『平民派』と結託しての陰謀と騒乱の数々はもう明白でしょう、イエヤス殿！　それで、さあさあ、死に臨んで聖下に懺悔して下さい！　それで、あなたの穢れた魂は救済されますよう！」

「俺はただ、枢機卿殿の悪政によって塗炭の苦しみを味わってきた聖都の民たちの声を聞いたまで。聖下にも皇国にも害意など毛頭ない。この一揆の原因は枢機卿殿、そなたの悪政がもたらしたもの」

「な、な、なんだって？　居直ったなあ!?　教学の天才として枢機卿団の頂点に登り詰めたこのボクを愚弄する気かあ!?」

「教学については天才であろうとも、民政のなんたるかをそなたは知らぬ！　為政者自らが質素倹約に励み、火急の事態に備えて兵糧や財を備蓄し、民には豪奢に走りすぎぬよう、かつ餓えぬように適切な税を課し、一揆を起こさせぬように平和裏に統治する――そこまでして、ようやく世が治まるというもの。まして今は戦乱の時代ではないか。自国の民すら治められぬ者が、ことさら異種族たちを敵に回し、大陸を統べようなどとは笑止千万、いや言語道断！」

「むきいいいっ！　い、い、い、イエヤス殿！　あなたがあくまでも異教徒ではないと言い張るのならば、聖下の前でそれを自ら証明して下さいよぅ！『三つ葉葵の御紋』を刻まれた勇者の証したる印籠を、その足で踏み潰してみせて下さい！　エの世界で、あなたは神になったんですよねえ？　その時点であなたは異教徒、いえ、異教の教祖なんですよ！」

「ふむ。成る程、一理ある」

「ボク自身が大聖堂で直々に確認しました。あなたの勇者の力は、その印籠から与えられているんです！果たして己の神性を放棄できますか？　勇者の資格を捨てられますかあ？　できなければ、聖下と皇国に敵対する異教徒――いえ、忌まわしい異教の教祖としてこの場で即座に裁きますよ！　この塔にいるあなたのお仲間たちと一緒にね！　全員死罪！」

セラフィナは「イエヤスにトクガワ家の家紋を踏めだなんて、そんなぁ？」と絶句した。

これは、エルフに神木・宇宙トネリコを伐採せよと迫ってくるも同然の行為だ。プライドが高く祖先の聖地を重んじてきたエルフには到底考えられない「強制改宗」命令と言えた。

　まして、家康は自ら東照《とうしょう》大権現《だいごんげん》となったエの世界の覇者。徳川家の家紋を足蹴にするなど、家康にとっては「舌を噛んで死ね」と愚弄されているにも等しい。

　バウティスタもヴォルフガング一世も（これは、私がキルヒアイス家の家紋を踏みにじれと言われたも同然）（まさに強制改宗……七十余年の生涯を費やして天下を平定したイエヤス殿に、一代で築きあげたトクガワ家の名誉と誇りを捨てよとは。しかも、勇者の力を失ってしまうとは？）と枢機卿の命令に震撼《しんかん》したが、教皇の御前だ。誰も枢機卿の横暴を阻止できない。

「ふえええええ。い、イエヤスぅ〜。ど、どうしよう〜？」

「勇者の資格を失ってしまったら、イエヤス様は大幅に弱体化してしまいます」

「問題ない。世良鮒、射番。三つ葉葵の御紋などはな、ただの家紋よ。俺の魂などとは関係がない――それに勇者職など、妙な自称『女神』に押しつけられた重荷にすぎん。生きるためならば、俺はなんだって捨ててみせよう」

　家康は、まったく動じることなく平然と、三つ葉葵の印籠を踏みつけていた。

「枢機卿殿。それではこの徳川家康、このまま体重をかけて印籠を踏み潰してご覧にいれる！」

　グナイゼナウ枢機卿に鋭い視線を飛ばしながら、家康は勇者の印籠を「ぐしゃっ」と踏み潰していた――さすがの家康も、思わず顔をしかめる。だがそれでも、家康は確かに、印籠を自ら破壊した――。

「ひえ〜っ!?　いいいいイエヤスぅ、これで勇者の力を失っちゃったよぅ？」

「よいのだ世良鮒。イスパニアと伊達《だて》政宗《まさむね》の連合を恐れて切支丹を禁教にした俺が、徳川家の家紋を踏まされる。これも因果応報だ。印籠などよりも、俺にとっては生きている者たちのほうがずっと重要だ――生きている世良鮒たちと、俺が捏造した徳川家という架空の家の家紋と、いずれが大事か。迷う理由などありはしない。俺は現実主義者。実につまらん男だが、頭の中で拵《こしら》えた観念などには惑わされん。常に現実の利のみを選び取る！」

家康があまりにも躊躇なく印籠を踏み潰したことに、グナイゼナウ枢機卿は声を失っていた。

「え、えええっ？　勇者の証しを平然と踏み潰しただって？　イエヤス殿には、恥というものがないんですか!?　そこまでして命乞いをしたいんですか？　これであなたが持つ勇者の力は失われましたよぅ、もう仲間を守れませんよ？　どうするつもりなんです？」

「枢機卿殿。徳川家などは、そもそも存在しないのだ。俺は、奥三河に流れてきた得体の知れぬ願人坊主を祖に持つ松平家の生まれ。政治的な必要から徳川家を称したまでのこと。家系などは、天下を安んじるための『道具』であり『機能』にすぎぬ。何事も現実第一実利第一の俺に、甘い理想などはない。俺は俺自身をすら、えの世界に太平の世をもたらすための『機能』として常に扱ってきた。今もそうよ」

「勇者の印籠の力が破棄された今、あなたはもう単なる異世界から来た流れ者ですよ？」

「そうだな。だが、これで俺は『異教徒』という嫌疑を逃れた。皇国に仕える一信仰者として認めることを要求する、枢機卿殿。俺が異教徒ではないと宣言せよ！」

仮に異教徒ではないと認めたって、あなたが「平民派」と組んでプッチを起こした罪は消えませんよ！

と枢機卿はなおも抗《あらが》う。

だが、枢機卿が「錦の御旗」として掲げるために連れてきた教皇が家康を見る表情が、この「踏み絵」を見て激変していた。イエヤス殿は己を押し殺して仲間のため、民のためにいかなる苦難をも耐え忍ぶという美徳の持ち主である、と幼い教皇は家康の中に理想の為政者の姿を見出《みいだ》したらしい。

「構わぬ。朕の権限によって、イエヤス殿への異教徒の嫌疑を取り消す」

「うえええっ？　なにを仰るんです、聖下!?　裁定はボクが下します！　聖下は、ただご同席頂ければそれでいいんです！」

「朕は政治には口を挟まぬが、信仰の問題は別である、枢機卿。イエヤス殿は、エルフ女王陛下たちを守るために、自らの勇者の印籠を敢えて踏み潰した。イエヤス殿の自己犠牲の精神は、己自身の信仰心を守るために発揮される殉教精神よりもさらに尊い」

バウティスタが（これまで枢機卿によって隠されて

こられたが、聖下は幼いながらも聡明なお方であられる）と思わず頷く。

「聖下はまだ幼いんです。この腹黒い狸は『この場をとりつくろうためなら、この程度の犠牲などなんでもない。印籠を踏むのはタダだ』くらいにしか考えておりませんよう！」

うんうん、まったくその通りだね〜と、セラフィナは内心でこっそり枢機卿に賛同していた。

だが、家康はただこの場をとりつくろいたかっただけではない。そう、エレオノーラによる封印解除作業が終わるための時間を家康は稼いでいたのだ。

「お待たせ致しましたわ、イエヤス様。グナイゼナウ枢機卿と魔王軍との間で交わされた問題の書状、ようやく黒魔術の封印を解いて開封に成功しましたわ。『解放の魔術』を応用して、植物に書状の黒魔力を吸収させることでやっと――」

「いやー、冷や冷やもんだったけどよ。エレオノーラもやるなーっ！　顔色ひとつ変えずにあの面倒な封印を解いちまった！　あ、その他の物証は、オレが持って来てやったぜっ！」

間一髪。ようやくエレオノーラとゾーイが、家康のもとへと侍ってきた。

「大儀であった」と頷く家康の手に、ついに書状が渡った――！

グナイゼナウ枢機卿は（うわあ！　ボクは詰んだ！　これで時間切れだ！）と絶望した。家康に攻撃を仕掛けたくとも、バウティスタやセラフィナたちが家康を守っている。

しかも、いつの間にかイヴァンの脚の位置が、誰にも気取られぬうちに移動し、枢機卿を瞬時に捕らえられる距離まで接近していた。最悪の場合、瞬きひとつし終えるか否かという刹那のうちに殺されるだろう。イヴァンの姉を奪い、彼とクドゥク族を苦しめ続けてきた真の首謀者が枢機卿だという秘事を、明らかにイヴァンに知られているのだから。

枢機卿は（動けば容赦なく殺す、と視線で訴えてくる……な、な、生意気な小僧め……！）と恐怖に震え、身動きが取れなくなった。

大厄災戦争において魔王軍を率いていた魔王グレンデルと、グナイゼナウ枢機卿との間で交わされた密約が、教皇の面前についに晒された。

「フハハハハ！　エルフもやるものだ！　それでは、余がこの書状を聖下の御前で朗読してみせよう。枢機卿猊下には、長らく煮え湯を飲まされ続けてきたのでな――！」

書状の内容は、文字通りグナイゼナウ枢機卿の「裏切り」を示す誓約書だった。

グナイゼナウ枢機卿は、魔王軍に内通していた。

枢機卿は、魔王に「服従」する証しとして、異種族たちが割拠するジュドー大陸北部を魔王軍に「進呈」する。

その見返りとして、魔王軍はジュドー大陸南部の皇国領及びその周辺地域を「人間領」として認め、その独立を保証する。

「見よ、バウティスタ！　枢機卿は、エルフやクドゥク族、ドワーフらを魔王軍に売ることで皇国の独立を保つという、とてつもない愚策を密かに遂行していたのだ！」

「……わが父上の奇襲進軍が魔王軍に筒抜けだった理由は……そういうことか！」

唐国の歴史に通じている家康は、書状の内容を知って枢機卿の政治感覚の甘さ、幼さに呆れ果てた。天才学者が実務を取る政治家としても優れているかどうかは別問題なのだ。

「歴代の中国王朝も、常に北から略奪に来る騎馬民族に悩まされてきた。騎馬民族の機動力と戦闘力は恐るべきものだが、迂闊に騎馬民族と妥協してひとたび自国の土地の占領を黙認すれば、容赦なくその王朝は滅ぼされてきた。まして魔王軍は、この大陸とはまったく異なる種族と文化を持つ。このような盟約など守るはずがない。大陸北部を割譲すれば、南部の皇国領にまで怒濤の勢いで魔王軍が攻め寄せてくることは明らか。この程度のこと、武人ならば誰にでもわかる！」

家康は、呆然と立ち尽くす枢機卿に鋭く詰め寄った。

「亡き先代騎士団長殿の奇襲作戦情報を魔王軍側に漏らした犯人も、これで判明したな。そなたこそが暴痴州殿の父上を死に至らしめた首謀者であろう、枢機卿よ。彼の唱える『異種族連合』に、そなたは常に反対を唱えてきた。『人間主義』という教論を掲げて。確かにそなたは、人間『だけ』は本気で守ろうとしていた。ただし、そなた自身が教義をねじ曲げ、人間ではない、亜人だと見なした異種族ことごとくを魔王軍の贄《にえ》とすることでな――」

バウティスタが「……この……この男が……！」と激昂し、剣に手を伸ばそうとした。だが、教皇が来てしまったために武器は全て別室に移してある。剣を帯びていれば、バウティスタは一も二もなく父の仇を取り、教皇に詫びてその場で自決しただろう。

「枢機卿サンの邸宅からはよ、この内通を証明する書状以外にもいろいろブツがあがってんだよ。こっちが、クドゥク族を陥れた問題の偽書。騎士団とクドゥク族を切り離さねーと、ワールシュタットの旦那を魔王軍に討たせるのは難しかったからなー！　民心を惑わせる文章の力ってのも侮れねーぜ。イエヤスの旦那をプッチで葬ろうとした時に配らせた偽書も、こいつが元ネタだぁ！」

「……ええ、ゾーイさん。アナテマの黒魔術に用いる単眼蛙の卵も、同じ枢機卿の邸宅から押収しました。エッダの森のプッチ事件は、ヴォルフガング一世陛下が表向きの首謀者でしたが、その陛下の妹を人質に取って『人間主義』政策を強制していた黒幕こそが枢機卿ですわ。その者は、高位聖職者でありながら禁断の黒魔術師でもありますのよ、教皇聖下」

「終戦後に余に北の王国を築かせ、異種族を弾圧させていたのも、魔王との約定を守るために余に露払いをさせていたということだな！　親父殿を首尾良く消せたと思いきや、余が魔王軍を撤退に追い込んでしまったことは貴様にとって誤算だった！　ならばと、余の弱みを握って余に魔王軍再侵攻の下準備をさせていたわけだ！」

ヴォルフガング一世が忌ま忌ましげに枢機卿に告げる。

「結局、なにが本心でなにが嘘だったの、枢機卿？　あなたが皇国のためにやったことって、大聖堂を黄金造りに大改装して民から絞り取った税を湯水のように浪費したことだけじゃないのぉ？　私には、よくわかんないよう」

「しかも、そのせいで『平民派』プッチを勃発させています。教団と教皇聖下への信仰心だけは真実であったとしても、国を成すものは民だというのに。宰相失格ですわ。そもそも奇襲作戦が失敗してエルフの王国が滅びた原因は、この男でしたのね……！」

セラフィナとエレオノーラもまた、祖国の仇である枢機卿に詰め寄る。

衝撃の事実を知った教皇は、

「……朕の不明であった。イエヤス殿、皆の者、長らく皆を苦しめたことを詫びる」

と一同に頭を下げていた。バウティスタやヴォルフガングたち暴発寸前だった枢機卿の被害者たちは、かろうじて理性を保ち踏みとどまれた。

常に銭勘定しか頭にないファウストゥスですら、

「……わたくしの妹がオークどもに殺されたのも、この男が異種族を魔王軍に売り払ったためというわけですか」と目を血走らせて唇を噛み続けていたくらいである。

それを、幼い教皇がかろうじて鎮めた。

やはり聖下は正しき家臣団がお支えすれば英邁《えいまい》な教皇となられる、と家康は確信していた。

「枢機卿、もはや言い逃れはできぬぞ。うぬこそが皇国と大陸を裏切った内通者であり、真の謀叛人である。異種族を魔王軍に売り払った罪。くどく族弾圧の罪。先代騎士団長を謀殺させた罪。いたずらに大厄災戦争を長引かせた罪。聖都の民を重税で窮乏させ武力弾圧した罪。陛下の妹を人質に取り、魔王軍による北部占領の下準備を強制させた罪。えるふに対する罪。その結果、射番をも苦しめ続けた罪。えるふ先代国王も、先代国防長官も、先代騎士団長ともどもうぬに殺されたも同然ではないか！　うぬの犯した罪状を数え上げるだけで日が暮れる！　この場に、幼いながらも聡明なる聖下を子供と侮って連れてきたことが、うぬにとっての致命傷よ。いい加減に観念せよ、枢機卿よ！」

人の運命、歴史の流れとは、実に精妙にして巧緻。ヴォルフガング一世が弟のイヴァンを殺さなかったことが、この日のこの瞬間に繋がったのだ、と家康は彼にしては珍しくある種の感動すら覚えていた。

グナイゼナウ枢機卿は、だが、まだこの世界を呪い足りないらしい。まだ異種族への怨念を訴えずにはいられないらしい。彼はやはり一種の狂信者だったと言っていい。本来は忘我の境地を目指すはずの信仰心の高まりと、己自身の個人的な怨念とが、心の中で融合してしまっているのだ。

「異世界から迷い込んできた男が、なにを訳知り顔で説教臭い台詞を！　笑止千万だねっ！　ボクにもボクの正義があるんだ、偽勇者！　教団への信仰を貫き皇国を守り幼き聖下を守る！　その目的のためならば、全てが正義！　全てが許されるんだ！」

「ふむ。一応、気が済むまで語るがよい。このまま幕を引いてしまっては、うぬに家族や友人を奪われた者たちも腑に落ちぬだろうからな」

「ボクの本名は、クラウス・フォン・グナイゼナウ。大陸北部に小さいながらも裕福な所領を持っていた信仰心篤い名門貴族、グナイゼナウ辺境伯家の御曹司だ！」

「だが、大厄災戦争によってうぬの家は崩壊したというわけだな」

「そうだ。ボクの両親は、荘園を魔王軍に蹂躙《じゅうりん》される運命のその日までは、領内の異種族に布教を続けながら善政を敷き、異種族も人間も同じ自領の民として等しく扱っていたんだ。あの戦争さえ起こらなければ、グナイゼナウ家の荘園は小さな楽園だった――」

「ほう。うぬとは対照的な両親だな。なぜ滅びた？」

「ボクの両親が領内から義勇兵を集めて異種族連合軍を編成しようとした矢先に、突然の流行病にかかって二人立て続けに急死したためだ！　その混乱の最中を魔王軍に急襲された。まだ幼かったボクは、身ひとつでかろうじて逃げ延びた。家族、屋敷、領土、民、全てを奪われた……」

「それは気の毒な話だが、魔王軍を憎むべきであろう。なぜ、同じ大陸に住まう異種族を憎むようになったのだ。俺にはわからんな」

「放浪中に、『グナイゼナウ領が落ちたのは、領内に住むクドゥク族の裏切り者が辺境伯夫妻に毒を盛ったかららしい』という話を耳にしたんだ。皇国の教義は偉大で、人間は精強。なのに魔王軍如きに敗れ続けている理由は、異種族の中に裏切り者がいて魔王軍に内通しているからだと唱える『人間主義派』の連中に出会ったボクは、両親の死の原因は仲間面をしていた領内のクドゥク族だと確信したんだ――！」

「そんな理屈には、なんの証拠もない。うぬは、自分に力があれば無残な敗戦は回避できたはずだ、だが強大な魔王軍に抗っても勝てるはずがないという絶望感から逃れるために、『異種族による陰謀のせいで両親を失って負けた』という言い訳を必要としていたにすぎん」

家康もまた、幼い頃に悲惨極まりない苦難を受けている。だが、この種の陰謀論を妄信して己の不幸の原因を他人に押しつけるという思考を彼は生涯持たなかった。

それは、家康が徹底した現実主義者だったからである。辛い現実から目を背けると、人間の心は底の見えない妄想の世界に落ち込んでいくことを、家康は子供時代から痛いほど知っていた。家康は生き延びるために物理的な危険からは常に逃げ続けたが、厳しい現実から目を背けたことは一度もない。

「ボクは教学の天才だぞ、言い訳なんかじゃない！　確かに異種族への憎しみは、戦乱の大陸を彷徨い困窮するごとに、ますます膨らんでいったさ。魔王軍への憎しみが、いつか大陸に住まう異種族への憎しみにすり替わったよ。魔王軍はあまりにも強大で、武人の才能がない自分にどうにかできる相手じゃない！　憎んだところで、無力感にさいなまれるばかりだからな！」

「それ故に、近場にいる異種族を憎んだのだな。彼らにならば、勝てるだろうから。そのように、己の思考をねじ曲げたのだな」

「そうさ！　ボクにとって、魔王軍は国を滅ぼした敵だけれど、ボクの両親を毒殺して亡国のきっかけを作った真の敵はクドゥク族だ！　そうでなければならなかったんだ。少数部族のクドゥク族が相手なら、復讐《ふくしゅう》を遂げることも可能だからな！」

この身勝手な述懐の言葉を直接浴びせられたイヴァンが枢機卿を殺さなかったのは、（人間が皆枢機卿のような者というわけではない）と家康との交流を通じて理解していたからだ。

「それに、ボクが見たところ明らかに皇国は平民を甘やかしていた！　この非常時に、なぜもっと税を取り立てない？　民たちが聖下を支えずして、誰が聖下をお守りするのか！　ボクは聖都へ向かい聖職者となろう、そして皇国を改革しようと決断した――ボクは生まれながらの神学の天才だったからね、聖都に到着してからはとんとん拍子さ！」

フン。それで話は終わりか、ならばこれまでだとヴォルフガング一世が枢機卿に告げる。

「もうよい！　聖下という正義の盾を言い訳に、己の歪《ゆが》んだ復讐心を正当化しおったか！　余はそれ以上、貴様の戯《ざ》れ言《ごと》など聞きたくはない！　両親の仇を取る勇気も持てぬまま、神学を頭の中でねじ曲げて異種族を戦犯に仕立て上げることに青春を捧げたのか！　友も持たず愛も知らず、ただ筋違いの憎しみだけに凝り固まって生きてきたか。寂しい人生だな、枢機卿よ！」

　このヴォルフガング一世の挑発が、枢機卿を激昂させた。決して語るつもりのない過去を、彼は語らずにはいられなくなった。自分にも人間の少年らしい青春はあった！　と。

「それは違う！　ボクにだって、回心する機会はあった！　それは、ボクが戦場にワールシュタットの監察役として初従軍した時だった。禁欲生活を貫いてきたボクははじめて、戦場で女性に恋をしたんだ！」

「……絶対的な禁欲者の貴様が？　女性に、恋？　相手は誰だ？」

「厄介なことに、相手は人間ではなくドワーフ族の娘だったんだ……山の妖精と呼ぶべき愛らしく無垢な少女で、名前はカチャ……戦場恐怖症を発症して毎夜テントの片隅で震えながら怯えていたボクに、いつも温かいスープを差し入れて『元気だしなよ旦那！　ワールシュタットの旦那がいるこの軍は安全だから！』と励ましてくれたんだ。ボクは、人間主義信仰とカチャへの恋心の間で激しく揺れた……そして、カチャを選んだんだ！」

「ほう？　貴様、人間主義を捨てようとしていたのか？　なぜ捨てなかった？」

「ボクは、これまで自分がどれほど愚かな妄想に憑かれていたか、異種族にどれほど無根拠な悪意を抱いていたか、高潔であるべき信仰心をいかにして自ら汚していたかをカチャに懺悔し、全てを捨ててあなたの夫になりたい、もうボクは二度と教団にも皇国にも関わらない、異種族と人間の架け橋となって生きたい――そう申し出ようと決意したんだ。それほどに、ボクはカチャを愛していた。だけど……」

「だが、なんだ？　袖にされたのか？」

「カチャには、既に恋人がいたんだ……相手がドワーフなら、諦めもついたさ。でも、カチャの恋人は人間だった！　しかも平民の男だったんだ！　ただ図体《ずうたい》が大きくて力が強いという理由で、貴族でも騎士でもないにもかかわらず、軍内で重用されていた猟師さ！　しかもカチャの恋人デニスは、否応《いやおう》なしにオークどもを思い起こさせる巨漢だった……！　決闘を申し込んでも、無駄死にするだけだ。ボクの初恋は、それで終わった……！」

それが、枢機卿が狂信的な人間主義者として完成したきっかけか、と家康が頷く。

「ああ。でも、それでよかったんだ！　あれはボクに神が与えた試練だったのさ！　以後のボクは、一切ブレない真の信仰者になったとも！　異種族は亜人だ、人間じゃない、魔王軍に売り飛ばしても構わない、全ては皇国と聖下をお守りするという正義のため——！」

「どわあふにも激しい恨みを抱いたうぬは、魔王軍に異種族を売り渡し、大陸北部を割譲すると決めた。魔王軍は新たに得た広大な植民地の統治に忙殺され、大陸南部への侵攻は困難となるはず。そういう理屈で、魔王軍と密約を結ぶという陰謀を実行したのだな？」

「ああ、そうだともさイエヤス！　魔王グレンデルとの秘密交渉は、意外にもうまく進んだよ！　なにしろボクは魔王の信頼を得るべく暗黒大陸から術士を密かに招き、黒魔術に入門してまでみせたからねえ！」

「だが、先代騎士団長は『異種族連合』策を唱え、人間と異種族の格差を全て撤廃した混成軍を編成し、えるふ王たちと手を組んで魔王軍と戦おうと目論んだ。うぬが魔王との密約を果たすためには、先代騎士団長の奇襲計画を全力で潰さねばならない。だが、直接彼を倒す武力も勇気もうぬにはない。それで、くどく族を追い落とすために偽書を書き上げたのだな」

「そうさ！　黒魔術も、あの時点ではまだ実用にならなかったからね！　ボクはまず、厄介なクドゥク族を偽書配布によって軍から離脱させた。これで、ワールシュタットが得意とする斥候作戦力は大幅に低下した。そして、魔王軍にワールシュタットの隠密行軍情報を渡したのさ！　『異種族連合』主義者は人類に対する裏切り者！　故にボクの行動は正義だ！」

「愚かな。信じがたい愚かさだ。もしも先代騎士団長が討たれなければ、その時点で大厄災戦争は終結し、魔王を討てていたかもしれないのだ。うぬは、異種族のみならず人間族にとっても戦犯となったのだぞ？」

「ははは！　そんな勝利には意味はないんだよイエヤス！　異種族の手を借りて勝っても、それは人間の勝利ではないだろう？　いずれ異種族が、とりわけ知力と魔力に秀でたエルフが人間を隷属させることになってしまう！　だから、エルフにはワールシュタットともども滅びてもらわねばならなかったのさ！」

　枢機卿の初恋話を聞かされながらじっと耐えていたゾーイが、ついに切れた。そう。カチャとはゾーイの母。デニスは、ゾーイの父だったのだ。なぜデニスが村を訪れたゾーイを追い払ったのか、ようやくゾーイには全てが理解できた。

「話はそれで終わりかっ⁉　オレの親父と母ちゃんを引き離したのはテメエだったのかよ⁉　テメエが、親父の村に異端審問官を度々派遣して、オレの家族を……ブッ殺してやんよ！」

　激昂したゾーイが、「死罪になっても構わねえ！」と教皇の面前でグナイゼナウ枢機卿へ飛びかかろうとした。父親譲りの怪力を持つゾーイならば、素手で枢機卿をくびり殺せるだろう。


　だが、家康がゾーイを救った。今のゾーイを言葉で説得しても無駄だと知っていた家康は、ゾーイよりも早く自らの手で枢機卿の胸ぐらを摑み取ると、

「この──痴《し》れ者《もの》があああっ！」

と枢機卿の青白い顔面に全力で拳を叩き込んでいた。一切手加減なしの、歴戦のいくさ人の打撃である。枢機卿は抗うこともできず、床の上に仰向けに倒されていた。

「ひっ……ひぃいいい〜っ⁉　き、貴様、せ、せ、聖下の前で、暴力を……ひぃいいっ？」

「成る程、哀れで痛ましい過去だ。両親を失い、祖国を失い、信仰を捨ててまで成就しようと願った初恋にも破れ……だが、うぬはまだ気づいていないのか？　うぬの怨念と憎悪の全てが、逆恨みよ！　うぬの真の敵、両親と祖国の仇は、魔王軍ではないか！　その魔王軍に武力では勝てぬと怯えたうぬは、卑劣にも立場の弱いくどく族に己の頭の中で屁理屈を捏ねて己の不幸の原因をなすりつけ、叩ける相手を叩くという最も卑劣な道を選んだのだ！」

　家康がこれほどに激怒している姿を、セラフィナも

エレオノーラも見たことがなかった。

グナイゼナウ枢機卿は、没落貴族から枢機卿団長へと登り詰めるほどの天才的な知能と理性を誇っていた。才能に恵まれた男であり、ある意味において天に祝福された存在だったと言える。

だが、その性格は惰弱であり卑劣。魔王軍に媚《こ》びて亡国の運命から皇国を守ろうと志したまではいい。しかし、恐ろしくて叩けない魔王軍の代用として、クドゥク族やドワーフ、エルフら本来は共闘すべき異種族を逆恨みして弾圧し、それを「正義」だと思い込んでいる精神の卑しさ、異種族を「悪」と断定することで彼らが割拠する大陸の領土を魔王軍に割譲し、それをもって皇国の独立を守れると思い込んでいる典型的な売国者思考に、家康は本気で怒っていた。

家康自身にも、幼くして母と引き離され、人質として敵国をたらい回しにされ、父を暗殺され、かろうじて独立を果したと安堵したのもつかの間、主君織田信長から妻子を殺すようにと圧力をかけられて、ついに妻子を守りきれなかったという殺伐たる過去がある。太閤秀吉の遺児秀頼を守ると誓いながら大坂城ごと攻め殺したという陰鬱な負い目がある。

だが、家康が悪行を選択し自ら悪名を被った理由は、国主として織田軍の蹂躙から徳川家の家臣団と領民を守るためであり、太閤秀吉の海外侵攻政策によって疲弊した日本という国そのものに少なくとも百年は続く大平の世をもたらすためだった。

「俺はえの世界で、統治者としての重荷を生涯背負い続け、自分自身の我を殺し続け、あらゆる苦難にも私怨にも耐え忍び続けた。嫡男信康を助命せず信長公に『全て仰る通り』と信康の処断を唆した宿老の酒井忠次《さかいただつぐ》を、俺は咎めずに重臣として使い続けた。俺が酒井忠次に行った復讐は、関東転封後に酒井家への加増を抑えて『息子への恩賞が少ない』と苦情を言いに来た忠次に『お前も自分の子はかわいいか』と長年にわたって秘してきた怒りの感情を漏らし、忠次を青ざめさせて細やかな報復をした程度だ！　本心では、忠次をぶった斬ってやりたかったわ！　だが、信康の死の責任は無力な俺自身にあるという現実から、俺は決して目を逸らさなかった！　だから耐えた！」

「ひぃっ？　ゆ、ゆる、許し……殺さないでくださあああいっ⁉」

七十余年の長きにわたって「私」を殺し、公人として重荷を背負った生涯を耐え続け、三河以来の譜代郎党たちを立てながらも、身分も出身も問わずに多才な人才を集めて貿易立国を目指してきた家康の目から見れば、皇国の指導者として民を統べ国を統治する資格はグナイゼナウ枢機卿にはまったくなかった。

むしろ、これだけ清々《すがすが》しく「私」心のみに憑かれて自由奔放に生きていた枢機卿に、家康は嫉妬にも似た感情すら抱いていた。同時に、俺が私心に憑かれていればこのような者に成り果せていたのだろう、恐らくは日本を滅ぼしてしまっていただろうと思うとおぞましかった。

「枢機卿よ。うぬの世界には、己以外の人間はおらぬのか！　うぬには私心しかない！」

「……ま、待って下さい、イエヤス殿。今ボクを失脚させたら、魔王との交渉役はどうするんです？　ほんとうに、よろしいのですか？　ボクはあくまでも、皇国のために。幼き聖下をお守りするために……」

「黙れ！　憎威に詫びよ！　射番に詫びよ！　暴痴州殿に詫びよ！　陛下に詫びよ！　桐子に、世良鮒に、阿呆淬に——うぬの私怨によって、理不尽にも家族や祖国を奪われてきた大勢の者たちに詫びぬかっ！　天下は、天下の人々の天下である！　断じて、うぬ個人のものではないわ！」

「ひいいっ？　衛兵！　なにをしている、イエヤスを逮捕するんだ！　この男は聖下の前で暴力を振るい、ボクを殴りつけた凶漢！　印籠の力は既に失われた、逮捕しろおおっ！」

グナイゼナウ枢機卿は、なおも家康への抵抗を諦めない。なんという悪あがきか。

衛兵たちはしかし、家康を逮捕しようとはしなかった。それどころかグナイゼナウ枢機卿の言葉を無視して、家康に「皇国と聖下をどうかお守り下さい」「聖下をお願い致します」と深々と頭を下げてきた。

印籠の力を借りずとも、いったい誰がこの世界の勇者であるかを、衛兵たちは悟っていた。常日頃は滅多に感情を表に出さない家康が耐えきれなくなって枢機卿にぶつけた激しい怒りの理由が、語らずとも彼らには伝わっていた。同じ為政者、統治者として、枢機卿のあまりの不実ぶりに思わず激昂したのだと。

秀頼をお願い致す、と老いさらばえた秀吉に涙ながらに懇願された日のことを、家康は不意に思いだして胸を痛めていた。このたびこそは――。

「……衛兵すら動かないのかぁっ？　聖下？　聖下は、ボクを信じて下さいますね？　異種族と魔王軍を嚙み合わせることで、皇国は守られるんですよ！　聖下をお守りするために、このグナイゼナウは……」

衛兵たちに見放されたグナイゼナウ枢機卿は、最後に教皇コンスタンツェ五世にすがった。だが、幼い教皇は哀しげに、床に這いつくばって口から血を吐いている枢機卿を見つめているだけだった。父とも兄とも慕い頼りにしてきた信頼すべき枢機卿の正体を知った教皇は、深く心を痛めていた――。

「聖下も、ボクを見捨てるんですかぁ？　ならばボクは、もう破れかぶれになりますよ！　は、は、は……！　二体のドラゴンよ、ボクが吹く龍笛の音色を聞け！　騎乗している竜騎士の命令を無視し、直ちに塔へと飛んで来い！　ファーヴニルと戦い、この幽霊塔を破壊せよ！　謀叛人どもと亜人どもを殺し尽くし、焼き尽くせっ！」

最後の最後までグナイゼナウ枢機卿は、保身のためならば如何《いか》なる手でも用いる謀略の鬼と言えた。彼が用いた、ドラゴンの本能に直接命令を下して野生のままに暴れさせる龍笛は、大聖堂の奥深くに長年保管されていた禁断の神具であり、何人たりとも――たとえ教皇であろうとも触れてはならないものだったのである。それを彼は、この塔に予め持ち込んでいた。真の最後の切り札として。

ファーヴニルと二体のドラゴンが塔の上空で戦闘を開始すれば、この古びた脆《もろ》い塔は確実に崩壊する。しかも、ファーヴニルはエッダの森で受けた魔矢のダメージからまだ回復しきっていない。

「イエヤス殿！　ドラゴンの叫び声が聞こえる……ほんとうに呼び出した！　枢機卿め！」

「落ち着くのだ暴痴州殿。龍笛に操られた龍を馬の如く手懐けられる方法をお教え願いたい」

「それは、聖下……教皇聖下だけが、ドラゴンを人間の友とし、竜騎士の相棒にすることができるお方……聖下には不思議なお力が。人間でありながら白魔術を用いることが……」

「ならば、問題ない。聖下に龍を止めて頂こう」

「ははは！　それはできないんだよイエヤス！　聖下は、白魔術を人前では使えないんだ！　バウティスタも、聖下による白魔術の儀式を見たことがないだろう？　そうさ、誰も見たことがない！　枢機卿団長のボク以外の者は誰も！　お前たちは炎上する塔とともに滅びろ、瓦礫《がれき》の下敷きとなって呻きながら命果てればいいさ！　はははははっ！」

もちろん、聖下だけはボクが無事に塔から脱出させますよ！　と枢機卿は戸惑う教皇へと手を伸ばした。

「言われてみれば、聖下がドラゴンを白魔術によって『友』にする儀式は、禁断の儀式。歴代の枢機卿団長以外、誰もその場に立ち入りを許可された者はいない。つまり、われらがいるこの場では聖下は暴れるドラゴンを制止できない!?」

「な、なんだと？　暴痴州殿、聖下の白魔術とはいったい……ううっ。腹が。腹が……」

家康が脇腹を押さえて顔をしかめると同時に、早くも三体のドラゴンが塔の上空で激しい戦いを開始し、塔全体が大きく揺らぎはじめた。

バウティスタは「イエヤス殿！　ヴォルフガング！　聖下を枢機卿に奪わせるな！」と叫んだが、ヴォルフガング一世は「だが、聖下を速やかに塔から離脱させねば。聖下が崩御されれば、皇国は後継者争いに突入して崩壊する！」と僅かに逡巡した。

「ギャアアアア、ドラゴンの尻尾が塔の壁をブチ抜いたあああ！　もうダメっ、塔が崩落するううう〜！　イエヤスぅ、聖下の身柄確保は諦めて！　枢機卿に連れ去らせるしか……！　あ〜っでもそれだと私たちはここで全滅ぅ、聖下の力を後からちゃっかり利用してドラゴンを止められる枢機卿の大勝利じゃんっ！　でもでも聖下をこの塔に留めていれば私たちと一緒に圧死、あるいは炎に焼かれて……やっぱりダメダメダメ、なんとかしてイエヤスぅ！　って、どうにもならなーいー！　私の杖は魔力切れ！　ヨウカハイネン抜きでどうにかするなんて、イエヤスにも絶対に無理ぃっ！」

「ええい抱きつくな世良鮒！　まったくお前はどんな時にも変わらず騒がしい。教団の歴史は長い。えるふ族にどらごんを倒す魔弓があるのと同じに、聖都にもどらごんに纏《まつ》わる驚くべき神具があるだろう、と俺は予め想定していた！　お選び下され、聖下ご自身の意思で！　枢機卿と『人間主義』の道を歩むか、房婦玩具陛下や暴痴州殿や『平民派』たちと『異種族連合』の道を歩むかを！　皇国を統べる者として、聖下ご自身がその責務を果たされよ！」

幼き九歳の教皇は「うむ」と静かに頷くと、「聖下と皇国が助かる道は、ボクとともに行く道のみですよぅ！」とグナイゼナウ枢機卿が差し出してきた手を「ぱしり」と叩き落として彼の誘いをきっぱりと振り払い、次々と天井から石や木の建材が落ちてくる中をゆっくりと歩き、そして自らの足で塔の扉から外へと出ていた。まるで、落下物が教皇を避けているかのようだ。

塔を包囲していた衛兵たちと王国軍の兵士たちは、突如としてはじまってしまった三体のドラゴンの死闘を前に動くことができず、また塔の内部でなにが起きているかを把握できないまま膠着状態にあったが、意外な光景を見て「聖下！」と一斉に固唾を呑んだ。

上空で絡み合い戦う三体のドラゴンを視界に捉えた教皇は、彼らが見守る中で、教皇の証したる帽子を脱いだ。

その頭には、小さな一本の「角」らしき突起物が僅かながらに生えていたのである。まるでドラゴンの牙の如き異物が。

「あ、あ、ああああ？　見せてはダメです、聖下！　教皇家の秘密は、歴代の枢機卿団長のみが守り続けてきた絶対の禁忌！　ダメですよぅ！」

「……静かにせよ、枢機卿。ドラゴンたちよ、わが友、わが血族、わが教皇家と祖を同じくする龍種たちよ——争いを止めよ。兄弟同士で殺しあってはならない。落ち着くのだ。そなたたちは、選ばれし竜騎士とともに大陸に安寧をもたらすための守護者。同士討ちは、いけない……」

その教皇の言葉に導かれたかのように、三体のドラゴンたちはたちどころに争いを止めて、丘陵へと静かに降り立っていた。幼い教皇を庇うが如く。

教皇家の者だけが使える白魔術、愛の魔術。あるいは愛情の魔術。ドラゴンと意思疎通し、彼らを兄弟として受け入れることができるという、人間には決してなし得ない奇蹟。この神秘的な力故に教皇家は代々、モンドラゴン教団及び皇国の頂点に祀られ続けてきた。神と会話できる巫女《みこ》的な存在として。

だがそれは実は、教皇家が純血の人間種ではなく、人間と龍種の両者の血統を引く存在であることの証であった。人間には白魔術は使えない。その身体に代々流れる龍種の血が、この特別な力を教皇家に与えてきたのである。

「……モンドラゴン教団の信徒たちが、なぜ祖国であるスラの島を捨てて大陸へと移住したかを告げよう。初代教皇は、始祖は、人間と龍種の間から奇跡的に生まれた異端の存在だった。始祖と、始祖を人間と龍種が融合した神の一族として崇める信徒たちは、スラの島の人間たちから差別し弾圧された。人間と龍種の混合など、あってはならないことだったから……教団が大陸に聖都を築き国家を築くうちに、始祖の誕生譚《たん》は『歴史的事実』から『象徴的神話』へとすり替えられていった……人間たちを統べる教皇に、龍種の血がほんとうに入っているという大いなる欺瞞《ぎまん》の上に、教団は成立していたのだ。『人間主義』など、あっていいはずがない」

「違いますよ！　聖下に流れる龍種の血は、断じて異種族の亜人たちの血とは違いますよ！　亜人と神とはまったく別なんです、聖下だけが神と人間の橋渡し役に選ばれしお方なんですよぅ！　と、崩落する塔から這い出てきたグナイゼナウ枢機卿が必死で叫び続ける。

「始祖の生母は龍の血を浴びた」という伝説の真の意味を知った誰もが「なんと……！」と言葉を失ってい た。千年以上に及ぶ皇国の歴史の出発点に、これほどの秘事が隠されていたとは。

「なにも違わぬ。枢機卿よ。人間以外の者を亜人と蔑み魔王軍に売り飛ばそうと目論んでいるのならば、朕をも魔王軍に引き渡すがよい。朕を、滅ぼされるべき異種族として憎むがよい」

「そのようなことは！　ボクは、ボクは……決して……！　聖下をお守りするために、このグナイゼナウは生涯を捧げております！　ドラゴンは劣等な亜人にあらず！　あなた様は尊き神でございます聖下！　あ あ……ああ……ボクは、ついに聖下をも失った……聖下をこんな過酷な境遇に陥れてしまった……誰も、守れなかった……父も母も、国の民も、そして聖下も……」

グナイゼナウ枢機卿の心は、ついに折れた。彼は地に伏したまま沈黙し、塔から飛び出してきた衛兵たちに捕縛されていた。

家康たちもまた、崩落を開始していた塔をからくも脱出して、丘陵へと退避していた。

教皇が、家康のほうへと振り返る。

「どうだ。朕が人間に見えるか、イエヤス殿」

「畏れながら拙者の目には、人間族も含めてこの大陸の者は皆等しく、天狗《てんぐ》に見えますれば」

「ふふ。そうか。そなたの目には、皆同じか。さすがはエの世界の勇者であるな」

「ちょっとちょっと聖下〜？　イエヤスが言っている『テング』ってば、スライムの仲間、モンスターなんですよ〜？　イエヤスってば、超失礼なんだから〜！」

スライムの仲間に見えているのか、ふふふ、食べられては困ると教皇は笑みを浮かべていた。一族がひたすらに隠蔽してきた事実を明かしたことに後悔と戸惑いもあるが、教皇は今、生まれてはじめて解放された気分を味わっていた。

「かかる重大事の皇国全土への公表は急がぬほうがよいでしょう。民心も政権も動揺致します故。この家康、恐らく聖下にはどらごんを鎮める秘術があると予想して、敢えて聖下を塔へとお入れ致しました。しかし、よもや衛兵や王国軍の者たちに、かような秘事を暴いてしまう結果になるとは。まだまだ拙者には慎重さが足りませなんだ。お詫び致します」

「よいのだ。枢機卿が朕を守るために犯してきた罪の数々を知った以上、朕が責任を取らねばならなかった。始祖が龍の血を浴びたという伝説は、神話ではなく歴史的事実であると皇国全土に発表し、預言書の解釈を全てやり直し、二度と『人間主義』が台頭せぬようにせねばならないな」

「いずれは公表するべきですが、急いではなりませぬ聖下。何事も時間をかけてゆっくりと行うべきです。急激な改革は反動を生み、混乱を呼びます。人の心を変えるには時間が必要であり、状況の変化を待つにも時間が必要。好機を待ち続ける忍耐こそが肝要なのです。まして、今は魔王軍という恐るべき敵が蠢動《しゅんどう》している時期。乱世でありますれば」

「ふふ。時間、忍耐。成る程。そなたらしい。枢機卿の数々の悪事を知らずにいた朕の不明を詫びる。知らなかったでは済まされないな」

「枢機卿の暗躍は、聖下のご即位以前からのこと。御年九つの聖下の責任ではござらぬ。われらのために教皇家の秘事を明かして下さったそのご英断に、感謝致します」

家康は、やはりこのお方は幼いが名君であられる、聖都の混乱を早期に収拾できれば、対魔王軍――「異種族連合軍」を結成することも夢ではなくなったと確信していた。

ヴォルフガング一世が「教皇とて余と同じではないか！　なぜ余と余の兄弟だけがあのような目に！」と激怒するのではないかという危惧もあったが、むしろ王は今、「余は自らの血筋をひた隠しに隠そうとして枢機卿に支配されていたが、翻って聖下は……」と幼い教皇の勇気に激しく感服している。

今の家康は、「平民派」を支持する聖都の平民たちが「龍種が人間を支配していたのか！」と信仰心を捨ててさらに過激化し、プッチが激化することを恐れていた。

（もしもヨーロッパにおけるカトリックとプロテスタントの如き宗教内戦が起きれば、大陸は魔王軍にことごとく蹂躙されて滅び去ってしまう）

だが、「平民派」リーダーのランプレヒトが、「イエヤスの旦那。とんでもねえ展開に驚いて腰を抜かしそうだけどよ、まあ要するに始祖の伝説が実話だったってだけの話じゃねえの。俺っちが、得意の弁舌を振るってみんなを丸く説得してみせらあ。そもそも教皇聖下を廃して皇国を潰そうだなんて過激な考えは、俺たちにはねえんだ。あの強突く張りの枢機卿さえ処罰されりゃあ、後はどう事後処理をうまくやるかだけよ。全てはあんた次第だ」と家康に約束してくれた。

「そうか。ならば、この件を正式に公表する時期と方法については、そなたに任せる」

「おう、まずは噂話《うわさばなし》で下準備してから、民意を得られると確信した段階で公表だな。ただし、条件がある。超美人のエレオノーラさんを『平民派』の顧問に付けてくれねえか。聖下が龍種の血を引いていたと知った『平民派』の一部が『人間主義』に寝返りかねねえ。

それじゃあ本末転倒だからよう。今後はエルフとも共存共栄するんだ、聖下に龍種の血が流れていようがいまいが俺たちは異種族連合の道を進むんだっていう大義名分が欲しいのよ。なっ？」

「あーっ！　このおじさん、エレオノーラに気があるんだーっ！　そりゃ大陸を代表する超美人ですもんねーっ！　でも、やだーっ、ダメーっ！　エレオノーラは私のっ！」

「……わ、妾はセラフィナ様とイエヤス様のお側《そば》から離れるつもりはありませんわよ？」

「おいおい、そう警戒されちゃあおじさんも困っちまうなあ。定期的に集会に顔を出してくれるだけでいいからよ。なっ？」

んも〜ちゃっかりしてるぅ、気をつけてねエレオノーラ！　そうだ、私も同席するよ！　それで万事解決じゃん！　とセラフィナが拳を握りしめて何事かを天に誓う。

「……聖下……ボクはなんということを。伏してお詫びします……魔王軍と決戦するのでしたら、ボクが定めた火器の規制や兵器の開発改良禁止の法は、速やかに撤廃されますよう……」

と完全に観念してうなだれたグナイゼナウ枢機卿が、衛兵たちに逮捕されて異端審問所へと護送されていった後。

家康とエレオノーラ、そしてバウティスタは、「三部会」構想を基本とする皇国の改革案を教皇に上奏した。

「成る程。この十年、聖都は枢機卿団長の独裁によって圧政が続いていた。だから聖都でプッチが発生したのだな。今後はこのような独裁が生まれぬよう、政治権力を適度に分散させる三部会を導入せよと言うのか……八方美人的ではあるが良き落としどころである、イエヤス殿」

「御意。何事も均衡が肝要なのです、聖下」

「うむ。この上奏案を基本に、新たな皇国を築こう。ただしこの上奏案には問題点がある」

「王侯貴族議会の議長に、房婦玩具陛下を据えることですかな？　陛下は、平民出身故に過去の経歴に疵《きず》を持つことを種に枢機卿に脅迫され、やむを得ず人間主義を採っていただけでございます。今や、なにも問題は――」

「余が議長に就任したら、直ちにクドゥク族への恩赦を提案し、クドゥク族に独立自治区を与えて王国の再建を援助するつもりだが、それが問題になるのだろうかイエヤス殿？」

「いや、問題にはなりませぬ陛下。むしろ、新体制が明確に『異種族連合』路線へ切り替わった証しになるはず」

「イヴァンちゃんたちが祖国を取り戻せるのはめでたいけどさーっ！　私たちエルフの王都を返してよーっ！　返しなさいよーっ！　なに、ちゃっかりエルフの王都をネコババしたままいい人顔してるのよ、この妹偏愛者！」

「よ、余になんという無礼な……エルフ王都を今すぐ返還することはできぬ。わが王都は、対魔王軍戦における最重要拠点であるぞ！　そうだな、水と森に囲まれた代替地ならば……」

「代替地なんかいらーん！　王都を返せーっ！」

「フン、対魔王軍戦が優先だ！　戦争に敗れれば、王都返還もなにもないではないか！」

「せ、セラフィナ様も、陛下も、口ゲンカはそこまでに。何事もゆっくりと慎重に。イエヤス様の方針を貫きましょうと誓ったではありませんか。困りましたわね」

　教皇は「成る程、異種族が連合して一緒に戦うとは大変なことなのだな」と頷きながら、「朕が指摘したい問題点はそういうものではない、違う」と答えていた。

「じゃあじゃあ？　問題点ってなんですか、聖下？　うーん額の小さい角がかわいい〜。撫《な》でてみたいっ、なんだか猫の肉球っぽくない？」

「……こほん。セラフィナ様？　あなたは一応エルフ族の女王なのですから、そういう子供のようなご発言は……」

「ふふ。撫でてもよいぞ。朕が愚考するに、この三部会構想の中に勇者イエヤス殿の名が記されていないことが大問題だ。イエヤス殿は、葵の御紋を踏んだ時点で既に異教徒にあらず。今や『皇国を守護する勇者』となった。そのイエヤス殿が三部会を統括する総議長職に就任しなければ、三部会はまとまるまい。現に今、そちたちは朕の前でケンカしているではないか」

　家康は「いや、それは……」とたじろいだ。ここまで必死でエルフ族やイヴァンたちを守るために奔走してきた家康だが、異世界の新政権に直接関わるなどまっぴら御免である。彼はとにかく異世界に平和をもたらして、今度こそ家族や友人たちとともに自由を謳《おう》歌《か》したいだけなのだ。総議長就任などという重荷だけは、絶対に背負いたくない。

「……実のところ拙者は、教団の信徒ではございませんん聖下。拙者の目には、龍は大きな蜥蜴にしか見えませぬ」

「大きな蜥蜴か。ふふっ、そうかもしれぬな。それでは、総議長就任はいずれ時間を経るまで待つとしよう。何事も時間と忍耐だからな。ただし、こたびのイエヤス殿の働きに報いるべく、この場で恩賞を授ける。これはよいな？　なにを所望する？」

「お、恩賞ですと？　責任以外ならば、もらえるものはなんでも頂きます！　拙者は、なんとしても竜骨を頂きたい！　拙者が追求する不老長寿の漢方薬を完成させるために、本物の竜骨、すなわち、どらごんの頭蓋骨がどうしても欲しいのでございます！」

「……それは……ど、ドラゴンに寿命が来るまでは無理だ……わが兄弟を、殺したりはできぬ……」

「そこを！　そこを曲げてなんとか！　竜骨さえ頂ければ、この家康、総議長だろうがなんだろうが即座にお請け致しますぞ！　健康は命よりも大切なのです！」

「こ、これ。肩を揺するでない。め、目が回る……」

塔を包囲して固唾を呑んでいた衛兵たちが「聖下がイエヤス殿に襲われている！」と一瞬にして殺気だった。

こらっ聖下を困らせちゃダメでしょ、なんでイエヤスってば薬のことになると頭が一瞬で沸騰するのよう！　とセラフィナが慌てて家康の頭を杖で殴り、からくも家康を正気に引き戻した。家康は（またやってしまった）と自己嫌悪に襲われて頭を抱え、そそくさと教皇の御前から逃げた。

「どこへ行くの～、ちょっと待ってよぅ！　ところでイエヤスぅ？　勇者の印籠を潰しちゃったけど、体調はどう？　力が抜けたりしてない？　もう、プネウマを肺から取り込めないいんじゃ……」

「世良鮒よ、お前はまだ俺を理解しきれておらんな。俺が本物の印籠を踏み潰すはずがなかろう。あれは、枢機卿を謀るために憎威に拵えさせた精巧な偽物よ。本物の印籠はこの通り、ずっとわが胸元に隠していたのだ」

「どわーっ⁉　うっそ〜っ⁉」

「俺に人間離れした健康を与えてくれる貴重な印籠を、この俺が壊すはずがあるか。俺は、健康のためならばなんでもやる男だ。ふ、ふ、ふ」

「ふえええええん。イエヤスが私たちのために印籠を踏み潰してくれた瞬間ちょっとだけ感動したのに、あれって全部狸芝居だったのーっ？　騙されたーっ！　やっぱり印籠を惜しんだんだーっ、ケチ臭ーっ！　どこまでもケチ臭ーっ！」

「……そこは、慎重な勇者と言え。それに、偽物とはいえ高額な印籠だったので、踏み潰した時には実際に胸が痛んだぞ。余りの苦しさに、寿命が縮んだわ」

「だから、結局ドケチなだけじゃんっ！」

イエヤスが印籠を踏んだことに感激してくれた教皇聖下にはしばらく内緒にしておこうねー、真相を知られたらがっかりされちゃうよーとセラフィナは家康に慌てて忠告した。


だが、家康は「どうせいつかは露見する。隠しても無駄だ」とどこ吹く風。

人を食った勇者もいるものだ、とヴォルフガング一世はイヴァンと笑いあっていた。


ここに、聖都を騒然とさせた「平民派」プッチ事件は終結した。

魔王軍と裏で手を組み、大勢の異種族や皇国の平民たちに厄災を振りまき続けたグナイゼナウ枢機卿は国家反逆罪に問われ、「終身刑」という判決を受けた。

枢機卿に「死刑」という刑罰は適応されない——それが皇国の法だったために、彼は死刑だけは免れた。大厄災戦争で妹を失ったファウストゥスをはじめ、この判決に不満を持つ者も大勢いたが、家康は「迂闊に刑法を重くしてはならん。ひとたび殺しはじめれば、歯止めが利かなくなる」とここでも慎重さを崩さなかった。

ファウストゥスだけは最後まで「奴の罪は万死に値します」と固執したが、家康は懇々と説得したのである。

「枢機卿を処刑せずに幽閉し続けることで、原理主義者への歯止めとするほうが安全なのだ。切支丹信仰を捨てなかった高名な切支丹大名・高山右近《たかやまうこん》を決して処刑せずに呂宋《ルソン》へ去ってもらった時と同じよ。もしも俺が右近を処刑すれば、各地で切支丹一揆が発生していただろう」

「……成る程。過激派への人質として枢機卿を確保しておくわけですか。奴を殺せば聖人、だが生かしておけばただの人間。いやはや、あなたは実に狡猾なお方だ」

「無論、それだけではない。枢機卿にはまだ利用価値がある。生きていてくれたほうがわれらも助かるのだ」

「ああ。彼が握っている魔王軍とのツテと、魔王軍に関する情報ですな。まったくあなたは煮ても焼いても食えぬお方だ。ふ、ふ、ふ……」

ファウストゥスとは阿吽《あうん》の呼吸で意思が通じあう。家康の意図を汲《く》んだ彼は、最終的に枢機卿の助命に賛同したのだった。

かくして聖都での事態収拾を一応終えた家康は、ヴォルフガング一世とバウティスタに聖都を託し、セラフィナたちとともに馬車に乗り込んでエッダの森へと出立した。

「みんなー、また来るねーっ！　ほらほらイエヤスぅ、聖都名物のお土産『ドラゴン饅頭《まんじゅう》』だよー！　このおまんじゅう、真っ赤でしょー？　ドラゴンが吐く炎のように辛いんだって！　さっそく食べよう、おーっ！」

「馬車の中でいきなりはしたないですわよ、セラフィナ様。お土産を食べるのは、エッダの森に到着してからに……」

「エレオノーラってばお堅いんだからぁ。へーきへーき！　あむ、あむ……ひぃいいいっ、からいいいいいっ？　なに、これええええっ？　口から火が出る！完全に殺しにかかってるぅ！」

「少しは静かにしていろ世良鮒。家に戻るまでが旅行なのだぞ。聖都の民はよくもそんな辛い饅頭を食えるな。そうか。唐辛子に似た香辛料を満載しているのか、胃腸に悪そうだ……うっ。食べた翌朝の厠《かわや》を想像しただけで、腹が」

「ま、マンビョウエンでしたらここに。イエヤス様。姉さんの件、そして兄さんの件……ほんとうに、ありがとうございます。僕は、どう感謝の気持ちを伝えればいいのか」

「俺のほうこそお前の活躍に助けられたぞ射番。射番の姉上が王妹だったとはさすがの俺も驚いたが、これにて一件落着というところだな。これからは王子として、クドゥク族自治区の再建を頑張らねばな」

「はいっ！　でも、よろしければその、イエヤス様のお側にもうしばらくお仕えしたいんですが……」

「ほーら！　やっぱりイヴァンとイエヤスってば怪しいーっ！　うわーっ！　ドラゴン饅頭を暴食してやるぅ、ばくばくばく！　ひぃいいい、からあああああいっ！」

「い、いけません！　お腹を壊しますわよ、セラフィナ様！」

　後は（いかにして総議長職就任を固辞し続けるか）が家康にとっての最大の課題となった。魔王軍が上陸作戦を開始すれば、「異種族連合を束ねよ」という教皇勅令を断れなくなるだろう。

（願わくは魔王軍には、あと数年は暗黒大陸に留まっていてほしいところだが、これぱかりはどうにもならんだろうな）

第十話

仲間たちとともに無事にエッダの森に帰還した家康は、「聖都で体調不良になったため、大将軍職はしばらく休業する」と宣言してエッダの森の宮廷をエレオノーラとターヴェッティに委ねると、自らはイヴァンをお供に連れて山野へ繰り出し、趣味の鷹狩りに熱中していた。

この日は、十日連続となる鷹狩り日。河での釣りも加えて、家康は「大猟かつ大漁である」とご満悦。

「少し腹が減ったな。射番、昼飯にするか。えっだの森の美しい草原を眺めながら頬張るおにぎりは絶品だぞ。最近は世良鮒が聖都土産にかぶれて、味が辛すぎる気がするが」

「は、はい。あのう……毎日鷹狩りに興じていてよいのでしょうか、イエヤス様？　セラフィナ様が『いい加減に働きなさいよーう！』とお冠なのですが……」

「射番、皇国の三部会改革はそう容易くは進まない。いずれ俺に『総議長に就任せよ』と要請が来る。だが、異邦人の俺は聖都の政権に直接関与しないほうがよい。働き過ぎによる病気を理由に、療養と称して鷹狩りにいそしみ、要請受諾をできるだけ引き延ばすのだ」

「そういうものですか……今やイエヤス様は大陸の誰もが認める勇者ですのに」

「保身術は重要だぞ射番。こういう時こそ、自らに野心がないことを天下に知らしめねばならん。皇国簒奪の野心を疑われたら、俺はたちまち破滅してしまう。出世も手柄も程々がよいのだ」

「……言われてみれば智恵者の兄上も、大厄災戦争で勝利した直後に僕と姉さんの捜索を急いだ結果、枢機卿に足を掬《すく》われたんでした。政治とは難しいものなんですね。勉強になります」

「うむ。事実、俺はこの世界の覇者など目指してはいない。ただ魔王軍に脅かされない平穏な世界を築きたいだけだ。えの世界でも、石田三成が俺を豊臣家の簒奪者と断罪して蜂起しなければ、関ヶ原で戦うという危険を冒してまで天下人になることはなかっただろう」

「この世界を統べる王は兄上であるべきだと、イエヤス様はお考えなのですね。僕と姉さんとでお二人の間を取り持って、離間の陰謀からお二人をお守りします」

「房婦玩具陛下も、枢機卿から解放されて妹君を取り戻されてからは憑きものが落ちたように温厚になった。今の陛下ならば、この大陸を見事にまとめられるだろう」

イヴァンとそんな会話を交わしながら、神木を一望できる草原の片隅で火を熾《おこ》し、自ら仕留めた獣の肉を炙り、おにぎりに巻いて食している最中だった。

「んもー！　イエヤスぅ、イヴァン、いつまで鷹狩りに熱中してるのよーう？　長老様はご高齢なんだから、あんまり酷使しちゃダメでしょー？　帰ってきなさいってばあ～！」

いつまでも家康が森に鷹狩りに出たまま戻ってこないので、痺れを切らしたセラフィナがとうとう野営道具一式を背中に担いで山奥まで押し入ってきた。

「せ、セラフィナ様？　そんな重い荷物をお一人で？　腰は大丈夫ですかっ？」

「むふー。私だってイエヤスの鷹狩りにさんざん付き合わされたから、体力はばっちりだよイヴァンちゃん！」

「おお世良鮒、ちょうどいいところに。実は、聖都で踏み潰してしまった印籠の複製品を修復したくなったのだが、もはや手作業では復元不可能なのだ。お前の魔術でどうにかならんか？」

「マジでっ？　今さら～？　そもそも、偽物を修復することになんの意味がぁ？」

「最初は俺もそう思っていたが、ふと閃いてな。この偽物を本物と偽って闇市場で売りさばけば、莫大な利潤を得られると。桐子なら、うまくやってくれるはずだ」

「うわっ、ケチ臭っ!?　つーかそれ、普通に詐欺ですからっ！」

「フッ……闇市場で買い物をする側が悪いのよ。俺は悪くない」

「んも～、物持ちが良すぎるのも考えものだねー。聖都でみんなに配った贈り物のカンポウヤクも、紙に包まずに素のまま手渡してたよねー？　手に匂いが付くし、すっごく評判悪かったんだからぁ。イエヤスってば、包装紙すら惜しむなんてケチ臭すぎるって～」

「……包装紙など、無駄無駄無駄無駄。そもそも包装紙くらい、贈り物をもらう側が自前で調達するべきだ。俺はな、薬をタダで分け与えるたびに、自分の身体が切り刻まれるほどにもったいなくて死ぬほど辛いのだぞ？」

そんなにもったいないなら、そもそもいい人ぶって贈り物なんか渡さなきゃいいじゃん、とセラフィナは呆れた。ドケチのくせに無理していい人ぶろうとするところがイエヤスらしいといえばらしいけどさあと苦笑しながら、セラフィナは傷んだ印籠を受け取って家康の隣にしゃがみ込み、香ばしい香りを放つ炙り肉にかぶりついた。

「おお〜。これ、なんの肉？　美味《おい》しい〜！　舌がぴりりと痺れて病みつきになりそう！」

「このあたりの河で獲《と》れた、くらあけんの肉だ。吸盤内の棘を噛み砕くと、死なない程度に痺れる毒汁が溢れてきて、舌に刺激を与えてくれる。この少量の毒がむしろ健康によい」

「ギャ――――ッ？　クラーケンって、あの巨大な頭の下にキモい目玉と吸盤つきのたくさんの脚が生えている、うねうねぐちょぐちょしたアレ？　アレを食べさせられたの、私ーっ!?　い〜やあ〜!?　信じられないっ！　鷹狩りでなんつーものを狩るのよう？」

「いや、狩ったのではなく釣ったのだ」

「どっちでもいいよぅ！　人間の身体には大事なくても、エルフなら即死ということだってあるじゃんっ？」

「お前は治癒の魔術を使えるから、問題なかろう」

「あるわーっ！　呪文を詠唱する前に失神絶命したらどーすんのさー！」

「す、すみませんセラフィナ様。一応、エルフ族が食べても舌を痺れさせるだけで無毒だと、調べはついていますから……」

「でもでもイヴァンちゃん、見た目が不気味すぎるぅ！　スライムよりキモいじゃん！　この大陸の長い歴史上、クラーケンを食べた勇者はイエヤスが最初だよ、間違いないっ！」

異世界ではこのモンスターはクラーケンと呼ばれているが、これは「蛸」の一種だと家康は知っている。日本人は蛸を普通に食っていたが、そういえばウィリアム・アダムズは「悪魔ノ魚デゴザマス」と怯えて決して口にしなかったな、と家康は駿府時代を思いだしていた。

「ま、いいや。イエヤスが長らく求めてきたハッチョーミソが完成したから、味見してみて？　エレオノーラが魔術を使った促成交配を繰り返して、ついにダイズを造ってくれたんだよ！　ただし……やっぱり、完全に見た目がウ●コなんだけどぉ!?」

「おおっ、本物の八丁味噌《はっちょうみそ》ができたのかっ!?　これは有り難い！　異世界であろうとも、八丁味噌さえあれば俺は生きていける！　後は米だな。味噌と米さえあれば、この世界はまさしくわが理想の浄土となる！　次は米の品種開発を頼むぞ、世良鮒よ！」

ちょっとちょっと、そんなに肩を揺すらないで～とセラフィナは家康の異様なまでの味噌へのこだわりに辟易しながらも（ま、イエヤスはたくさん働いて頑張ってくれたから、少しはご褒美もね？）と照れ笑い。

この三人で揃って草原で食事を頂くという静かな時間を持てたのは、思えば久々のことだった。

家康の奔走によって、聖都を支配していた「人間主義」勢力は「三部会」に取って代わられ、愛妹をグナイゼナウ枢機卿から取り戻せたヴォルフガング一世は家康を「莫逆の友」と呼んで憚らない家康の兄弟分になった。バウティスタとヴォルフガング一世の関係も修復され、もはや人間の軍勢がエッダの森に攻めて来ることもない。

「しかし射番。王子でありながら、くどく族自治区に戻らなくてよいのか」

「はい、イエヤス様。クドゥク族は長年、共に苦しい流浪生活を続けてきた同志たちです。信頼できるしかるべき人材に自治区を委ねていますので、問題ありません」

「ならばよいが、くどく族の民たちにお前の顔を見せてやってもよかろう」

「それは、いずれ必ず。今の僕は、イエヤス様のお側で一日でも長く護衛役を続けたいのです。後学のためにも、イエヤス様をお守りするためにも」

「だが、望めば姉上と再び一緒に暮らせるというのに、もったいないとは思わぬか？」

「姉上は、イエヤス様のお力で枢機卿のもとから解放されました。これからは、いつでも会えますから。それに、何事も急ぎすぎてはならないとイエヤス様も仰いましたよね？」

「まあ、俺としては助かるが……当面は刺客も来ないだろうし、いつでも休暇を取って里帰りしてよいのだぞ射番？」

「うんうん、そうだよーイヴァンちゃん。イエヤスの護衛役には私がいるから、問題ないよ！　お姉さんに会ってきなさいって！」

「は、はい。ありがとうございます。でも……その……セラフィナ様は時々うっかりやらかすことがありますから、どうにも心配で……」

「がーん！　イヴァンちゃんってば、私のことをそんな風に見ていたんだーっ！　もういい、出家します！　嘘じゃありません、今度は本気ですぅ！　止めないで下さいっ！」

「わかった、止めん。放浪の旅を頑張って生き抜くのだぞ世良鮒。餞別に万病円をやろう」

「だからぁ。せめて紙で包めっ、手渡しするな～！　どうしてそこまでケチなのよぅ！」

　家康が大真面目な顔で「それほど紙が欲しいなら包んでやるが、鼻紙だぞ」と呟き、セラフィナは「鼻紙の包装紙なんか要らんわーっ！」と吼《ほ》えた。

　家康は（やれやれ。エルフの贅沢癖は直らんな）とぼやき、セラフィナもイヴァンも（このまま何事も起こらず、平和な時が続けばいいのに）と祈りながら神木を眺めていた。


　だが、時代はまだ家康に平穏な人生を歩ませてはくれない。

　この日の午後。

　ヴォルフガング一世の妹アーデルハイド・アンガーミュラー、つまりイヴァンの姉アナスタシアが、ヴォルフガング一世の虎の子とも言える忠誠心溢れる王国兵士団に護衛されながら、エッダの森を突然訪れたのだ。

　アンガーミュラー王国の王妹が公式にエッダの森を訪れた以上、家康たちは草原に野営テントを張る作業を中断し、草原から宮廷へと引き帰さねばならなかった。

　セラフィナは「んもー。イヴァンちゃんに会いたいのなら、お忍びでくればいいのに～。あむあむあむ」

と焼き味噌をたっぷりと塗ったクラーケンの串焼きを頬張りながら、宮廷の大広間に渋々顔を出した。

　まさに邪悪の化身そのものとしか言いようがない不気味なクラーケンだが、こうして調理してみると、弾力溢れる絶妙な噛み応えと舌を痺れさせる牙汁に強烈な中毒性がある。（セラフィナが愚図ったらクラーケンを食わせておけばよかろう）とばかりに家康に餌付けされつつあることに、彼女自身自覚はない。

「やっほ〜！　イヴァン〜会いたかったよ〜、あなたのお姉ちゃんですよ〜♪」

「ね、姉さん？　だ、抱きつかないでよ。陛下と僕たちが兄弟だという話はまだ秘密なのに、そんなおおっぴらに……いいの？」

「うんうん。公式にはまだ秘密だけれど、ここに連れてきている兵士さんたちは全員が大厄災戦争以来の兄上の戦友で、兄上に絶対の忠誠を誓っている人たちだから、へーきへーき！」

「「御意。陛下の出自の秘密、しかるべき時が来るまでは絶対に明かさぬと誓います！」」

　民心掌握に長けたランプレヒトが下準備を進め、丁寧に段階を踏んでから「頃はよし」と公式に発表して多くの民衆に好意的に受け入れられたとはいえ、教皇にほんとうに龍種の血が流れていたという事実を大陸の人間たちが知ったことは、歴史的な大事件だった。

　この大事件に被せるように「実はヴォルフガング一世もクドゥク族の血を引いている」という情報が漏れれば、いよいよ事態が混乱して収拾がつかなくなる。家康は「なぜ止める？　やっと妹を日の当たる場所に出せるのだぞ！」と公表を急ぐヴォルフガング一世を、「教皇家の件で民心は揺れており、今はまだ時期を見るべきです」と四苦八苦しながら説得したのだった。

　出自の公表よりも、民に「実績」を示すことが肝要。まずクドゥク族を解放して自治区を委ね彼らの国家再建を支援し、異種族が抱くヴォルフガング一世への反感を実績によって徐々に好感へと変えていくという迂《う》遠《えん》だが慎重なやり方を、家康は性急な王に勧めたのだった。

「せ、セラフィナ様？　宮廷内で立ち食いなどはしたないですよ？　いったいなにを食べているのですか？　なんです、それは……？」

「あ〜。やっぱり気になっちゃった、エレオノーラぁ〜？　これはねー、イエヤスとイヴァンちゃんが河で釣ったクラーケンだよっ！　エレオノーラも食べるぅ？」

「……くっ……くらっ……？　ひぃぃぃぃいっ!?　え、エルフ族の女王がなんというおぞましいものを口に？　ああ、お父さま……申し訳ありません。妾の監督が不行き届きだったばかりに、セラフィナ様をすっかり野生児にしてしまいましたわ……！」

「あーっ？　ごめーん！　エレオノーラってクラーケンが大の苦手なんだったねっ？」

幼い頃からクラーケンを見ただけで「ひぃぃっ？　吸盤だらけの触手が、触手が……」と引きつけを起こすクラーケン恐怖症を患っているエレオノーラが真っ青になって倒れかけ、慌てた長老ターヴェッティが「これこれ」とエレオノーラの背中を支えた。

「矢留の魔術」を使って一時は寝込んでいたターヴェッティだが、家康の薬とセラフィナの「治癒の魔術」の効果もあり、今は百歳を超えているとは思えないくらいに体力を回復させ、「命あるうちに次代のためにわが記憶と知識を全て書き残しましょう」と政務の合間に長大な回想録を執筆している。完成すれば、家康とセラフィナにとって貴重な「知の財産」となるはずだ。

「そ、それで、今日はなんの用で来たの、姉さん？　まさか僕に会いに来たとか、それだけの理由じゃないよね？　これだけの兵士を引き連れてきたんだから……」

「イヴァンちゃんに会いたいっ！　それももちろん訪問理由だよ？　でも実はねー、もうひとつ用事があってねー。兄上から『頼むから引き受けてくれ』って重大な任務を依頼されちゃってねー。兄上は、ほら、一度こうと決めたら頑固だからねー。なにを言ってもフハハハハ！　と高笑いされて押し通されちゃうから〜」

「えっ？　それじゃあ、王国の正式な外交官として来たの？」

「うん！　兄上は、イエヤス様がどうしても総議長職に就任してくれないので、いつまでも『三部会』改革が軌道に乗らないって焦っていてね。なにしろ『平民派』の面々と、平民から王に転身した兄上とじゃ立場的に水と油だしねー。ランプレヒトさんの詭弁《きべん》術……じゃなかった、調整能力にも限度があるんだよ。そこで！」

「そ、そこで？」

イエヤス様の予想通り、「総議長職就任」の要請に来たんだ、とイヴァンは身構えた。

だが、ヴォルフガング一世の八方破れさは家康の予想を軽々と飛び越えていた。

「兄上から『どうかイエヤス殿の妃になってくれ』って頼まれちゃったの～」

「ええっ？　ぼ、僕も、兄さんのお眼鏡にかなう姉さんの婿候補はイエヤス様しかいないとは思っていたけれど……どうして今？　突然すぎないっ？」

「兄上曰く、アンガーミュラー王家の一族に勇者イエヤス様が加わってくれれば自分の王位も安定するし、イエヤス様も総議長職を固辞しきれなくなるだろうって。本人は『余の智謀《ちぼう》はやはりイエヤス殿を一枚上回っているな、フハハハ！』って一人で盛り上がっているんだけどねー。あはは、困ったねえ～」

「ね、姉さんっ？　まさかその無茶ぶりを、受けたのっ？」

「うん、まあ……イエヤス様は温厚な殿方で、妃にすっごく尽くしてくれそうだし、なんといっても兄上とイヴァンの大恩人だし、違和感があるのはクドゥク族よりちょっとばかり身体が大きい点と有り得ないレベルのドケチという点くらいだし。少々顔が平べったい気がするけど、私は殿方の顔には特にこだわらないからね、いいかなーって。よく知らないクドゥク族のお婿さんと政略結婚させられるよりはいいでしょ？」

「え、ええと。『顔が平べったい』は、イエヤス様の前では禁句なんだよ姉さん？」

ぐええーっ？　とセラフィナは頬張っていたクラーケンを吹きだしながら断末魔の悲鳴を上げていた。

「ちょっとーっ!?　突然なにを言いだすのよ～ぅ？　どこまでも身勝手なんだから、あんの男……！　ねえねえイエヤスぅ、まさか受けないよねーっ？　受けたら総議長職就任決定なんだよーっ？」

「……う、うむ……」

突然、イヴァンの姉から「正妻候補」と名乗られた家康は（なんと？）と硬直している。

「やだーっ、私はやだーっ、絶対反対っ！　結婚っていうものはもっとこう、お互いを深く知りながら愛を築いていって最後に辿り着くものなんだよ〜？　生涯一度しか結婚しないエルフにとっては、そういう神聖なものなのーっ！」

「うーん。人間の王侯貴族はそうでもないみたい。クドゥク族も、もとは人間から派生した種族だし、出産適齢期がすっごく短いから、割とあっさり結婚相手を決めちゃうのよね。お互いに好意があればその時点で婚約成立、みたいな？」

「こらっ待て〜っ！『お互いに』とか勝手に言うなーっ！　慎重なイエヤスが、そんな適当に結婚相手を決めるわけないじゃん？　そ、そうだよねーイエヤスぅ？　お嫁さんにはさー、長寿の秘訣となる治癒の魔術の使い手とかさー、ハッチョーミソの再現をやってのけるお料理上手さんとかさー、それくらいの資質を持った女の子じゃないとねっ？」

金縛りにあってしまい、セラフィナが吹きだしたクラーケンを顔面に浴びていた家康は、「あわわ」と焦るイヴァンに濡れた顔を拭いてもらいながら、

「……そ、そう来たか。房婦玩具陛下は、恐ろしいお方……まさに太閤殿下に匹敵する恐るべき政治巧者！人質という足枷が外れた途端、俺の手にも負えなくなった……」

と脂汗を流して呻っていた。

「どうして俺は常にこうなるのか。俺を臣従させようと躍起になった太閤殿下から、妹君の朝日姫を後妻に押しつけられた時と同じだ。艶留羽土殿が独身で、想い人もいないだけまだマシだが……」

家康には、苦しい境遇にありながら天性の陽気さと優しさをもってイヴァンとヴォルフガング一世を支え続けたアーデルハイド（アナスタシア）に対して好意こそあれ、彼女を拒む理由はない。

だが、エの世界で正妻を不幸にしてしまった家康には、結婚する意思はなかった。

「ぐぇええ〜っ！　エレオノーラぁ、助けてーっ！なんだかわかんないけど、脳が、脳が壊れそうに痛いの〜！　ほらほら、イエヤスはまだ結婚を望んでないんだしぃ！　エレオノーラの外交力をもってして王の暴走を止めてっ！　お願〜い！」

「え、ええ。承知致しましたわセラフィナ様！　よろしいこと、アーデルハイド様？　結婚は一生の問題、

そう軽々しく決めていいものではありません。しばらくエッダの森に滞在なされて、先々のことをゆっくりと考えればよろしいかと……」

家康を慕うエレオノーラも、突然押しかけてきた家康の婚約者登場に焦っている。

「うーん。私もそれがいいと思うけれど、私が結婚しないと兄上はずっと独身のままなのよねー。なにがなんでも結婚する順番は変えないって兄上は決めちゃってて。このままだと、兄上の王国がいつ海千山千の貴族たちに転覆させられるかわかんないからねー」

「お世継ぎ不在のままでは、王位が安定しないと仰るのですね？」

「兄上がクドゥク族の血を引いてるらしいって噂も、じわじわと王都に流れはじめてるしね。兄上にさっさと妃を娶《めと》らせるためにも、私は早く結婚したほうがいいのかなあ～って」

「「われら陛下に忠誠を誓う兵士団も、引き続きエッダの森に住まわせて頂く！　そして陰に陽にお二人の結婚を実現すべく、婚活運動を開始する！」」

なにを堂々と宣言してるのよう、ぜんぜん陰じゃないじゃんっ！　とセラフィナが猛抗議し、アーデルハイドは「うーん。みんな兄上と長年一緒に戦っているうちに性格まで似てしまって、困ったね～」と苦笑する。

流浪生活や人質生活に慣れているのか、それとも天性の性格なのか。アーデルハイドは実にマイペースな女性で、エルフ貴族たちが「イエヤス様は人間には渡さぬ、エルフ族を導く大将軍として今後もエッダの森でセラフィナ様の隣にいてもらわねば」と殺気だっているにもかかわらず、まるで動じない。

危険な空気を察したエレオノーラは、家康に「このままではアーデルハイド様を妃に推す派閥と、反対する派閥との間で抗争が起きてしまいます」と密かに耳打ちした。

「反対する派閥と言っても、えるふには対抗するために担ぎ上げる妃候補などおるまい」

「イエヤス様？　エルフ貴族たちの多くは、セラフィナ様を妃候補に推しますわよ？」

「……なんだと？　俺の歳を覚えていないのか、お前たちは？　世良鮒は、俺にとっては孫娘のようなものだぞ？　別人とはいえ、千姫の魂を継いだ娘だしな……」

「センヒメとはどなたですの？　エルフ族は、人間族よりも長命なのですわ。歳の差婚など気にしませんし、そもそもイエヤス様はお若いではないですか」

「そうは言われてもな。だいいち世良鮒にもそんな気はなかろう？」

「え、ええ。セラフィナ様はまだ恋をするお年頃ではありません。ですがセラフィナ様はイエヤス様を父とも兄とも慕っておりますので、アーデルハイド様にイエヤス様を取られたくないとムキになっておられます。このままではエルフ貴族たちに妃候補として担ぎ上げられて、事態は深刻な政争に」

「……玩具を奪われたくないと愚図る子供だな、まったく」

家康は、早くも「セラフィナ女王陛下こそイエヤス様の妃に相応しい！」と団結して騒ぎはじめたエルフ貴族たちと、「勇者殿の妃には、陛下の妹君しか有り得ない！　イエヤス様以外に妹君の婿に相応しい英雄はいないと、陛下が決められたのだ！」と対抗する王国軍の兵士たちの間に渋々割って入った。

「まあまあ諸君、くらあけんでも食べて落ち着くのだ。ここでわれらがいがみ合ってどうする。いつ魔王軍との戦争が再開されるやもしれぬ大陸内で、これ以上の派閥争いはならんぞ」

だが、この言葉は藪蛇《やぶへび》だった。

「結婚を先延ばしするというのなら、総議長職への就任だけは認めて頂きたい！　これは対魔王戦のために必要不可欠な人事です！」

と、王国軍の兵士たちが家康に詰め寄ってきた。

ええい。結婚を認めても渋っても総議長職就任からは絶対に逃がさぬというわけかヴォルフガングめ、と家康は舌打ちしたかった。

エッダの森攻防戦では、豊富な戦歴を誇る家康はヴォルフガング一世の上手を行き続けたが、こと家族絡みの話となると家康は弱い。幼くして政争が原因で母と生き別れたためだろう。

エの世界で太閤秀吉に戦場で勝ちながら最終的に臣従したのも、秀吉から妹の朝日姫や実母を次々と「正妻」「人質」として押しつけられ続けた家康が苦り切って「もうわかった、太閤殿下。それほどに仰るのならば、殿下にお仕え致す」と音を上げてしまったかららだった。

あの状況でなお家康が秀吉への抵抗を続ければ、愚直で短気な三河武士たちは、朝日姫や秀吉の老いた母親を斬ってしまっただろう。かつての築山殿のように。

（そこまで計算して、自らの母や妹を仇敵の俺のもとに……これほどに激しく天下を望む野心も情熱も、凡人の俺にはない）と、家康は秀吉の執念に対して完全敗北を認めたのだった。

「総議長就任の要請を受けるか否かは、今しばらく桐子に暗黒大陸の情勢を調べさせてから返答させて頂く。艶留羽土殿には射番とともに、えっだの森でしばし自由に過ごして頂くので、性急にことを進めぬようにと陛下にお伝え下され」

「……あっ、見えちゃった！　イエヤス様も、結婚生活に関してはお辛い思いをしてきたのね？　私はずっと独身だから、そのあたり疎くてごめんなさいね。それじゃあ、とりあえずイヴァンちゃんも加えて、イエヤス様と一緒に仲良くひとつ屋根の下で暮らしましょうね～。その後のことは、まあ、なるようになるでしょう。うふ」

「ぐぇ～っ？　ちょっと待ってーっ！　私も、就寝時間が来るまではイエヤスの屋敷で暮らしてるんですけどっ？　なんだか納得いかないんですけどーっ？　私ってばまだ若くて独身で清らかな乙女なのに、いつの間にか嫁をいびる小姑みたいな存在になりそうっ!?　あれっ？　もしかして、もうなっているっ？　自分自身に絶望しました、出家しますっ！」

「せ、セラフィナ様。イエヤス様の寝室は僕が引き続き毎晩見張りますから、そう仰らずに。婚前交渉とかは有り得ませんから」

「そういうイヴァンちゃんが一番危ないのよーっ！　イエヤスが女性と結婚したがらないのは、やっぱりイヴァンちゃんに気があるからなんだよーぅ！」

「うう。酷いですセラフィナ様ぁ～。ですからそれは、セラフィナ様の妄想で……どうして僕って、女性陣からそういう目で見られるのかなあ……」

「イエヤスはエの世界で幼妻から人妻まで幅広く二十人の側室を抱えたから、とっくに女に飽きてるんだぁ

～！　この世界に来てから女性との浮ついた噂のひとつもないし、いつも独り寝してるじゃんっ！　そうだよー！　イエヤスはイヴァンに操を立てているんだよっ、そうに違いないっ！」

「そ、それは完全に誤解ですから……ね、姉さん？　セラフィナ様はその、時々妙な妄想を暴走させますけれど、凄く親切で優しいお方なんですよ？」

「うんうん。イヴァンはかわいいから仕方ないよ。一緒に暮らせば、きっとセラフィナ陛下ちゃんとも親友になれるよ！　これからは夜も同じ屋敷で寝ればいいじゃない？　私と同じ寝室なら安心でしょ？　それでみんなに幸福な未来が訪れる、そんな予感がするのっ！」

「あんたは夜もイエヤスの屋敷で眠るつもりなんかーい！　それってもう、押しかけ女房じゃん！　ダメーっ、純真なイヴァンちゃんと天然の姉貴のコンビにはとてもかなわないっ！　どうしよう、どうしようエレオノーラぁ～！　助太刀して、お願いっ！」

「せ、セラフィナ様。イエヤス様はどこにも行きませんから、そう慌てずに……まったく、困りましたわね」

　この間、家康は「万病円。万病円を飲まねば」と顔をしかめていた。

　皇国の「三部会」を統括する総議長職を受けるということは、ヴォルフガング一世をも指揮下に収める、異種族連合軍の総司令官に就任することに等しい。

　無論、必要とあらば就任する覚悟はある。だが可能ならば、その役目はヴォルフガング一世に務めてもらいたいというのが小心、いや慎重な家康の偽らざる本心だった。

　魔王軍について家康は無知だ。聞きかじりの知識だけでは戦場を生き残れないことを、歴戦のいくさ人・家康は熟知している。過去に魔王軍との実戦を経験しているヴォルフガング一世こそが総司令官に相応しいはずだ。だがどうもあの王は、「莫逆の友」と認めた相手にとことん深情けをかける男らしい。

　そして今ここに、家康を巡る新たな火種がもうひとつ、生じた。

「……その……イエヤス様の妃候補についてですが……お二人のうちいずれを選んでも、角が立ちますわ。慎重なイエヤス様がお二人とも妃にはできないと仰せでしたら、その時は、その、妾が……こほん。わ、妾はエルフ族のアフォカス派貴族のみならず、『平民派』を率いるランプレヒト殿からも絶大な支持を得ておりますので、妾がイエヤス様の妃となれば、エルフと人間の関係に均衡をもたらし、政局を安定させられるかと……」

「ぐえ〜っ!? エレオノーラが、この修羅場で幼なじみの私から寝返ったあ〜っ？ これが、これがイエヤスが常々言ってきた『敵はホンノージにあり』って奴なんだーっ？ ダメだよーっ、どさくさ紛れにイエヤスに求婚するだなんてぇ〜！ 出家するぞーっ！」

「い、いいえ、決してセラフィナ様を裏切るつもりは……出家だけは思いとどまって下さいまし！ これは、大陸の情勢を安定させるための最善策なのですわよ？」

「エルフの乙女は！ 政略結婚なんてしなーいっ！ はっ？ そっかあ。エレオノーラってば、イエヤスに本気で夢中だったんだね？ 私ってばぜんぜん気づかなくて、お邪魔虫と化していてごめんねっ……！ やっぱり出家するぅ！ エレオノーラの乙女心を察してあげられなかったなんて、私ってばお子さまぎぃ！ 私はもう、もぐらになりたいよーっ！」

「いいいいイエヤス様にむむむ夢中とか、そそそのようなことは決して!? おおお落ち着いて下さいませセラフィナ様!?」

「これが落ち着いていられますかってーのー！ うわーん、ごめんねえエレオノーラぁ〜！ お子さまの私はもぐらになります、末永くイエヤスとお幸せにいっ！」

「そ、そこは妾を『僭越《せんえつ》である』と叱りつけて下さいまし！ どうして、もぐらになるなどと!? あなたはエルフの女王なのですわよっ？」

実の姉妹以上に仲が良いエレオノーラとセラフィナが激しく揉める光景を、家康は呆然と眺めていた。このままでは、二人の関係が破綻してしまう。そうなれば、エルフ貴族はまたしても王家派とアフォカス派に分裂する。全てが元《もと》の木阿弥《もくあみ》ではないか。

（まずい。この俺の存在が、エッダの森をまたもや危機的状況に追い込んでいる。直ちにエレオノーラの荘園から逃げだし、ゾーイのもとに転がり込んで地下ダンジョンに潜り、俺こそが文字通りもぐらのように隠《いん》遁《とん》せねば……）

想定外の修羅場に陥ると混乱する家康は、この時、親指の爪をぎりぎりと嚙みながら突然の「亡命」を決意していた。厩《うまや》のスレイプニルのもとに辿り着けば、あとはどうにか逃げ切れるだろう。

（桶狭間《おけはざま》で今川義元《よしもと》公が討ち死にした時。三方ヶ原で武田信玄公の騎馬隊にわが軍勢を粉砕された時。本能寺で信長公が明智光秀に討たれたと知った時。大坂の陣で真田兵に首を討たれそうになった時。思えば俺は、己の想像を超えた突然の危機が訪れた時に、錯乱して「切腹する」と騒ぎたてる癖があるらしい。さすがに押しかけ女房問題に窮したからといって切腹したいとまでは思わんが、この緊張感には耐えられん。この場から逃げだしたい。とにかく逃げだしたい……！　腹が……腹が持たんのだ……！）

密かに後ずさりしながら脱出経路を探っていた家康の腕を、アーデルハイドが微笑みながら「ぐっ」と摑んでいた。意外にも力が強い。

「どこへも逃げ場はありませんよ？　『他心通』持ちの私にはお見通しですよ～イエヤス様？」

「な、なんとっ!?　俺の腹芸が全く通じぬとは……お、恐ろしい……築山殿以来の恐ろしい女性に出会ってしまった……」

「さあさあ、イエヤス様のお宅に参りましょう。今夜は盛大に夕食会を開きましょうね？　みんな仲良く、それがクドゥク族王家の家訓だもの。イヴァン、道案内をお願いね～？」

「は、はい、姉さん！　あ、あのう。セラフィナ様もエレオノーラ様も、互いの顔を摑み合っていないで、イエヤス様の夕食会に是非ご同席を……イエヤス様には結婚の意思がないのですから、揉めても意味がないかと……みんな家族ということで、いいじゃないですか。ね、姉さんと友達になって頂けませんか？　お、お願いします……（ぺこり）」

「「はうっ、かわいい……やっぱりイエヤス（様）はイヴァンに気があるんだ（のですわ）！」」

家康は、ある意味生涯最大の危機を迎えることになった。

百戦錬磨の家康は、戦にも暗殺にも謀略にも慣れている。だが、家族運に恵まれない孤独な幼少時代を過ごし、妻との悲劇を経験したためか、家族問題や婚姻問題はどうにも苦手だ。

だがアーデルハイドとエルフ族の仲を取り持たねば、エッダの森が瓦解しかねない。

家康は、観念して「それでは夕食会を開くか」と頷いていた。そしてその直後、柱の陰に隠れて息を潜めていたファウストゥスの姿を見つけた。

「おお、そんなところにいたのか。桐子も夕食会に来い。いつもの智謀で俺を助けてくれ」

「は、は、は……わ、わたくしは孤高の独身貴族ですよ。こういう男女の話は大の苦手でして……智謀を振り絞るどころか、脚の震えが止まりませんよ……ああ、恐ろしい……」

ファウストゥスは、怯えて柱の陰から出てこようとしない。

「ほう。お前にも苦手なものがあるのだな」

「当然ですよイエヤス様！　女性は、心変わりして裏切るのですぞ！　故に心安まりません！　ですが、銭は決してわたくしを裏切りません！　故に安心なのです！」

「……言いたいことは、よくわかるぞ……守銭奴のだあくえるふに悲しき過去あり、なのだな」

何事かを察した家康は、ファウストゥスを誘うことを諦めたのだった。


その日の夜。家康の屋敷で、アーデルハイドを迎えての夕食会が開催された。

「うふ。兄上ってば言いだしたら聞かない人で、ごめんなさい。しばらく厄介になりますね〜。イヴァンとひとつ屋根の下で暮らせるなんて、何年ぶりかしら」

「はうう〜。イヴァンちゃんが哀しむから、これ以上『イエヤスの家から出て行ってよ運動』は続けられないよぅ。こうなったら私の料理の腕前を見せつけて、立場の違いを教えてあげるんだから－！　新鮮なお野菜は好きなだけボウルから取ってね－。メインは、牧場直送のスライムステーキ！　さらに、今日レパートリーに加えたクラーケンの串焼き！　ハッチョーミソのスープに、シメは聖都の激辛辛子をたっぷり練り込んだ辛さ百倍のケラケラ麵！　どや－っ！」

セラフィナはなにか吹っ切れたらしく、テーブルに並べられた彩り溢れる料理たちに「美味しくなーれ、美味しくなーれ」と謎の呪文を唱えている。

「世良鮒、俺は胃が弱いのだぞ。辛い麺など要らん。万病円の世話になる羽目になってしまう」

「聖都で知ったんだよ！　辛いものを食べると、ぐわーっと汗が噴き出て気分が晴れるの！　私はお酒が飲めないからぁ、今夜は焼け辛麺だー！　エレオノーラも、ほらほら！」

「ひぎっ？　せ、セラフィナ様、これはさすがに辛すぎますわ!?　はっ？　イエヤス様の妃候補に名乗り出た妾を、激辛料理で悶死させようと……二人の友情も、これまでですわね？」

「ええ〜？　エレオノーラ、ひっどーい。私の好意を受け取らないというのなら、宣戦布告だー！　さらに激アツな千倍辛麺を食べさせちゃうっ！」

「ちょ？　明らかに、エルフが食べられる閾値《しきいち》を超えておりますわ!?」

辛さ千倍などと聞いただけで腹がおかしくなる、と家康は冷や汗を流した。

「エッダの森のお野菜と果実のサラダは、新鮮で美味ですねセラフィナ様。うふ。人口の多い聖都では、なかなか新鮮な食材が手に入らなくて、兄上の別邸で自分で果物を栽培していたものです〜。そうそう。聖都では野菜も肉も香辛料漬けにしてしまうのは、食糧輸送に時間がかかって傷みやすいからなんですよ〜。あぁ、ここはほんとうに自然豊かないいところです」

「むふー！　そうでしょうそうでしょうアーデルハイドちゃん！　本名はアナスタシアちゃんだっけ？　ま、どっちでもいいかあ！　これでわかったっしょ！　イエヤスの相棒は、このセラフィナ様なんだから！　異の世界から来たイエヤスの好みに適応した料理を作るのって、けっこう大変なんだよー？」

「あら。妾もハッチョーミソの開発に尽力致しましたわよ、セラフィナ様」

「ぐえっ？　それって、ダイズを開発したエレオノーラによる勝利宣言っ？　うあああ、植物魔術を使えない私の敗北が確定っ？」

「せ、セラフィナ様。イエヤス様はここにいる全員をご自分の家族だと思っておられるのですから、そう張り合わなくても……」

「でもさーイヴァンちゃん。だってだって～、エの世界で側室二十人～！　ってとんでもないイエヤスの前世話を聞いちゃってるから、イヤな予感がしてさ～」

「ふう……お、思ったよりも荒れておられますわね。セラフィナ様をこれほど動揺させたのは、妾のせいですわ。責任を取って、妾は自害を。そして、潔く身をひきますわ……！」

「ちょっとー！　いきなり自害するぞーっと言いだすのはどうかなーエレオノーラっ？」

「あなたこそ、なにかと言えば出家してやるーって言いだすではありませんか！」

「えー？　出家しても死にはしないじゃん！　あ、待って。私ってばいろいろ不器用だから、あっさり野垂れ死にするかも……ふええええ……」

家康は（俺は駿府では、側室同士を決して争わせぬよう平等に扱い、細心の気配りを続けていたものだ。はっきり言って、徳川家の子孫を増やすという義務を果たすための苦行の日々だった。やっと自由を得た今、二度と側室を集めたりするものか）と誓っているのだが、今後も毎日俺の屋敷でかしましいいざこざが続くのはまずい、と焦っていた。思わず指の爪を噛む。

家康にとって、ここは危険な「綱渡り」をやらねばならない切所。

セラフィナたちの心をひとつにするためには、やはり「あの話」を打ち明けるしかなかろう、一か八かの賭けだが、決して悪い卦《け》は出るまい。なぜならば前世などよりも、この世界で俺とセラフィナたちが積み重ねてきた人生の日々のほうが、ずっと重要だからだ。

家康は、そう結論した。そして、口を開いた。

「待て、阿呆滓まで世良鮒と同格に落ちるな。やむを得んな……皆、聞いてくれ。他言無用の話だぞ。俺をこの世界に召喚した妙な『女神』は、えの世界で死んだ者の魂は輪廻転生《りんねてんしょう》してこの世界に生まれ変わるのだと言っていた。勇者として召喚された俺は、例外なのだそうだ」

ふえっ？　どゆこと？　私たちに「前世」があるってこと～？　とセラフィナが飛びついてきた。こういう与太めいた話が好きらしい。

「いや。魂が再利用されるだけで、完全な別人になるのだ。魂という素材だけが転生するということらしい。

使用済みの公文書用紙が、鼻紙として再利用されるようなものよ」

「ちょっとーっ！　私らは全員、使用済みの鼻紙なんかーい！　わくわくするロマンチックな話を、なんでイエヤスはすぐにそーゆー品のない話に落としちゃうのかなーっ？」

「セラフィナ様。長老様もかつて、そのような話をされたことが。異世界で生を終えた者の魂が、この世界に輪廻するのだと。もしや、この世界を救うために勇者に任じられたイエヤス様が森の外でセラフィナ様と出会ったのは、偶然ではなく……」

「くす、わかっちゃいました。お二人は、エの世界で絆《きずな》を築いておられたのですね。運命の出会いだったんですね～」

アーデルハイドが、家康の感情を読み取って、微笑んでみせた。

「左様。そなたには隠し事はできぬらしいな。えの世界で俺の孫娘だった千姫の魂が、世良鮒として転生したのだ。俺は千姫の夫の秀頼公を大坂城で死なせ、千姫を嘆かせたものだ。『女神』とやらは、天下統一のために家族を犠牲にした俺に、この世界で今一度やり直す機会を与えてくれた。世良鮒を守ることこそが、この世界での俺の使命というわけだ」

「ふえっ？　イエヤスの奥さんとか側室じゃなくて、孫っ？　孫なのっ？　私ってば、イエヤスにどこまでもお子さま扱いされる、ううん、孫娘扱いされる宿命だったんだーー！　ギャーー！　早く成長してオトナにならなきゃ……！」

「偶然なのか、俺に縁がある者の魂の多くがえっだの森に集っているようでな。たとえば射番の身体には、秀頼公の魂が宿っている。太閤殿下のご子息で、千姫の夫。俺が天下のためにやむを得ず討った、若き貴公子であった」

「ええっ、僕の中に？　エの世界の記憶とか、そういうものは僕は持っていませんが？」

「うむ。魂を継いでいても人格は完全に別人なのだから、それで当然なのだ射番。そもそも秀頼公は、天を突くような大男だった。小柄な射番とはまるで似ておらぬ」

「ちょ？　つまり、私とイヴァンちゃんが前世で夫婦だったってことーっ？　いやいや、イヴァンちゃんはかわいいけれど、私よりもさらに幼い旦那様ってのはどうかなーっ？　私はまだ乙女に成長する伸びしろを残しているけれどぉ、イヴァンちゃんはこれ以上成長しないんでしょー？　そういう趣味はぁ、どちらかというとエレオノーラのほうがぁ」

「し、失敬な！　妾にもそういうお稚児さん趣味はありませんわ、セラフィナ様！」

「……あの……僕ももうそろそろ成熟期なんですけど……永遠に子供扱いは悲しいです」

「阿呆滓の身体には、秀頼公の母、淀君の魂が宿っているという。ただ、淀君は高貴な女性ではあったが、もっと気性の激しいお方だった。あまり似てはおらぬな」

「まあ。妾が？　イヴァンの母親の魂を継いでいる……？　それでは、三人がエッダの森に集ったのも、前世からの宿業だったのですわね？」

「魂を継いだからといって運命までは継がぬとは思うが、どうだろう。これは、俺が大将軍職を継いだ時にはまだ知らなかった裏話だし、目の前の現実にしか興味がない俺はさほど気にしてはいなかった。しかし、お前たちが俺の前でケンカする様を見ていると、どうにも黙っておられなくてな……」

「ふあ～い。わかったよぅ。前世以来の縁があるって言われると、なんだかとっても胸が痛くなっちゃった。エレオノーラともイヴァンちゃんとも仲良くするよぅ。じゃあじゃあイエヤスは、エの世界で救えなかった家族の魂を守るためにこの世界に来たってこと？」

「少し違う。『女神』からこの話を知らされるよりも先に、俺は自分の意志でえっだの森を守ると決めていた。『女神』がこの話を伝えてきたのは、俺が阿呆滓との会見で毒茶を飲んで仮死状態に陥った時だ……今思えば、毒で麻痺《まひ》した脳が見せた幻覚だったのかもしれんな。なにしろ千姫たちには、ずっと負い目があったのでな。大坂城を焼き滅ぼし、婿殿をはじめとするわが家族を死なせねば、天下太平の世を築けなかったという負い目がな……」

「イエヤスぅ……仕方なかったんだよー。ニッポンは戦乱の世界だったんだからさ。イエヤスはよくやったよ、頑張ったよ？」

「……イエヤス様のお心は、よくわかりましたわ。前世でそのようなお辛い経験をされたからこそ、今の世界では家族を大切にしたいのですね。今後は、誰を正妻にするかで揉めたりは致しません。皆イエヤス様の大切な家族として、仲睦まじく過ごさせて頂きますわ」

「ええ、イエヤス様にこの世界でまた政略結婚を強いるのは酷な話。兄上には『イエヤス様の結婚は、イエヤス様ご自身がお決めになること』と私からも申しあげますね～。何事も、自然の流れに任せましょうね～」

「私も賛成～！　平和な世を造るためにいろいろなものを犠牲にして天下を取ったけれど、イエヤスがほんとうに望んでいたものは家族との暮らしだったってことだよねー！　イエヤスの勇者としての冒険の人生は、贖《しょく》罪《ざい》の旅だったんだね……いい話だねー、ぐっすん！」

「はい、セラフィナ様。なんとなくですが、兄さんの魂は前世ではタイコウデンカだったような気がします。なにかと境遇が似ていますし」

「射番までこの与太話で盛り上がるとは……よいな、今の話はここだけにしてくれ。そもそも、あの『女神』の存在自体が俺の妄想かもしれん。俺は現実主義者。輪廻転生など容易に信じぬ」

「異世界に召喚されていながら、そこまでかたくなに現実主義者を貫くイエヤスってば、ほんっと大人物だねっ！」

ふう。王の説得という最大の関門は残っているが、どうにか目の前の修羅場は乗り切れたか……と家康は額の汗を拭っていた。

セラフィナやイヴァンがもしも「それじゃあイエヤスってば前世ではエレオノーラたちの仇なんじゃんっ！」「ここで会ったが百年目、復讐させて頂きます！」と家康に害意を抱けば、全ては瓦解していただろう。

だが、セラフィナたちは決してそのようには受け取るまい、と家康は皆を信頼していた。

ただ、アーデルハイドだけが「あらあら？　それでは、私の魂は誰の魂を継いだものなんでしょう～？　まさか、私だけがイエヤス様とは前世で無縁の存在？　もしかして、お邪魔虫でしたかしら～？」と首を傾げている。

悪いがそれは『女神』から聞いていない、としか家康は答えられなかった。

「ふっふっふー。それじゃあ、アーデルハイドの前世を当てる大会をこれから開催するよー！　正解者にはハッチョーミソを一年分！　私はズバリ、イエヤスの正妻ツキヤマドノだと見たよー！　だってぇ、イエヤスってばアーデルハイドをすっごく苦手そうにしてるじゃん！」

「そ、それは、艶留羽土殿が他心通で俺の心を読むからだ世良鮒。というか、誰が正解を決めるのだ!?　いったいなにを根拠に？」

「ふっふっふ。根拠は、私の直感っ！」

「出鱈目《でたらめ》にも程がある！」

「はっ？　そうですわ、妾は正解がわかってしまいましたわ！　アーデルハイド様の前世は、タイコウの妹君アサヒヒメではありませんこと？　イエヤス様のもとに強制的に送りつけられた正妻候補というお立場が、まるきり同じですもの」

「うむう。どちらが正解でも胃が痛くなる……ここは、両者とも不正解ということにしておく。どのみち、なんの物証もあるまい」

「あ、あのう……意外と、イエヤス様の母上かもしれません。姉さんは見た目は童女ですが、中身はお母さんのようにしっかり者ですし」

「ああ、さすが私の弟！　それです～！　私、ピンと来ましたっ！　成る程、成る程～。これからは、イエヤス様をわが子のように慈しんであげまちゅからね～」

「……やめてくれ……俺はな、自分の母親が苦手だったのだ……幼くして別離して以来、十数年ぶりに再会を果たしてからというもの、いい歳をした俺を常に子供扱いしてあれこれ口を挟んできて、それはもう……全ては俺が見た夢、与太話だ。もう忘れてくれ」

「真実でも夢でも、どっちでもいいじゃん！　ここにいるみんなが前世以来の家族ってことで、仲良く暮らそうねっ！　おーっ！」

「はっ？　妾は、また閃いてしまいましたわ？　ファウストゥス殿の前世は、きっとホンダマサノブ殿ですわよ！　イエヤス様といつも密談・悪謀ばかりしておられますもの！」

「おおー、いい線いってんじゃん！　エレオノーラってば天才!?　でも、ゾーイの前世を当てるのは難しそうだねー。なにしろ山に穴を掘って籠もるのが趣味だから、エの世界でも歴史の表舞台に立ってなさそう～」

「一晩かければきっと正解に辿り着きますわ、頑張って推理しましょうセラフィナ様」

「あ、あのう。イエヤス様のもとで鉱山を掘っていたオオクボ様は死後に公金着服や収賄が発覚してお家を取り潰されたんでしたっけ？　じゃあ違いますね。ゾーイさんは仕事一筋の一徹なお方ですし……」

「その守銭奴ぶりは、むしろファウストゥスじゃん？」

「セラフィナ様。森にいる全員が全員、前世でイエヤス様と関わりがあったとは限りませんわよ。長老様の前世は、テンカイ僧正のような気がしますけれども」

「ふふふ。ゾーイってばさー、前世ではイエヤスの息子さんの誰かだったんじゃない？　きっと男の子だったんだよ。私の直感は当たるよー？　バウティスタの前世も当ててみせちゃう！　きっと、ミカワブシサイキョーのホンダタダカツだねっ！　超強いし、かっこいいもんね！」

「……お、女城主のイイナオトラ様ではないでしょうか？」

あれほど「転生といっても別人だ」と伝えたのに、皆が前世話に興味津々だった。家康にはどうしてこれほど盛り上がるのかよくわからないが、とにかく修羅場は完全に去った。

家康は（当面、俺の屋敷が修羅地獄と化すことはなくなったようだ）と安堵し、エレオノーラに現実の仕事の話を切りだしていた。

「さて阿呆滓よ、俺の代わりに王都に出向いて、陛下へのもろもろの返答を引き延ばしてくれ。悪いが頼まれてくれるな？　俺自身には無理だ。今の凄まじい威圧感を放つ陛下の前に出たら、小心な俺は気を呑まれて『妹君を妻として娶らせて頂きます、総議長職にも就任致します』と承諾してしまいそうでな……」

「は、はい！　外交は妾にお任せ下さいませイエヤス様！　妾が不在の間、どうかセラフィナ様をよろしくお願いしますわね？」

「あーっ。エレオノーラが行くなら、私も一緒に王都に行きたーいー！　あそこはもとはエルフ王国の王都なんだよー？　お墓参りだってしたいしぃ、別荘くらい建てさせてくれてもいいじゃんねー？」

「世良鮒よ、先祖供養はよいことだ。だが、別荘を建てる費用は国庫からは出さんぞ？」

「うぇえええ。イエヤスの、ドケチーっ！」

「うふ。イエヤス様と兄上が手を組んだのですから、いずれエルフ族と人間族の境界はなくなりますよ、セラフィナ様。別荘など持たずとも、自由に王都に出入りできる日が来ます」

「はい、姉さん。もちろん、クドゥク族も――」

「そうだな射番。魔王軍との次の戦争に勝利すれば、この大陸を分断しているあらゆる垣根が取り払われることになるだろう。俺は一日でも長く寿命を保ち、陛下とともに天下太平の世を実現させる。こたびは、己の家族を犠牲にすることなく、な……」

「はい、イエヤス様！」

こうして家康邸にまた新たな家族が加わり、家康は生涯でもっとも静かで満ち足りた時間を過ごすこととなった。

だが、家康の妃問題は、エレオノーラとヴォルフガング一世の直接交渉のさ中に「棚上げ」となった。

言うまでもなく、皇国の政変騒動と混乱を好機と見た暗黒大陸の魔王軍が本格的に動きはじめたからである。

第十一話

グナイゼナウ枢機卿の失脚に端を発する聖都の皇国改革は、予想以上に難航していた。

複数の領邦国家で、「三部会反対」を唱える人間族が「人間主義軍」を次々と結成しはじめ、ジュドー大陸内に巨大な内部紛争の種が育ちつつあったのだ。

ヴォルフガング一世が「やはりイエヤス殿に総議長職に就任してもらわねば収まらない。だが、聖下からの勅令を送ってもあの慎重な御仁は動かんだろう」と愛妹のアーデルハイド（アナスタシア）を家康の妃候補としてエッダの森に送り込んだのは、それほどに事態が緊迫していたからだ。

だが家康は自分の代理人としてエレオノーラを王都へ派遣し、「腹が痛い、まだその時期ではない、機が熟するまでここは見の一手と、イエヤス様は仰せですわ」と理屈を捏ねさせて、総議長職就任を固辞させ続けた。

こうして家康が時間を稼いでいる間に運命の日が訪れ、事態はいよいよ劇的に急変した。


聖都に、暗黒大陸から「宣戦布告状」が届けられたのだ。

エッダの森に籠もっていた家康が「総議長職の座、お請け致すしかあるまい」とついに重い腰を上げたのは、魔王軍からの宣戦布告状が聖都に届いたと知らされた直後だった。

家康は内心（暗黒大陸の鎖国ぶりはなんとも恐ろしい。まるで動静が摑めなかった。薩摩の島津藩《しまづはん》のようだ）と動揺したが、ようやく「機が熟した」といえる。

「総議長という名称はどうにも期間限定職という感じがしない。魔王軍との戦争のみを遂行する期間限定職ならばお請け致す。『征夷大将軍』とでも改称して頂きたい」

という家康の申し出を聖都の三部会は了承し、家康を聖都へと大至急招いた。

ここに家康は、三部会を統括する臨時執政官「征夷大将軍」として再び聖都へと凱旋《がいせん》。長らく折衝役を務めてきたエレオノーラと合流し、王都から駆けつけたヴォルフガング一世とバウティスタとともに直ちに軍議に入ったのだった。

「おお、やっと腰を上げてくれたかイエヤス殿！　大陸は今面倒なことになっているが、この機に乗じて暗黒大陸の魔王軍が三度目の上陸作戦を開始するとついに通達してきたぞ！」

「イエヤス殿。今まで同様、魔王軍は暗黒大陸とジュドー大陸間に挟まる北の海峡を渡航し、北の防衛拠点ザキモリ砦を奪おうとするだろう。私とヴォルフガングはこうなる前に大陸内を異種族連合派で統一したかったが、力が及ばなかった。イエヤス殿がもっと早く立ち上がってくれれば……いや、恨み言は言うまい」

「フン。どうやらグナイゼナウの信奉者が魔王軍側に情報を流しているようだ。暗黒大陸側からの情報はこちらにはまったく入らんというのに、腹立たしい！　余は、この期に及んでなおグナイゼナウの妄想から醒《さ》めない『人間主義軍』など、この手で叩き潰してやりたい！」

「今はそんなことをしている場合ではない、ヴォルフガング。われらは自滅してしまう！　魔王軍は、われらの内部分裂を誘発するために第三次遠征軍を興したのだぞ」

家康が、バウティスタの言葉を継いだ。

「かつて陛下は徹底的に魔王との直接対決を避けることで時間切れ勝利に持ち込んだと聞きましたが、魔王軍はそれほどに強いのですか？」

「うむ！　オーク族の強さは、軍を率いる長の武力によって大幅に変わる！　それが、余が魔王との直接決戦を避けた最大の理由だ。奴は本来ならば、親父殿の仇。まっすぐに首を狙うべき相手だったが、当時の苦しい戦局では、勝利を優先するしかなかったのだ」

「成る程。さすがは陛下、戦場においても冷静沈着であられる」

「フン、水臭いな。そなたは余を指揮する征夷大将軍だぞ。われらの間で敬語など無用だイエヤス殿！　これよりは対等に話してくれ、イエヤス殿は将来の義弟なのだからな。フハハハハ！」

「……承知」

いや待て、これでは妹君との結婚まで承知しているかのようではないか、と家康は閉口した。

「魔王軍を上陸させてしまってザキモリ砦を魔王軍に

明け渡し、大陸の最北端エリアと大陸北部の中心エリアを区切る第二の防衛ライン・アラベルキ山脈を巨大な天然の砦として徹底的に死守する封鎖戦術を選ぶという選択肢もあるのだが」

「もしも今、魔王軍にザキモリ砦を奪わせれば、恐らく各地の『人間主義軍』が続々とわれら三部会に反旗を翻し、事態は収拾不能になる。ザキモリ砦に籠城して一歩も出ない持久策を選んでも同様で、時間が経てば経つほど三部会への造反組が増えていく。故に、われらは強大な魔王軍を相手に正面から野戦を展開するしかない」

「ふむ。ならばざきもり砦に大至急入城してわれらの拠点とし、野戦決戦を挑む道しかなかろう、陛下。初手を奪われれば、そのままずるずると相手の思う壺に」

「フハハハハ！　余もバウティスタも、同意見だ！　だがなイエヤス殿、さほど多くの兵力を前線に投入できんのだ！　『人間主義軍』が跋扈《ばっこ》する大陸内の各地に抑えの兵力を配置しなければ、遠征もおちおちできぬ！」

「その問題については、この家康に考えがある――各地の『人間主義軍』を正規軍として採用し、われら三部会主力軍と轡《くつわ》を並べてざきもり砦に入れるのだ。無論この俺も、征夷大将軍としてざきもり砦に入城する」

砦内で内紛が起こったら致命傷だぞ!?　とバウティスタが驚いて目を見開いていた。

だが家康は（胃が痛いのは確かだが）と顔をしかめながらも、いつもの口癖を呟いていた。

「魔王軍に内応している者もいるだろうが、素知らぬ顔をして彼らに二択を迫るのだ。魔王軍とともに戦うか、われら大陸の同胞とともに戦うかを。素知らぬ顔をして、彼らを郎党として扱うのだ。これまでの遺恨は全て水に流す、軍功を立てれば人間主義的な政策を採る領邦国家を認めてもよい、と内々に保証してやればよい。さすれば必ずや、われらとともに戦う道を選ぶ者が続々と現れる。博打をしたくないというのならば、率先してわれらに忠誠を誓う『人間主義軍』の長をこちらで予め『仕込んで』しまってもよい」

「『仕込む』とはどういうことだ、イエヤス殿？」

「暴痴州殿。これは関ヶ原の合戦の際に、俺が小山《おやま》評定で用いた『手』だ。関ヶ原の合戦は、俺が豊臣恩顧の諸大名を率いて会津《あいづ》の上杉景勝《うえすぎかげかつ》を討つために東進した隙を突き、政敵の石田三成が『打倒家康』を掲げて西国諸将を糾合し、兵を挙げたことから起こった」

「フン。外様を率いての遠征中に、王都でクーデターを起こされたというわけか。どうやって絶体絶命の危機を切り抜けたのだ、イエヤス殿？」

「うむ。石田三成の西軍挙兵を、俺は北関東の小山で知った。問題は、わが軍に従軍中の福島正則《ふくしままさのり》や山内一豊《やまうちかずとよ》たち豊臣恩顧の外様大名たちだった。なにしろ彼らは大坂に妻子や家族を人質として置いてきている立場だし、あくまでも俺の家臣ではなく豊臣家の家臣たちだ――」

「ほう……ウエスギ攻めを続けるか、西に引き返してイシダと戦うか。もしもオヤマでの評定で意見が割れれば、即座に遠征軍は二分し、イエヤス殿自身の命が危うくなる。文字通りの切所だな。どうやって切り抜けたのだ？」

「小山評定を開いた俺はいきなり、『治部少《じぶしょう》（石田三成）は大坂城に留まっている諸将の妻子を人質に取っている。妻子が心配な者はこの場から去ってもよい、決して恨まぬ。おのおの方は、家康とともに戦うもよし、治部少に付くもよし。ご随意になされよ』と言い放って、諸将を震えあがらせた……例の腹痛が爆発する寸前だったが、死にたくない一心での狸芝居よ」

「なんと。そのような蛮勇を奮ったのか？　一か八かの博打ではないか！」

「陛下。慎重な俺は、既に石田三成の蜂起の可能性を想定していた。そこで、豊臣恩顧で遠江掛川城主《とおとうみかけがわじょうしゅ》の山内一豊に予め根回しをして、『石田三成と一戦すべし。拙者は内府（家康）にわが城を明け渡しますので、速やかに東海道《とうかいどう》を進まれますよう』と評定で発言させたのだ。恩賞は、土佐《とさ》一国という破格の好待遇よ」

太閤秀吉は、家康を関東に転封する際、京・大坂への通り道となる東海道一帯を山内一豊たち豊臣恩顧の大名で固め、家康に決して東海道を進ませないように長大な防衛ラインを敷いたのだが、家康は山内一豊を調略することでこれを一撃で突き崩してしまったのだった。

「小山評定に参加した豊臣恩顧の大名たちは、山内一豊に釣られて一斉に俺との共闘を誓った。そして俺は、豊臣恩顧の大名たちの力で関ヶ原で石田三成軍を破ることができたのだ」

「成る程、それが『仕込む』ということか！　その手が最善かもしれん！　恩賞に釣り上げられそうな貴族は、確かにいる。信仰上の理由とは無縁で、ただ既得権益にしがみつくために『人間主義軍』を結成している奴らが！」

「ヴォルフガング、そのような不義不忠の者たちに恩賞を？　私は、そういうやり方は好まないが……」

「バウティスタよ。余とて業腹だが、イエヤス殿はそのような『われ、素知らぬ顔をすれば』という忍耐強いやり方でエの世界を統一したのだ。実に融通無碍ではないか！　利だけで己の陣営を決める者は、利で釣ればよい。『人間主義軍』の大物を一人釣り上げれば、小物たちは一斉に流れに靡《なび》く。一気に風向きが変わるぞ！」

性格に裏表がなく生真面目なバウティスタは「いったい誰を調略すれば？　わからない、ぐぬぬ」と目を回しているが、内部調略するべき相手の目星は既についた、余に任せてもらいたい、とヴォルフガング一世は早くも頷いていた。

「フン。後は、イエヤス殿がわが妹との結婚を承諾してくれれば、一切の迷いなく戦場に出られるのだがな――」

「いや。年齢的にも、妹君よりも陛下のほうが先に妃を娶り、王家のお世継ぎをもうけるべきかと。一代にして王に登り詰めた陛下の王国を安定させるためには、やはりお世継ぎが必須。できれば二人、三人、四人と多ければ多いほどさらに安定する」

「……妹と同じことを言うな。しかし、余はなんとしても長らく苦労させてきた妹をだな……だいいち、この余に妃を娶る時間があると思うか？　これから魔王軍との戦いがはじまるのだぞ？」

「なにを異なことを。相手なら、そこにいるではないか。実の家族以上の信頼関係を結んでいる暴痴州殿を妃に迎えればよい。半日もあれば手続きも式も終えられる」

「ば、ばっ……!?」

「……いいいイエヤス殿っ!?　わわわ私はしし修道騎士であってしし信仰に魂をさささ捧げた……ぼぼ

ぼヴォルフガングは兄のような存在であって、けけけ決してれれ恋愛沙汰たたたた……」

この二人、もしかして己の気持ちにも相手の気持ちにも気づいていなかったのか、と家康は少々呆れた。兄妹同然の関係を長らく続けてきたからだろうか。

戦を前になぜ俺がこんな好々爺《こうこうや》のような真似をせねばならぬのだと愚痴りながらも、家康は「それで皇国の三部会体制も安定する。陛下を恐れる異種族たちの警戒心も、暴痴州殿と陛下が結婚すれば大いに緩む。あらゆる意味で良いことずくめである」と、戸惑う二人を猫撫《ねこな》で声《ごえ》で言葉巧みに説得する羽目になった。

「……そ、そうだな、い、イエヤス殿が妹との結婚を前向きに考えると約束してくれるのならば、よ、余も、み、身を固めることにはやぶさかではない……だ、だが、相手が……バウティスタとは？」

「……その考えはなかった……確かに修道騎士は、聖職者とはいえ戦場で命を散らす定め。生涯独身を貫かねばならないという掟はないが……ち、父上も妻帯したからこそ私がいるわけだし……だ、だが、ヴォルフガングは気位が高すぎるのか、肝心の時に水臭く一人で悩みを抱える男……異母妹弟の件を十年も黙っていたような奴だ……だ、誰かが隣にいてやらねば、ダメかもしれない……」

「待て！　その言い様はなんだ、バウティスタ？　まるで余の面倒を見てやれる者は自分しかいないと言いたげだな!?」

「……実際そうではないか。枢機卿に脅された時にすぐに私に相談してくれれば、あんなことにはならなかった」

「あの時のお前は子供だっただろうが！」

「確かにな。だが今は違うっ！」

よし矛先を逸らせた。これで当分、アーデルハイドとの結婚話を陛下から言いつのられることはなかろうと家康は安堵していた。セラフィナが同席していたら間違いなく「ほんとにイエヤスってば腹黒ーい」と微妙な目つきを向けられていたことだろう。

だが――家康がまったく想定していない「運命」が、この直後に突きつけられた。

ヴォルフガング一世から「魔王の書状に書き加えられている、魔王と同格の同盟者……エの世界から召喚

されたという『魔人』の名前が、どうもわれらの世界の文字ではない。イエヤス殿ならば読めるだろうか？」と、魔王から届いた「宣戦布告状」を手渡されたのである。

その書状に書かれた署名に、家康は確かに見覚えがあった。

なぜならば。

「……これは……漢字ではないか⁉」

その魔人の名を目にした家康は、「厭離穢土欣求浄土……」と呟きながら、思わず天を仰いでいた。

エの世界から召喚された魔人の名は、そう、「岡崎《おかざき》三郎《さぶろう》」。

家康が信長の命令で切腹させた嫡男、徳川信康だったのである。

「そうか。信康の魂が誰にも輪廻転生していなかったのは――そういうことであったか」

異世界を浄土と成したいという家康の願いは、エの世界からの因果によって今、叩き潰されようとしていた。これが乱世を終息させるべく幾多の犠牲を払って天下を取った者が受ける報いかと家康は絶望し、途方に暮れた。

「い、イエヤス？　その……元気だしなよって……そんな言葉、慰めにならないよね。ごめんね……」

「セラフィナ様。異世界から召喚された勇者と魔人との違いは、魂を黒魔力に汚染されているかどうかだそうですわ。長老様ならば、魔人を除染する方法をご存じかもしれませんわ」

聖都に新たに建てられたエルフ王族別邸の一室で、安楽椅子に横たわった家康は無意識のうちに親指の爪を噛み続けていた。

いったいいつからこんな大名の嫡子にあるまじき悪癖が身についたのか、今の家康にはなんとなく見当が付いていた。家康自身はまだ幼かったので記憶が定かではないが、政争に巻き込まれた生母が松平家から追われた時だ。恐らく母を失った幼児が、母の乳房の代わりに自分の爪を噛むようになったのだろう――その喪失体験は家康にとって、生涯ではじめて経験した「認めがたい辛い現実」だったのだろう。

そんな家康にとって、生涯最大の不幸であり悔いとなった事件が、武田家への寝返りを目論んで信長を激怒させた正妻の築山殿と、母親に巻き込まれた嫡子信康の死である。

「……世良鼾。阿呆滓。えるふ族より大将軍職を引き受け、今日ついに聖下から総議長職こと征夷大将軍職を拝受した以上、今さら魔王軍とは戦えぬとは俺は言えぬ。魔王と手を組んだ魔人の目的は、はっきりしている」

「やっぱり、エの世界の因縁を忘れていないノブヤスは、イエヤスを討つために攻めて来るってこと？」

「……イエヤス様。お辛いお立場、お察しします。いっそ俗世を捨てて出家し、大陸を放浪するという手もありますわ。妾も、どこまでもご一緒致しますわ」

「はい。僕もお供します。イエヤス様がジュドー大陸の勇者でいる限り、かえって魔人の戦意が増す、イエヤス様が出家すれば魔人の士気を削《そ》ぐことができると説明すれば、きっと」

「有り難いが、それは無理だ。信康は自分自身のことよりも、俺が生母の瀬名《せな》を斬らせたことを決して許すまい。出家して逃げようが、どこまでも俺を追いかけてくるだろう……」

「そんなああ～？　魔人と和睦できる道はないのかなあ、長老様？　あっ、イエヤスの首を差し出すという案はなしでねっ!?」

「残念ながら魔人は黒魔力に魂を縛られております。和解は難しいですのう、セラフィナ様」

「全ては俺の自業自得だ、田淵殿。だが、信康はなぜ魔人になってしまったのだ？」

「時折、勇者に深い遺恨を抱いた者の魂が勇者の魂に強く惹《ひ》かれて、反勇者、つまり魔人として召喚されてしまうことがありますのじゃ」

ふええ。そんな奇妙な話、ある～？　とセラフィナは首を捻るが、家康は「面妖だが、有り得る」と納得していた。

「かつて太閤殿下は、信長公の遺児たちから天下を簒奪したことを後悔して恐れておられた。晩年、死の床についていた太閤殿下のもとに死んだはずの信長公が現れて、『よくもわが子たちから天下を奪いおったな』と太閤殿下をお叱りになり、殿下の身体を引っ張り上げて思いきり投げ飛ばしたと、前田利家殿が震えながら語っておられた」

「ひえっ？　それってお化けじゃんっ？　目撃者のマエダトシイエさんが耄碌《もうろく》していたんじゃないの〜？　もしかして幼女の幽霊たちに襲われてたんじゃない〜？」

「ほっほっほ。イエヤス殿ご自身は、そのような不可思議な経験をしたことが？」

「俺は現実主義者故、幽霊に出会ったことはない。だが今、幽霊よりも忌まわしい魔人と戦う羽目になった。まさか、異世界で再び息子と命を奪い合うことになるとは……信康から黒魔力を除染する方法はないのか、田淵殿？」

「ひとたび黒魔力に侵食された魂は、たとえ魔人を殺しても解放できませぬじゃ」

「討ち果たしても解放できぬのか？　魔人のまま討たれた信康の魂は、どうなる？」

「この世界ともエの世界とも異なる、黒魔力のみが支配する地獄の如き世界がいずこかにあると申します。黒魔力に捕らわれた魂は、その世界に堕《お》ちて、永遠に戦い続け、死に続ける輪廻の運命に陥ると言いますな」


家康はいよいよ窮した。二度までも信康を討つばかりか、そのような地獄へ信康の魂を堕とすことなど、とても家康にはできそうにない。だが、セラフィナとエレオノーラを守るという信念を捨てることもできない。捨てれば、魔王軍は大陸を蹂躙する。

「しかも、あの枢機卿が魔王に『占領地の統治』という厄介な概念を教え込んでしまっている上に、三河を統治していた信康も魔王陣営に付いている。こたびの魔王軍はただ蹂躙するのみならず、奪った大陸を植民地として支配し、大陸の異種族たちを奴隷にするだろう」

「ぐえーっ？　それじゃ戦に負けたら、私もエレオノーラも魔王の奴隷ハーレム入り？　いやだーっ!?　いやだいやだいやだいやだーっ！　ううう嘘だよねえ〜イエヤスぅ？」

「セラフィナ様。エルフ族は誇りのためならば死をも厭《いと》いませんわ。そのような事態になった時には、妾がセラフィナ様の胸を短刀で貫き、すぐに妾も自害致しますわ！」

「どどどうしようイエヤスぅ？　み、みんなで出家してどこか見知らぬ島へ旅立つというのはどうかなっ？　あーっでも大陸の住民全員を乗せるような船団なんてどこにもないよっ！　今から造っても間に合わないっ！　ダメっ、私には命の選別なんてできないっ……！　くじ引きで乗船者を決めるとか無理ぃ～！」

「……暗黒大陸の黒魔術師の多くは、先の大戦でクドゥク族が倒していますが……十年の間に新たな術士が育っているかもしれません。僕は、これからイエヤス様のお側を決して離れぬようにします」

瞼を閉じてじっと自らの記憶を掘り起こし続けていたターヴェッティが、

「……魔人を討った直後にその魂を浄化する秘術、千年間誰も成功しておりませんが伝説に語り継がれてはおります。成功する可能性は薄いですが、一応の準備はしてみましょう」

と告げてくれた。試みればかえって戦争の邪魔になってイエヤス様にとっての致命傷になりかねないとターヴェッティは遠慮していたのだが、「俺はまた信康になにもしてやれぬのか。倅《せがれ》の魂を黒魔力から解放できぬのか」と嘆き続ける家康を見かねたのだ。

「そのような秘術があるのか、田淵殿？」

「ひとつだけ。ただし残念ながら、魔人を討ち果たすことが大前提ですじゃ」

「……そうか……信康を魔人のまま修羅地獄に堕とすくらいならば……大いに迷うところだが……」

「もしも儀式に成功すれば、ノブヤス殿の魂は黒魔力から解放され、この世界に新たに輪廻転生致しましょう」

「世良鮒たちのようにか？　記憶は消えるが、信康を救えるのだな？　他に信康を魔人の運命から救う方法がないのならば、試みるしかあるまい。たとえ親子関係が途切れても、息子を修羅地獄に堕とすことはできぬ……」

「ご心痛お察し致しますじゃ。ですがまずは戦に勝利して頂かねば、魂の除染の儀式に移れませぬぞ。どうか、お心を強くもたれませ」

「うむ。俺は征夷大将軍として魔王軍を撃破することに全力を注ぐ。頼むぞ、田淵殿」

「儂はもう歳ですので、儀式の際にはセラフィナ様とエレオノーラ様にもご協力頂きます。よろしいですかな、お二方？」

「おおー、イエヤスの顔色が赤くなってきた！　もちろんやる、やりますともっ！　さっすが長老様〜！　エルフ族の生き字引っ！　頼りにしちゃうっ！」

「……妾も、全力を尽くしますわ。イエヤス様にこれ以上、哀しい業を背負わせませんもの」

イヴァンは（僕は儀式に参加できないのかな。エルフ族じゃないと無理なのかな）と少々置いてけぼりを喰らったようで戸惑っていたが、

「イヴァン殿には、イエヤス様を戦場で護衛するという最大の仕事がありますじゃ。勇者が討たれれば、この儀式は行えませぬからのう」

とターヴェッティに励まされて、「はい！」と答えていた。

絶対にイエヤス様への恩に報いる。イヴァンは、なおも激しく葛藤している家康の背中をそっとさすりながら、「あなたならばこの世界をジョウドにできます、イエヤス様」と囁《ささや》いていた。

第十二話

「魔王軍先鋒隊が、北岸に上陸。先鋒隊を率いる総大将は、魔王グレンデル！　魔人率いる後続部隊は未到着。両軍が合流してしまえば、当方に勝機はございません！　直ちに出陣を！」

　この急報が聖都に舞い込んだ時、家康は大陸各地に割拠していた「人間主義軍」の指導者たち——三部会に既得権益を奪われることに不満を抱いた中小の封建領主——を聖都大聖堂に召集し、小山評定の時と同様に猫撫で声で彼らを説得していた。

「俺が異種族連合策を採用した理由は、思想・信仰の問題ではない。目的は、魔王を討って大厄災戦争を完全終結させ、平和を実現することだ。魔王軍との戦いで武功を挙げた者には恩賞として特権を与えよう。三部会に議員として参入する権利、領国の自立性や経済上の優遇措置など。無論、参戦せずともよい。魔王軍との戦いに異種族連合とともに挑むか、人間主義を貫き戦争を静観するか、ご随意に選択するがよろしい——当然、魔王軍側に付いてわれら異種族連合軍と一戦を交えても、一向に構わん」

　人間主義軍を自領で結成した封建領主たちは、家康の猫撫で声を聞かされながら震えあがった。家康の口元は微笑んでいるが、目がまったく笑っていないのだ。

（これは、かつて本多正信に喋らされた際どい脅し文句だ。小山評定の時はうまくいったが、異世界でも通じるのだろうか？　ううっ、腹が痛い……万病円……万病円を飲みたい……）

　と悶えている家康は、苦渋に満ちたしかめ顔になっている。

　だが「人間主義軍」の指導者たちには、顔をしかめながら口元だけで無理に微笑んでみせている家康の言葉が、このように聞こえたのだった。

（グナイゼナウ枢機卿が掲げた人間主義がどれほどの害を大陸にもたらしたかが明らかになった今、なおも己の大陸、己の国土、己の領民を守る義務を拒否する者には、国を統べる資格などない。そのような領主は必ずや改易して領国を没収する。まして、魔王軍の麾《き》下《か》に奔ってわが軍と一戦交えるような愚か者は、決し

て生かしてはおかぬ）

彼らが戸惑っている頃合いを見計らって——。

ヴォルフガング一世から「軍議の席で、いの一番にイエヤス殿にお味方致すと発言すれば、王国領から貴殿に新たな領地を割いて与えよう。辺境伯国から、公国へと格が上がるぞ」と誘いをかけられたマインツ辺境伯が、突如として立ち上がり、

「このマインツは、イエヤス殿にお味方致す！　魔王軍戦は、大陸全土の運命を賭けた重大事！　わがマインツ辺境伯領を、イエヤス殿率いる軍の後方基地として進呈致す！」

と、王から託された「台詞」を情熱的な身振り手振りを交えながら叫んでいた。

マインツ辺境伯は武功もなく、これといって優れた才能もない地味な中年男だが、世渡り上手さだけには定評があり、思想や信仰にはまったく興味のない現世利益主義者。故にヴォルフガング一世が「この男ならば懐柔できる」と白羽の矢を立てたのだった。

「人間主義軍」を結成した封建領主たちの多くが、マインツ辺境伯の迫真の演技によって確定した「場の空気」に流され、続々と「われらも！」「イエヤス殿とともに」「大陸を守りましょう！」と共闘を申し出た。

中には（イエヤスの言葉など信じていいものか）と懐疑的な者もいたが、とてもこの雰囲気の中で「俺は魔王軍として戦う」などとは言いだせない。

「よろしい。これまでの行きがかりを捨てて大陸を守ろうとする諸君の誠意、この家康、感謝致しますぞ。ならば、これより手を携えて魔王軍との決戦へと向かう——！　戦場では、この征夷大将軍・徳川家康の指揮下に入って頂く！」


アラベルキ山脈を越えた北の果ての氷雪地域は、季節などなく常に冬。広大なツンドラ平原に豪雪が降り続く、文字通りの氷の世界。希少な動物種も、特にこの極寒の時期には皆、氷の中に籠もって冬眠してしまう。まさに、氷と死の世界だった。

家康率いる「異種族連合軍」が、道中の「人間主義軍」を吸収しながら戦場となる氷雪地域に至る際には、東西二本の陸路が採られた。

家康自身は、東の旧クドゥク王都ハミナに軍を進め、

アラベルキ山脈の東端に開けた細い陸路を行軍することになった。ハミナは長らくアンガーミュラー王国が占領していたが、今は家康の勧めを受けた王によって解放され、クドゥク族自治区となっている。

イヴァンを伴ってハミナに入城した家康は、故郷のハミナに戻ることを許されたクドゥク族たちから歓呼の声で迎えられた。

「われらが王子だ！」

「イエヤス様の隣に、イヴァン様が！　なんと逞《たくま》しく成長されたことか……」

「外見は子供のままだが、顔つきがまるで違う。戦う男の顔になられた！」

「ありがたや、ありがたや。こんな日を迎えることができるだなんて。生きてきてよかった……！」

家康は、彼らが一角馬上のイヴァンの姿に涙して伏し拝む様を眺めながら、

（長年今川家の人質として駿府に留め置かれていた俺が、久方ぶりに三河岡崎の地を踏んだ時、今川家の下僕とされて農民以下の境遇に堕ちていた家臣団も、領民たちも、このように泣きながら俺の帰還を喜んでくれたな。三河人は頑固で融通が利かないが、幼くして流浪する運命に陥った俺に同情し、どこまでも慕ってくれた素朴な者たちだった）

と、過ぎ去りし日の記憶を思い起こしていた。

「い、イエヤス様には感謝の言葉もありません。ゆっくり歓待させて頂きたいところですが、既に魔王軍は上陸を開始しています。残念ですが、このまま陸路を進んでザキモリ砦へと急ぎましょう」

「そうだな射番。姉上が森でお前の帰還を待っている。死ぬなよ。俺のために命を捨てずともよいぞ。もう、俺のために身代わりとなって死んでいく若者を見るのはえの世界で懲りている」

「そ、それは、イエヤス様のご命令であっても、約束できかねます……」

「そうか。ならば、俺はいつもの如く、みっともなかろうが生き延びて魔王軍に勝つしかないな――」

家康がハミナを通過する「東回り」ルートから氷雪地域に入った頃、王国軍を率いるヴォルフガング一世と騎士団を率いるバウティスタは「西回り」ルートを

進軍し、諸領地の軍を吸収しながらアラベルキ山脈西端の「氷の都市」キールに到達していた。

　指揮官が戦下手の徳川秀忠だったなら、戦に遅参する可能性も有り得る迂回《うかい》ルートだった。関ヶ原では、秀忠は進軍途中に待ち受けていた真田昌幸《まさゆき》の挑発に引っかかって信濃《しなの》で足止めを喰らい、決戦に間に合わなかったのだ。

　だが、戦争の天才と称されるヴォルフガング一世は、そのようなミスは犯さなかった。

　キールの市民たちは「人間主義軍」を結成して家康に屈さず、なお籠城中だった。かつて魔王軍に街を徹底的に蹂躙され、魔王軍の強さと残虐さを熟知している市民が多いだけに、徳川家康というこの北の辺境ではまったく名の知られていない異世界人の武勇など信用できない。故に、ヴォルフガング一世率いる大陸軍を歓迎せず、城門を閉ざしてしまったのだ。

「ヴォルフガング！　このような都市を放置して戦場へ進めば、いつ背後から襲撃されるかもしれない。ここは使者を送って開城させないと――どうしても開城に応じないのならば、武力行使もやむを得ない」

「フン。バウティスタよ、お前は馬鹿正直すぎる。キールには、ダークエルフの商人がいる。ファウストゥスのお仲間がな。そやつに大量の黄金を送り届けて、内部工作をやらせ、身動きができぬ程度にキールの指導者層を混乱させておけば済む。今はキールなど捨て置いて、ザキモリ砦へ最速で到着せねばならんのだ」

「な、成る程。お前もイエヤス殿に負けず劣らずの狸だな。私はどうにも単純でいけない」

「そういう裏表のないお前だからこそ、余の……いや、俺の隣にいてくれると安らぐ」

「そ、そういう言い方はやめろっ！　お、お前、イエヤス殿の与太話に乗せられているのではないだろうなっ？」

「さて、どうだろうな。もしもこの戦争を、生き延びられれば……親父殿の仇、魔王グレンデルを討つことができれば……」

「……父上の仇か。奴と戦場で直接相まみえるのははじめてだな、ヴォルフガング。死ぬなよ」

「フン。お前こそ、猪突猛進癖《ちょとつもうしん》は慎めよ？　あれは戦うために生まれてきたような怪物だ。ドラゴンを率いようとも、一騎打ちでは絶対に勝てんぞ」
「わかっている。勇者イエヤス殿の慎重な戦ぶり、大いに私も参考にさせてもらう」

魔王軍との戦いのたびに強化され、今では「砦」という呼称がまったく似つかわしくない「氷の巨城」となった難攻不落のザキモリ砦に、家康とヴォルフガング一世の両軍が合流した。

既に魔王軍先鋒隊も、ザキモリ砦の眼下に広がる氷雪地域に大軍を展開させている。

過去の大厄災戦争でも、常にこのザキモリ砦を巡る攻防戦が戦争の行方を支配してきた。家康自身、『砦』という名称は似合わぬな」と、大坂城を遥かに超える雪の中の巨城を見上げながら、思わず口走ったほどである。

それほどの巨城だが、凍ってしまうために水堀を使えないという致命的な弱点があった。そのため、水堀の代替としてほとんど「迷路」と化した広大な曲輪《くるわ》が、気が遠くなるほどの規模で築かれており、本丸を守護している。故に本丸には大砲の弾も届かない。

また、アラベルキ山脈と地質を同じくする岩盤はツンドラ化していて非常に固く、ドワーフといえども、地表に積もっている雪の層は掘れても、地下の岩盤は掘り進めない。しかも、積雪のために土地本来の地形の起伏がわかりにくくなっている。

何度もの改修を経て、最終的にザキモリ砦をこれほどの巨城に改築した者は、他ならぬヴォルフガング一世。ザキモリ砦の重要性を熟知した王は、第三次厄災戦争に備えて徹底的に防御を堅くしていた。ひとたび陥落すれば奪回はほとんど不可能という「諸刃《もろは》の剣《つるぎ》」でもある。

本丸の最上階に、司令室があった。家康たち首脳陣はそこで合流して、即座に開戦準備にかかった。必要な兵糧や武具は、予めヴォルフガング一世が城内に大量備蓄している。

「フハハハハ！　どうだ、北の大地は寒かろう？　余が改築したこのザキモリ砦を、イエヤス殿ならばどうやって落とす？」

「俺は城攻めが苦手故、力攻めでは不可能だ。知略を用いて落とせるかどうかは、城を守る主将次第。つまり陛下がこの城を堅く守っていれば、俺にはとても落とせぬ」

「そうか。イエヤス殿にも難しいか！　それは幸先《さいさき》よし。果たして魔王軍はどう出るか？」

「陛下のほうがお詳しいかと。ともあれこの城は、『ざきもり要塞』と呼ぶべきだろう」

「承知した、改称しよう！　将兵の士気も高まろう！」

「イエヤス様。魔王軍がこの要塞を無視するかのように、東へと迂回行軍を開始しています！　あっ……吹雪が激しくなって、見えなくなりました……」

イヴァンが家康に急報を告げる。魔王軍は、アラベルキ山脈の東に開いた街道からハミナを急襲し、要塞に籠もる家康たちの退路を断とうとしているようだ。

家康は思わず、司令室に入った後いつもの水晶球も取り出さずに長椅子に寝そべっていたファウストゥスを揺り起こしていた。

「桐子、お前の使い魔はどうした!?　この吹雪では射番をもってしても目視での敵軍の位置把握は難しい。なんとかできぬか？」

「……やれやれ。現地に住み着いている動物すらことごとく冬眠してしまうこの極寒の季節では、わが使い魔の蜥蜴も凍りついてまともに動けませんよ。とりわけ蜥蜴は、極度の寒さに弱い生き物でしてね」

「むう。このまま籠城していては魔王軍を見失う。だが、城を出て野戦を挑めば、魔王の思う壺だ。武田信玄公が浜松城を無視して西へ進み、三方ヶ原へと俺を釣り出した時と状況が似ている……魔王の狙いは、野戦決戦で俺の首を獲ることだろうか？」

「恐らくは。この城は難攻不落でございます。もともと魔王グレンデルは持久戦を忌み嫌う常在戦場の闘士。奴に領土欲や黄金などの財産への欲はなく、ただひたすらに戦場で戦い、強者を倒すことのみを生き甲斐《いがい》としているオークの中のオーク。まるで、ジュドー大陸の文明を滅ぼすために神が生みだした、生きている殺戮《さつりく》兵器のような怪物でございます。しかも、戦に関しては智恵も回ります」

「……魔王を討つ戦術は予め準備してきたが、可能ならば籠城しつつ勝利を収めたい。野戦決戦を挑むとなれば、人間の軍だけでは魔王軍に勝つのは困難。世良鮒や阿呆滓たちを、雪の戦場に立たせねばならなくなる……」

しかし、イヴァンの帰還を待っているハミナの民が魔王軍に蹂躙されては、なんのための籠城でありなんのための勇者であるか、わからなくなる。家康の勇者としての信用は地に落ちる。

家康は迷った。出撃するか籠城するか。逡巡している時間はない。

「ねえねえイエヤスぅ～？　クドゥク族のみんなはまだハミナの街に戻ってきたばかりで、籠城できるような状態じゃないよ？　魔王軍の後続部隊が上陸する前に先鋒隊を破るしかないっしょ！　野戦決戦でどう戦って勝つか、イエヤスは考え抜いてさんざん準備してきたじゃん？」

「世良鮒よ、これは戦だ。兵を損じずに勝つことはできん。犠牲者はどうしても出る……下手をすれば数千、もしも敗れれば数万という規模でな。そもそもお前も危険に晒されるのだぞ」

「えー？　今さらなにを言ってるのよぅ。私はエルフ族の女王なんだから、魔王軍からエルフ族を守る義務があるに決まってるじゃん！　そんな覚悟はとっくに済ませてるよーだっ！　いつまでも私を子供扱いするんだから～」

「……妾も、セラフィナ様の背中を護らせて頂きますわ。ユリ家とアフォカス家の当主は、二人で一人。父上がそうしたように、妾も代々国防長官を務めてきたアフォカス家当主として、最後までセラフィナ様のために」

「でもでもエレオノーラ、銀の樺って、こんな寒い環境だと成長できないんじゃない？　エレオノーラは城を守っていて？　戦争終結には、外交官が必要だしさっ！　ねっ？」

「いいえ、銀の樺は寒さに強い植物ですから問題ありません。女王が雪の戦場に立つのですから、妾も共に行きますわ。そもそも目の前に先代陛下と妾の父上の仇がいるというのに戦わないのでは、アフォカス家の当主失格ですわ」

「そんなぁ～？　心配だなあ～。でも……そうだよね。エレオノーラと私は、生きるも死ぬも一緒だものね！　わかったよエレオノーラ！　最後まで一緒にいよう！　頑張ろうねっ！」

「はい、セラフィナ様」

娘二人で死ぬことを前提に会話をするのはやめよ、縁起が悪い、と家康は痛む胃を押さえ、イヴァンから差し出された万病円を飲みながら「迂回行軍はわれらを釣り出す魔王の策と見切った。三方ヶ原の頃の若輩者だった俺と、七十余年の戦歴を積み重ねた今の俺は違う。世良鮒や兵士たちを無駄に死なせはせん――出るぞ」と出撃を決断していた。

興奮に上気したヴォルフガング一世が、

「承知した！　王国軍、出撃する！　親父殿の仇グレンデルを、ここで必ず討ち果たす！」

と家康に呼応する。

王がかつて魔王軍と戦った時には、ヘルマン騎士団の残党をかき集めたばかりの彼の手許には魔王軍本隊を撃破する戦力はなく、ゲリラ戦術を採る以外に魔王軍に勝つ方法はなかった。

だが、今は違う。彼は今や北の大国を統治する王となり、十年をかけて強大な王国軍を鍛え上げ、魔王を討つ時を待ち続けていた。魔王軍を撃破すれば、王国軍の強化が決して無意味ではなかったと証明できる。


「ヘルマン騎士団及び諸騎士団も、直ちに出撃！　六騎の竜騎兵は切り札として温存する！　いつでも出撃できるように準備は怠るな！　私は、ファーヴニルに乗って出る！　父上が思い描いてきた異種族連合は、今ここに実現した！　今こそ父上の仇――魔王グレンデルを討つ！　脆弱な人間にできることは限られている。圧倒的な身体能力を誇るオークに対して人間は不利だ。だが、大陸に生きる全ての異種族たちの力を糾合すれば、勝機は必ずある！」

純白の甲冑に身を包んだバウティスタも、騎士団へ号令を下していた。

バウティスタは（父上、枢機卿の裏切りによって一度は潰えた異種族連合軍と魔王軍の決戦です。ようやくこの時が来ました。私とヴォルフガングに、どうか武運をご覧下さい。私の騎士団長としての戦いぶりを――父上の仇を討たせて下さい）と祈りながら、ファーヴニルが待機しているドラゴン発着場へと向かっていた。

「うひゃあ〜。ドワーフには辛い土地だなあこりゃ。とんでもねえ量の雪が積もってる上に、地盤も凍ってカッチカチだぜ。オレはのっぽだから問題ねーけどよー、他のドワーフのみんなは雪に埋もれてもぐらみたいになっちまう。だ・が・よ！　これなら作戦通りにイケるじゃん？　イエヤスの旦那は、見た目と違って頭は冴《さ》えてんな、ほんとによ！」

人間なんざと絶対に共闘なんかすっかよ糞《くそ》が！　と毒づいて山のダンジョンに籠もっていた頃のことを思い返しながら、ゾーイは家康から教わったエの世界での最新の火器技術を取り入れて自作した新式鉄砲を担いで笑っていた。寒さに弱いらしく、もこもこの毛皮を何枚も重ねて着ている。

「しっかし、旦那はまったくヘンな野郎だぜ。よくもこれだけ雑多な異種族をまとめ上げたもんだ。面倒臭え人間主義軍まで取り込んでるしよ。旦那は催眠術でも使えるのか？」

「憎威、俺にそんな手品は使えん。強大な敵が目の前にいれば、人というものはどれだけいがみ合っていても共闘するものよ。中には敵に通じようとする卑怯《ひきょう》者《もの》もいるが、大方は互いの命を守りあおうと勇気を奮って必死に生きるものだ。それだけのことだ」

「人間族は、だろ？」

「どわあふもえるふも皆、俺の目から見れば全員等しく天狗にしか見えん。世良鮒に妖怪扱いするなと叱られるので、強いて言えば、三浦按針《みうらあんじん》の親戚筋といったところか」

「そっか。ミウラアンジンって誰だっけ？　まあいいや！　ドワーフども、行っくぜ〜！　オレたちの大陸を守るんだ！　まだまだ未知の鉱山がオレたちを待っているっ！　旦那から、千年堤防工事も請け負ってんだしなーっ！　旦那に勝利を！」

「それではゾーイ殿。打ち合わせ通りにわたくしもご一緒致しましょう。北の大地でしか採れない希少な鉱物というものがありましてね、それ故に商売柄このあたりの地形には詳しいのです。道案内役を務めますよ」

「おう！　ダークエルフのオッサン、雪の迷路の中の案内役、任せた！」

「失礼な。おっさんではありませんよ、わたくしはまだ四十です！」

家康自身は、今や「征夷大将軍直属の親衛隊長」という役職を与えられたイヴァンとその部下たちを連れて、金陀美仏胴具足に身を包みつつ神剣ソハヤノツルキを腰に佩《は》き、本丸の階段を駆け下りて地上階まで到達。愛馬スレイプニルへと騎乗した。

「これより出撃する！　狙うはただひとつ、魔王の首のみである！」

相手は、これまで戦った経験のないオーク軍。雪原での大会戦も、家康にとっては初体験だ。だが、家康は城攻めを苦手としているが、野戦においては戦国日本でも屈指の現場指揮官である。三方ヶ原で武田信玄に大敗北を喫して以来、家康は信玄の軍法を自ら取り入れて野戦戦術を研究し続けた。天下を取った関ヶ原での勝利も、その研究が実ったものと言っていい。

精強な一角馬スレイプニルは、雪も吹雪もものともせずに、力強く雪原を進んでいく。

家康が必死で手綱を引いて、少し速度を緩めねばならないほどだった。

魔王軍の先頭と接触するまで、あと少し。視界は雪で塞がれているが、長年の野戦経験によって、家康には敵軍の「気配」を察知する勘が備わっている。敵が迫ると、焦げ臭く血生臭い独特の「匂い」がするのだ。

（思えば関ヶ原の合戦も、深い霧に覆われて視界を失ったまま東軍と西軍が接近遭遇し、突然はじまったものよ）

まもなく、魔王軍と遭遇する。一番槍《いちばんやり》はヴォルフガング一世率いる王国軍か、それともドラゴンに騎乗したバウティスタ率いる騎士団か。

「この雪原は、存外にぶねうまが強いな。体力を寒さに持って行かれる心配はなさそうだ。射番、おおく兵に接触しても例のあなてまの魔術のような黒魔力感染の恐れはないのだったな？」

「はい、イエヤス様。ですが、魔王軍に所属する黒魔術師の中には、アナテマの術に匹敵する感染能力を持っている者もいるでしょう。くれぐれもご用心を」

「承知した。おおく族は、火器兵器は用いないのだな？」

「はい。ドワーフ族の技術力なしに鉄砲や大砲は生産できませんから」

「成る程。ざきもり要塞を落とされれば、城内に溜め込んでいる大量の火器弾薬をむざむざ魔王軍に渡してしまう羽目になるな。この緒戦で魔王を討ち取るぞ、射番。この戦、長引けば魔王軍第二軍の信康が増援軍を率いて上陸してくる。幸いにも、海が荒れて信康軍の到着が遅れているようだ。魔王を討つ機会は、この緒戦しかない」

「はい、イエヤス様」

「びえっくしょい！　びえっくしょい！　さっむ～い！　なんなの、この寒さは～っ？　ええええええエルフにはこの寒さはちょっと無理なんだけどぉ～!?　くしゃみが止まらないよう、エレオノーラぁ～?」

「て、敵軍が近づいておりますので、くしゃみはご遠慮下さいませセラフィナ様。ですから、城にいればよかったのですわ」

「でもでも！　魔術防衛隊を率いる指揮官として、そーゆーわけにはいかないっしょ？」

家康とイヴァンの後ろでは、一角馬に乗ったセラフィナがちがちと奥歯を鳴らしながら「くしゃみを我慢してたら、今度は鼻が、鼻が……ちーんっ！」と貴重な鼻紙を浪費しまくって、家康を苛《いら》つかせていた。なんともったいない……裏を返せばまだ使えるではないか、やはりエルフは贅沢すぎる、というどうでもいい理由ではあったが。

セラフィナの隣にぴたりとついたエレオノーラは、いつでも銀の樺の種子を蒔けるよう、馬上で臨戦態勢を整えている。

「まったく世良鮒は、父上の仇を前にしてもいつもと変わらんな。俺のような粘着質の性格の者としては、世良鮒が羨ましい。お前の魂は、鳥のように自由だな」

「イエヤスぅ、そんなことありませんよーだ！　イエヤスがミカタガハラで脱糞する悪夢に魘《うな》されるように、私だって王都が陥落した時のことを時々夢で見ますよーだ！」

「……ほんとうか？　とても、そんな風には見えんが……というか俺は脱糞していない！」

「私ってば、ほら、みんなを乗せて明るく盛り上げる立場だからねっ！　陰気なイエヤスと真面目なエレオノーラの二人に仕切らせてたら、士気がどんよりと盛り下がるじゃん？　これから戦なのに、お通夜みたいにしょんぼりしちゃうのはよくないでしょ～？」

「正論ではあるな。いくさ場には、踊る阿呆とも言うべきかぶき者は欠かせぬ。俺も、酒井忠次直伝の海老《えび》すくい踊りくらいならできるのだがな」

「海老すくい踊りで誰が盛り上がるかーっ！　イエヤスには宴会芸の才能とかないから！」

「解釈違いの間違ったどわあふ姿に扮《ふん》していたお前には、言われたくないわ！」

エレオノーラが「ふふ。お二人は戦場でも相変わらずですのね。微笑ましいことですわ」と苦笑していると——。

前方から、大勢の兵士たちが発する凄まじい叫び声が鳴り響いた。

ほぼ同時に、ドラゴンが吐く炎の輝きが、真っ白い雪に覆われた視界に飛び込んできた。

バウティスタが乗るファーヴニルが、早くもオーク兵との戦いに突入したのだ。

「敵軍と遭遇した！　戦闘がはじまった！」と、家康は親指の爪を思わず噛みしめながら呟いていた。

「……ううっ……緊張で、胃が……腹が……射番、万病円を……」

「ちょっとちょっとイエヤス、早いよぅ！　もう少し我慢してよぅ！　戦いは今はじまったばかりだよ？　打ち合わせ通りに、やれる？　異種族たちが連携してうまく戦えるぅ？」

ここまで来たからには、やるしかなかろう、と家康は武者震いを抑えながら頷いていた。

ザキモリ要塞攻防戦。第三次厄災戦争の緒戦がはじまった。

家康の狙いはただひとつ。桶狭間の合戦で、戦力に劣る織田信長が迷いなく奪いにいったものは、総大将今川義元の首だった。家康も今、魔王グレンデルの首だけを狙っている。魔王軍の後続部隊がまだ上陸していないこの緒戦だけが、グレンデルの首を討てる機会。

魔王グレンデルは、セラフィナとエレオノーラ、ヴォルフガング一世とバウティスタ、ゾーイやイヴァン、ファウストゥスたちにとっての「仇」である。グレンデルを討てば、セラフィナももう、王都陥落の悪夢に魘される夜を迎えることはなくなるだろう——。

（これより俺は、わが子信康を相手に戦う修羅の道へ入る。大厄災戦争を開始して皆から家族や故郷を奪ってきた魔王を討ち取ることこそ、セラフィナたちにこの厳しい戦をやらせねばならない俺にできる、唯一の――）

別働隊を率いるゾーイとファウストゥスは、予定通りに進軍できているだろうか。蜥蜴を用いて遠隔通信できないことが、これほど不便だったとは。人間とはつくづく安楽な方向に流れるものだと家康は思った。

「無理だああああっ！　魔王だ！　魔王自身が先鋒に立っている！　俺たち人間族が敵う相手じゃねえええっ！」

「だ、ダメだ……！　ワールシュタット様すら勝てなかった化け物に、俺たち即席造りの人間主義軍では……！」

諸領邦混成の人間主義軍兵士たちの多くは、今なお「知性に優れた人間こそ至上の種族」という人間主義派的な信仰心を掲げて参戦している。

彼らは、「口先だけなら威勢のいい言葉は吐ける。だが果たして戦場で、人間こそ至上と証明できるか？」という視線を自分たちに向けているであろう家康の存在を気にかけていた。

用心深い家康は、人間主義軍がほんとうに異種族連合の一員として戦うかどうかを疑っているのか、彼に忠誠を誓ったばかりの人間主義軍に敢えて先駆けの任務を下さなかった。

これは、人間主義軍の将兵たちにとっては著しく不名誉なことだった。彼らは猛吹雪による視界不良状態を「好機」と見て、抜け駆け同然の形で魔王軍先鋒隊へと真っ先に突進した。寄り合い所帯の軍を統制する能力は、彼らを指揮するマインツ辺境伯にはない。ヘルマン騎士団と王国軍に無断で急速前進し、そして魔王軍先鋒隊の先頭を駆けていた「第一軍」と遭遇した。

彼らの不運は、十年ぶりに戦場に戻ってきた魔王グレンデル自身が「総大将自らが先鋒部隊を率いてこその戦！　伝説の勇者イエヤスとやらを、儂は一騎打ちで倒してみせる！」と勇んで魔王軍の先頭に立っていたことだった。

五体に満ちた黒魔力が、瘴気《しょうき》となってグレンデルの巨体を包み込んでいる。

「おお、久しいな人間ども！　力弱く命短く、賢《さか》しらな小細工を弄さねばならず儂と正面から激突する勇気も持たぬ哀れな虫ケラどもよ！　うぬらの中に、儂を殺せる者があるか――――！」

　この戦争に参戦した人間主義軍の兵士たちの多くが、先の大戦を経験していない十代から二十代の若者たちだった。彼らは、魔王グレンデルの異形の強さを戦場で経験したことがない。故に、これまでは真の意味での恐怖を感じていなかった。

　先の大戦で魔王に遭遇しつつもかろうじて生き延びた元兵士たちは、口々に彼らを諌めた。あれは人間の力でどうにかできるものではない、剣も槍も矢も鉄砲も魔王には傷ひとつつけられないと。だが、「あんた方はもう老いたんだ。敗北主義者だ。俺たち若い世代の人間は違う！」と若き青年兵たちは聞く耳をもたなかったのだ。

　そして――一瞬のうちに人間主義軍の兵士たちは、阿鼻叫喚《あびきょうかん》の地獄へと叩き込まれた。

「勇者イエヤスよ、出てこい！　出てこぬか臆病者め！　うぬと儂の一騎打ちで片を付けるのだ！　さもなくば、このひ弱な人間どもことごとくが死ぬぞ！」

　魔王グレンデルは、目の前に人間兵たちの群れを見つけるや否や野生の本能を解放し、荒れ狂う巨大な獣と化した。トロール族とみまがう信じがたい巨体の持ち主でありながら、とてつもない速度で雪原を走る。その突進に巻き込まれた者は、自分が今死ぬという意識すらないままに爆発霧散して無残な肉塊と化す。

　決死の勇気を振り絞って「人間主義万歳！」と叫びながら兵士たちが投じる槍も、矢も、魔王の鋼のような皮膚には傷をつけられない。槍を投げ終えた直後には魔獣の巨大な拳が伸びてきて、頭蓋骨を一撃で粉砕される。

　久々に戦場へと出たオーク兵たちが、「遅参した魔人ノブヤスの手は借りぬ。儂自身が勇者イエヤスを討ち、魔王伝説を完成させてくれる！」と闘志を剝き出しにして荒ぶるグレンデルの姿に激しく感動しながら、「俺たちも！」「人間を狩り尽くしますぜ陛下！」「暗黒大陸最強の戦士は今なお陛下だ！」と人間主義軍の兵士たちに一斉に襲いかかっていた。

　一対一では、オーク相手に勝ち目はない。

「ダメだあああっ!?　親父から聞いていた話よりもずっと酷ぇ！　魔王軍と戦う戦場は、本物の地獄だった……！　たっ……助けてくれ……助け……」

「俺たちのご先祖は百年間もこんな化け物どもと戦ってきたのかよ、ほんとうに？　有り得ねえだろう！　身体能力が違いすぎる！」

「魔王には、鉄砲すら通じねえ！　肌が弾丸を跳ね返しやがる……！」

「グナイゼナウ様の教えとはまるで違う！　信仰は奇蹟なんぞ起こしてはくれねえ！　あの男は、ヴォルフガングの手柄を自分のものかのように吹聴していただけじゃねえか！」

「無様な！　なんとも練度の低い雑軍よ。暗黒大陸の掟を教えてやろう。『弱者に生きる資格なし』！　貴様らことごとく殺し尽くしてくれる！　イエヤスよ、まだ隠れ続けるつもりか？　この儂に臆したか！　兵士どもよ、こやつらを皆殺しにせよ！」

魔王グレンデル率いるオーク兵部隊は、一片の慈悲もなく、壊乱して敗走しはじめた人間兵たちの殲滅にかかった。

だが、ファーヴニルに騎乗して吹雪の中を突き進んでいたバウティスタが、人間主義軍を追撃しているオーク兵の集団を視界に捉えていた。そのバウティスタに導かれて、ヘルマン騎士団をはじめとする諸騎士団の騎士たちが馬を駆り、「雪原を先駆けて道を造れ！」と続々と戦場の最前線へと殺到してきた。

「あれこそは魔王、わが父の仇だ！　ファーヴニル！　炎を！」

中空で羽ばたきながら静止したファーヴニルが、オーク兵たちの先頭に立つグレンデルめがけて灼熱《しゃくねつ》の炎を吐く。家康が見た炎はこれである。

騎士団と魔王軍が、ここに相まみえた。

騎士たちはさすがに練度が高い。雪原の中に塹壕《ざんごう》を掘るかのように馬群を突進させて道を造り、後続の騎士たちを誘導してオーク兵の包囲を開始した。誰もが、ワールシュタットの仇を目の前にして静かに燃えている。

「おおっ！　ドラゴン使いがまだ生き残っていたか！　小娘、うぬはワールシュタットによく似ている――！　だが、まだ若すぎる！　その程度の炎では、儂の皮膚を焼くことはできぬぞ！」

「ファーヴニルの炎すら通じないだと!?　これが魔王

か……！　人間主義軍の歩兵たちは、後方へ退け！　騎兵を背後から援護しろ！　魔王よ、貴様はなんのためにわれらの大陸に執拗に攻め込んでくるのだ!?」

「わが望みはただひとつ！　暗黒大陸の黒魔力カタラに呪われたオーク族に、清浄な新天地を見せることよ！　プネウマに満ちたジュドー大陸でもわれらオークは生きられると、儂自らが証明してみせるのだ！」

「ならば、外交使節団でも送ればよい！　これ以上、兵や民たちの命を弄ぶな！」

「笑止！　オーク族にとっては『力こそ正義』なのだ！　戦争こそがわが外交である！」

「……貴様とは根本的に価値観が違うようだな！　ならば、武で決着をつけよう！」

「儂は勇者イエヤスを討つまでは止まらぬわ！　魔王を倒す者の存在など、断じて捨て置かぬ！」

　魔王グレンデルが、ファーブニルに騎乗するバウティスタを目指して突進した。この竜騎士は、こやつは、ワールシュタット率いるヘルマン騎士団と同じドラゴンの紋章を掲げている！　現在の人間軍が誇る最精鋭部隊の指揮官と見た！　この娘を倒せば、騎士団の指揮系統は混乱する！

「う、うおおおっ!?　騎士団は、なんでこの雪の中を馬で自在に走り回れるんだよっ？　どれほどの鍛錬を積めばこんな技術が身につくんだ？　こいつら、人間とは思えねえ……！」

「後方へ退避しろ、俺たちじゃ騎士団の邪魔にしかならねえ！　後方から弓で援護するんだ！」

「ダメだ、雪に足を取られて……オークどもに追いつかれるっ……！　たっ、助け……」

「ああ……イエヤス様は俺たちを信用せずに後方に捨て置いたんじゃなかった。俺たちにはオークと戦う実力がまだなかったから、だから……なんて俺たちは馬鹿だったんだ……！」

（それはどうかなー。人間主義軍を凹《へこ》ませて言うことを聞かせるために、敢えて好きに暴走させたんじゃないかなー）と家康の腹黒さをよく知っているセラフィナが内心で呟きながら、一角馬に跨がったまま神木の杖を高々と掲げ、エルフ軍団を率いて彼ら敗走兵の前へとかろうじて追いついていた。

「とうちゃーく！　エルフ魔術防衛部隊、術式展開！

『壁』を構築！　後退してきた人間兵を壁内部へ収容した後、オーク兵の突進を止める！　いっせーのー、せっ！」

エッダの森攻防戦でも活躍した、「盾の魔術」を修得せしエルフ魔術防衛部隊が、ファーヴニルが吐く炎の輝きを目印に最前線に到着したのだ。敗走する人間主義軍を庇い、オーク兵の前進を食い止めるために、それぞれのエルフがその手に杖を掲げて一斉に詠唱を開始。一気に、半透明の巨大な「壁」を構築していた。

「魔王が突進してきたら、壁は長く保たないよー！　破られたら、即座に後方へと下がって第二の壁を展開！　みんな、この一帯の雪に覆われた大地には豊潤なプネウマが溢れているから、可能な限り頑張って！」

「「「承知致しました、女王陛下！」」」

人間主義軍の兵士たちは、エルフが構築した「壁」の中へと泣きながらかろうじて駆け込み、オーク兵を振り切った。あっという間の短い戦闘——あるいは虐殺——によって、多くの仲間が倒れている。生き延びた者たちのほとんども、生物として異次元の強さを誇るオークの攻撃を浴びて大怪我を負っていた。もしも騎士団とエルフたちが駆けつけてこなければ、彼らは文字通り全滅していただろう。

「負傷兵には最新型の『治癒の魔術』を用いて！　エルフ魔術救護部隊、負傷兵の迅速な治療を！　兵士の負傷箇所や度合いに応じて、イエヤス謹製のカンポウヤクと呪文を適宜使い分けて！　きつい初仕事だけれど、お願いっ！　エレオノーラは、救護部隊の指揮を！」

「了解ですわ、セラフィナ様。壁が破られるまでの時間は短いでしょう。直ちに治療を開始します」

「「「開始します、エレオノーラ様！」」」

エッダの森籠城戦の際には、家康自身がセラフィナと組んでわざわざ大勢の病人を治療して回らねばならなかった。家康は「これでは身が持たん」とぼやいたものである。

しかし植物との付き合いが長いエルフ族は、その時点で家康が求める漢方薬の生薬の量産化に成功していた。後は、セラフィナのような腕利きの術士を大勢集めれば、戦場で負傷兵を治療できる部隊を編成できる。

エッダの森での戦いの最中にそのことに気づいたセ

ラフィナは『治癒の魔術』を使える術士を増やせば、救護部隊を組織できるんじゃない〜？　この魔術って適性がないと修得できないんだけど、イエヤスの薬を使えば未熟な術士でも治癒の魔術を使えると思うよ〜！」と家康とエレオノーラに提案。

「即死した者は救えないが、戦場で死ぬ兵の多くは傷口から毒が入って死に至る。治癒魔術部隊とは、実によい案だ」と家康も承諾。長老ターヴェエッティのもとに若いエルフたちを集めて新たな術士の育成が開始され、この魔王軍戦に初投入されたのである。

「負傷兵の皆さん、『壁』は長時間は保ちません。治療を急ぎますね。シートの上に横たわりましたら、痛みに耐えて深呼吸を。術士たちが治癒の魔術をかけますので――」

「この丸薬を飲んで下さぃねー。カンポウヤクといって、薬学大博士のイエヤス様が処方されたエッダの森謹製の優れものなんですよ」

「はじめてなので、間違った薬を飲ませたらごめんなさい。でも毒にはなりませんから！」

「エルフ族や騎士団の面々で人体実験済みでーす！

人間族でもだいじょうぶ！」

負傷して血に塗れた兵士たちは、若く美しいエルフ看護兵たちから治療を受け、文字通りの奇蹟を経験していた。ざっくりと割れて脂肪層が顕《あら》わになった傷口が、嘘のように塞がっていく。いっそ殺してくれと悲鳴を上げたいほどの激痛が、幻のように消えていく。

これがエルフ魔術――彼らはただ呆然として、目の前にいるエルフ看護兵の、人間とは異なった端正な顔を凝視していた。この残酷な世界に、神の眷属《けんぞく》がいるとすれば――。

グナイゼナウ枢機卿がエルフを「邪悪な魔術の使い手」と罵倒してきたのは、いったいなんだったんだ？彼女たちが用いているこの魔術は、神業だ。命を救う奇蹟の技術だ。

ワールシュタットがエルフ族との共闘を選んだ理由が、彼らにもやっとわかった。

残念だが人間族だけでは、強大な魔王軍にはとても敵わない。だが、様々な固有の能力を持った異種族と共闘すれば――。

人間主義軍の負傷兵たちは、憑きものが落ちたかのように、自分を救ってくれたエルフ看護兵の手を取って「ありがとう」と感謝の言葉を伝えていた。地獄のような戦場に、希望の光を彼らは見出していたのだった。

「こほん。お礼は救護部隊の編成を思いつかれたセラフィナ様と、カンポウヤクの知識をこの世界に持ち込まれて治癒の魔術の効力を大幅に向上させたイエヤス様に。妾たちはただ、お二方のご意思通りに任務を遂行しているだけですわ」

大陸一の美女と誉れ高いエレオノーラから直接そう言葉をかけられた少年兵は、胸の高鳴りを抑えられなくなっていた。こんなにも美しい方が、この世界におられただなんて。このお方が、この地獄のような戦場に立って僕たちの命を守って下さっているだなんて。

僕はもう、人間主義は捨てる――！　あんなものは枢機卿の頭の中で造られたただの妄想だった、僕が生きているこの現実の戦場とは関係がない！　そう心の中で叫んでいた。

セラフィナが魔術防衛部隊を率いて「壁」を展開している間に。

「フン、待たせたな！　ファーヴニルをもってしても魔王は止められんか、バウティスタ！　王国軍の精鋭部隊よ、バウティスタを死なせてはならん！　大砲部隊！　魔王を狙い撃て、一斉射撃を開始！　元ヘルマン騎士団の同胞諸君よ、亡きワールシュタット様の無念を今こそ晴らせ！　十年の間研ぎ続けてきた牙を剝き出しにせよ！　親父殿の仇を、今こそ打ち倒すのだ！」

ヴォルフガング一世率いる王国軍の精鋭部隊が、戦場へと突入してきた。雪の中で重い大砲を運搬しなければならなかったため、行軍が遅れたのである。

「遅いではないか！　一枚目の『壁』が破られそうだ、急いでくれヴォルフガング！」

「フン！　文句を言うな、これでも奇跡的な速度で間に合わせたのだぞ！　馬は大砲の音に慣らしているな？　放てっ！」

「急いで急いで！　ギャアアアアア、魔王が目の前に？　でかああいっ？　ダメダメ、壁が割られるううう！　やーだー！　あっち行けっ、こっち来んなーっ！」

この時間帯に至り、吹雪の勢いは弱まっていた。大砲部隊の射手たちの視界は良好だ。

「ほう。グナイゼナウを失脚させたことで、火器の使用制限を撤廃しおったか！　だがその程度で、儂から逃げ隠れし続けてきた貴様如きがワールシュタットに成り代われると思うなよ、小僧！」

「偉大なる親父殿に成り代われるとは思っておらぬ。余は余よ！　アンガーミュラー王朝を開きしヴォルフガング一世よ！　余はこの十年、わが王国の軍備を増強しながらひたすらにこの瞬間を待っていた！　雪原に散れ！　余の栄光の伝説を飾るがよい、魔王よ！」

魔王グレンデルの全身に、無数の砲弾が命中する。

「……おおっ、これは……そうか、皇国に無断で大砲の改良を……なんという威力……!?」

「ギャー！　流れ弾が一発『壁』に当たったーっ!?　ダメダメ、全弾ちゃんとグレンデルに命中させてーっ！　『壁』が割れちゃう、割れちゃうからっ！」

さしものグレンデルの巨体が、大きく揺らいだ。

だが、ヴォルフガング一世が密かに改良を続けてきた最新式の大砲をもってしても、魔王グレンデルの身体にはなおも傷ひとつつけられない。

なんという馬鹿げた堅さか、と戦場にいる敵味方の誰もが息を呑んだ。百万の兵に匹敵する怪物だ。誰が、この怪物を倒せるというのか。

「急ぎ充填せよ！　次弾、放て！　砲身が焼けるまで撃ち続けよ！　魔王の足を止め続けよ、視界を塞ぎ続けよ！」

ヴォルフガング一世は、「時」が来るのを待っている。たかだか火器如きで魔王を仕留められるとは、彼ははじめから考えていない。この砲撃は、時間稼ぎである。激しい砲撃を浴び続ける魔王グレンデルが、黒煙に視界を奪われ、自身の肉体の中でももっとも堅い背中を「盾」として防御の姿勢を取っているその間に。

戦場の空に、ぱんっ、と一発の花火の如き信号弾が炸裂した。

「『時』は来たれり！　王国軍、全軍停止！　各自持ち場を守れ、一歩も動くな！　退く者は余自らが斬る！」

「騎士団も、全軍その場で停止！　ランスを掲げて馬上で待機！　決して退くな、突進もするな！　動いてはならない！　オークが襲って来たならば、無言を貫いたまま馬上で踏みとどまれ！　死してなお、落馬は許さぬ！　恐怖に打ち克て、騎士道精神を貫け！」

「エルフも全員、このまま動かないでっ！『壁』が割れてもそのまま我慢してっ！　後はお願い、エレオノーラ……！」

「……承知致しましたわ、セラフィナ様」

オーク軍と戦っていた異種族連合軍の動きが、この瞬間に、完全に停止した。

グレンデルの視界は、まだ黒い煙に塞がれている。聴覚も、炸裂し続ける砲弾の轟音によって一時的に麻痺していた。

一秒。二秒。雪原の戦場に、無音の時間が流れた。

グレンデルからの指示をしばし待ったオーク兵たちは、（無言のままということは）（こやつら静止した連中を全員殺せ、策などないと）（仰せなのだな）と即座に戦闘を再開しようと決断。得物を振りあげ、エルフたちへ、騎士たちへ、王国軍の兵士たちへと怒濤の襲撃を開始しようとした。目の前に敵がいれば戦い、そして殺す。これがオーク族の習性であり本能である。

だが、オーク族にはもうひとつ、克服できない本能的習性があった。

総大将が攻撃対象を指定しない限り、オーク族の本能は「動いているもの」を標的にする——逃げているもの。あるいは抵抗を試みて反撃してくるもの。いずれにしても「動いている」ものに優先的に反応して、殺そうとするのだ。

視覚と聴覚を奪われたグレンデルの動きが完全に止まったこの一瞬を衝いて、戦場から少し離れた雪丘陵の頂上から、およそ千匹からなる単眼蛙の大群が一斉に走り出してきた。蛙たちはオーク軍の兵士たちを挑発するかのように、彼らの目の前を堂々と横切っていく。

「あれは？」

「確か……暗黒大陸で見たことが……」

「黒魔術使いが用いる、使い魔か！」

「われらの肉体は黒魔力に満たされている！　黒魔術など効かぬぞ！」

冬眠から覚めたのか？　大砲の轟音で目覚めて逃げだしたのか？　それとも、破れかぶれでオーク相手に黒魔術を用いるつもりか！　オーク兵たちは疑問を抱きながらも、魔王からの指示がなかったために、単眼蛙の群れを本能的に「攻撃対象」と認定していた。

そして、雪原を横断しようと跳ね続ける単眼蛙の大群を一斉に追った。

歴戦の魔王グレンデルが築かせていた堅固なオーク軍の陣形は、この時に崩壊した。

大砲の集中砲火が止まり、ようやく視界が晴れてきた魔王が、自軍の兵士たちが蛙の群れを追って怒濤の勢いで最前線から離脱しつつある光景を見た時にはもう、蛙を追いかけていたオーク兵たちは続々と下り坂の途中で足下の雪を踏み破って、深い谷の亀裂へと吸い込まれるように転落しはじめていた——。

雪原の中に塹壕を築いて信号弾を放ち、蛙の群れを解き放ったゾーイが「やった！」と塹壕の中で小躍りするように跳びはねていた。ゾーイは、ドワーフたちを引き連れてファウストゥスの指示通りに雪原内を掘り進み、雪で埋もれている谷底の亀裂にオーク兵を落とし込む準備を仕掛けていたのだ。ファウストゥスが「あそこが目的地です」と指摘した地点の雪の下に深い「谷」が開いていることを、雪原地域に疎いゾーイたちドワーフはわからなかった。

「マジかよっ？　自然が築いた雪の落とし穴の罠に、オークどもが見事に引っかかったあああ！　守銭奴の旦那、やるねえ！　あの蛙ども、なんでこんな雪の中で動けるんだ？」

「あれはわたくしの蜥蜴とは違い、暗黒大陸種ですからね。もともと寒さに強いのですよ。枢機卿を殺さずに、恩赦という餌をちらつかせて単眼蛙の卵の成育方法をまんまと聞き出してみせたイエヤス様の慧眼、実にお見事——わたくしが何度、枢機卿を殺せと騒いでも、あのお方は枢機卿には利用価値があると譲らなかった。さすがの冷静さです」

「でもよー。目の前に人間やらエルフやらがいるのによー。なんで蛙に釣られるんだ？」

「総大将の魔王の動きさえ封じてしまえば、目の前に敵がいようがいまいが、オーク族が本能的に動くものを追いかける種族だということは、誰よりもわたくしが知っておりますれば。いえ、正確にはわたくしを馬車から突き落として自ら犠牲となったわが妹が……」

「……そっか。あんたにとってもこの戦は、仇討《かたきう》ちだったんだな……守銭奴とか言ってごめんな？　お礼に、金貨を一枚やるよ……」

「ふふ。実際、守銭奴ですから問題ありませんとも。一枚とは言わず、百枚は頂きたいところです。あの蛙どもの繁殖事業にも、莫大な銭を注ぎ込みましたからねえ。戦には守銭奴が必要なのですよ。戦とは、銭の戦いですから。鉱山開発、あてにしておりますよ」

「マジかよ。そんなに金かけてんのか。執念深いなぁ、旦那も」

しかしまだ魔王を仕留めておりません、奴こそがわが妹の仇――ゾーイの隣に座り込んでいたファウストゥスは暗い瞳に殺意の炎を宿しながら、「その時」がまもなく来ることを確信していた。

急な下り坂を駆けるオーク兵たちは、目の前に「裂け目」が待ち構えていると気づいても立ち止まれなくなっていた。たとえ止まっても、背後から駆けてくる味方兵に追突されて結局は裂け目へと転落するしかない。しかも彼らを嘲弄するかのように、単眼蛙の群れは右へ左へと移動を繰り返し、オーク族の追撃本能を刺激し続ける。

蛙如きにあんな芸当ができるわけがない！　術士が操っている！　と気づいた時にはもう手遅れだった。

数千ものオーク兵が、雪に覆われた谷底へと凄まじい勢いで転落していった。

魔王グレンデルは、自ら率いてきた先鋒隊の第一軍が瞬時に壊滅したことを悟った。

この時、家臣たちが率いる第二軍、第三軍はまだ戦場に到着していない。「久方ぶりの戦争だ」と血気に逸った魔王グレンデルが進軍を急いだために、第一軍が戦場に孤立したことが、異種族連合が最大の戦果を挙げる結果を招いたと言っていい。

僅か数秒ほどの時間を奪われた結果が、この部隊壊滅だった。

しかしその数秒は、途方もなく長く貴重な数秒だった。騎士団。王国軍。エルフたち。そして負傷して「壁」内部に倒れ込んでいた人間主義軍。誰もが、眉ひとつ動かさずに「沈黙」の恐怖に耐えきったのだ。

目の前に展開するオーク兵の群れに対して、全員が自分の命を躊躇わずに捨てた。だからこそ、オーク兵は蛙の群れの動きに釣られてしまったのだ。一人でも臆病者がいれば、誰かが逃げだしていれば、作戦は崩壊していた。

「魔王が孤立しているっ！　でもすぐにオーク兵の増援が来るよ、今だよエレオノーラ！」

「はいっ、セラフィナ様！『銀の樺』を――！」

「イヴァン・ストリボーグ、行きます！」

「ファーヴニル、われらは第二軍とグレンデルの間に割って入る！　騎士団、進軍！」

「大砲部隊、魔王軍先鋒隊・第二軍第三軍の進軍を砲撃で阻め！　移動開始！」

グレンデルが戦場に孤立させられた時間は、ごく僅かだった。

最前線での異変に気づいた魔王軍の第二軍、第三軍が、続々と押し寄せてきた。

だがその僅かな機会を、異種族連合軍は逃さない。

魔王グレンデルの前方を、セラフィナ率いる魔術防衛部隊が張り直した二枚目の「壁」が塞ぐ。

その壁の上空ではファーヴニルが翼を広げ、雪原からはランスを構えた騎士団が組んだ「堅陣」が突進を開始する。

魔王の左右には、エレオノーラが投じた銀の樺の種が数十個も着弾し、瞬時に雪の中のプネウマを吸い上げて見上げるような大木へと成長していく。

魔王救援を急ぐ第二軍、第三軍の侵攻路には、大砲から放たれた砲弾が次々と炸裂する。

そしてセラフィナが目の前の「壁」に向けて杖を押し当てると同時に、「壁」の一部が僅かに開いた。その隙間から、小柄な身体を活かしてイヴァンが突進していた。一時的に戦場に孤立した、魔王グレンデルめがけて。

「……うぬは……？　クドゥク族の小僧か⁉　暗器など、儂には効かぬぞ！」

「わかっています！　僕はただ――イエヤス様のために一瞬の時間を稼げれば、ここで散っても構わない！」

「イエヤスだと？　儂との一騎打ちに応じず、この期に及んでなお儂の前に姿を見せぬ臆病者ではないか。奴に勇者を名乗る資格などない！　なにかの手違いで勇者に任じられた、ハズレのエセ英雄よ！」

「違う！　イエヤス様は桁外れの忍耐力を振り絞り、耐えに耐え続けて、必ず一瞬の好機を摑む！　この地獄のような世界をジョウドにして下さるお方だ！」

魔王の間合いに入ったイヴァンが掌を翳すと同時に、イヴァンを叩き潰すべく拳を振りあげた魔王の巨体が、ほんの一瞬だったが、痙攣《けいれん》したかのように硬直していた。

「馬鹿な？　この儂に効いているだと？　遠当の術か!?　うぬはクドゥク族の王族か!?」

まさかクドゥク族の王子が、人間のために命を捨てて突進してくるとは？　とグレンデルが己の致命的な失敗を予感した瞬間だった。

「射番よ、お前のその勇気と忠義心に感謝する。魔弓は一矢が限界。必ず、お前の身体を避けて、魔王を一矢で射貫《いぬ》いてみせる。南無八幡大菩薩――――！」

これまで親衛隊の中に紛れ、魔王からどれほど挑発されてもじっとその身を隠していた、慎重すぎる勇者。

エルフ部隊の最後方でスレイプニルに跨がり、魔弓ヨウカハイネンの弦を引き絞っていた家康が、矢を放っていた。

セラフィナが「目印」として開いた狭い「壁」の狭間を矢は搔い潜り、そして。

躊躇することなくグレンデルへ向けて掌を翳しながら走っていたイヴァンの耳元を、突風のように通過して。

「……エルフの魔弓だと……!?　ほんとうに……撃てるのかっ……これが、エの世界の勇者……」

ぬかった。まさか、魔弓を引いて矢をあの狭い壁の隙間から通すとは！　しかも、矢の軌道上にはクドゥク族の王子が駆けているというのに！

魔王グレンデルの腹部から背中にかけて、魔弓から放たれた矢が完全に貫通していた。矢尻の先端に集中した高濃度のプネウマが、グレンデルの皮膚細胞に充満している黒魔力を消し飛ばして無効化したのである。

「お、おおおっ？」

凄まじい量のプネウマが、魔王グレンデルの肉体の内部へと浸透していく。物理的な傷などよりも、これほどのプネウマを内臓に浴びた衝撃が、グレンデルにとって致命的となった。グレンデルの外皮は通常のオークよりも遥かに硬い。だが、内臓は外皮のような桁外れの硬度を持っていない。体内に充塡されていた大量の黒魔力が、恐るべき速度で内臓に染み渡っていくプネウマと衝突して、そして散っていく。

身体から力が奪われていく。魔王グレンデルは、

（まだ信じられぬ。これは夢か。生涯無敵無敗の儂が、ほんとうに敗れたのか。この戦場の中で、気配すら消して女子供の背後にじっと隠れていた臆病な人間の男などに……）

と呟きながら、雪原の大地に仰向けに倒れていた。

誰よりも早く、イヴァンが魔王グレンデルのもとへと到達していた。

しかし、イヴァンは止《とど》めを刺さない。グレンデルに愛する家族を、親よりも大切な師を直接奪われた者が、止めを刺すべきだ。イヴァンはそう考えている。

しかし、セラフィナとエレオノーラはその役割を受けなかった。エルフ族の乙女二人は、家康が魔王グレンデルを魔弓で仕留めたその瞬間に、既にお互いの父の仇を取ったのだ。

二人は、魔王に止めを刺す大役を、先の大厄災戦争以来長らく戦い続けてきたヴォルフガング一世とバウティスタに譲った。

急がねばならない。第二軍、第三軍が戦場に到着すれば、魔王グレンデルを奪い返され、最悪の場合は黒魔術で回復されてしまう。迷っている時間はなかった。ヴォルフガング一世は愛馬に乗ったまま、バウティスタはファーヴニルに騎乗したまま、魔王グレンデルのもとへ急行していた。

（儂の目には、黄金も作物も塵芥《じんかい》と変わらぬ。ジュドー大陸の富などに興味はなかった。儂は、黒魔力カタラなしには生きられぬオーク族を不毛の暗黒大陸という檻《おり》から解放し、われらオーク族もカタラに縛られることなく自由に生きられると証明するべく、ジュドー大陸を駆けると誓い、己の信念を貫いて戦い続けたのみ……だが、どうやら儂の戦いはここまでらしい。エ

の世界から来たりし魔人ノブヤスよ。かねてからの取り決め通り、貴様にわが魔王軍を委ねる……）

仰向けに倒れてうわごとを呟く魔王グレンデル。その目にはもう、なにも見えてはいなかった。

オーク族は。この世界の生物は。死ねば、その魂はどこへ行くのか。

黒魔力カタラに汚染された魂は、永劫《えいごう》に戦い続けねばならない地獄界へ堕ちると言われている。故にオーク族は「呪われた種族」と恐れられてきたし、自らの運命を恐れていた。

だが、シャーマンだったグレンデルの母親は生前、「生まれながらに暗黒大陸に生まれ、カタラを糧として生きるオーク族は、生の最初からカタラに汚染されることで死後の原罪を免れているのだよ」と常識と真逆のことを言っていた。ある意味、オーク族は祝福されているのだと――故に、ジュドー大陸を侵略し略奪する必要などないのだと。

その母の言葉を、グレンデルは「気休めにすぎん」と信じなかった。そして、母の制止を振り切って大厄災戦争を開始した。遠征中に没した母の死に目にも、会えなかった。

ただ、前後百年にわたる大厄災戦争を続けてきて、ようやくわかりかけてきたことがあった。カタラの民と同様に、プネウマの民にも母がいて父がいてそして子がいるのだということ。その魂の本質は、オークであろうともジュドー大陸の民であろうとも変わらないということ。不毛の暗黒大陸においては生きるために他に道はない故に許される略奪も、この豊潤なジュドー大陸では許されない蛮族の行為なのだということ。

そして今、百年以上も続いた自らの長い旅がやっと終わろうとしていること――。

「バウティスタよ！　躊躇っている時間はない！　お前がその剣で止めを刺せ！　急げ！　ワールシュタットの親父の仇は、娘のお前が！」

「だが、ヴォルフガング。魔王の目尻に、涙が……オークも人間と変わらないのだ。私はどれほど、父上の仇を討つこの時を待ち望んできたか。それなのに、できない……」

「ダメだ！　ここで魔王を捨てていけば、魔王軍に回収される！　討て、バウティスタ！」

「……できない……なぜだ。あれほど騎士としての鍛錬を続けてきたのに、腕が動かない……どうして……！　魔王から戦闘力を奪った今ならば対話できる、そんな気がして……」

「済まぬが時間切れだ！　ならば、余に譲ってもらおう！　バウティスタ！　お前のその心の痛みは、余が生涯引き受けた！　余は、お前やイエヤス殿たちを死地には追いやれん！　魔王よ、覚悟せよ！」

死の淵を彷徨う魔王の視界が、一瞬蘇《よみがえ》った。

剣を振りあげてグレンデルの首を討とうとしている者の影が、うっすらと見えた。

（人間の王か。ワールシュタットに仕えていた小僧か。隣で涙を流しているその小娘をなんとしても守りたいか。しかしお前は、十年を経ても小柄だ。妙だ。お前の背後に侍っているクドゥク族の王子に、実に似ているぞ。あるいはお前は、人間族とクドゥク族の……）

そうか。この世界に生きる異種族たちは、実は？

（あらゆる異種族は、実はひとつの種族だったのだ！　われらは、長い時の果てにそのことを忘れてしまっていたのだ！）

それでは、オーク族もまた彼らの同族!?　暗黒大陸に順応した結果、黒魔力を取り込んで活動する体質に進化していたのか？

魔王は、最後の最後にこの世界の真相を悟った。

「……やれ。人間の王よ。儂にこれ以上の恥辱を加えるな、無礼者めが。儂とともに、永遠に叙事詩に語り継がれる伝説となるがよい。魔王グレンデルを討ち果たした英雄よ……」

「うぬは……オークの王よ、うぬの瞳に宿るその知性は……人間やエルフたちと変わらぬ？　われらは、まさかずっと誤解を……オーク族との対話は、実は可能だったのか？」

「……よいのだ。『力こそ正義』。それがオークの伝統であり、儂の揺るがぬ信念だった。決して誰にも曲げられぬ。どうか信念に殉じさせてくれ、人間の王よ。わが、戦友よ……」

「承知した！　さらばだ、オークの王！　大厄災戦争を戦い抜いた最強の魔王よ！　永遠に、その名をこの世界の伝説に刻みこもうではないか！　わが剣によって！」

ヴォルフガング一世が振り下ろした剣が、魔王グレンデルの首を見事に刎ねていた。

その刹那。

（オーク族こそは幸いである、生まれながらにカタラに汚染されているから。死ねば、無限の殺戮の輪廻から解放されるから。わが息子は、己の拳のみを信じた純粋な戦士。多くの者の命を奪ったそなたたちの仇だが、黒魔術師を動員してジュドー大陸の清浄な大地をカタラに汚染させる真似だけは決してやらなかった――どうか、倅の首ひとつで赦して下さらぬか――百年にわたる殺し合いの輪廻に、これで終止符を――）

バウティスタの耳元に、聞き覚えのない老いた女性の声が小さく響いていた。

「だ、誰だ？　魔王の周囲に、何者かの魂が侍っていたのか!?」

戸惑うバウティスタはしかし、ヴォルフガング一世とともについに父の仇を討ち果たした余韻に浸る余裕を与えられなかった。

「……ほんとうに長かったですよ。これで、やっとわたくしの妹の魂も……」


塹壕に籠もりながら魔王の死を確認したゾーイが、隣にいるファウストゥスの目に涙が溢れていることに気づき「……旦那」と思わず声を詰まらせたのもつかの間だった。

魔王軍先鋒隊の第二軍、第三軍は、魔王グレンデルの首が飛んだ光景を目撃するや否や前進を止めて、雪原の中に塹壕を掘りはじめていた。

やはり、死んだ者を生き返らせる力は奴らにもない。これで、直ちに激突することはなくなった。このまま持久戦に移行するつもりか、とヴォルフガング一世は頷いていた。

（だが妙だ。魔王の首を落としたにもかかわらず、オークどもが壊乱しないとは？　奴らは、総大将に服従すれば精強な兵士となる代わりに、総大将が討たれれば一気に脆くなり烏合《うごう》の衆にも等しくなる性質の持ち主。そうか！　エの世界から召喚された魔人ノブヤスが背後に控えているからだ。だから、こやつらは壊乱せず戦場に踏みとどまっているのだ！）

そう。

魔王軍先鋒隊と異種族連合軍とが激戦を繰り広げている間に、荒波に揉まれて到着が遅れていた「魔王軍増援部隊」が上陸を果たし、雪の戦場へと急行していたのである。

増援部隊を率いる主将は、オーク族の戦士ではなかった。

「魔王め、やっぱり俺の到着を待たずに独走して死にやがったか！　まるで猪《いのしし》だぜえ！　共に轡を並べて戦ってみたかった、惜しい奴を失った！　だがな！　お前にも果たせなかったじゅどお大陸征服の偉業、俺が引き継いでやり遂げてやらぁ！」

家康の嫡子。エの世界で、母の築山殿とともに謀叛の嫌疑をかけられて二十一歳の若さで切腹自刃して果てた魔人。

七十五年の生涯の最後まで自ら戦場で合戦を采配せねばならなかった家康が「信康が生きていてくれれば」と嘆き続けたほどの、無双の勇者。長篠の合戦をはじめ、武田軍との数々の合戦場で恐れを知らない猛勇を奮い続けてきた、若き戦争の天才。

「岡崎三郎」こと、徳川信康だった。

「グレンデル様は、オークの王に相応しいご立派な最期を遂げられました！　両者の約定により、これよりノブヤス様が暫定魔王でございます！　ジュドー大陸を平定した暁には、正式に魔王になって頂きます！」

「新たな主よ、われらオーク族にお下知を！　なんなりと仰せ下さいませ！」

「ああ、承知した！　ぐれんでるはこの大陸の清浄さに思い入れがあったんだろうよ、甘いぜ！　生憎、流れ者の俺にはそんなものはねえ！　じゅどお大陸の大地をよう、真っ黒に汚染し尽くしてやらあ！」

「おおっ、黒魔術による土壌汚染攻撃の許可を頂けるので!?」

「グレンデル様は、『せっかくの清浄なジュドー大陸の土をカタラに汚染させては遠征する意味がない』と、どうしても許可して下さいませんでしたが」

「やるに決まってんだろうが！　この清浄な大地のことごとくを焼き尽くして薙ぎ払って黒魔力で塗り潰してよう、暗黒大陸と同じ呪われた世界にしてやんよ！　そこまでやってはじめて、この大陸はおおくどもの生存に適した土地とならあ！　おめえらも俺も、海の向こうの暗黒大陸に撤退して休息する必要なんざなくなるぜ！　ひゃはっ！」

徳川幕府の公式文書は、家康の生涯における最大の汚点とも言うべき信康事件について語ることを憚り、徳川信康の名を「松平信康」と表記し、彼から「徳川」姓を剝奪した。

だが信康は家康の嫡子であり、かつ徳川家の居城・三河岡崎城の城主である。

生前は、言うまでもなく「徳川信康」と名乗っていた。

もしも幕府が彼から「徳川」姓を奪わなければ、信康が黒魔力に魂を汚染された魔人として召喚されることはなかっただろう。家康の神格化を推し進めようとした幕府による徳川姓剝奪行為が、歴史の改竄《かいざん》が、生前の信康には乏しかったはずの「怨家康」という憎悪を増幅したのである。

家康が、わが子信康が魔王軍の増援部隊を率いて上陸し、即座に「暫定魔王」の座を継いだことを知ったのは、魔王グレンデルをからくも討ち取り、将兵たちの士気を高めるべく勝ちどきを上げようとした直後だった。

迫り来る魔王軍増援部隊が掲げた「三つ葉葵の御紋」の軍旗を一瞥《いちべつ》した家康は、「来てしまったのか、信康よ」と呟くと、見ていられないほどに憔悴《しょうすい》した。

四本の指の爪を一度に嚙みしめている。セラフィナは、そんな家康にどう言葉をかければいいかわからず、ただ家康の背中にしがみついて声を殺しながら震えた。

魔人と勇者との決戦は、エの世界からの因縁に結ばれた父子の対決となった。

第十三話

「魔王軍増援部隊が、魔王グレンデルが率いていた先鋒隊残党と合流し、ザキモリ要塞の正面に塹壕を構築開始。わが軍の一斉大砲射撃に備えています！」

スレイプニルに跨がって雪原の本陣に留まっていた家康は、信康軍と睨み合う至近距離にこちらも野戦陣を構築すると決めていた。

「ろろろ籠城しないのぅ、イエヤスぅ？　相手はノブヤスなんだよ～？」

「世良鮒。籠城すれば、暗黒大陸からさらに続々とおおく兵の大軍が上陸してくる。信康が精強な魔王軍を完全に統制できるようになってからでは、われらは勝ち筋を失うのだ。魔王の討ち死にによって魔王軍が揺れている今のうちに決着をつけるしかない」

「そっかぁ……イエヤスって、ほんとうにいくさ人なんだね。心が強いね……頑張ってね……」

「お前にそう言ってもらえると、多少なりとも気が休まる。誓って、ザキモリ要塞は突破させせぬ」

家康は同時に「魔王は敵ながら天晴れないくさ人であった。おおく族の王として盛大に弔って差し上げろ」と家臣団に命じ、討ち取ったばかりのグレンデルの遺骸を雪原の丘の上で丁重に荼毘《だび》に付した。内心では（もしも遺骸を捨て置けば、いつどんな黒魔術で再生するかもわからん。一刻も早く灰に戻さねば！）といつもの小心ぶりを発揮して慎重を期しただけなのだが、家康のもとに集った将兵たちは、

「なんと寛大な。これが勇者の器か……！」

「武人に対しては敵味方を問わず礼を尽くされるお方。これがエの世界の騎士道なのだな」

「目の前に、前世で争った嫡男が魔人として陣取っているというのに、どこまでも落ち着き払ったお方よ」

と、口々に家康の泰然自若ぶりと、並外れた騎士道精神を讃えた。

だが家康当人は、（いくら魂を浄化するためとはいえ、果たして信康を二度も殺せるのだろうか。じゅどお大陸を守らねばならぬ勇者といえど、人の親として許されてよいことなのだろうか……）と持病の胃痛と闘いながら親指の爪を噛んでいたのである。

「い、イエヤス、マンビョウエンならここにあるから ね？　魔人を殺さずに生かしたまま人間に戻す方法はないのかなぁ、長老様？」

無理を押して老骨に鞭打ち、家康のもとに駆けつけたターヴェッティが悲しげに首を振る。

「命あるまま救うことは不可能ですじゃ。討ち取った際にワイナミョイネン家伝来の秘術『宥めの魔術』を用いて黒魔力に汚染された魂を浄化すれば、魔人として永遠に輪廻を続ける運命から解放できますわい。他に、ノブヤス殿をお救いする方法はございません」

「でも、長老様。それってノブヤスを倒す……討つってことだよね？」

「セラフィナ様。魔人とは、魂を黒魔力に汚染された『闇の勇者』。生前のノブヤス殿とは別人になっておりますのじゃ。生かしておけば、この世界を蹂躙し尽くし破壊し尽くし、黒魔力で汚染し尽くしましょう。ジュドー大陸にある種の憧れの念を抱いていたオーク王グレンデルとは、まるで異質な存在なのですじゃ」

「かつての王都陥落どころではなく、大陸全土が破壊され黒魔力に汚染されるのですか？」

「左様です、エレオノーラ様」

「ぐえ～っ？　それじゃこの大陸は、オークやトロールや黒魔術師しか生きられない世界に改造されちゃうじゃんっ？　豊穣《ほうじょう》な大地を暗黒大陸と同じ不毛の地にしちゃったら、もう略奪もできないよう？　そんなことをしたって、オークにとって意味なくないっ？」

「魔王はそう考えておりましたが、魔人はこの世界にもオークにも執着せぬ、純粋な破壊者ですが故に……」

セラフィナとエレオノーラは、ターヴェッティが用いる「宥めの魔術」の補佐役としての訓練を受けて、信康との戦いに備えてきた。魔王を討ちエルフ族の仇を取ったにもかかわらず、歓《よろこ》びの感情はない。目の前で、家康が苦渋の決断を迫られているのだから。

「……ねえイエヤスぅ。たとえ魔人でも、親子なんだから。もしかしたら話し合えば……」

「世良鮒よ。えの世界でも、信康とはさんざん話し合った。徳川家の運命について。大勢の領民と家臣団を抱えた大名家を守る責任について……俺は、信長公に逆らえば滅び去る、ここは従順に頭を下げて耐えるのみという現実的な道を選び、信康は母を守れぬのならば息子がおめおめと生きていても意味がないと、いくさ人としての誇りを選んだ……その結果が信康の切腹だ。もともとそういう強情にして蛮勇に満ちた倅よ。魂を黒魔力に汚染されて、いよいよただ戦うために戦い続ける魔人となった倅と、今さら話し合っても説得はできぬ」

信康が魔王軍を完全に掌握する前に討つしかないのだ、と家康はスレイプニルに跨がったまま呟きながら神剣ソハヤノツルキを掲げていた。

そして、その家康に呼応するかの如《ごと》く。

口から黒い瘴気を吐き出しながら、魔人信康が単騎、家康の陣を目指して黒馬を駆って迫って来た。

「久しいな、狸親父！　城に籠もってりゃあいいものを、俺と命のやりとりをやるってか？　豊臣から天下を簒奪して死んだ後、見事に神になったそうじゃねえか、親父ィィィィ！」

やはり単騎で来たか、と家康は悲しげに首を振った。

人間だった頃から、倅は恐れ知らずの勇者であった、武田勝頼《かつより》軍への殿役を名乗り出て見事にやり遂げた凄まじい蛮勇の武士であった、小心な俺などよりも勇者職に相応しい若武者だったと感慨に耽りながら。

「この世界じゃあ、救国の勇者様だって？　おめえの息子は、今や世界を滅ぼす魔人だ！　どうやら――今度こそ、直接殺しあうしかねえようだなぁ！　さっさと出てこいやぁ！」

信康は、家康との一騎打ちを望んでいた。

「さもなくば、この大陸全土を黒魔力で汚染させて、不毛の地に変えてやらあ！」

直情的な信康は嘘をつかぬ。本気で言っている、ほんとうに魔人となってしまったのかと家康は震えた。

ヴォルフガング一世たちが、家康を突出させないようにと機先を制した。

「イエヤス殿、一騎打ちに応じてはならんぞ。まずは大砲と矢を放って様子を……」

「陛下。無謀に見えるが、信康はただの猪武者《いのししむしゃ》ではない。その防御力は魔王と同等と見てよい。砲撃も並の矢も、魔人と化した信康には通じぬ」

「イエヤス殿。魔王と同等の相手だとすれば、魔弓ならば通じるはず。私が七騎の竜騎士を一斉に出撃させます。魔人ノブヤスの隙を衝き、魔弓を用いれば……」

「暴痴州殿、それも無理だ。あの矢は、俺の身体に膨大な負荷をかける。一日に一矢を放つのが限度。魔王軍にも、その程度の情報は渡っていよう——既に枢機卿が流しているはず」

「それでは、いったいどうやって……!?」

「うむ。わが神剣ソハヤノツルキならば、攻撃が通る可能性がある。駿府城で俺が死ぬ直前に、罪人の試し斬りを行わせて刀身を血で包み、神剣に相応しい儀式を施した特別な剣だからな。魔弓同様に、魔人や魔王といった強力な黒魔力の持ち主に有効なはず——この剣に高濃度のぷねうまが籠められていることは、田淵殿が確認済みだ」

「でもでも。実際に試してないでしょ、イエヤスぅ？ぶっつけ本番で、もしも効かなかったら……」

「世良鮒よ。その時は信康に背を向けて、風を食らって逃げる。えるふ魔術の壁と銀の榫でどうにか俺を救ってくれ。阿呆滓も頼むぞ」

「……どうかご無事で。ですがイエヤス様。なぜ、ここまでして妾たちの世界を守って下さるのですか。わが子を相手に剣を抜いてまで……妾たちの魂はエの世界から転生したものとはいえ、完全な別人ですのに。対するノブヤス殿はイエヤス様のご実子……妾はもう、胸が痛くて……」

「案ずるな阿呆滓。天下人の座も将軍職も勇者職も、たまたま俺にその役割が回ってきただけのことだが、一旦《いったん》引き受けたからには最後まで律儀に職務を全うする。それが俺の性分でな——それにこれは、わが子を殺す戦いにあらず。信康の魂を黒魔力から解放するための戦いである——そう信じて戦う他はあるまい。座していれば、この大陸を涸らされるのだぞ」

「……わかりましたわ。それでは、妾たちも全力を尽くさせて頂きますわ。どうか、ご武運を」

「うう……イエヤスぅ……頑張って……」

「うむ。それでは、行ってくる——」

家康は、スレイプニルに跨がって、雪原を駆けた。陣を飛び出し、神剣ソハヤノツルキを掲げて信康の正面へと躍り出る。

異世界の雪原。肉体は互いに二十歳。不思議な父子の再会だった。

「徳川家康、見参した！　信康よ。お前の黒魔力に汚染された魂を、これより浄化する。魔人と化した修羅の運命からお前を解放する義務が、お前に腹を斬らせた俺にはある――！　厭離穢土、欣求浄土――！」

「ハ！　冗談きついぜ、親父よおおお！　もうわかってんだろう？　ここが穢土だ！　そして俺がこれから行く先も穢土また穢土だ！　いくら浄土を求めようとも、俺らの魂は穢土から次の穢土へと流れていく運命よ！　武士ってのは、そういうもんだろう？　平和だの安寧だの、そんなものは念仏同様のまやかしよ！　武士が武士であることを、親父は否定しようってのか？　死ぬまで戦う、死んでもなお戦う、それこそ武士の本懐だろうが！」

「……信康。俺の身体にも、そう叫びたい蛮勇の血は流れている。だが、違うのだ。武士だけが人間ではない。ただ、時代が武家政権を求めていたにすぎん。誰かが武力によって治めねば、当時の日本は永久に乱世のままだった。俺はそれ故に幕府を開いたまで。お前があと二十年長く生きていられたら、天下を統べる征夷大将軍に相応しい英雄になっていたであろうに……」

「ざけんな、狸がぁ！　なにが、時代だ！　てめえが、俺と母上を切り捨てて生き延びる道を選んだんだろうがあああ！　服部半蔵《はっとりはんぞう》に一言『築山殿を逃がせ』と命じてりゃあ、それで母上は救われたんだよ！　違うか、親父いいいいいい！　母上の死も、俺が魔人に堕ちたこともよーっ、なにもかも、てめえの優柔不断さと小心さの結果よ！」

その通り。その通りだ信康。エの世界での最後の対面で、「逃げよ」とはお前に勧めた。だが、築山殿――瀬名を連れて逃げよとは言えなかった。築山殿は、織田家の仇敵・今川義元公の姪《めい》であったからだ。その築山殿を逃がせば、徳川家は信長公に滅ぼされていただろう。

「……三河を滅ぼす選択だけは、どうしてもできなかったのだ。小心な父を許せ」

「ヘッ！　てめえの首を獲ったら許してやらあ！　それじゃあ、そろそろはじめっか!?　魔人になった俺は、意思を持たない自然物を自在に動かせる！　あらゆる岩が、石が、砂塵《さじん》が、敵を襲うってわけよ！　だが生憎この雪原では、雪しか飛ばせそうにねえなーっ！　つくづく悪運がいいぜ、親父よう！　道理で、長生きしたただけで天下が転がり込んでくるはずだ！」

魔人信康が突如として巻き起こした猛吹雪の中。

一撃。二撃。

互いに恐るべき速度で馬を突進させながら、家康と信康は剣を撃ち合った。

両者互角！　この戦いを見守っていたバウティスタとヴォルフガング一世は、強大な強さを誇る魔人を相手に一歩も引かない家康の馬術と剣術に目を見張った。

勇者として召喚された家康にはプネウマを己の力として取り込めるという有利はあるが、よもや強大な黒魔力を操る魔人を相手にこれほどの強さを見せるとは!?

「魔王の玉座を継いでなにをするつもりなのだ、信康!?　俺は凡夫。想像も付かぬ！」

「ハ！　知ったこっちゃねえ！　俺はただ、俺自身の荒ぶる心のままに戦って戦って戦い抜くだけよおおおおっ！　俺の心残りは、親父、てめえに剣を抜かずに自らの腹を切ったことだぜーっ！　まさか親父が、母上の仇になろうとはなーっ！　せめて一太刀を浴びせたかったのよ！」

「……ならば、俺に一太刀浴びせればよい。信康。お前には父らしいことをなにもしてやれなかった。築山殿に後ろめたさを感じていた俺は、幼いお前を築山殿に預けたまま、ずっと岡崎城から逃げていた――斬れ。斬ってみよ。それで少しでも、お前の怨念が晴れるのならば――ただし、俺もお前を斬る。えの世界の勇者として、魔人を討つ義務を遂行する！　人生とは、重荷を背負って坂道を行くが如し。それが俺の生き方よ――！」

「ひゃっはーっ！　相変わらず自分の人生を捨ててんなあ、親父ぃぃぃぃっ！　やめろやめろ、辛気くさい！　もう疲れたろう！　身体は若返っても、魂はどうしようもなく疲弊してんだろう!?　毎晩、てめえがしでかした悪行に魘されてんだろう？　てめえはそういう陰気な奴だ！　俺が、てめえの労苦に満ちた人生をここで今度こそ終わらせてやらあっ！」

「……若いな。人生とはそもそも労苦に満ちたものなのだ、信康よ……それでも、俺は浄土を求めてやまぬ……世良鮒たちを死なせはせぬ。たとえお前が相手だとしても、だ」

「ははあ！　母上も淀君もブチ殺した非情なてめえが、今さら女子供を守る善人に宗旨替えかよおおおっ!?　もう遅いぜ親父いいいっ！」

「遅くはない！　たとえ魂が老いさらばえようとも、どれほど罪に手を汚そうとも、遅すぎるということは決してない！　命ある限り！」

両者が、至近距離から剣を放つ。

家康の左腕が、肩から切りあげられて高々と舞いあがり、雪の上に落ちていた。

赤い血が、切断面から噴き出す。白い雪原を、赤々と染めていく。

家康の戦いを見守っていたセラフィナが「嘘っ!?」と唇を手で押さえる。

だが、家康は己の左腕を囮として、信康の胸板へと渾身の突きを放っていた。

神剣ソハヤノツルキ。やはり、貫いた。黒魔力に覆われて守られた魔人の心臓を、ソハヤノツルキが放つプネウマの力が打ち砕いた。

魔人としての強さに酔いしれたか信康、七十余年にわたり剣術を極めたいくさ人の技量と経験を侮ったか。

お前は若すぎる、と家康は目に涙を浮かべながら呟いていた。

「……ぐはっ……どうだ……一太刀報いた、ぜ……へっ……ざまあ……みやがれ……畜生……ここが、魔術なんざが存在する異世界でなきゃあなあ……てめえの腕はもう繋がらねえはずなんだがなあ……どうせえるふ魔術で繋げられるんだろう、狸め……」

「……従来のえるふ魔術では不可能だったが、俺の漢方薬と最新の術式を組み合わせれば、あるいは……」

「ヘッ。やっぱりな。容赦なく、二度も息子を殺しやがったか、てめえは……」

「俺は私心を捨て、勇者としての使命を果たしたのみ。だがこれで終わりではないぞ、信康。黒魔力に侵されたうぬの心臓を浄化する。田淵殿。どうか、『宥めの魔術』を――信康の魂に、救済を――」

ターヴェッティが、戦場に歩み出てくる。セラフィナとエレオノーラが、老いたターヴェッティの術を補佐するために、その左右に侍っている。

三人が、呪文を詠唱した。「宥めの魔術」。

本来、汚染された黒魔力を浄化する術などはない。

ただ、例外が存在する。厳しい条件を満たした時にのみ、この術は成立する。

一騎打ちこそは戦の花とばかりに両雄の戦いを眺めていたオーク兵たちが、瀕死《ひんし》の信康を奪回しようと、武具を取り一斉に立ち上がった。

しかし信康は「これは俺の戦いだ！　俺はまだ負けちゃいねえ！　手ぇ出すんじゃねえ、ぶっ殺すぞ！」とオーク兵たちを一喝して立ち止まらせると、自分の胸を貫いているソハヤノツルキの刀身を両手で握り、「まだまだぁ！」と叫び声を上げていた。

「親父よう。ぬるいぜ、てめえが剣から送り込んでくる白魔力はよう！　こんな老人と小娘どもが使うちっぽけな術なんざに、この俺がやられるか！　俺は黒魔力に選ばれた魔人だぜ、舐めんなあああ！　この剣を通じて、逆にてめえの魂を黒魔力に感染させてやらああああ！」

「なんと!?　魔人とは、そのような黒魔術まで使えるのか？」

「術じゃねえ！　己の血を介して、相手の魂を黒魔力で染め上げる！　これが死を賭した魔人の力よ！　剣を抜かなきゃあ、てめえも魔人堕ちだ！　どうする、どうするううっ!?」

「……ぬっ……神剣が黒化をはじめているだと!?　押されているのかっ？　神剣から注ぎ込むぷねうまよりも、信康の心臓から放たれる黒魔力のほうが強いのか？」

「ったりめーだボケえええ！　魔力の強さのケタが違うんだよおおおっ！　そこの梅干しみてえなジジイにはもう、魔人を浄化できる力なんざ残ってねえんだ！　選べ、親父！　剣から手を離して俺から逃げるか！　このまま俺と一緒に魔人に堕ちて、永遠に戦い続ける穢土の道に転がり堕ちるか！　迷ってる時間はねえぜ、ふたつにひとつだあああっ！」

家康は、己の肉体の内部に籠もるプネウマを、神剣を通じて信康の心臓に送り込み続けた。歯ぎしりしながら、迫り来る黒魔力カタラを押し返そうと。ターヴェッティの呪文詠唱は、その家康の神剣に大地のプネウマを注ぎ込み、黒魔力を打ち消すべく唱えられ続けている。すなわち補助魔術である。

しかし魔人の黒魔力は、文字通り規格外の強力さを誇っていた。

「てめえも魔人になれや、親父いいいいいいいい！　己の妻子すら救えないただの小心者が、日本だの異世界だのを守護する勇者ぶってんじゃねえええ！」

「……信康よ。そのふたつの生き方は、乱世では相反する道なのだ……俺は、後者を選んだ。この世界でもな。俺自身の幸福よりも、世の民の命を選んだ。これは正義感などではない。単純な数の問題だ……前者を選べば、無数の人間が苦しむ。後者ならば、俺一人が苦しめばそれで済む……もっとも、お前を魔人堕ちするまでに哀しませてしまったが……それは、心から詫びる。どうか成仏してくれ。異世界を滅ぼさないでくれ。頼む。信康……！」

「ケッ！　追い詰められたあげくが泣き落としかよっ？　無駄だっつってんだろうがあああ！　俺とともにこっちに来いや、親父いいいいっ！　魔人になっちまえ、そうすりゃあ俺と永遠に殺しあえるぜ、うおおおおっ！」

片腕しか残されていない家康は、敗れる。純粋な力の差でも、魔人信康に一方的に押し切られている。その上、実の嫡男を二度までも死なせることを家康は激しく躊躇い、動揺している。当然だった。家康は感情を滅多に表に出さない男だが、一人の息子を二度までも殺せるほど心は擦れきってはいない。あれほど、関ヶ原で「信康さえいてくれれば」とその死を悔いた息子の心臓を、プネウマで包み込んで止めてしまえようか。

対して、魔人による黒魔力への強制感染力の凄まじさは、あのアナテマの術どころではない。そもそも「術」など、信康は用いていない。まさしく、規格外の黒魔力を己の荒ぶる感情のままに爆発させるに任せた、蛮勇の汚染力だった。

このままでは、家康までもが魔人に堕ちてしまう。

セラフィナが「やめて！　もうやめてえええ！　黒魔力に思考を支配されないでっ！　お父さんを……イエヤスをこれ以上苦しめないで、お願いっ！」と悲鳴にも近い泣き声を漏らしたその瞬間に。

ターヴェッティは「長き旅でございました。これにてお別れ致します、セラフィナ様、エレオノーラ様。これより、儂は最後の限界を超えると致しましょう。

ワイナミョイネン家当主としての最後のご奉公でございます」と静かに目を閉じて、そして老いて枯れ果てた掌を信康めがけて伸ばしていた。

最後の力を、家康が握りしめる神剣へと注ぎ込むために。その老いた身体に遺《のこ》された、最後の一滴まで。

※

かつてのターヴェッティは、百年の寿命を超えながらもワイナミョイネン家の秘術によって永遠に老いない美貌を誇る、エルフ族随一の大賢者だった。エルフ族の男も女も、ターヴェッティの崇高さすら感じさせる美貌と高貴な人格、そして大陸随一の知識に魅了されていた。

大陸の歴史研究に没頭していたターヴェッティは長年独身を貫いていたが、戦争が最終局面に入った頃、王に「そろそろ結婚してワイナミョイネン家の世継ぎを残さねばならんぞ」と忠告されて、「王命故に従わねばなりませんが、しかるべき相手を見つけることは古文書の解読よりもずっと難しい。私は智を愛する者で、他人を愛する術を知らないのです」と悩んでいた。

しかし、そんな折にあの「王都陥落」という悲劇が訪れたのである。

王都陥落の前夜。王と国防長官に永遠の別れを告げたターヴェッティは、二人から「そなたにしか託せぬ。頼むぞ」と預けられた幼いセラフィナとエレオノーラたちを馬車に乗せて、夜陰に紛れて間道から王都を脱出した。

だが夜明けとともに、亡命エルフ族の隊列を発見した魔王軍追撃隊が容赦なく襲撃を開始したのだった。

セラフィナとエレオノーラを乗せた馬車のすぐ外の世界は、阿鼻叫喚の地獄となった。

(みんな死んじゃうよ。私、王女なのになにもできない……こんなことなら、お父さまとともに王都で……)

(セラフィナ。妾のセラフィナ。どうか生きることを諦めないで。最後まで、妾が)

ターヴェッティは抱き合いながら震え続けている二人の幼い少女の頭を、そっと撫でた。

そして、

「ご安心を。私が足止めして参ります。お二人を、そして若きエルフ族たちをエッダの森へ無事にお連れ致しますよ」

と、この大陸の誰よりも美しい微笑を浮かべながらターヴェッティは馬車を降り、魔王軍と相対していた。その全身からは、信じがたいほどのプネウマが溢れていた。

セラフィナとエレオノーラが、馬車の窓からターヴェッティの身を案じて彼の大きな背中を見つめている中。

ターヴェッティは両手を青空へと翳し、己めがけて一斉射撃されてきたおびただしい量の矢の束を、中空でことごとく静止させた。

「――『矢留の魔術』」

ターヴェッティが掌を回転させると同時に、天空のプネウマが渦となって突風を巻き起こした。静止していた矢の群れが、矢を放った魔王軍のオーク兵たちめがけて恐るべき速度で降り注いだ。オークの皮膚は硬い。だが、ターヴェッティがプネウマを操り凄まじい加速をつけたことによって、その矢はことごとくオークの肉体を貫通した。


『矢留の魔術』、限界解放。ワイナミョイネン家の者は、己の肉体の老化をプネウマの流れを操作することで停止させる秘術を会得しています。それ故に、百歳を過ぎてもなお、いにしえのエルフの如く老いずに若い姿のまま、生き続けることができるのです――これよりその術を解き、わが体内のプネウマの全てを、諸君へと用います。陛下との約束を守るため、王女様たちを安住の地へと導くために――済まないが諸君には、ここで壊滅してもらいます」

ターヴェッティの身体が目映い光を放ち、セラフィナたちの視界を一時的に奪っていた。

彼は自らの老化を止めるために用いていた術を捨て去り、「矢留の魔術」の限界を超えて大気と大地のプネウマを己の体内から放たれた高濃度のプネウマと融合させ、殺到してきたオーク兵の群れの足下から突如として恐るべき竜巻を起こしていた。

轟音。オーク兵たちの混乱した悲鳴。あの強悍《きょうかん》なオーク兵どもがなにもできず、なにが起きているのかも理解できないままに、天空高くまで巻き上がった黒い竜巻に吸い込まれて地上から一斉に姿を消していく。

如何なるエルフ魔術師をもってしても不可能な「防御」。セラフィナたちがもしも肉眼で目撃していたら生涯夢に出てくるであろう、凄まじい光景だった。ターヴェッティが放つ強烈なプネウマの輝きが、彼女たちを守ったと言っていい。眩しい！　とセラフィナとエレオノーラが自らの瞼を思わず閉じているうちに、全ては終わっていたのだから。

「……終わりましたぞ。さあ、エッダの森へ向かいましょうぞ。姫様たち――」

セラフィナとエレオノーラは、馬車へと戻って来たターヴェッティの変わり果てた姿を見て、思わず「ターヴェッティ!?　そんな……そんなあっ？」「あなたは、自らの寿命を、肉体を、若さと美貌を犠牲にして、妾たちを……」と絶句していた。

肉体の老化を止める術を捨て去り、体内のプネウマのほぼ全てを消耗し尽くしたターヴェッティは、もうエルフ族最高の美男子ではなくなっていた。

その身体は皺《しわ》だらけとなって萎《しぼ》み、腰は曲がり、黄金に輝いていた頭髪もまばらとなり――彼は、瞬時に老いさらばえていたのだ。その言葉遣いまでもが、老人のものになっていた。脳も、急激に老化したのである。かろうじて伝説にまつわる記憶は完全に保持されていた。だが、精神が年老いていた。

「……ごめんね……ごめんね、ターヴェッティ……こんな姿になってまで、私たちを……ごめんね。ありがとう……！」

「こんな。こんなことって？　エルフ族の誰よりも美しく神々しかったあなたが……こんな……」

「よろしいのです。生ある者は、必ず老いて死ぬのでございます。不老長寿を誇るエルフ族といえども、死からは免れ得ませぬ。だからこそ大人は子供を産み育て、老人は幼き世代に後事を託そうと足掻くのです。誰かを愛するということを知らずに歴史の研究に没頭していた儂のほうが、自然に反しておりました。今、儂は陛下や国防長官のお心を、あなた方への無償の愛をやっと理解できました。これでよいのです――」

セラフィナとエレオノーラが王都陥落を知ったのは、この襲撃事件からまもなくのことだった。自分たちを守るために自身の若さを捨て、自身の家族を持ち子供を残すという夢を捨てたターヴェッティの献身が、セラフィナとエレオノーラの心を救った。ターヴェッティが自分たちのために成し遂げてくれた献身に、二人の少女は生きて応えたいと願ったのだ。

「エッダの森へ参りましょう。どうかお二人は、生きて幸福を摑んで下さいまし。それが陛下と長官閣下、そしてこの儂の心よりの願いでございます――」

※

なにもかもが懐かしい。まるで昨日のことであったかのように。

掌を家康の背中へと向けて佇んでいたターヴェッティは「『宥めの魔術』、限界を解放」と呟くと、己の体内に残された最後のプネウマを、生命力を、家康が握る神剣ソハヤノツルキへと送り込んでいた。

「……長老様あっ!?　これ以上力を解放したら、長老様がっ!?」

「女王陛下はご立派に育たれた。エレオノーラ様、どうか陛下を頼みますぞ。イエヤス様を信じるのです。あのお方がエの世界でどれほどの失敗を犯していようとも、いえ、その失敗故に、あのお方は誠の勇者であられる。勇者でありたいと、心から願っているのですじゃ。故に女王陛下たちをお守りするために、わが子と対峙して剣を振るい、己の運命に耐えておられる……」

「長老様……！　あなたは……！」

馬上の家康は（もはや限界だ。俺の魂が、黒魔力に……今さら剣を手放しても間に合わぬ）と絶望していた。信康を解放できないどころか、自分自身まで冥府魔道に堕ちるのかと。

それはいい。因果応報である。だが、セラフィナとエレオノーラだけはどうしても守りたかった。今度こそ、前世とは違う自分になりたかった。徳川家存続のために生涯をひたすら耐え続け、最後の最後に主家の豊臣家を滅ぼして天下を手に入れた狸親父などではなく、本物の勇者になりたかった――自分自身の自由意志で、守りたい者を守り、救いたい世界を救う。そんな人間に。だが結局、俺にはその力も資格もなかったのか、わが子信康を前に僅かに躊躇があったのか。あれほど覚悟を決めていながら。

「……これまでだな親父。やっぱりそうだった。あんたは、三河以来の家臣団が──本多平八郎や弥八郎《やはちろう》がいなきゃあ、ただのデク人形だ！　勇者の力を与えられていながら、そのザマはなんだ。凡人以下じゃねえか！　魔人に堕ちるに相応しいぜ！　よかったじゃねえか。これからはずっと一緒に殺しあえるぜ──！」

俺はこれまでだ。せめて信康の魂だけでも、黒魔力から解放できぬのか。家康は呻いた。

この時。

老いさらばえたターヴェッティが神剣へと放った最後のプネウマが、信康の身体を貫いていた。家康の神剣に心臓を貫かれ、自らの黒魔力をその神剣に送り続けていた信康は、魔人といえどもほとんど無防備に等しい。まったく予期せぬ方向からこれほど強大なプネウマを浴びた以上、ひとたまりもなかった。

「お、おおおおおおっ!?　あ、あの梅干しジジイ……てめえの術は補助魔術だったんじゃねえのかよ、騙しやがったなあああ!?　まさかっ……俺が、押され……ふっ、ふざけんな……うおあああああっ!?」

信康の心臓を包んでいた黒魔力は、一撃で消し飛ばされ、浄化されていた──。

ソハヤノツルキを胸に突き立てられたまま、魔人信康の身体は馬上から転落した。もはや心臓の鼓動は止まっている。心臓を保護していた黒魔力を消されたのだ。凄まじい勢いで、信康の肉体に満ちた膨大な黒魔力が内部に侵食したプネウマと激突し、浄化されていく。

「てっ、てめえらあああああっ!?　なにをしやがったあああああっ！　うっ、うおおおおっ！　脳がっ！　脳が白魔力に侵食されるっ!?　やめろ、やめろやめろやめろおおおっ！　今さら、俺を人間に戻すんじゃねえええええ！　親父の片腕をぶった斬った俺を正気に返すんじゃねえええええ！　やめてくれえええええっ！」

大地に仰向けになったまま浄化されていく信康の姿を目に焼き付けながら、家康もまた失血に耐えられなくなってスレイプニルから転がり落ちていた。その家康のもとに、「頑張って。頑張って。死なないで……！」とセラフィナが駆け寄り、切断されたばかりの腕を家康の肩の傷口に押し当てていた。急がなければ、疲労《ひろう》困憊《こんぱい》している家康は大量出血の衝撃で息絶える。

「イエヤスぅ、飲んで！　イエヤスが処方したカンポウヤクを、片っ端から飲んで！　私が、絶対に腕を繋げて血を止めるからっ！　新式呪文詠唱――お願い。お願い。効いて。これ以上、私から家族を奪わないで……！　イエヤスまで死なせないで……！」

家族か。その言葉をセラフィナの口から聞けただけで、俺は救われた。これでよい。信康の魂は解放される。しかし、なにが起きた？　俺と信康の背後でなにがあった？　ターヴェッティ殿は、いったいなにをした？

「イエヤスぅ！　くくく、くっついたよっ！　まだ動かないけれど、肩と腕の切断面が融合したよっ！　血が止まったよ、だから目を閉じないでっ！　寝ちゃダメっ！　寝たら死んじゃうっ！　マンビョウエン。ハチミジオウガン。シセツ。イエヤスと私たちで調合した薬が効いてるよ、いっぱい飲んでっ！」

セラフィナは相変わらずこんな時でも子犬のように五月蠅い、と家康は薄れていく意識の中で愚痴っていた。信康が浄化される姿を無事に見届けるまでは死ねない。この死の淵から蘇生できるのならば、踏みとどまれるのならば、俺はまだ勇者として生きたい。ターヴェッティ殿の安否も気がかりである……。

だが、どうやら……やはり、前世での記憶を引き継いだ俺の魂は、老いていたのか。エの世界ではあれほどに強烈だった生への執着が、急激に薄れていく。もう、持たぬ……。

「イエヤス、イエヤスっ？　ダメだよっ？　起きて、お願いっ！　目を開けてっ！」

「そうですわ！　セラフィナ様をこのまま放置して、あなたが先に死んでどうしますのっ？　『女神』に選ばれた勇者ならば、最後までご自身の義務を全うなされませ！　イエヤス様、御免あそばせ！」

ぱんっ、とエレオノーラが何度もイエヤスの頬を平手で打ってきた。無礼な、と家康は腹を立てた。脳内でアドレナリンが放出され、朦朧《もうろう》となっていた家康を再び覚醒させる。

そのエレオノーラに背負われた瀕死のターヴェッティが、家康に「最後の遺言をどうか。ほんの少しだけ、二人きりに」とか細い声で伝えていた。

「ちょ、長老様っ？　ダメ、死なないで！　二度も……二度も、私たちのために……」

「よいのです女王陛下。セラフィナ様を少しだけ後方へ、エレオノーラ様。イエヤス様にのみ遺言せねばならぬことがありましてな……」

「承知しました。長老様――これまで、ほんとうに……ありがとう、ございました。妾は決して心折れませんわ、あなたの献身を無駄にすることになってしまいますもの」

エレオノーラは泣きじゃくるセラフィナの手を引いて、「壁」を三度《みたび》展開したエルフ兵の中へと連れて行った。

そして、魔王グレンデルに続いて魔人信康までをも討たれたオーク兵たちは、ついに敗走を開始していた。二人の総大将を失った彼らは、もはや暗黒大陸へと撤退するしかなかった。

家康とターヴェッティが会話できる時間は、もうほとんど残されていない。

「……田淵殿。遺言とは気弱な。どうか今しばらく、俺を導いて下され」

「イエヤス様。詳細は、儂が書き記した回想録――歴史書を念入りにお読みくだされ。エッダの森に保管しております。今は要点のみを……エルフ族も人間族もオーク族すらも、実は全ての異種族は太古に同じ祖先より分岐した同一の種族。始祖種族から派生した亜種故に、交配が可能なのです……」

「うむ、わかった。この世界に生まれ育った者は容易には信じられぬだろうが、俺は田淵殿の知識を信じるぞ」

「かたじけない。異世界から来られたあなたがこの事実を胸に抱いて政を行えば、戦乱に満ちた世界を一変させることが可能でしょう。戦のない平和な世界を築いて下され。暗黒大陸に兵を率いて逆侵攻するのではなく、交易を……オーク族に、交易の旨味《うまみ》を理解させるのです」

承知した、と家康は小声で呟いていた。エの世界から来た家康にとって、人間もエルフもドワーフも大差はない。むしろ「やはりそうだったか」と合点《がてん》がいった。

エルフ族の貴族たちは気位が高く、異種族とエルフ族が同族だと言われても到底納得できないだろう。ターヴェッティは、この真相を伝えられる相手を——エルフ族たち異種族をまとめられる伝説の勇者をずっと待っていたのだ。そのために長い歳月を生き続けてきたのだ。

ターヴェッティの意志を継ぐのだと決意した家康の五体に、再び力が漲《みなぎ》ってきた。

俺は生きねば。セラフィナとエレオノーラを守るために、エッダの森を守るために、天下太平の世をもたらすまで生きねば——。

「……まだまだ直接お伝えしたきことはございますが、どうやらこれまでです。儂はプネウマに還《かえ》りますじゃ……」

「承知した。俺はもう躊躇わぬ、田淵殿。これよりはそなたに代わり、俺が世良鮒と阿呆滓をお守りする。俺は太閤殿下との約を破ったが、決してこの約だけは違えぬ。どうか、よき旅を——」

「……有り難き幸せ……ノブヤス殿も、まもなくこときれましょう。最後に、父子として言葉を交わしなされ……おさらば……です……」

消えた。

突風が吹いて、ターヴェッティの肉体が忽然と地上から消《き》え失《う》せていた。

セラフィナの泣き声が聞こえる。

接合した腕が動くことを確認しながら、家康は、よろめく足取りで負傷兵専用の治療テントに入り、ベッドの上に仰向けに寝ていた信康のもとに向かっていた。

「……信康よ。二度もお前を討ったこと、許せとは言わぬ。だが、お前が次にいずこかの世界に生まれてきた時には、お前はもう魔人ではない。人間族か、えるふ族か、どわあふ族か、種族はわからぬが……今度こそ、俺の息子などに生まれてくるではないぞ……俺は、わが子を幸福にできぬ廃れ者よ」

「へっ。親父……あんたとは、どうにも腐れ縁らしい。また家族として出会うんだとよ……黒魔力から解放された俺は、次はこの世界であんたの息子として転生するんだそうだ。下手すりゃあんたの娘になるかもしれんのだとよ。さっきから、耳元でヘンな女がそう囁いてくらぁ」

「……そうか、あの『女神』が……」

信康の表情が違う。黒魔力から解放されて人間に戻ったのだ、と気づいた家康は声を詰まらせていた。

信康の手を握る。脈がない。命が尽きる。またしても、俺は信康を。小心者の凡夫にすぎない俺などではなく、信康こそが、英雄に、そして勇者に相応しい男だったというのに。

「ほんとうに、すまなかった。信康よ、許せ……」

「……俺のほうこそ、いつも不甲斐《ふがい》ない息子ですまねえな親父。またしても、隠居させてやれずにごめんな。次こそは……」

最後に信康は少年のように微笑み、そして、突風とともにその肉体はいずこかへ消え去っていた。

二人の総大将を矢継ぎ早に討たれた魔王軍は、混乱のうちに暗黒大陸へと撤退した。

直ちに「わたくしは黒魔術師。黒魔力には少々耐性がございますので」と名乗りを上げたファウストゥスが暗黒大陸へ和睦の使者として派遣され、停戦交渉に取りかかった。

「魔王様も魔人様も失った！」と混乱していたオーク族たちに対して、ファウストゥスは、「ジュドー大陸にも黒魔術師部隊が存在します。今ならば暗黒大陸への逆侵攻すら可能です」とまず大見得を切り、その直後に「暗黒大陸にも、生薬の原料になる希少な動植物や鉱物などの有用な資源がございます。イエヤス様は生薬に目のないお方」と莫大な黄金を与えて「これはほんの前金です」と彼らを巧妙に口説き、和睦を条件に新たな交易ルートを開いたのである。無論、彼自身にも膨大な稼ぎが転がり込む仕組みではあったが。

「やったねー、イエヤスぅ！　オーク族もトロール族も新しい首領を決めて、停戦と交易開始に合意したんだってー！　これでほんとうに終わったんだねー、長い長い戦争が！」

「おめでとうございます、イエヤス様。長老様たち多くの方々の魂も、報われましたわ」

「うむ。もしも魔王と信康が同時に侵攻していたら、われらは危ういところだった。連携を重視せず猪突猛進するおおく族の戦癖に救われたな――俺はこの世界では戦の素人。陛下や暴痴州殿たちをはじめ、前回の戦争を自ら戦われた方々の実戦知識が大いに役だった。礼を言う」

「フハハハハハ！　そう謙遜せずともよい、わが義弟よ！　そなたこそが大厄災戦争を終結させた英雄ではないか！　無論、余も武功は挙げたがな、バウティスタから譲ってもらっただけだからな！」

「ぐえーっ？　義弟〜？　勝手にイエヤスとアーデルハイドを結婚させないでよーう！」

「やれやれ、ヴォルフガングの自分勝手さは直らないな。イエヤス殿。戦場から撤兵するにあたって、戦死者たちの魂を弔う儀式をこの地で行っていこう。敵味方関係なく――もちろん、ノブヤス殿の魂をも――」

「そうだな、暴痴州殿。俺はこの世界の儀礼には疎いから、段取りはそなたたちに任せる。信康よ。誠に再び会える日が来たら、今度こそ俺は……」

「えっ、会えるの？　ノブヤスとイエヤスが？　そっか、黒魔力から解放されたから、今度はフツーに輪廻してくるんだ〜！　それって長老様が仰ったの〜？　よかったね、イエヤスぅ！」

「う、うむ。『女神』によればいずれ会えるらしいのだが、少々込み入った事情があってな……陛下の前ではこの話はするでない、世良鮒」

「えーっ、どーしてさーっ？　おめでたい話じゃーん!?　ねえねえ、ノブヤスはどの種族に転生してくるのー？　教えて教えてー？　エルフ族だったりしてー！」

「……またいずれ、ゆっくり話すこともあろう。今はまだ早い……」

　軍を最前線に留めたまま、待つこと二ヶ月。暗黒大陸へ入ったファウストゥスからの書状をザキモリ要塞で受け取った家康は、ようやく「これにて、ざっと済みたり」と頷き、全軍に撤兵を命じたのである。

　撤兵前夜。

　戦死者たちの合同葬儀が粛々と執り行われる中、家康は雪原を眺めながら呟いていた。

（暗黒大陸が、黒魔力に汚染されている土地で助かった。そうでなければ、戦勝に盛り上がっている将兵たちに「暗黒大陸にこのまま押し渡って逆に征服してしまいましょう」と詰め寄られて、窮地に陥るところだった。俺は、断じて海を渡ったりはせんぞ。どんな未知の感染症が待ち受けているか、わからんではないか……）

太閤秀吉の唐入りの際、家康が絶対に海を渡らなかった最大の理由が、これだった。大義名分なき異国侵略はよくないという道義的な理由や、広大な明国の征服など不可能という軍事的な理由も一応はあったが、なんといっても「海の彼方《かなた》の異国の地に入れば、未知の病で死ぬ恐れがあるではないか」という家康独自の衛生観念と、臆病とも言っていい海外渡航への恐怖心が、家康をして秀吉からの出兵依頼を断固として断り続けさせたのだった。

子供の頃、今川家へ人質として向かう途中に攫《さら》われて織田家に売り飛ばされた時、家康は船に詰め込まれて海路で尾張《おわり》に運ばれたのである。

以来、守銭奴かつ学問好きの家康は、異国との交易や異国の最新鋭の火器や知識には夢中になったが、自ら大海を越えて異国に入る冒険は絶対にやらなかったし、考えもしなかった。幼い頃のトラウマがぶり返してどうにも恐ろしかったのだ。

「俺が困った時には腹を下すようになったのも、もはやこれまでだ切腹すると騒ぐようになったのも、思えばあの船に詰め込まれた時が最初だったような気がする」

「ねえねえ、イエヤスぅ？　イヴァンちゃんがご焼香を済ませたから、次はイエヤスの番だよー？　ご焼香の作法はエレオノーラが教えたよね、その通りにやってねー？」

「……うむ。日本の葬儀に少しばかり似ているのだな、まったく文化が違うのに奇妙なものだ」

「死者の魂を弔うって文化は、どこの世界でも変わらないと思うよー？　哀しむのは今日でおしまいっ！　って区切りが必要なんだよ！」

「そうか。そうだな、世良鮒」

「エルフ式にするか人間式にするかでちょっと揉めたけど、結局あれこれ取り込んで折衷しちゃったっ！　えへへっ」

イヴァンが「セラフィナ様はエルフの女王なのに気取ったところがなくて、ほんとうに誰からも愛されるお方です」と微笑む。「世良鮒は万事適当なだけだ」

と家康はぼやいたが、内心では（孤高を好みたがる癖があるエルフ族も、セラフィナならば変えられよう。まったく、この娘は笑顔と人なつこさばかりが取り柄だが、事務的な仕事はエレオノーラが処理してくれるからな）とセラフィナの父親、いや祖父のような気持ちで彼女を見守っていた。

こうして第三次厄災戦争は、緒戦で異種族連合軍が圧勝して終結した。

第一次・第二次厄災戦争が前後百年近く続いたことを思えば、家康たちはまさしく奇蹟を成し遂げたと言える。

総大将役を務めあげた家康は、ヴォルフガング一世やバウティスタたちとともに、歓喜の声で沸き立つ聖都へと凱旋した。

実に雑多な連合軍であった。魔術を駆使するエルフ軍。ドワーフ族の工作部隊。クドゥク族の諜報部隊。最新鋭の大砲で重武装したアンガーミュラー王国軍。神獣ドラゴンを使うヘルマン騎士団たち諸騎士団。果敢にも先駆けを果たした人間主義派の軍勢。情報戦や兵糧の調達等に暗躍したダークエルフ商人たち。さらには、かつて枢機卿と戦っていた「平民派」の義勇軍も主に荷駄部隊として参戦していた。

過去に様々な行きがかりを持つ多種多様な雑軍をひとつにまとめて統制できる武人は、エの世界から来た故にあらゆるしがらみを持たず、さらに魔王軍と裏で手を組んでいた枢機卿との政争に勝利して「異種族連合」を実現した家康以外には考えられない。

凱旋門《がいせんもん》に押し寄せた聖都の民たちは口々に家康の功績を讃え、スレイプニルに跨がりながら「いかんな。論功行賞という最大の山場が残っているかと思うと、どうにも腹が痛い……」と呻く家康に「顔は平べったいけど凄いお方だ」と夢中になって声援を送り続けた。

「よくぞ偉業を成し遂げてくれた、征夷大将軍殿。如何なる恩賞をも与えると朕は誓うぞ」

大聖堂。笑顔で家康たちを出迎えた教皇の前で、家康は「勇者としての義務を果たしたまで。それがしには恩賞は無用」と律儀者面をして「ま～たはじまった

～イエヤスの狸芝居が～」とセラフィナを呆れさせた後、いよいよ論功行賞を開始していた。

ここで失敗すれば、ジュドー大陸は再び分裂する。「魔王軍」という共通の敵が消えた今こそ、慎重な上にも慎重を期した論功行賞をやり遂げなければならない。

幼い教皇に出席を願ったのは、権威付けのためである。

少々の不満が出たとしても、教皇という存在が背後に控えていてくれれば、フォローすることも可能だ。これが、皇国の教団に信仰心を持たない家康が、この大陸に長らく根付いてきた教皇制度そのものに手を付けなかった最大の理由である。

とはいえ、教皇の権威をもってしても抑えきれないような「大失敗」は許されない。

遠征から帰還した諸将たちの前に立った家康は、

「今回は防衛戦だった。故にわれらは新たに土地を得られたわけではないが、これより暗黒大陸との交易が実現する。その交易の権利を、手柄に応じて諸将に分け与えよう――」

と告げて、「恩賞はある！」と諸将をまず安堵させた。

暗黒大陸に攻め入らなかった以上、新たな土地は増えない。タダ働きになるのではないか、と不安を抱いていた者は多かった。

太閤秀吉の大陸出兵も「生え抜きの家臣がいない豊臣家は、土地を与えて諸将の忠誠心を買うしかないのに、もう日本国内には与えられる土地がない」という成り上がりの天下人故の深刻な問題を解決するための苦渋の策だった。

北条《ほうじょう》氏の鎌倉幕府は、元寇《げんこう》を撃退したにもかかわらず土地が増えなかったために武士たちに満足な恩賞を与えられず、これが鎌倉幕府が倒れる遠因となった。

学問好きの家康は諸国の歴史に精通しているため、今回の戦でも「防衛戦での恩賞問題」を常に念頭に置いていた。

その解決法が「交易権を恩賞とする」というものだったのだ。

実はこれは、家康が戦国日本でも用いた手法である。日本での内戦に勝っても土地は増えない。故に家康は、異国との御朱印船《ごしゅいんせん》貿易の権利を恩賞として諸大名に与えたのだ。

(信長公は「茶器」の価格を釣り上げて領地の代わりに家臣への恩賞として与えていたが、現実主義者の俺には、どうしてあんな土塊《つちくれ》などにそれほどの値打ちがあるのか最後まで理解できなかった。土地の代わりに恩賞になり得るものはただひとつ。それは銭である)

ま〜たイエヤスが守銭奴の笑みを浮かべている〜と隣に立っているセラフィナが突っ込みを入れてきたが、今はセラフィナと漫才をしている場合ではないので敢えて聞き流した。

続いて家康は、決戦に備えてザキモリ要塞の増強と王国軍の強化に十年を費やしてきたヴォルフガング一世を「希有《けう》な戦略家であられる。全ての功は陛下の長年にわたる準備の成果であり、それがしはただ形式上の総大将役を務めたにすぎませぬ」と激賞して勲功第一等に選出し、「陛下が取ってきた武断主義政策は、魔王を倒すためには致し方なかった。これより陛下は、大陸の平和維持のために政策を転換される」と論功行賞の場に出席している諸将のみならず大陸中に知らしめた。

さらに勲功第二等には、抜け駆けを行って魔王軍と最初に激突した人間主義軍の面々を選び、「恐ろしげなる魔王に果敢に一番槍をつけた諸君のその勇気、誠に天晴れ」と彼らを叱るどころか激賞した。

寄せ集めの人間主義軍を率いたマインツ辺境伯は約束通り、一躍公国の主に抜擢《ばってき》された。

嗅覚鋭いマインツ辺境伯改めマインツ公は、既に首尾良く家康子飼いの腹心となっていたのである。しかもマインツ公は、早くも論功行賞の席上で三部会の平民議員たちを指導するランプレヒトに接近し、「元人間主義派の中からも是非、議員を選出されたし」と巧妙な立ち回りを開始していた。

うっわ〜、もう仕官活動を開始してるぅ、せっこ〜とセラフィナは呆れているが、現実主義者の家康にはこういう計算高い男を信頼する癖がある。

(ふむ。マインツ公には山内一豊の役割を期待してはいたが、存外、戦下手という点を除けば藤堂高虎《とうどうたかとら》に匹敵する便利な男かもしれん)

利害への嗅覚に優れたマインツ公に人間主義派の監視と統制を任せておけば、人間主義派はおおむね心配無用だろうと家康は安堵した。

「なお房婦玩具陛下からの了承を得て、くどく族自治区をくどく族の王国として正式に独立させること、及び、王国領から旧えるふ領の一部を返還してえるふ王国を再建することが決定した。戦で勲功第一等の手柄を立てながら、己が治めていた領地を異種族に返却なされるという、陛下のご英断である」

おおおお、とエルフ族とクドゥク族が歓喜の声を上げた。

だが、ヴォルフガング一世にも王国の運営という大任がある。領土を割くだけでも、王国の貴族たちは「戦争に勝って領土を減らすとはどういうことか」と不平を言いだすだろう。最悪の場合、ヴォルフガング一世を失脚させようとプッチを起こしかねない。

故に、返却できる土地には限度があった。その点は家康とヴォルフガング一世とで予め入念に話し合い、均衡が取れるぎりぎりのラインを定めてある。

「フハハハハハ！　既に魔王軍との戦いは終わったのでな！　親父殿が築こうとしていた異種族連合の世界を実現しようではないか！　ただし！　王都はまだ返還できぬ。今は他にわが王国の都に相応しい土地がないのでな――いずれ情勢が変われば、また考えよう！」

戦勝祝いのために聖都に詰めかけていたエルフ貴族たちは予想通り、

「いくら人間と異種族との和睦を図るためとはいえ、われらの評価が低すぎます！」

「恩賞として王国の領土が一部返還され、エルフの王国再建が成ったことは喜ばしいことですが、魔王を倒したのにヴォルフガング一世に奪われた王都が戻ってこないのでは……」

「これでは、引き続きエッダの森を都にするしかありませんぞ？」

と不満を漏らしたが、家康は「房婦玩具陛下の王国が転覆してしまっては天下は四分五裂するのだ。誇り高きえるふ族の諸君、よく聞いてくれ」と例の猫撫で声で彼らを説得した。

まーたイエヤスが胡散臭い笑みを浮かべてるぅ～とセラフィナ。

「ええい静かにしておれ世良鮒。俺がえの世界の天下を取った関ヶ原の合戦の時もな、戦よりもその後の論功行賞が重要だったのだ。楚《そ》の覇王・項羽《こうう》のようにしくじれば、たちまち天下は再び大乱となっただろう。故に俺は情で繋がっている譜代には辛く、利に釣られてきた外様には甘く報いた。これぞ『われ、素知らぬ顔をすればみな郎党の如く働けり』という政の極意よ。えるふ族の諸君はもっとも気高き種族なのだから、どうか天下静謐《せいひつ》のために耐えてくれ。隠忍自重の精神で、どうか大陸に平和をもたらしてくれぬか――」

ううむ。そこまで勇者様に懇願されては、これ以上不服を申し立てればわれらエルフ族は強欲だと思われますな、承知致しましたとエルフ貴族たちは折れた。

なにしろ、勇者でありながら鼻紙一枚をすら惜しんで爪に火を点《とも》すような暮らしを続けている家康に「一緒に耐えてくれ」と言われては、これ以上「王都を返して頂きたい」と言えばエルフ族の名誉に関わる。

セラフィナとエレオノーラが「イエヤスってばぁ、照れ屋さんなんだからぁ！　素直に、エルフはわが譜代郎党だと言えばいいのにさー！」「そ、そうですわ。こほん……皆さま、イエヤス様はエルフを一族のように想っておられるのですわ」と慌ててフォローした。

この二人からそう言われては、エルフ貴族はもうなにも言えない。

家康は（これでエルフ族の懐柔もうまく行きそうだな。論功行賞はこれにて解決だ）といよいよ安堵し、うっかり気が大きくなった。

「それにな、どわあふの仕事は速い。近く、えっだの森と東の海を繋ぐ地下河川が開通する。今後は、えっだの森と暗黒大陸との間に、だあくえるふ商人たちが運行する直通便を通し、生薬の原料を大量に買い入れる。えっだの森はこれより史上はじめて、両大陸間の海上貿易を行う世界的な交易都市として栄えるのだぞ」

ここまではよかった。「つまりこれからのエッダの森はアンガーミュラー王国の王都以上に発展するのですな！」とエルフ貴族たちは歓喜の声を上げた。そうだ。古い王都が戻らないのならば、旧王都よりも栄えた新たな都を築けばよいのだ！　と、彼らの誇りも満たされた。

だが、調子に乗った家康の次の言葉が余計だった。

「ただし、交易で稼ごうとも引き続き質素倹約路線は続ける。むしろ街が栄えれば栄えるほどに倹約の精神を守ることが肝要となるのだ。食糧や銭の不足は世の民心を乱すが、過ぎた贅沢は頽廃《たいはい》をもたらす！　よいな、これからも下着は浅黄色に限る！」

と豪奢趣味を持つエルフ貴族たちを戒めたものだから、家康は大ひんしゅくを買った。

その結果、エルフ貴族の間ではいよいよ家康に「狸親父」という渾名《あだな》がついてしまった。

家康はどこの世界を生きても、結局はそういう渾名で呼ばれる運命らしい。

ともあれ、多様な異種族を相手に平等公平な論功行賞を完遂するという仕事は、日本の統一と安定を達成した家康をもってしても困難だった。結局、マインツ公たちを動かしての再調整などを盛んに行いながら、論功行賞を終えるまでに三日間かかった。

三部会でこの論功行賞案が可決されるまで、さらに三日。

しかもこの間、家康は四六時中ずっとヴォルフガング一世に絡まれ続けたのである。

「各種族間の調整、相当に苦心しているようだな！　そろそろ観念して、わが義弟にならぬかイエヤス殿！　アンガーミュラー家と伝説の勇者が家族となれば、世界に怖いものなし！　諸種族のうるさ方も平伏するであろう！　フハハハハハ！」

と、王は家康にアーデルハイドとの結婚話を延々と蒸し返すのだった――。


四苦八苦しながら、ようやく論功行賞の大任を終えた翌日。

こういう仕事は、戦場よりもやはり疲れる。マインツ公から新たに提供された聖都別荘の一室で朝を迎えた家康は、完全に疲労困憊していてベッドから起き上がれなくなっていた。

「おっはよー！　いやー、みんなの言うことを聞いていたら会議は永遠に終わらないもんね～。大変だったね～イエヤスぅ！　物わかりのいい私がエルフの女王でよかったでしょ～？　ねえねえ？」

まったくセラフィナは気楽でよいな、こやつは実は小鳥かなにかではないのか、一晩寝たら前日のことは全部忘れているのではないかと家康は思わず疑った。

（やれやれ、種族間の利害調整はほんとうに骨が折れる仕事だった。ターヴェッティ殿から打ち明けられた「あらゆる異種族は始祖種族の子孫であり同一の種族」という秘事は、明かすにはまだ早すぎるな。急《せ》いてはならん。時間をかけるのだ。天下太平の世が長く続けば、彼らの心も変わる。その時にはきっと——）

「あ〜、またヘンなことを企んでる顔してるぅ〜！　ほらほら、起きて散歩しようよぅ」と元気溌剌《はつらつ》なセラフィナに腕を引っ張られた家康は、「俺は今日は一日寝て過ごす。もう限界だ、休ませてくれ」と悲鳴を上げていた。

暗黒大陸との間で正式な停戦条約が締結された後。聖都で、そしてジュドー大陸各地の街や村で、盛大な祝賀の祭りが行われたことは言うまでもない。ただし、セラフィナに引っ張られて各地の祝賀の祭りにさんざん連れ回された家康の顔にはもはや死相が浮かんでいた。

第十四話

その後。論功行賞という戦後処理を片付け、魔王軍との停戦を達成した家康は、早々に征夷大将軍及び三部会総議長の職を返上してヴォルフガング一世たちに後事を託すと、新生エルフ王国の王都となったエッダの森に帰還し、趣味の鷹狩り三昧の日々に戻っていた。

（魔王を討ったのだから、もう「女神」の言いなりになって勇者として働く必要はあるまい）という解放感に、家康はどっぷりと浸っていた。

もちろん、戦場で混成軍を率いて魔王を討った家康は、底知れない実力と威厳を持ち、ヴォルフガング一世とバウティスタが運営する三部会を後援する実質的な大陸の覇者と目され、今では「大御所」と呼ばれていた。三部会の安定と民からの高い支持率は、魔王を倒した伝説の勇者家康が後見人を務めていてこそだ。

だからイヴァンは、クドゥク王国の再建が決定した今もなお家康暗殺を警戒し、家康の小姓役を務めて、今日も一緒に野を駆けている。クドゥク王国の運営は、イヴァンとともに長い流浪の旅を耐えてきた誠実な家臣団に任せていた。

「いや、やはり鷹狩りはいい！　健康。健康。天下騒乱が治まった今こそ、俺は健康のために血道を上げるぞ！　あすこに野良もんすたあを発見！　見た目はくらあけんに似ているが、陸上を這っているとは？　必ずや生薬の原料にしてくれるわ。射番よ、遅れるでないぞ！」

「い、イエヤス様。あれは触手が多すぎます。典型的な毒持ちモンスターですよ」

「毒と薬は表裏一体だといつも言っているだろう。くらあけんの痺れる毒汁が舌の上で跳ねると美味なのと同じだ。行くぞ……おおっ、しまったあっ！　口の中から、隠し触手が突然信じがたい速さで伸びてくるとはっ？　不覚！」

「すみません、僕も触手に絡まれてしまいました！　し、痺れます！　やっぱり毒持ちです！　か、身体が……う、動かない……あひっ？　服の中に触手が入ってきて……」

「くっ!?　まさか俺の肉体の唯一の弱点を突いてくる

つもりか、この生薬の原料めが！　うおおおお、このままでは三方ヶ原の二の舞……！　いや、もっと酷い！　まさに悪夢！」

「んもう。イエヤスぅ、イヴァンちゃん？　なんで昼日中から、野っ原で触手モンスターに捕食されかけてるのよう？　戦争が終わって以来、なんだか緊張感がないんだから〜」

「おお、世良鮒。ちょうどいいところに。助けよ！」

「ひうっ？　な、なんだか、僕……おかしな気分に……この毒は妙です、イエヤス様……」

「ま、まずい。これは痺れさせる系統の毒だが、媚薬《びやく》作用もあるようだ！　捕食した生き物を恍惚《こうこつ》とさせることで脱出する力を奪うのだろう！　なにを射番の観察に徹しているのだ世良鮒ーっ、早く魔術でなんとかしろっ！」

「じゅるり……ぬらぬらの触手に襲われて悶えるイヴァンちゃんってかわいい……もうちょっとだけ、もうちょっとだけ、ね？」

「いいから、さっさと助けぬかーっ！　俺がこの蛸もどきに孕まされたらなんとする！」

「あー、はいはい。なんでイエヤスが孕まされるのさぁ、ありえないっしょ。このモンスターは炎に弱いから、私でも撃退できちゃう。ほいっ！」

たまたまセラフィナがお弁当を持って草原にやってきたおかげで、家康とイヴァンはからくも窮地を脱した。謎の触手モンスターは炎に酷く怯え、家康たちを捕らえていた隠し触手を切り離して凄まじい速度で逃走していった。

「……うえぇえ。身体中がベトベトですぅ、イエヤスさまぁ……」

「お、恐ろしい。俺が書物で読んできた中にも、あんなもんすたあはいなかった。まだまだ異世界は未知なるもので溢れているのだな……」

「あははっ。あれはねー、ヨルムンガンドとゆー水棲《すいせい》モンスターの亜種だよー。最近になって突然現れたんだよねー。例のエッダの森の水攻め以来、陸地に居着いて陸上生活に適応したらしくてさー。元は水棲動物だから、極端に火に弱いんだよねー」

「おお、では実質的な新種か!?　世良鮒よ、お前もあれの触手に絡まれてみよ。えるふ相手にあの毒がどう作用するかを実験してみたい。新たな漢方薬の開発のために犠牲となれ」

「うげっ？　そんなの絶対に、やーだー！　お年頃の女の子に向かって、なんつーことを言うのかなーっ!?　お嫁に行けなくなっちゃうよぅ！」

「どこがお年頃だ。お前はまだ子供だ。お前の部屋には鏡がないのか？」

「子供ちゃうわーっ！　この、私の全身から放たれる、エルフの女王らしい気品溢れるプネウマの輝きがわかんないかなーっ？」

「ぷねうまの輝き？　阿呆滓からは感じられるが、お前からはなにも感じんな……」

「ぐえーっ？　そんなに私を出家させたいわけぇ、イエヤスぅ？　ふーんだ！　ねえねえ、だいじょうぶイヴァンちゃん？　河で水浴びして、ぬらぬらを落としたほうがいいよー？　私が背中を拭いてあげよっかー？」

「……い、いえ、自分で拭けますから……イエヤス様のほうが被害が大きいので、イエヤス様を是非……」

「ぶーぶー。私だって乙女なんですぅ！　誰に文句を言われても黄色いふんどしを締め続けるような、下品な殿方の面倒までは見きれませんっ！」

吝嗇の尊さを誰にも理解されぬのは哀しいものだな、と家康はぼやいた。

「まあいいや！　店長さんと共同開発した最新作のスライムバーガーを持ってきたから、三人で食べようねっ！　こっちは、聖都風のビリビリ激辛爆弾バーガー！　ハッチョーミソにたっぷりの辛い香辛料をブレンドして、従来比三百倍の辛さに仕上げましたー！」

「三百倍だとっ？　いくらなんでも辛すぎるだろうが！　明日の厠が地獄と化すわっ！　どうしても俺に三方ヶ原の屈辱を味わわせたいようだな！」

「えっへっへー。そう言うと思ったー。こっちはイエヤスのために新開発した、スライム肉四枚重ねバーガーだよ～！　見て見て、この分厚さ～！　一口じゃ齧りきれないよー？」

「枚数を増やしただけの手抜きではないか。そもそも四枚も要らんわ。肉はな、程々で十分なのだ。肉を一切食わぬのもよくないが、肉を食べ過ぎるのも身体に悪い」

「んもー。イエヤスってば、ほんっっっとに健康にしか興味がないんだからぁ！　たまには暴飲暴食して羽目を外してみなさいってば！」

「……生涯にただ一度だけそれをやった結果、鯛《たい》の天ぷらの食い過ぎで俺は死んだのだぞ」

「ふっふっふー。イエヤスがそう言うのも想定済み！　というわけで、肉の代わりにキエロの花弁をパテ状に固めて焼いたものをバンズで挟んだお野菜バーガーも試作してきたよっ！　えっへん！　これが今日の本命！　イエヤスぅ、どうよ？」

「……うむ。こちらのほうが本来のえるふ飯らしくて、よいな」

「ただねー、いくらでも採れるスライム肉と比べるとさー、原料費がけっこうかさむんだよねー。販売ルートに乗せるのは厳しいって、店長さんがー」

「高値をつければよかろう。健康の値打ちを知っている貴族なら、いくらでも払う。むしろ法外に高値にしたほうが、実体以上に健康によさそうに見えるというもの。ものの値段とは、そうやって決めるのだ」

「はあ。イエヤスってば武人をやっていないと、まるっきり商人さんだよねー」

「商人のなにが悪い。憎威が開いた地下河川に連なる港と、桐子が呼び入れた暗黒大陸からの貿易船のおかげで、俺の老後資産もかなり貯まってきたのだぞ」

「二十歳の若者が、どうして老後資産をしこしこと貯めてるんですかーっ？」

「俺は全てにおいて慎重な男、当然だ。防衛という観点からも自給自足という観点からも完璧なえっだの森の唯一の弱点は、海に連なる港を持たない閉鎖性だったが、これからのえっだの森は大陸随一の繁栄を遂げるぞ」

　だからこそ倹約の精神が大切なのだ、平和な世で豪奢に流れれば街も人も頽廃するからな、小田原《おだわら》北条家のようになってはならんのだと家康は野菜バーガーを頬張りつつも相変わらず慎重なことばかりを呟いている。

「その話って聖都でも言ったけど、貴族たちの前で繰り返さないほうがいいよー。みんなイエヤスのケチぶりに辟易してるんだからぁ〜。私はもう慣れたけどねっ！　アーデルハイドだってねー、優しいからいつも笑って受け流してるけどさー、あの手この手で生活費を浮かせようとみみっちい真似ばかりするイエヤスのせこさにはけっこうしんどそうだよ〜？　特に、食事！　クドゥク族って、小柄だけど意外といっぱい食べるんだよね〜」

「世良鮒よ、お前だって小柄なのに大食いではないか」

「うっさ〜い！　私は成長期なんだからトーゼンでしょっ！　見ててよ見ててよ〜。毎日スライムバーガーをぱくぱく食べてぇ、たくさん栄養を摂《と》ってぇ、一年でエレオノーラみたいな豊満な美女になっちゃうからねっ！」

「……残念ながら、そんな日は訪れん。現実を見ろ、世良鮒。全てはそこからだぞ」

「ぐえーっ!?　そんなに私を出家させたいんかーい！」

「そういえば今日は、久々に姉さんが戻ってくるんですね。兄さんから、書状で凄まじい圧力をかけられると思いますが……聖都では『なにを愚図愚図しておられるイエヤス殿、早く妹を妃にせよ、この余に世継ぎを作らせたいのならばその一手しかないのだぞフハハハハ！』って毎日ずっと騒いでましたし……」

「いえいえ暴痴州殿と陛下との縁談をお先にどうぞ、と何度も勧めたのだがな。陛下は戦場では無双の勇者だが、こういう話には存外に奥手であられる。世継ぎをもうけることは王の仕事であり嫌でも果たさねばならない義務だと、ずっと説明しているのだが」

「ぷんぷん！　十人二十人も側室を抱えたイエヤスにはわかんないんだよー、誠実な殿方の純情ってやつがっ！　結婚を仕事だとか義務だとか言うのが逆によくないんだよ〜ぅ！」

「……世良鮒よ、俺だって誠実な男だぞ。側室たちには決して差をつけず、平等に遇し続けた。太閤殿下は、お気に入りの淀君に巨城を建てて進呈したりしていたが、ああいう依怙贔屓《えこひいき》をするから閨房《けいぼう》派閥ができて、豊臣家臣団が分裂したのよ。俺は、側室たちにどれほどケチだケチだと文句を言われても誰にも決して贅沢はさせなかったし、塩気を抜いた漬物を食わせて食い過ぎも防いでいたのだぞ」

「その話のどこに誠実さがっ？　イエヤスはさぁ、あらゆる相手に対して平等にケチ臭いだけじゃんっ！　宿屋の来客どころか、自分の側室にまで塩調整っ？

塩の量で人様の食欲を調整するなー！」

「俺は自分自身に対しても質素倹約を徹底しているので、わが心に一点の曇りもない！」

「ぐえ～っ、居直ったたっ!?　つ、つよい！」

「ただし、店で売るばあがあは、塩分を思いきり濃いめにしておくように。売り上げが飛躍的に伸びるぞ。喉が渇くから、抱き合わせ販売する茶も飛ぶように売れる」

「ああ、そうですかーっ！　客の健康は考慮しないんですねーっ！」

「毎日、店でばあがあを買って食べ続けるようなものぐさ者はおるまい。いたとしても自己責任よ。自炊なら食費を大幅に抑えられるのだ、もったいないことをしてはいかんぞ」

イヴァンが（ほんとうにお二人の掛け合いは聞いているだけで楽しくなります。魂を黒魔力の汚染から解放するためとはいえ、ご子息を討たねばならなかったイエヤス様のお心を、セラフィナ様の明るさが支えて下さっているんですね）と涙ぐみながら苦笑していると——。


エレオノーラとアーデルハイドが、家康たちのもとに姿を現した。

「おお、来た来たー！　ひっさしぶり、アーデルハイドちゃーん！　イヴァンちゃんの前では、アナスタシアちゃんと呼んだほうがいいのかな～？」

「うふ。どちらでも構いませんよ。暑苦しい高笑いとともに縁談話を迫ってくる兄上から久しぶりに解放されて、私も肩の荷が下りた気分です～。先にバウティスタ様と結婚して下さいと言い返すと青ざめてこそこそと逃げだしますし、ほんとにもう兄上ったら」

その姿を想像しただけで、ふふっ、とイヴァンは思わず吹きだしていた。

「ご覧の通り、アーデルハイド様がただいまエッダの森に到着致しましたわ。もちろん、ヴォルフガング一世陛下からの書状を携えて」

「うえええ。エレオノーラぁ～、どーせ『早く妹と結婚しろ』としか書いてないんでしょ？　あの王様、性急っていうか、しつっこいんだからー。もうねぇ、とんがり耳にクラーケンができちゃったよう。みんなで食事を取ってから読もうねぇ～」

家康は、思わず考え込んでいた。

いずれ信康が俺の子としてこの世界に転生してくると「女神」は言ったそうだが、それがほんとうならば俺も生涯独身を貫くわけにはいかんな。しかし、妻を娶れば俺は政争に巻き込まれかねん。自由と家族との両立はなかなかに難しい……陛下の妹を娶るか、エレオノーラを娶るかで、またエッダの森の面々が揉めるだろうしな。セラフィナも、父親を奪われたくない小娘のようにきゃんきゃんと五月蠅いし。

なんと。思えば魔王を早々と討ってしまったばかりに、俺は結婚話から逃げられない立場に自分を追い込んでしまっているではないか？

一刻も早く戦争を終わらせたい一心だったので、さすがの俺もそこまで気が回らなかった……本来なら魔王討伐の「恩賞」として、俺自身が自らの妃問題の決定権を握るべきだったのだ。

この家康、まだまだ慎重さが足りていない。

家康が青空を見上げながら、ぼんやりとそのようなことを考えているうちに。

エレオノーラが、王の書状を開いて読み上げた。まだエレオノーラもそしてアーデルハイドも、書状の中身を読んでいない。誰もが「余の妹と早く結婚しろ」という恒例の繰り言が長々と書き込まれているとばかり思っていたし、事実、書状の前半は予想通りの内容だった。

家康が何度懇願されても「急いてはならぬ陛下。その話はいずれまた」と軽く受け流すので、たまりかねたヴォルフガング一世はついにこの書状で、

『イエヤス殿と妹が結婚してくれねば、余はいつまでもバウティスタに求婚できん。頼むから余の願いを聞いてくれ。わが王国の安寧を望むのならば、どうか』

とまで書き殴っていた。家康の動かなさぶりに、王は完全に音を上げたのだ。よほど緊張して書かれていたのでしょう、文字が激しく乱れていますわ、とエレオノーラが目を細める。

「まあ。兄上ったらとうとう、本音を漏らされましたね。イエヤス様の我慢強さぶりに、ついに根負けしたんですね～」

「ふぇぇ～。順番にこだわってないで結婚すりゃいいじゃーん。幼なじみのバウティスタとはお似合いだよ

～？　私だって、エレオノーラが男の子だったらたぶん結婚してたよー？」

「せ、セラフィナ様。ヘンなことを言わないで下さいまし、んもう。あら、まだ書状は続きますわね。余白が足りないのか、だんだん文字が小さくなってきましたわ……ええと……」

しかし——書状の後半には、家康ですら想像していない内容が記されていたのである。

「こ、これは大変な書状ですわ！　暗黒大陸の大使館に住み込んでいるファウストゥス殿が入手した機密情報が記されています！　暗黒大陸のさらに彼方にある第四の大陸に、『真の魔王』が召喚されたと書かれておりますわ！　え、ええっ？　真の魔王とはいったいなんですのっ？　ま、魔人とは違いますのっ？　ああ、長老様がご存命ならば……」

「落ち着け阿呆滓。魔王に偽も真もなかろう。第四の大陸に、ぐれんでるの如き覇者が現れたということだろう？　第四の大陸は遥かな海の彼方だ。じゅどお大陸には無縁の話よ」

「と、ところがそうではないのですイエヤス様！　真の魔王はエの世界の造船技術を持ち込んで、遠征のための大船団を編成しているそうですわ！」

「なにっ？　えの世界といえば、俺がかつて生きていた世界ではないか？」

「ええ、『真の魔王はエの世界から召喚された』と書かれていますの！　詳細は長老様ならば知っているだろう、長老様の遺書や蔵書を調べよとも……」

ターヴェッティが書き残した自伝の「歴史書」を、近頃の家康は暇さえあれば読みふけっていた。あまりにも膨大な量なのでまだ完読はしていないが、言われてみれば「エの世界から召喚される召喚者には三種がある。プネウマに祝福された勇者、黒魔力に汚染された魔人、そして魔王」という記述があった。だが魔人と魔王は同じものだろうし、俺には信康の他に魔人になりそうな息子はいない。それに魔王ならば既に倒したではないか。

家康は、さしものターヴェッティ殿も老いて記憶違いをなされたのだろう、未完成の歴史書にはありがちなことだと気に留めていなかったのだが……。

「あの～。兄上が私の縁談話を焦って進めようとしている理由が、わかっちゃった気がします～。オーク王グレンデルの『魔王』という呼称はあくまでも自称で、エの世界から召喚された魔王こそが『真の魔王』だったのではないでしょうか～？　いったい何者なのでしょうね。荒れた海に囲まれた第四の大陸から大船団を率いて海外遠征を目論むだなんて、歴史上に類例を見ませんよね～。恐ろしく強いだけでなく、思考も野望も桁外れです。私たちの理解の範疇《はんちゅう》を超えている存在かもしれませんね～」

なにやらうっすらと未来を予知できてしまう能力を持っているアーデルハイドのその言葉が、家康にとてつもなく悪い予感を抱かせた。

（どうも、俺が昔からよく知っているある人物によく似ているような……まさかな……）

その直後。

家康は、エレオノーラから最後の「情報」を伝えられ、絶句することになる。

「真の魔王は、自らを『第六天魔王《だいろくてんまおう》』と称しているとのことですわ。『第六天』という言葉の意味はわからないのですが、新たな魔王は暗黒大陸以上に荒れ狂った第四の大陸を怒濤の勢いで平定した、途方もない力の持ち主だそうですわ。その魔王が、広大な海を制覇してこの世界の大陸全てを平定すると宣言したと……い、い、イエヤス様。こ、この新たな魔王は、いったい何者なのでしょう？」

第六天魔王。

家康は確かに、その奇妙な名乗りを聞いたことがあった。仏教由来の呼称だから、この世界の者に聞き覚えがないのも当然だった。

「……織田信長公だ……本能寺で燃え尽きたはずの信長公が、真の魔王として異世界に！　信長公の望みは、海の彼方へと飛び出して世界をその手に収めることだった！　その野望を、この世界で成し遂げようとされているのか!?」

もしや「女神」が言っていた「勇者とは魔王を討つ者」という言葉の真の意味は——この世界に破壊と災厄をもたらす第六天魔王を討つことこそ、勇者の使命ということだったのか!?

思い起こせば家康は、かつてターヴェッティからエルフに伝わる預言を密かに打ち明けられたことがあった。「勇者現れる時、魔王もまた目覚める」という預言である。

実はあれは、家康がこの世界に召喚されると同時に眠っていたグレンデルが目覚めるという意味ではなく、家康が勇者として召喚されるとともに織田信長が第六天魔王として召喚されるという意味だったのではないか!?

ターヴェッティがその遺稿に書き残した「エの世界から召喚される召喚者には三種がある。プネウマに祝福された勇者、黒魔力に汚染された魔人、そして魔王」という記述は、記憶違いではなかったのだ！　ターヴェッティが戦場で斃《たお》れていなければ、最終的により詳細な説明が書き加えられていたかもしれず、家康も早合点《はやがてん》して勘違いすることはなかったはずだ。

「ぬかったああああっ！　ぐれんでるは暗黒大陸の慣習に基づいて魔王と称していただけで、彼はあくまでも『おおくの王』だったのだああ！　真の魔王は、別にいた！　しかもよりによって俺が絶対に勝てぬ相手、信長公だったとは！」

「い、イエヤス様？　ど、どうなされましたの？　ノブナガ公というお名前は今まで何度も耳に……確か、イエヤス様に妻子を処刑せよと命じた御仁でしたわね？」

「ねえねえイエヤスぅ？　どうして、ほっかむりなんてしてるのかな～？　って、ちょっとーっ？　どうして一目散に逃げだすのよーう！　どこへ行くつもりぃ、待ちなさいよ～ぅ！」

「済まぬが世良鮒、俺は逃げるぞーっ！　信長公と戦って勝てるはずがない！　信長公がいつもの癖で家臣に裏切られて倒されるまで、俺はひたすら息を潜めて逃げ隠れ続けるっ！」

「待ってってばぁ～！　まさか地下ダンジョンに籠もるつもり～？」

「その通りだ、二十年でも三十年でも地下に籠もる！　信長公より長く生き延びれば俺の勝ちだ！　他に勝ち筋はない！　阿呆滓よ、俺は戦勝祝いの魚の天ぷらを食い過ぎて腹を壊して死んだと大陸中に発表しておけーっ！」

「え、ええええっ？　そ、そんなことはできませんわ？　イエヤス様が死んだなどと触れ回ったら、ジュドー大陸は大混乱しますわよ!?」

「幼き頃より人質の俺を『竹千代《たけちよ》』と呼んで奴隷扱いしてきた信長公に目をつけられるよりはマシだーっ！　勇者が俺だと知れば、信長公は『竹千代如きが偉くなったものよ』と笑いながら真っ先に俺を討ちに来るっ！　幼少時以来、俺は信長公には逆らえんのだ！　信康の魂は救ったから、もはや戦う理由もない！」

「ええ～？　ノブヤスは浄化されたけどさぁ、ツキヤマドノの仇でもあるんでしょ～？」

「世良鮒よ。無実の信康が謀叛騒動に連座して自害させられた原因は、確かに信長公のご意思だった。だが、築山殿――瀬名姫は俺を見限って自ら武田家に内通したのだから、瀬名姫が罪を問われたことは信長公の責ではない。俺が信長公の命に背いて瀬名を亡命させる度胸を持てなかっただけだ！　それほどに信長公は恐ろしいお方なのだ！」

「ちょっと言ってることの意味がよくわからないんですけどぉ、『それほどに』の『それ』は、どこにかかってるのさぁ？」

「世良鮒、お前は信長公に奴隷同然にこき使われた経験がないからわからぬのだ！　ぐはあっ！　幼き頃の艱難辛苦《かんなんしんく》の日々を思いだして、腹が、腹が……う、うおおおおっ!?　い、射番よ、万病円を……もうダメだああっ！」

「しっかりして下さいイエヤス様！　お気を確かに！」

「す、凄い狼狽《ろうばい》ぶりですわね……まるで、ドラゴンに睨まれたワイバーンのような……」

「ノブナガには絶対に頭が上がらないんだね～イエヤスって～。天敵なんだね～」

「憎威よ、穴に潜っているなら出てこい！　俺を地下ダンジョンに案内せよ！　信長公の目を別の大陸に向けさせて、時間を稼ぐ！」

その家康の魂の叫びに呼応するかのように、ゾーイが芝生の中からひょいっと頭を出してきた。

「おーっす。呼んだか～？　マジでダンジョンに巣籠もりすんのかよ旦那？」

「お、お待ち下さいイエヤス様ぁ～？　僕もお供しますっ！」

「あらあら。イエヤス様にもぐらになられたら、兄上は永遠に結婚できませんねえ。アンガーミュラー王朝は一代で断絶です〜。困りましたね〜」

「ふえええええ。待ってよぅイエヤスぅ〜！　んもー、こうなったら私もどこまでもイエヤスを追いかけるよーっ！」

ゾーイが草原に開いた穴から慌てて地下へと潜ろうとする家康を追いかけて、セラフィナたちが続々と押し寄せてくる。

そんな家康の耳元に、久方ぶりにあの「女神」の声が直接飛び込んできた。

『目の前に開けた世界をことごとく蹂躙し尽くさなければ気が済まない宿業を抱いた、恐るべき第六天魔王。あの魔王を止められる勇者は、魔王の幼なじみで誰よりも魔王を知っている者しかいませ〜ん。つまり、あなたこそが適格者ということです。魔王はとてつもなく強大な力を持っておりまして、完全に分が悪いお役目ですけれど、これもエの世界で結んだ因業の結果ですよ。さあ、ここからが勇者業の本番ですよ？　頑張って下さいね〜』

俺は幼くして攫われて織田家に売り飛ばされてきた身だ、俺自身が望んで結んだ因業ではないわっ！　なんというハズレ勇者職！　ヴォルフガング一世が戦う準備を整えていたとはいえ、魔王グレンデルをやけにあっさりと倒せたと思っていたら、俺を油断させて突然どん底に突き落とすための罠だったとは!?

やはり異世界でも俺は、重い荷物を背負って坂道を登らされる運命だったのか！

（ええい、疫病女神め！　よくも俺にこんな苦難を背負わせたな！）

逃げよ。逃げよ家康。だが、逃げてどうする。その先に未来はあるのか。

「逃がすかーっ！」と叫びながらセラフィナがぴょんと飛びついて背中に乗ってきたが、ひたすら逃げることに夢中になっている家康は「な、なんだ？　背中が重い……まるで、妖怪を背負わされたかのような……」と愚痴りながらも構わず地下坑道へと突き進んだ。

「誰が妖怪じゃい！　まったくもう、混乱すると勇者の面影すらなくなっちゃうんだからぁ！　いいからちょっと頭を冷やしなさいっ！『切腹する』は禁止だよーっ！」

「せ、世良鮒だったか。ああ、厭離穢土欣求浄土……

俺はこのまま、もぐらになりたい……」

「ならせるか～っ！　勇者らしく私を守りなさいよ～ぅ！　どこまで逃げても追いかけてやる～っ！」

　家康の背中に負ぶさったセラフィナは知っている。

突然の混乱に襲われた家康は、せかせかと爪を囓って狼狽するばかりのとてつもないヘタレ男だが、いずれ勇者らしい冷静さを突然取り戻して蛮勇を奮い智謀を繰り出してくれると。

　ただ、突然の危難に対処するために熟考する時間が必要なだけなのだと。

　今は脱糞しそうな悲壮な表情で半泣きになっている家康だけれども、その時が来れば必ず立ち上がり、自分たちを守ってくれると――。

　抜けるような青空の下。どこまでも涼やかなエッダの森の草原に吹き抜ける風が、セラフィナの尖り耳を揺らしていた。

あとがき

家康が慎重すぎるので、二巻でやっと人間軍そして魔王軍との対決です。普通は一巻ではじまるよねと思うのですが、まあ、家康なのでご容赦ください。

本編の補足ですが、守銭奴……いや現実主義者の家康はヨーロッパの最新技術と貿易利益を追求し続け、朱印船貿易を盛んに行っておりまして、東南アジアの各地に日本人町が出来ていたくらいです。徳川＝鎖国というイメージがありますが、幕府が貿易路線を捨てていわゆる鎖国路線に舵を切ったのは、実は家康の没後です。もしも家康が百年の寿命を保っていたら、江戸時代はまったく違ったものになったかもしれません。少なくとも、幕府の財政を圧迫し続けた「大奥」誕生はなかったでしょうね。「もったいない」の一言で片付けていたはずです。

ともあれ家康の（華々しい英雄性を犠牲にした）政治家としてのバランス感覚は日本史上でも希有なもので、二巻ではいよいよ家康の実力が発揮されます。もしもセラフィナがいなかったら、家康とファウストゥスがずっと密室で「お主もワルよのう」「ふっふっふっ」と悪謀を練っているだけの陰々滅々とした話になったと思いますが、天真爛漫なセラフィナを描いてくださったainezu先生に感謝です。こんなかわいい孫がいたら老後生活も楽しいものになりそうじゃのう、婆さんや……。

電撃の新文芸

ハズレ武将《ぶしょう》『慎重家康《しんちょういえやす》』と、エルフの王女《おうじょ》による異世界天下統一《いせかいてんかとういつ》2

著者／春日《かすが》みかげ

イラスト／ainezu

2021年10月17日　初版発行

発行者／青柳昌行
発行／株式会社ＫＡＤＯＫＡＷＡ
〒102-8177　東京都千代田区富士見2-13-3
0570-002-301（ナビダイヤル）
印刷／図書印刷株式会社
製本／図書印刷株式会社

【初出】…………
本書は、カクヨムに掲載された『ハズレ武将『慎重家康』と、エルフの王女による異世界天下統一』を加筆修正したものです。

ISBN978-4-04-913784-2　C0093　Printed in Japan

ファンレターあて先

〒102-8177
東京都千代田区富士見2-13-3
電撃の新文芸編集部

「春日みかげ先生」係
「ainezu先生」係

この物語はフィクションです。実在の人物・団体等とは一切関係ありません。